grafit

Chemnitzer Str. 31, 44139 Dortmund
Internet: http://www.grafit.de
E-Mail: info@grafit.de

Umschlagfoto: sonnentaler / photocase.com
Druck und Bindearbeiten: CPI – Clausen & Bosse, Leck
ISBN 978-3-89425-422-3
1. 2. 3. / 2015 14 13

Kerstin Herrnkind /
Walter K. Ludwig

Tod eines Mathematikers

Kriminalroman

grafit

Die Autoren

Kerstin Herrnkind wurde 1965 in Bremen geboren. Dort wuchs sie auf, bis ihre Eltern sie im zarten Alter von zehn Jahren in die Nähe von Hamburg aufs platte Land verschleppten. Anfang der Neunzigerjahre kehrte sie nach dem Studium zurück in heimische Gefilde und volontierte bei der *Nordsee-Zeitung* in Bremerhaven, wo sie Walter K. Ludwig kennenlernte, mit dem sie seither befreundet ist. Kerstin Herrnkind war vier Jahre lang Redakteurin bei der *taz* in Bremen, bevor sie 1999 zum *stern* ging, wo sie noch heute als Reporterin arbeitet.

2009 veröffentlichte sie zusammen mit Regine Schneider den Ratgeber *Drei sind einer zu viel* bei Patmos. 2012 erschien bei Paranus *Maries Mörder,* eine Neuausgabe von *Maries Akte,* deren Geschichte auf einer wahren Begebenheit beruht und die Spurensuche nach einer während der NS-Zeit verschollenen Großtante und ihren Mördern erzählt.

2011 legte sie mit dem Psychothriller *Mein Mann, der Mörder* ihr Debüt bei Grafit vor. Gemeinsam mit Walter K. Ludwig hat sie nun ihren zweiten Krimi *Tod eines Mathematikers* geschrieben.

www.kerstinherrnkind.com

Walter K. Ludwig wurde 1957 in Bad Neustadt a. d. Saale geboren. Er machte Musik, studierte Geschichte und Politikwissenschaft und absolvierte ein Zeitungsvolontariat. Mehrere Jahre arbeitete er als Redakteur und lebt jetzt als Autor in Hamburg. 2007 erschien sein erster Roman.

Hier ist die Weisheit. Wer Verständnis hat,
berechne die Zahl des Tieres,
denn es ist eines Menschen Zahl,
und seine Zahl ist sechshundertsechsundsechzig.

Offenbarung des Johannes, Kapitel 13, Vers 18

Prolog

Er liebt sie. Deshalb bricht er ihr das Genick. So bleibt ihre Schönheit erhalten. Und sie muss nicht leiden. Es ist die humanste Art, jemanden zu töten. Sauber, sicher und schnell. Und vollkommen schmerzlos.

Sie hat keine Chance. Nicht die geringste. Nicht gegen ihn. Er ist stark.

Er dreht sie auf den Bauch. Mit dem Gesicht zur Erde. So kommt der Mensch zur Welt. Und zur Erde kehrt er zurück. Der Kreislauf schließt sich. Der Kreislauf der Natur. So hat es die Schöpfung vorgesehen.

Ihr leises Wimmern dringt durch den Knebel. Sie tut ihm leid. Sie ist noch so jung. Aber es muss sein. Gleich hat sie es überstanden. Mit dem linken Unterarm ein fester Hebel um den Hals. Dann mit der rechten Hand ein schneller Ruck gegen den Kopf, angesetzt am Kinn. Präzise. Er muss die Stelle genau treffen. In einem bestimmten Winkel. Ein leises Knacken.

Es ist vorbei.

Ein eisiger Wind fegte über die Weser und blies Harry Tenge erbarmungslos ins Gesicht. Die Kälte zwiebelte auf seiner Haut und verursachte beim Einatmen ein unangenehmes Ziehen in der Lunge. Harry zog die Kapuze seines Polarparkas strammer und schob sich den grün-weißen Werder-Bremen-Schal über die Nase, sodass nur noch seine Augen dem Wind ausgesetzt waren. Der Schnee knirschte unter seinen Stiefeln. Möwen kreischten dicht über den Wellen, die einen wütenden Tanz aufführten. Der Schlamm, den die Strömung vom Grund nach oben trieb, färbte das Wasser dunkelgrau.

Harry stemmte sich gegen den Wind, der ihm die Tränen in die Augen trieb. Er war müde, aber noch zu aufgedreht, um schlafen zu können. Vor einer Stunde, gegen acht Uhr, war er von der Nachtschicht nach Hause gekommen, hatte sich umgezogen und war rausgefahren an den Weserstrand.

Harry Tenge hatte nicht irgendeine Nachtschicht hinter sich, sondern die Silvesterschicht im Bremer Ostertorviertel, rund um die Sielwallkreuzung, die wegen ihrer Drogendealerdichte, randalierender Fußballfans oder anders gearteter Krawalle regelmäßig für Schlagzeilen sorgte. Zwar war es in den vergangenen Jahren ruhiger geworden am Eck, jedenfalls für Bremer Verhältnisse, trotzdem bedeutete die Silvesternachtschicht am Sielwall noch immer polizeiliche Schwerstarbeit.

Vierzehn Stunden lang hatte Harry besoffene Streithähne getrennt, prügelnde Ehemänner aus ihren Wohnungen geschmissen, Erste Hilfe geleistet bei einem jungen Mann, dem illegale Böller aus Tschechien zwei Finger abgerissen hatten. Der Typ hatte wie am Spieß geschrien, während das Blut in regelmäßigen Stößen aus seinen Fingerstümpfen pulsiert war. Zum Glück hatte das Dunkelblau seiner Uniform die Blutspritzer geschluckt, Harry hätte auch gar keine Zeit gehabt, sich umzuziehen.

Darüber, dass er sich in der Eile keine Latexhandschuhe übergezogen hatte und der Typ womöglich HIV-positiv war, wollte er lieber nicht nachdenken.

Später hatte er seinen Kollegen dabei geholfen, sturzbetrunkene Jugendliche festzunehmen, die eine Mülltonne auf die Sielwallkreuzung gerollt und angezündet hatten. Teenies mit langen, verfilzten Haaren, die an Vogelnester erinnerten. Laut grölend hatten sie ihre leeren Bierflaschen auf dem Asphalt zersplittert, so als sei es eine neue Sportart. Zu dritt, manchmal zu viert, packten Harry und seine Kollegen die Jugendlichen. »Scheißbullen!«, »Nazischweine!« schrien die Teenies und strampelten wild mit den Beinen.

Harry war sich vorgekommen wie im Krieg. Es zischte und knallte wie im Hexenkessel. Qualm waberte über den Platz und trieb ihm die Tränen in die Augen. Schwefelgeruch reizte seine Lungen, sodass er die ganze Zeit über husten musste. Funken regneten vom Himmel und versengten ihm die Uniform. Böller explodierten wie Kanonensalven.

Plötzlich hatten Harry und seine Kollegen einen ganzen Mob gegen sich gehabt. Passanten, meist in die Jahre gekommenes Ökopack, warfen sich pöbelnd zwischen Polizei und Teenies. Immer mehr Schaulustige drängelten sich auf die Sielwallkreuzung. Steine und Flaschen flogen.

Fast wären Harry und seine Kollegen bei dem Versuch, die Meute zu bändigen, gescheitert. Doch dann, im Morgengrauen, schickte ihnen der Himmel im wahrsten Sinne des Wortes einen heftigen Schneesturm, der den Mob von der Straße vertrieb.

Nach Schichtende waren Harry und seine Kollegen völlig erschöpft auseinandergestoben. Niemand hatte noch Lust gehabt, auf das neue Jahr 2010 anzustoßen. Alle wollten so schnell wie möglich nach Hause.

Vielleicht hatte die Berufsberaterin damals doch recht gehabt. »*Sie* kann ich mir gar nicht als Polizist vorstellen«, hatte sie diplomatisch mit Blick auf Harrys Realschulzeugnis formuliert. Ein Musterschüler war Harry wirklich nicht gerade gewesen. Eine Drei in Deutsch, jeweils eine Vier in Mathe, Englisch und in den naturwissenschaftlichen Fächern. Die beiden einzigen Zweien, die sein Zeugnis schmückten, hatte Harry im Wahlpflichtkurs Fotografie und in Sozialkunde gehabt.

»Als Polizist muss man auch sehr sportlich sein«, hatte die Berufsberaterin hinzugesetzt, wie einen Nadelstich. In Sport hatte es auch nur für eine Vier gereicht, was allerdings nur seiner Trägheit geschuldet gewesen war. Ihm fehlte die Lust, sich beim Zirkeltraining zu verausgaben. Und auf dem Trampolin herumzuhopsen – was seine Sportlehrerin, eine Blondine mit silbrig blau geschminkten Lidern, besonders gern anordnete –, verstieß schlicht und ergreifend gegen seine Mannesehre.

Wortlos, ohne sich von der Berufsberaterin zu verabschieden, war Harry damals aufgestanden und gegangen. Der Trotz hatte ihn vom Arbeitsamt direkt zum Polizeipräsidium getrieben, wo er sich die Bewerbungsunterlagen für einen Ausbildungsplatz als Polizeivollzugsbeamter hatte geben lassen. Ein paar Tage nachdem Harry seine Bewerbung abgeschickt hatte, las er in der Zeitung, dass sich in der Werbe- und Einstellungsstelle der Bremer Polizei rund eintausendsechshundert Bewerbungen stapelten. Polizist war Anfang der Achtzigerjahre ein Traumberuf gewesen. Inzwischen wollte diesen Job kaum jemand machen.

Damals konnte sich die Polizei ihre Bewerber dagegen

noch aussuchen. Gerade mal die Hälfte aller Bewerber war zu einem zweitägigen Test eingeladen worden. Dass er unter den Auserwählten gewesen war, hatte Harry insgeheim für ein Versehen gehalten. Doch die Tests waren ihm überraschend leichtgefallen. Das Diktat, der Aufsatz, die Fragen, die etwas über seine Intelligenz verraten sollten. Beim Hindernisparcours war Harry mit so viel Schwung über die Barren und Kisten gehechtet, als wolle er sich für eine Karriere als Leistungssportler qualifizieren. Der Psychotest und das abschließende Gespräch waren im wahrsten Sinne zur Lachnummer verkommen. Als ihn einer der Prüfer gefragt hatte, ob er »sich denn auch mal einen runterholen« würde, hatte sich Harry nicht aus der Reserve locken lassen. Während andere Bewerber rot angelaufen waren und angefangen hatten zu stottern, hatte Harry dem Ausbilder ruhig ins Gesicht geschaut und geantwortet: »Morgens vor der Schule und abends im Bett. Am Wochenende sogar noch häufiger. Und wie stets bei Ihnen, wenn ich fragen darf?«

Das Auswahlgremium, allesamt Männer, war in schallendes Gelächter ausgebrochen. Harry hatte das Spiel sofort durchschaut gehabt. Als Polizist würde er sich später auf der Straße noch ganz andere Sprüche anhören müssen. Der Prüfer hatte einfach testen wollen, wie schnell er die Fassung verlor.

Doch dann hatte die Presse Wind von der Sache bekommen und ihr Sommerloch mit moralinsauren Kommentaren über die *menschenunwürdigen Fragen beim Einstellungstest der Bremer Polizei* gestopft.

Hätte nur noch gefehlt, dass Amnesty International den Innensenator zu einer Erklärung aufgefordert hätte. Der Polizeipräsident höchstpersönlich wurde vor *Kohl&Pinkel*, der täglichen Regionalsendung im Fernsehen, vor die Kamera zitiert, faselte irgendwas vom »Ausrutscher eines Beamten« und bat öffentlich um Entschuldigung. In Wirklichkeit, so erzählten es die Kollegen noch Jahre später, hatte sich der Präsident, der früher selbst einmal Streifenpolizist gewesen war, auf die Schenkel und dem Ausbilder auf die Schulter geklopft. Natürlich war offiziell gegen den Beamten ein Disziplinarverfahren eingeleitet worden – allerdings nur, um die Pressemeute ruhigzustellen. Die verstörten Bewerber, die sich durch die Frage des Ausbilders in ihrer Menschenwürde verletzt gefühlt hatten, durften noch mal zum Eignungstest antreten. Natürlich fand das Auswahlgremium – diesmal mit ein paar Alibi-Frauen besetzt – wieder Gründe, um diese Weicheier abzulehnen. Memmen und Petzen waren bei der Polizei unerwünscht.

Am Ende stellte die Bremer Polizei zweihundert von achthundert Bewerbern ein, darunter ihn, den damals sechzehnjährigen Harry Tenge. Er war unglaublich stolz gewesen und hatte sein Glück kaum fassen können.

Erst viel später war ihm klar geworden, warum er trotz miserabler Noten Polizist hatte werden dürfen. Ein ruhiges Gemüt war für diesen Beruf so wichtig wie für einen Metzger die Fähigkeit, Blut sehen zu können. Sabbeln musste man können. Das Maul halten, wenn Kollegen zulangten. Und sich anpassen. Gute Noten waren da eher hinderlich.

Nach ein paar Dienstjahren hatte Harry sogar noch die Prüfung zum gehobenen Dienst geschafft, das Abi nachgeholt und an der Fachhochschule für öffentliche Verwaltung studiert, um Kommissar zu werden.

Doch nun war er mit fünfundvierzig als Oberkommissar bei der Bremer Schutzpolizei am Ende seiner Karriereleiter angelangt. Schon seit zwei Jahren wartete er auf seine Beförderung zum Hauptkommissar. Aber selbst wenn sich der

Polizeipräsident endlich seiner erbarmte, würde Harry die nächsten Jahre auf der Straße verbringen. Besoffene in die Ausnüchterungszelle sperren. Kleindealer am Sielwall festnehmen, die die Richter ein paar Stunden später sowieso wieder laufen ließen. Anzeigen gegen Ladendiebe schreiben, mit dem Erfolg, dass die Staatsanwaltschaft die Verfahren sang- und klanglos einstellte. Prügelnde Ehemänner aus ihrer Wohnung schmeißen, heulende Ehefrauen trösten, die ihre Männer nur Stunden später freiwillig wieder reinließen und ihre Strafanträge zurückzogen.

Langsam aber sicher würde er – wie viele Kollegen – zum Alkoholiker werden. Das Feierabendbier, das ihm half, nach dem Dienst runterzukommen, war längst zum Ritual geworden. Geschieden, wie die meisten Polizisten, die er kannte, war er sowieso schon. Wenigstens war seine Ehe kinderlos geblieben.

Die letzten Jahre bis zur Pension würde Harry im Büro zubringen und langweiligen Schreibkram erledigen. Wenn er nicht vorher, wie einer seiner Kollegen, von einem Irren bei einer Verkehrskontrolle erschossen wurde.

Harry war müde. Und zwar nicht nur, weil er die ganze Nacht mit dem Wahnsinn gekämpft hatte.

Gleich würde er zu Hause in sein breites, französisches Bett sinken, im dem seine Exfrau sich mit einem Kollegen von der Kripo vergnügt hatte.

Würde sich ein Bier aufmachen und seinem Spiegelbild in den Türen des Schlafzimmerschranks zuprosten. Der Job hatte ihn früh grau werden lassen. Gut, dass er wenigstens volles Haar hatte. Doch aus seinen Augen, die früher mal wasserblau und arglos in die Welt geschaut hatten, war nicht nur die Unschuld, sondern auch alle Lebensfreude gewichen. Harrys Blick auf die Welt war kalt und zynisch geworden.

Um seine Mundpartie hatte sich ein harter Zug gegraben. Mit dem schalen Geschmack von Bier auf der Zunge würde er einschlafen. Ein paar Stunden. Bis zur nächsten Schicht.

Plötzlich spürte Harry Druck auf seiner Blase. Mist, dachte er. Er hatte wenig Lust, sein bestes Stück jetzt dem eisigen Wind auszusetzen. Doch bis zum Auto war es zu weit. Er sah sich nach einem geeigneten Platz zum Pinkeln um. Der Wind spielte mit dem Schilfrohr am Ufer. Harry bog die Halme auseinander und stapfte ins Dickicht. Das Schilfrohr schnellte hinter ihm zurück, sodass er vor neugierigen Blicken geschützt war. Zwar war der Strand menschenleer, doch man konnte nie wissen, ob nicht ein militanter Naturschützer, von denen es in Bremen reichlich gab, des Weges kam und ihn wegen Umweltverschmutzung anzeigte.

Der kleine Mann musste jetzt halt mal ein bisschen tapfer sein, dachte Harry, als er seinen Hosenschlitz öffnete. Einen Moment später folgte sein Blick dem dampfenden Strahl. Männer hatten gegenüber Frauen doch eindeutige Vorteile. Jedenfalls beim Pinkeln. Mit Genugtuung sah Harry, wie er den Schnee am Boden zwischen dem Schilf zum Schmelzen brachte. Das Plätschern im Ohr, richtete er seinen Blick gen Himmel. Die Wolken verschwanden in einem konturlosen Weiß, verrieten sich nur durch ihre schnellen Bewegungen. Vielleicht sollte er einfach mal in die Sonne fliegen …

Meine Güte, hatte sein kleiner Freund eine Ladung drauf. Aber Harry hatte in der Nacht ja auch keine Zeit gehabt, auf die Toilette zu gehen.

Im Gegensatz zu ihm war Klein Harry in der letzten Zeit ziemlich unterbeschäftigt gewesen. Harrys letzte Beziehung, ein kurzes Techtelmechtel mit Maria, einer Lehrerin, die ihn mit der Forderung nach täglichen Wasserstandsmeldungen über seine Gefühle schnell vertrieben hatte, lag schon eine

Weile zurück. Und er verabscheute es, in den Puff zu gehen, nur weil Klein Harry spielen wollte. Also hatte er seinen besten Freund im Handbetrieb abgefertigt. Er brauchte mal wieder eine Frau, dachte Harry, packte den kleinen Mann wieder ein und zog den Reißverschluss hoch. Eine Affäre. Bloß keine Beziehung. An dieser Herausforderung war er schon zu oft gescheitert.

Er wollte sich gerade umdrehen, als sein Blick auf den Boden traf. Harry stutzte. Aus der schlammigen Erde, die sein bestes Stück vom Schnee befreit hatte, starrten ihn zwei dunkle Augenhöhlen an. Über den Höhlen lugte ein gräuliches Schädeldach hervor. Urin tropfte von der Stirn. Träumte er? Harry bückte sich, um seinen Fund genauer anzusehen. Ein feines Netz winziger Flechten hatte sich über den Schädelknochen gelegt, wie ein dunkelgrüner, hauchdünner Schleier. Ein Haarriss trennte die Augenhöhlen. Dort, wo früher die Nase gewesen war, klaffte ein Loch, das aussah wie ein spitz zulaufendes Ei. Der Unterkiefer war im Schlick verschwunden, im Oberkiefer steckten nur noch ein paar dunkelbraune, fast schwarze Zähne. Doch das war nicht der Schädel eines ausgewachsenen Mannes, das hatte Harry sofort im Gefühl. Der Schädel war viel zu klein. Es musste der Schädel eines Kindes oder der einer Frau sein. Scheiße, dachte Harry. Wieder kein Feierabend. Und als er auf seinem Handy die Nummer der Einsatzleitstelle wählte, konnte er nur an eines denken: an das Gespött seiner Kollegen, die sich darüber totlachen würden, dass er im Schnee einen Totenschädel frei gepisst hatte.

*

Am Neujahrsmorgen 2010 erwachte ich mit Magenschmerzen, so als hätte sich das Unheil schon mit dem ersten Tag des Jahres ankündigen wollen.

Silvester hatte ich keinen Alkohol getrunken, war früh ins Bett gegangen und hatte den Jahreswechsel verschlafen. Das war nicht etwa meiner Verachtung für die zwanghafte Fröhlichkeit von Silvesterfeierlichkeiten geschuldet. Nachdem ich überraschend freibekommen hatte, war mir niemand eingefallen, mit dem ich hätte feiern wollen. Eingeladen hatte mich auch keiner. Also war ich allein geblieben.

Draußen war es still geworden, das Feuerwerk verpufft. Ein heftiger Schneefall hatte die Feiernden von der Straße vertrieben. Nur in der Ferne war noch das verlorene Gegröle Betrunkener zu hören.

Ich wollte mich gerade noch einmal im Bett umdrehen, als mein Handy vibrierte. Auf dem Display blinkte die Nummer von Helga Willich, der Haushälterin meines Vaters. Frau Willich verzichtete darauf, mir ein frohes neues Jahr zu wünschen, kam gleich zu Sache. »Ihr Vater ist gestern Morgen ins Krankenhaus eingeliefert worden. *Klinikum Links der Weser.* Ich weiß ja, dass Sie beide nicht das beste Verhältnis haben, aber Sie sollten vielleicht doch zu ihm fahren.«

Es dauerte einen Moment, bis ich begriff, was Frau Willich mir sagen wollte: Mein Vater lag im Sterben.

Ich fühlte nichts, dachte nur: Das sieht ihm ähnlich. Ausgerechnet Silvester sterben zu wollen. Was für ein Abgang.

Und dann hatte ich plötzlich das Gefühl, als würde jemand die Schnüre eines unsichtbaren Korsetts lösen. Das neue Jahr fängt ja gut an, dachte ich.

Nein, mein Vater hat mich nie missbraucht. Ich wusste, dass Sie das jetzt fragen würden. Geschlagen hat er mich auch nicht. Niemals. Dazu hätte er mich ja berühren müssen.

Es hat mir als Kind eigentlich auch an nichts gemangelt. Wir lebten in einer Villa im feinen Bremen-Schwachhausen. Ich hatte fünfundzwanzig Quadratmeter unterm Dach ganz für mich allein. Meine Spielsachen hätten dem Inventar eines Spielzeugladens zur Ehre gereicht. Ich bekam auch, solange ich mich zurückerinnern kann, das höchste Taschengeld in meiner Klasse. Geld spielte bei uns zu Hause keine Rolle. Mein Großvater, den ich leider nie kennengelernt habe, weil er schon vor meiner Geburt gestorben ist, war Fleischfabrikant gewesen. Nach seinem Tod verkaufte mein Vater die Firma.

Mein Vater war Mathematiker. Kein einfacher Mathepauker, was ja schon unerträglich genug gewesen wäre. Nein, er war Professor für Mathematik und widmete sich der numerischen Analysis partieller Differenzialgleichungen.

Nun gucken Sie mich nicht so fragend an. Mein Vater hat sich nie die Zeit genommen, mir zu erklären, womit er sein Leben vergeudete. Vermutlich hätte ich es auch gar nicht begriffen. Mich überfordern ja schon die Grundrechenarten.

Solange ich denken kann, hatte ich eine Fünf in Mathe, die eigentlich, wenn meine Lehrer weniger Rücksicht auf den Ruf meines Vaters genommen hätten, eine Sechs gewesen wäre. Dass ich, Tochter des renommierten Mathematikers Prof. Dr. Albert Katzenstein, unter Dyskalkulie litt, kam für meinen Vater einer öffentlichen Blamage gleich.

Sicher denken Sie jetzt, dass ich übertreibe. Dass die Tochter eines Mathematikers gar nicht unter Rechenschwäche leiden kann. Dass ich doch schon als kleines Kind auf dem Schoß meines Vaters gesessen haben muss, während er auf dem Rechenschieber die bunten Kugeln von links nach rechts schob, um mir das Zählen beizubringen. Aber da irren Sie gewaltig. Mein Vater war so gut wie nie bei uns.

Wenn er von der Uni nach Hause kam, verzog er sich meist wortlos in sein Arbeitszimmer. Manchmal, wenn die Tür einen Spalt geöffnet war, beobachtete ich ihn. Den Ellenbogen aufgestützt, die Hand mit der Zigarette an der Stirn, den Blick tief versunken in seine Aufzeichnungen, saß mein Vater am Schreibtisch und brütete über irgendwelchen mathematischen Problemen. Bläuliche Rauchschwaden tanzten im Lichtkegel der Bürolampe. Langsam verglimmte eine Kippe nach der anderen in seiner Hand. Die Asche fiel auf den Schreibtisch. Mein Vater sah nicht mal auf, wenn meine Mutter ins Zimmer kam und ihm einen Teller mit belegten Broten hinstellte.

Ein einziges Mal hatte mein Vater versucht, mir Nachhilfe zu geben. In der fünften Klasse. Ich hatte mal wieder eine Arbeit verhauen. Geometrie. Mein Vater sah ungläubig auf die Klassenarbeit, die über und über mit roten Korrekturen versehen war. »Das kann ja wohl nicht wahr sein. Du verstehst nicht mal die einfachsten Sachen.« Obwohl mein Vater mich nicht geschlagen hatte, brannte mein Gesicht, als hätte er mich geohrfeigt. Ich konnte seine Abscheu körperlich spüren, als er neben mir auf die Küchenbank rutschte. Stocksteif saß ich da, tränenblind. Kein Wort verstand ich von dem, was mein Vater mir erklären wollte. Tränen tropften auf das Heft, mischten sich mit der Tinte, verschmierten Zahlen und Diagramme.

Mein Vater knallte seinen Stift auf den Tisch. Er rollte über die Platte, fiel mit einem leisen Klacken auf den Küchenboden. »Das Kind begreift nichts!«, schrie mein Vater. »Nichts, nichts, rein gar nichts.« Worte wie kurze, abgehackte Schläge. Meine Mutter kam in die Küche gerannt. Hilflos stand sie da, sagte nichts. Der Jähzorn meines Vaters war wie ein Orkan, der in regelmäßigem Abstand über uns hereinbrach und den man am besten schweigend ertrug. »Wenigstens weiß ich, dass sie diese Dummheit nicht von mir geerbt haben kann«, brüllte mein Vater und verschwand in seinem Arbeitszimmer.

Als Kind rettete ich mich zu meinen Barbiepuppen ins Schloss. Ja, ja, ich weiß, was Sie jetzt sagen wollen. Dass Barbiepuppen gemeingefährliche Spielzeuge sind. Weil sie kleinen Mädchen vermitteln, dass sie schön sein müssten. Schlank sein. Perfekt sein. Doch ich kann nicht leugnen, dass ich noch heute eine politisch unkorrekte Schwäche für diese Plastikschönheiten hege.

Ich war ein kleines, pummeliges Mädchen mit bleicher Haut, Sommersprossen, die schlimmer waren als die fieseste Akne, und einer Hornbrille, deren linkes Glas abgeklebt war, um die Sehkraft des rechten Auges zu fördern. Und dann noch diese Haare. Rot wie Ziegelstein. Solange ich denken kann, war ich die Kleinste in der Klasse und dem Spott meiner Mitschüler ausgesetzt.

Die Barbies, die in einem Schloss wohnten, sorgten dafür, dass ich alles um mich herum vergaß: meinen Vater, die schlechten Noten, meine Mitschüler. Dass ich mich schön, stark, klug und unverwundbar fühlte.

Als ich eines Tages aus der Schule kam, waren die Barbies verschwunden. Die Stelle, an der ihr Schloss gestanden hatte, war leer, der helle Fleck auf dem Teppich ließ noch den Grundriss erahnen. Ich rannte die Treppe runter zu meiner Mutter und schrie. »Wo sind meine Barbies?!«

»Dafür bist du ja wohl jetzt zu alt«, sagte meine Mutter kühl. Ich war dreizehn. »Die Mädchen im Kinderheim haben sich sehr gefreut.«

Ich hörte auf zu essen, magerte ab. Auf fünfunddreißig Kilo.

»Du bist nicht ganz dicht«, sagte mein Vater oft. Ohne es zu merken, gewöhnte ich mir an, die Schultern leicht hochzuziehen. Wie jemand, der ständig auf der Hut ist und sich vor Schlägen duckt. Immer hatte ich Nackenschmerzen.

Auf meine Mutter konnte ich nicht zählen. Sie half mir nie, wenn mein Vater mich demütigte. Sie war seine Untertanin, hatte ihn mit neunzehn geheiratet und ihren Beruf als Krankenschwester aufgegeben.

Morgens, wenn mein Vater aus dem Haus gegangen war, schlüpfte sie in ihre geblümte Kittelschürze und widmete sich dem Haushalt. Selbstverständlich hätte mein Vater ihr eine Putzfrau bezahlt. Aber meine Mutter wollte nicht, dass eine fremde Frau ins Haus kam. Ich sehe noch heute vor mir, wie sie im Wohnzimmer über den Boden kroch, um die Fransen der Perserteppiche zu kämmen.

Meine Eltern hatten sich eingerichtet in einem kleinen, muffigen Gefängnis von Leben. Ich wusste lange nicht, was ich mit meinem Leben anfangen sollte. Nur eines war mir klar: Nie wollte ich so werden wie sie.

Mit jedem Schuljahr verschlechterten sich meine Noten. Zu der Fünf in Mathe gesellten sich Fünfen in Physik und Chemie. Auch in Englisch und Französisch hatte ich nicht den rechten Durchblick, weil mir die Lust fehlte, Vokabeln zu pauken. Nur meine Deutschlehrerin lobte meine exzellenten Aufsätze. Trotzdem stand früh fest, dass ich es nicht in die Oberstufe schaffen würde.

Nach der zehnten Klasse meldeten mich meine Eltern an einer berufsvorbereitenden Privatschule an, weil ich mit meinem schlechten Zeugnis noch nicht mal eine Lehrstelle bekommen hätte. Eine Professorentochter ohne Abitur – die Schande für meinen Vater hätte nicht größer sein können.

In der Nacht zu meinem achtzehnten Geburtstag packte ich die Koffer. Meine Eltern schliefen noch, als ich im wahrsten Sinne des Wortes um fünf vor zwölf die Haustür leise hinter mir ins Schloss zog.

Die Nacht verbrachte ich auf dem Bremer Hauptbahnhof, wo ich am Kiosk billigen, süßen Sekt kaufte und mit ein paar Obdachlosen auf meine Freiheit anstieß.

Am nächsten Morgen ging ich zur Mitwohnzentrale und fand, obwohl ich eine Sektfahne hatte, völlig übermüdet und ungeduscht war, noch am gleichen Nachmittag ein winziges Zimmer in einer WG bei zwei Informatikstudenten. Ein paar Tage später wagte ich mich, mit dem Mut einer Verzweifelten und meinen besten Aufsätzen in der Tasche, in die Redaktion des *Weserblicks*.

Tatsächlich nahm sich Simon Schröder, der Lokalchef, ein paar Minuten Zeit für mich. Allerdings nur, um mir klarzumachen, dass ich noch zu jung sei, um Journalistin zu werden. Und lieber weiter zur Schule gehen solle. Meine Aufsätze wollte er erst gar nicht sehen. »Ein Zeitungsartikel ist etwas völlig anderes als ein Aufsatz«, winkte er ab. »Das sehen wir jedes Mal, wenn Deutschlehrer meinen, sie könnten für uns schreiben und undruckbares Zeugs abliefern, das sie selbst mit ›sehr gut‹ benoten würden.«

Ich verlegte mich aufs Betteln. »Kann ich nicht wenigstens als ›Mädchen für alles‹ hier anfangen?« Wie ich plötzlich auf diese Idee gekommen war, weiß ich nicht mehr. Aber ich brauchte dringend einen Job. Zwar hatte ich monatelang fast mein ganzes Taschengeld gespart und verfügte über ein kleines Startkapital. Doch mir schwante, dass mein Vater vermutlich nur darauf wartete, dass ich reumütig zurückkehren würde, sobald mir das Geld ausgegangen war. Die Blöße wollte ich mir nicht geben.

Tatsächlich hatte Schröders Assistentin gerade, wie ich später erfahren sollte, überraschend ihre Halbtagsstelle gekündigt. Also ließ Schröder sich auf mein Angebot ein, allerdings nahm er mir das Versprechen ab, nach den Ferien wieder zur Schule gehen.

Morgens war ich vor allen anderen in der Redaktion. Wenn die Redakteure und Redakteurinnen gegen zehn Uhr verschlafen eintrudelten, war der Kaffee frisch durchgelaufen, was mir die dankbarsten Blicke bescherte, die ich bis dahin in meinem Leben bekommen hatte. Ich erledigte Botengänge und sortierte das veraltete Archiv um, sodass sich mit einem Mal alle darin zurechtfanden.

Nach einer Weile durfte ich belanglose Termine wahrnehmen, zu denen die Kollegen keine Lust hatten. Scheckübergaben, Geschäftseröffnungen, so was halt. Ich schulterte die Redaktionskamera und zog los.

Von meinen Eltern hörte ich nichts. Später erfuhr ich, dass meine Mutter mehrfach bei der Polizei gewesen war und die Beamten sie jedes Mal weggeschickt hatten, weil ich ja nun volljährig war. Auch übers Einwohnermeldeamt war meine Mutter nicht an meine Adresse gekommen, weil ich mich wohlweislich nicht umgemeldet hatte.

Meine Mutter fand mich erst, als der erste Artikel unter meinem vollen Namen im *Weserblick* erschienen war. Die Geschichte eines Obdachlosen, der von Jugendlichen mit Benzin übergossen und angezündet worden war. Der Artikel war mein Durchbruch gewesen. Eigentlich hatte ich nur bei der Recherche helfen sollen, weil die Redaktion in der Sommerzeit schwach besetzt gewesen war.

Aber dann hatte ich, das Mädel für alles, die Profis abgehängt, weil mir meine Freunde vom Bahnhof geholfen hatten. Schröder hatte nicht schlecht gestaunt, als ich ihm am

Sonntagnachmittag statt eines Rechercheberichtes einen fertigen Artikel auf den Schreibtisch gelegt hatte.

Ich kann mich noch genau an meine Unsicherheit erinnern. Schröder hatte in seinem Büro gesessen, das nur durch Glaswände von der übrigen Redaktion abgetrennt war. Der Qualm seiner Zigarette mischte sich mit dem Sonnenlicht, sodass es aussah, als säße er in hellem Nebel. Ich musste an meinen Vater denken, mir wurde flau im Magen.

Schröder las, blätterte um, las. Ich fühlte mich hundeelend. Plötzlich hob Simon den Blick, sah mich durch die Scheibe an. Ich hörte die Stimme meines Vaters, die mir ins Ohr flüsterte: »Du kannst nichts, du bist nichts, du schaffst nichts.«

Schröder stand auf, öffnete seine Tür und kam zu mir. Er zog sich einen Stuhl heran und setzte sich dicht neben mich. »Mädel«, sagte er und sah mich an. Schröder, dieser alte Chauvi, nannte alle Frauen Mädel, egal, wie alt sie waren. »Hast du diesen Artikel wirklich alleine geschrieben?« Ich nickte irritiert. »Niemand hat dir geholfen?«, insistierte er. Ich schüttelte den Kopf. Schröder schwieg einem Moment. »Du hast richtig Talent. Bis auf ein paar Kleinigkeiten können wir den so ins Blatt nehmen.«

Im ersten Moment glaubte ich, nicht verstanden zu haben. Und dann durchflutete mich ein unglaubliches Glücksgefühl. Ein Gefühl, das ich bis dahin nicht gekannt hatte.

Am nächsten Tag, ich war noch im Rausch, weil die Geschichte mit dem Obdachlosen fast die ganze erste Lokalseite einnahm, stand plötzlich meine Mutter in der Redaktion. Sie war blass und abgemagert, ihre Wangen eingefallen. »Kind«, sagte sie mit erstickter Stimme.

Ich schnellte von meinem Stuhl hoch, fasste sie am Arm und führte sie nach draußen. Vor der Tür ließ ich meine

Mutter gar nicht erst zu Wort kommen. »Solltest du noch einmal hier auftauchen, werde ich mir einen Anwalt nehmen und euch jede Kontaktaufnahme zu mir verbieten lassen«, zischte ich und ließ sie stehen.

Drei Wochen später war meine Mutter tot. Ich erfuhr es aus der Zeitung. Ich lag morgens mit der Konkurrenz, dem *Weser Kurier*, im Bett und blätterte ahnungslos die Seite mit den Todesanzeigen auf, als mir der Name meiner Mutter wie eine Ohrfeige ins Gesicht schlug. Unter der Anzeige stand nur der Name meines Vaters. Heute glaube ich, dass er die Annonce nur für mich aufgegeben hatte. Denn meine Mutter war sogar schon beerdigt worden.

Mir wurde schwarz vor Augen. Ich ließ die Zeitung sinken, rutschte unter die Bettdecke. In der Wohnung war es still. Meine Mitbewohner, die beiden Informatikstudenten, hatten Semesterferien und waren nach Frankreich unterwegs. Neben meinem Bett tickte der Wecker. Ich versuchte, mich auf den Schlag der Uhr zu konzentrieren, stemmte mich gegen die Bugwelle von Gefühlen, eine Mischung aus Trauer, Scham und Schuld, die mich zu überrollen drohte.

Nie mehr würde ich mich mit meiner Mutter versöhnen können. Und die einzige Chance dazu hatte ich leichtfertig vertan.

Ich schluckte an dem Kloß in meinem Hals, schlug die Decke zurück und versuchte aufzustehen. Doch meine Beine zitterten so stark, dass ich nicht hochkam. Es dauerte eine ganze Weile, bis ich das Telefon auf dem Flur erreicht hatte. Handys gehörten damals noch nicht zum Alltag. Mit zittrigen Fingern wählte ich die Nummer von zu Hause. Doch mein Vater war nicht da. Obwohl Semesterferien waren, versuchte ich es an der Uni. Tatsächlich nahm mein Vater den Hörer ab.

»Papa«, presste ich hervor. Tränen rannen über mein Gesicht.

»Du wagst es, mich anzurufen?«, schrie mein Vater. »Du hast deine Mutter auf dem Gewissen!« Es klickte in der Leitung.

Später erfuhr ich von der Polizei, dass meine Mutter mit ihrem Auto gegen einen Baum geprallt war. Ohne erkennbaren Grund war sie von der Straße abgekommen. Auf gerader Strecke. Im Sommer. Die Fahrbahn war trocken gewesen. Einen Abschiedsbrief hatte sie nicht hinterlassen.

In den Jahren nach dem Tod meiner Mutter habe ich immer wieder versucht, Kontakt zu meinem Vater aufzunehmen. Ich rief ihn zum Geburtstag an, sprach ihm Glückwünsche auf den Anrufbeantworter, schickte Weihnachtskarten. Manchmal legte ich sogar einen Artikel von mir bei.

Warum ich mich plötzlich um meinen Vater bemühte, wollen Sie wissen? Klar, als Therapeut interessiert Sie das natürlich besonders. Kann ich verstehen. Aber ich habe keine Ahnung. Vermutlich, weil wir nur noch uns hatten. Und ich glaube inzwischen auch, dass man von seinen Eltern nie loskommt, egal, wie sehr man sich bemüht, egal, was sie einem angetan haben. Man entkommt ihnen nicht. Und Töchter sind ihr Leben lang Geiseln ihrer Väter. Weil Väter das Verhältnis ihrer Töchter zu Männern prägen.

Außerdem wollte ich vermutlich eine alte Wunde schließen, indem ich auf die späte Anerkennung meines Vaters hoffte. Immerhin hatte ich es von der Schulabbrecherin zur Redakteurin gebracht.

Nachdem ich mit meiner Geschichte über den Obdachlosen einen Preis für Nachwuchsjournalisten gewonnen hatte, sprach Simon Schröder nie wieder davon, dass ich weiter zur Schule gehen sollte, sondern setzte sich bei der Verlegerin dafür ein, dass ich auch ohne Abitur Volontärin werden durfte. Ich tat alles, um sein Vertrauen nicht zu enttäuschen. Schröder sagte auch später immer wieder, dass ich mit Abstand die beste Volontärin gewesen sei, die er je ausgebildet habe.

Doch die Missachtung meines Vaters steckt mir noch heute, mit siebenunddreißig, tief in den Knochen. Ich kann nicht glauben, dass ich etwas wert bin. Dass ich etwas kann. Egal, was ich tue, mein Vater steht hinter mir und flüstert: »Du bist nichts, du kannst nichts.« Ich kann meinen bescheidenen Erfolg nicht genießen, fühle mich wie eine Hochstaplerin.

Mein Vater antwortete mir in all den Jahren nicht. Einmal stand ich unangemeldet an seinem Geburtstag mit einem Strauß Tulpen vor seiner Tür. Er bekam einen Tobsuchtsanfall, riss mir die Blumen aus der Hand, pfefferte sie auf den Boden und warf mich raus.

Seither rief Frau Willich mich in regelmäßigen Abständen an, um mir zu erzählen, was mein Vater so trieb. Dass er mit ihrem Mann Ernst Schach spielte. Fast kaum noch sein Arbeitszimmer verließ, verbissen an irgendeinem Projekt arbeitete. Dass er nur sehr selten Besuch bekam und ab und an nach Hamburg zu irgendeiner Stiftung fuhr.

Als ich am Neujahrsmorgen, eine Stunde nach ihrem Anruf, in der Klinik vor dem Bett meines Vaters stand, funkelte er mich voller Verachtung an. »Was willst du denn hier?«, zischelte er, die schmalen Lippen, auf denen ein bläulicher, ungesunder Glanz lag, halb geöffnet. Wahrscheinlich hatte er nur einen kleinen Schwächeanfall erlitten, den er so geschickt in Szene gesetzt hatte, dass Frau Willich ihn an der Schwelle des Todes wähnte. Mit einem Mal war ich wieder das kleine Pummelchen mit Hornbrille, das sich vor seinem

Vater duckte. Dabei sah mein alter Herr alles andere als furchterregend aus. Wie ein altersschwacher, kranker Raubvogel saß er in seinem Bett. Ich ekelte mich vor seinem Anblick. Vor seinem lappigen Hals. Den knochigen Händen, die entfernt an Vogelkrallen erinnerten und übersät waren mit braunen Altersflecken. Sein Adamsapfel stach unnatürlich hervor, wenn er sprach, nein, wenn er seine Worte abfeuerte wie Kanonensalven. »Verschwinde. Was du dir einbildest. Raus hier.« Spucketröpfchen flogen aus seinem Mund. Ich war überrascht, wie sehr mich die Wucht seiner Worte traf. Ich hatte erwartet, dass ich seinen Demütigungen inzwischen gewachsen sein würde.

Plötzlich wurde mir klar, dass er mich nie verlassen würde. Mein Vater würde mich ein Leben lang begleiten, seine Verachtung würde mir folgen wie ein böser Geist.

Und dann bäumte sich etwas in mir auf, das all die Jahre darauf gewartet hatte, zuzuschlagen. Eine böse Kraft, die der meines Vaters nicht unähnlich war.

Es gab nur einen Weg, meinen Vater loszuwerden. Ein für alle Mal. Mich gebührend zu rächen, für all die Bösartigkeiten. Und mich von ihm zu befreien. Mir kam ein ungeheuerlicher Gedanke. Plötzlich, als ich, ohne ein Wort zu sagen, das Krankenzimmer verließ, die Tür leise hinter mir zuzog und mich davonstahl wie eine Diebin, wusste ich, dass ich ihn ausführen würde. Ich war kein bisschen schockiert über mich, dachte nur: Das ist doch mal ein guter Vorsatz fürs neue Jahr.

Ich würde meinen Vater töten.

*

Es war schon vier Uhr nachmittags, als Matthias Grothe an Neujahr 2010 aus einem komaähnlichen Schlaf erwachte. Sein Schädel fühlte sich an, als hätte ihn jemand mit voller Wucht gegen eine Betonwand geschlagen. Das war nicht nur dem Gemisch aus Bier und Wodka geschuldet, das er sich die ganze Nacht über einverleibt hatte, die Bullen hatten ganz schön zugelangt.

Bis früh um sechs war er mit ein paar Kumpels im *Eisen*, einer Szenekneipe am Sielwall, gewesen. Sie hatten nicht nur das neue Jahr, sondern auch Matzes Rückkehr gefeiert. Dabei war er gar nicht so sicher, ob es richtig gewesen war, nach fünfzehn Jahren von Berlin nach Bremen zurückzukehren. Nachdem er sich heute Morgen von seinen Freunden verabschiedet hatte, war Matze in Richtung Sielwall gewankt. Es war kalt gewesen. Matze versuchte, sich zu beeilen.

Auf der Sielwallkreuzung war er in eine Menschenmenge geraten. In der Mitte lieferten sich die Bullen eine kleine Schlacht mit ein paar Jugendlichen. Plötzlich packten ihn zwei Bullen von hinten. Einer drehte ihm den Arm auf den Rücken, sodass er vor Schmerz laut aufschrie. Ehe er sich versah, fesselten die Polizisten ihm die Hände mit Kabelbindern auf dem Rücken und stießen ihn in den Polizeitransporter.

In der Gefangenensammelstelle nahmen kurz darauf zwei mürrische Beamte, die keinen Hehl daraus machten, dass sie lieber Silvester gefeiert hätten, anstatt zu arbeiten, seine Personalien auf: Grothe, Matthias, geboren am 3. November 1975 in Delmenhorst.

»Ich habe nichts gemacht«, hörte Matze sich lallen und wusste, wie unglaubwürdig er klang. »Ich will sofort einen Anwalt sprechen.«

Die Beamten lachten nur. Zwei weitere Polizisten kamen, packten ihn an den Armen und führten ihn ab. Matze war viel zu besoffen, um sich zu wehren. »Ich bin Journalist«, lallte er.

»So, Journalist bist du«, antwortete einer der Bullen, ein kahlköpfiger Typ, der in anderer Kluft glatt als Skinhead durchgegangen wäre. »Das freut uns natürlich ganz besonders, die vierte Gewalt hier bei uns im Polizeigewahrsam begrüßen zu dürfen.« Mit diesen Worten gab der Bulle Matze von hinten einen Schubs, sodass er ins Taumeln geriet.

»Geben Sie mir sofort Ihren Namen«, schrie Matze. Statt einer Antwort schlug ihm der Bulle seine Faust ins Gesicht. Matze schmeckte den salzigen Geschmack von Blut, das aus seiner aufgesprungenen Lippe sickerte.

»Und?«, höhnte der Bulle. »Willst du meinen Vornamen auch noch wissen?«

Reflexartig riss Matze seine Hände auseinander, wollte zurückschlagen. Die Kabelbinder schnitten ihm ins Fleisch.

»Du kriegst jetzt erst mal eine Anzeige wegen Widerstands gegen Vollstreckungsbeamte«, sagte der Schläger zu Matze und wandte sich an seinen Kollegen. »Hast doch gesehen, dass der versucht hat, mich zu treten, nicht?«

»Und ob ich das gesehen habe«, nickte der andere Polizist, ein dunkelhaariger Typ mit Schnauzer. Dann schnitten sie ihm die Kabelbinder vom Handgelenk und schubsten Matze in eine Zelle, in der schon acht Leute saßen.

Auf den ersten Blick sah Matze, dass er mit Abstand der Älteste war. Die anderen Gefangenen waren noch im Teenageralter, siebzehn, vielleicht achtzehn Jahre alt. Die Luft war stickig und alkoholgeschwängert, niemand in der Zelle war nüchtern. Die Neonröhren an der Decke tauchten den Raum in kaltes Licht. Die Wände waren kahl. Auf einer Pritsche kauerten vier Jugendliche, die anderen hockten auf dem Betonboden. In der Ecke saß ein Mädchen. Sie war höchstens siebzehn. Auf ihren Wangen glänzte ein Schmierfilm aus Wimperntusche und Tränen. Als Matze in die Hocke ging, um sich neben sie zu setzen, drückte plötzlich das iPhone gegen seine Wade. Das Telefon hatte Matze ja total vergessen. Er hatte sich angewöhnt, das Handy im Schaft seiner Knobelbecher zu verstauen, wenn er um die Häuser zog, um zu verhindern, dass er das teure Teil verlor oder es ihm geklaut wurde. Die Bullen hatten ihn, was sicher gegen die Vorschriften verstieß, nur oberflächlich durchsucht. Auch seine Schuhe hätte er eigentlich ausziehen müssen. Matze krempelte seine Jeans hoch und fingerte das iPhone aus dem Stiefelschaft. Sofort kam Bewegung in die lädierte Gesellschaft.

»Krass, Alter, wenn die Bullen das sehen, bist du es los«, sagte ein Typ, dessen Dreads fast zur Hüfte reichten, und pfiff durch die Zähne.

»Um das zu verhindern, müsst ihr euch jetzt mal vor die Tür setzen, damit ihr merkt, wenn die Bullen zurückkommen.« Matze klang wie ein Papa, der seinen Kindern Anweisungen erteilte. Tatsächlich gehorchten die Jugendlichen und postierten sich vor die Zellentür.

Matze schaltete sein iPhone ein und war überrascht, dass das Netz durch die Mauern des Polizeigewahrsams drang. *Anwaltsnotdienst Bremen* tippte er bei Google ein und wählte kurz darauf die Handynummer, die das Internet ausgespuckt hatte. Er war nicht sicher, ob an Neujahr jemand rangehen würde. Doch nachdem es ein paar Mal getutet hatte, meldete sich eine Frauenstimme, die weder verschlafen noch betrunken klang. Matze schilderte ihr, was passiert war.

»Ich brauche alle Namen und Geburtsdaten der Zelleninsassen«, antwortete sie routiniert.

Matzes Handy machte die Runde und einer nach dem anderen flüsterte Namen und Geburtsdatum ins Handy. Er hatte sich nicht getäuscht: Keiner seiner Mitgefangenen war älter als neunzehn. Matze nahm das Handy wieder an sich und sprach mit der Frau vom Anwaltsnotdienst.

»Ich schicke Ihnen jetzt so schnell wie möglich jemanden vorbei«, versprach sie.

»Danke«, flüsterte Matze ins Telefon. Doch er blieb skeptisch. Wo sollte die Tante jetzt einen Anwalt auftreiben? Die lagen doch sicher alle besoffen im Bett.

Eine gute Stunde später, gegen halb acht, wurde die Zellentür plötzlich aufgeschlossen. »Raus, ihr seid alle entlassen«, knurrte ein Beamter. Im Vorraum stand eine Anwältin, der man ansah, dass sie aus dem Bett gestolpert war. Ihr hennarotes Haar war lang und wirr. Sie war Ende vierzig, Anfang fünfzig. Um Mundwinkel und Augenpartie hatten sich tiefe Falten gegraben, ihre Haut hatte einen grauen, ungesunden Farbton. Vermutlich rauchte sie wie ein Schlot und konnte abends ohne Rotwein nicht einschlafen. »Die Presse wird sich sicher für diesen Polizeieinsatz interessieren«, keifte die Anwältin, die sich als Dr. Erika Harksen vorstellte, ihre Visitenkarten verteilte und sich von Matze und den anderen die mitgebrachten Prozessvollmachten unterschreiben ließ.

Gegen halb neun war Matze zu Hause gewesen und hatte sich ins Bett fallen lassen.

Wenn nur diese Kopfschmerzen nicht wären. Matze schluckte trocken, griff nach der Flasche Mineralwasser, die neben seiner Matratze auf dem Parkettboden stand, und spülte den galligen Geschmack hinunter. Seine Lippen schmerzten beim Trinken. Mit der Zunge fuhr er über den Riss, der sich einen geschätzten Zentimeter quer über seine

Unterlippe zog. Vielleicht war es doch keine gute Idee gewesen, nach Bremen zurückzukehren.

Gleich nach seiner Lehre war er mit neunzehn von Delmenhorst in die Hauptstadt gezogen und hatte sofort einen Job als Fotograf beim *Berliner Express*, dem auflagenstärksten Boulevardblatt der Stadt, ergattert, was ihm damals wie ein Wunder erschienen war. Fotografen aus aller Welt waren nach der Wende nach Berlin geströmt und hatten sich die besten Jobs gesichert. Matze hatte neben seiner Fotografenlehre jahrelang nur Schützenfeste, Feuerwehrbälle und Karnickelschauen für ein Provinzblatt fotografiert.

Für nichts war er sich zu schade gewesen. Hatte über Jahre Tag und Nacht Polizeifunk abgehört. Sein Schlaf war unruhig geworden. Sein Unterbewusstsein weckte ihn, wenn sich der Funk in einen Schlagabtausch hektischer Kommandos verwandelte, weil es irgendwo brannte oder eine Leiche gefunden worden war.

Oft hatte er zu nachtschlafender Zeit mit seinem schreibenden Kollegen Sebastian Schellenberger rausfahren müssen. Matze konnte gar nicht mehr zählen, wie viele Mörder, Vergewaltiger, Kinderschänder oder Brandstifter er ›abgeschossen‹, also heimlich fotografiert hatte, wenn sie dem Haftrichter vorgeführt wurden.

Doch dann, nachdem er seine Haut fast fünfzehn Jahre für den BE zu Markte getragen hatte und die Zeitung für ihn längst so etwas wie ein Familienersatz geworden war, war sein Kollege Basti zum Lokalchef aufgestiegen. Binnen kürzester Zeit hatte sich der Wind in eine Richtung gedreht, die Matze nie für möglich gehalten hätte. Basti, den Matze für einen Freund gehalten hatte, beschäftigte immer mehr Praktikanten. Matze durfte das junge Gemüse, das Kommunikationsdesign, Medienwissenschaften oder ähnlichen Quatsch studiert hatte, anlernen und wurde zum Dank dafür zunehmend an den Rand gedrängt.

Natürlich hatte er versucht, mit Basti zu reden. Doch der hatte nur etwas von einer »neuen Bildsprache« gefaselt, die er beim *Express* etablieren wolle. Als wenn Basti, dieser abgebrochene Philosophiestudent und ehemalige Witwenschüttler, Ahnung von Fotografie gehabt hätte. Fotografen über dreißig, hatte Basti ihm ungerührt zu verstehen gegeben, hätten nicht mehr den »frischen Blick« auf die Dinge. Er solle das bitte nicht persönlich nehmen. Aber er sehe es als neuer Lokalchef nun mal als seine Pflicht an, den Nachwuchs zu fördern.

Matze hatte verstanden. Sobald er diesem devoten Jungvolk die miesesten Kniffe beigebracht hatte, würde Basti ihn feuern.

Und dann war etwas geschehen, das Matze im Nachhinein vorgekommen war wie ein Wink des Schicksals. Seine Großmutter Lenchen, an der Matze sehr gehangen hatte, war gestorben und hatte ihm eine Altbauwohnung in Bremen vererbt. Sie lag mitten in der Stadt am Dobben. Die Straßenbahn fuhr direkt vor seiner Tür vorbei, der Bahnhof lag in der Nähe. Zuerst war Matze der Gedanke, nach Bremen zurückzukehren, geradezu irrwitzig erschienen. Doch wenn Basti ihn feuern würde, würde er in Berlin wohl kaum einen neuen Job als Pressefotograf finden. Die Konkurrenz war einfach zu groß.

Schließlich hatte er sich einen Ruck gegeben, in Bremen beim *Weserblick* angerufen und sich zum Leiter der Lokalredaktion durchstellen lassen.

»Sie schickt mir der Himmel«, hatte Simon Schröder ausgerufen. Zwei Wochen später hatte Matze dem Lokalchef gegenübergesessen.

»Sie haben ja die ganze Bandbreite drauf, vom Schützenfest bis zum Serienmord«, hatte sich Schröder beeindruckt gezeigt. Schnell waren sie sich handelseinig geworden. Zwar musste Matze wieder als fester Freier arbeiten, würde also keinen Anstellungsvertrag bekommen. Doch er hatte ohnehin nicht damit gerechnet, mit vierunddreißig noch mal fest angestellt zu werden. Außerdem war er nun, nachdem er keine Miete mehr zahlen musste, finanziell ziemlich unabhängig.

Auch seine neue Kollegin, die Polizeireporterin Alexandra Katzenstein, hatte er schon kennengelernt. Alter Schwede, hatte er gedacht. Da ist man jahrelang in Berlin, sieht tagaus, tagein die schärfsten Weiber – okay, man sieht sie nur –, kommt dann nach Bremen, also in die Provinz, und erwartet dort allenfalls ein paar Landpomeranzen. Und dann so was. Alexandra Katzenstein. Hammerfrau. Wilde Löwenmähne. Tizianrot. Eine Haarfarbe, die unmöglich echt sein konnte. Oder der liebe Gott hatte gezaubert. Grüne Augen. Heller Prinzessinnen-Teint. Feine Sommersprossen wie Goldstaub.

»Ihr werdet jetzt viel Zeit miteinander verbringen«, hatte Simon Schröder gesagt. Matze hatte geschluckt und irgendwas von »freut mich« oder so gestammelt, mit roten Ohren. Die Katzenstein hatte ihm die Hand gereicht, ihm einen kühlen Blick zugeworfen und rotzig »wenn's der Wahrheitsfindung dient« gemurmelt. Ihr Lächeln – sie hatte auffallend weiße, ebenmäßige Zähne, die entweder gut gepflegt oder sehr teuer gewesen sein mussten – wirkte mechanisch.

Trotzdem hatte Matze nach dem Vorstellungsgespräch richtig Lust auf seinen neuen Job in Bremen gekriegt. Und Bastis Gesicht, als er ihm gesagt hatte, dass er sich einen neuen Fotografen suchen müsse, hatte ihn in seiner Entscheidung noch bestärkt.

»Du musst ja wissen, was du machst. Zum Glück habe ich mich ja früh um die Nachwuchsförderung gekümmert.«

Doch dann, als die Möbelpacker seine Habseligkeiten aus seiner Berliner Wohnung geschleppt und in den Transporter verfrachtet hatten, war ein Kloß in seinem Hals geschwollen. Und in Bremen hatte er sich gleich am ersten Tag des neuen Jahres mit der Staatsgewalt angelegt. Na, wenn das kein schlechtes Omen ist, dachte Matze und schlief wieder ein.

*

Als Helga Willich am Morgen des 2. Januar gegen sieben Uhr die Haustür der Villa von Prof. Dr. Albert Katzenstein aufschloss, beschlich sie ein ungutes Gefühl. Katzensteins Nachbarin hatte sie am Neujahrsmorgen angerufen. Der Professor sei Silvester in die Klinik eingeliefert worden. Sie habe den Krankenwagen vor dem Haus stehen sehen und beobachtet, wie die Sanitäter Katzenstein auf einer Trage in den Wagen geschoben hätten. Der Mathematiker sei ganz blau angelaufen gewesen und habe gejammert wie ein Kind.

Das, was die Nachbarin ihr da erzählte, passte so gar nicht zum Professor. Sie kannte Katzenstein nur als brummigen Einsiedler, kalt, unnahbar und offenbar hart im Nehmen. Mit ihr wechselte Katzenstein so gut wie kein Wort, obwohl sie ihm nun schon seit fast zwanzig Jahren den Haushalt führte. Nur zu ihrem Mann Ernst, der alle Reparaturen erledigte und den Garten in Schuss hielt, pflegte der Professor inzwischen ein fast freundschaftliches Verhältnis.

Eines Tages, als Helga vom Einkaufen gekommen war, hatten ihr Mann und Katzenstein vor dem Schachbrett gesessen. Helga wusste, dass der Professor trotz Doktortitels in Mathematik keine Chance gegen ihren Mann haben würde. Ernst spielte seit seiner Kindheit Schach. Kein Tag verging, an dem er nicht vor dem Brett saß, berühmte Partien nachspielte, gegen sich selbst oder den Computer antrat. Er war sogar mal Deutscher Meister gewesen. Katzenstein war dagegen ein reiner Gelegenheitsspieler.

Helga fürchtete, dass der Professor im Falle einer Niederlage einen seiner Wutanfälle bekommen und sie auf der Stelle rauswerfen würde. Doch Katzenstein, das musste man ihm lassen, hatte die Schmach, dass Ernst ihn schon mit wenigen Zügen matt gesetzt hatte, mit einer Gelassenheit ertragen, die sie ihm nicht zugetraut hätte.

Fortan spielte der Professor regelmäßig mit Ernst Schach, studierte seine Züge, versuchte, von ihm zu lernen. Stundenlang saßen die Männer vor dem Brett – manchmal sogar bis in die Nacht hinein. Dass Schachpartien sich über Stunden hinziehen konnten, wusste Helga, seit sie Ernst kannte. Und in all den Jahren ihrer Ehe, inzwischen waren es fast vierzig Jahre, hatte sie ihm sein Hobby gelassen. Ein leidenschaftlicher Schachspieler war immer noch besser als ein notorischer Fremdgänger.

Nach dem Anruf der Nachbarin hatte sie sofort Alexandra alarmiert. Katzensteins Tochter war so ein liebes Mädel. Hübsch und so höflich. Doch ihr Vater, dieser Stiesel, wollte nichts mit ihr zu tun haben. Außer seiner blöden Mathematik schien den Alten nichts zu interessieren.

Als Alexandra einmal unangemeldet an seinem Geburtstag vor der Tür gestanden hatte, hatte der Professor sie glatt rausgeworfen. Helga war fassungslos gewesen, wie er das arme Kind zusammengestaucht hatte. »Sollten Sie Alexandra noch einmal hier reinlassen, sind Sie gefeuert«, hatte Katzenstein ihr gedroht. Nur Ernst hatte sich nicht einschüchtern lassen, war Alexandra nachgegangen, hatte versucht, sie zu trösten.

Katzenstein schien auch gar nicht zu bemerken, in was für einer behaglichen Umgebung er lebte. Hatte keinen Blick für die herrlichen Räume seiner Villa, den Erker im Wohnzimmer, das Turmzimmer, in dem er schlief. Die filigranen Jugendstilornamente im Stuck. Die Zapfen aus Bleikristall an den Lüstern, die leise klirrten, wenn der Wind im Sommer zu den hohen Fenstern hineinwehte und die dunklen Samtvorhänge blähte. Das Eichenparkett mit seinen Maserungen, das leise, wie zum Protest, knarrte, wenn man darüberlief. Die wertvollen Antiquitäten. Der alte Sekretär, den Katzenstein noch von seinem Vater geerbt hatte und der unbenutzt im Salon stand, weil er dem Professor viel zu klein war. Vertikos aus der Gründerzeit, deren gedrechselte Säulen Helga beim Abstauben regelmäßig zur Verzweiflung brachten. Und dann dieser Garten, das Revier ihres Mannes. Die dichten Rhododendronbüsche, die das Grundstück vor neugierigen Blicken schützten. Blüten, rot, lila und weiß, im Sommer fast so groß wie Fußbälle.

Katzensteins Frau hatte sich früher um Haus und Garten gekümmert. Doch sie war schon seit vielen Jahren tot. Selbstmord, munkelten die Nachbarn. Für Helga blieb es ein Rätsel: Warum brachte man sich um, wenn man in so einer schönen Villa lebte? Und alles hatte. Nicht mal arbeiten musste.

Für Katzenstein alleine war die Villa natürlich viel zu groß. Er brauchte nur sein Arbeitszimmer. Doch das hütete er wie ein Heiligtum. Nie ließ er zu, dass Helga das Zimmer betrat, geschweige denn darin putzte. Nicht mal staubsaugen durfte sie. Katzenstein schloss das Zimmer sogar ab, wenn er zur Toilette ging und sie im Hause war. Er hütete irgendein

Geheimnis in diesem Zimmer. Lächerlich – als wenn sie in der Lage gewesen wäre, seine Aufzeichnungen zu interpretieren. Ein einziges Mal, als die Tür einen Spalt offen stand, war es ihr gelungen, einen Blick in dieses Zimmer zu werfen. Regalwände bis zur Decke mit Büchern vollgestellt.

Auf dem Boden stapelten sich vergilbte Fachzeitschriften. Das Chaos auf dem Schreibtisch spottete jeder Beschreibung.

Katzenstein war eine richtige Wissenschaftlernatur. Alltägliche Dinge, wie essen und schlafen, schienen für ihn ein notwendiges Übel zu sein, das ihn von seiner eigentlichen Bestimmung, der Mathematik, ablenkte. Mit Sicherheit war es Jahrzehnte her, dass er in einem Supermarkt eingekauft hatte.

Sein Zusammenbruch Silvester war wohl nur eine Kreislaufschwäche gewesen. Schon am Neujahrsabend war Katzenstein, wie die Nachbarin ihr pflichtschuldig gemeldet hatte, wieder aus dem Krankenhaus entlassen worden. Sie hatte das Taxi vorfahren und den Professor aussteigen sehen.

Doch jetzt war im Haus alles still. Gespenstisch geradezu. Helga wunderte sich. Zwar hörte sie den Professor morgens so gut wie nie, doch sie roch ihn. Der Duft seines Rasierwassers vermischte sich mit Zigarettenqualm. Doch diesmal roch es irgendwie anders, nach Holzkohle, so als würde jemand grillen. Doch der Professor grillte nicht, schon gar nicht im Januar.

»Herr Professor?«, rief Helga und ging den Flur entlang zum Arbeitszimmer. Keine Antwort. »Herr Professor?« Er wird doch wohl nicht wieder zusammengebrochen sein, dachte die Haushälterin. Sie klopfte an die Tür des Arbeitszimmers, erst zaghaft, dann energischer. »Entschuldigen Sie, Herr Professor. Ist alles in Ordnung?« Stille. »Hallo?« Keine

Reaktion. Nur das Ticken der alten Standuhr im Erkerzimmer war zu hören. Vorsichtig drückte Helga die Klinke herunter. Der Professor konnte ihr ja wohl kaum böse sein, wenn sie ihn heute ausnahmsweise in seinem Heiligtum störte. Sie musste doch feststellen, wie es ihm ging, vielleicht brauchte er ja ihre Hilfe.

Der Professor saß, den Kopf leicht nach hinten geneigt und den Mund halb geöffnet, auf seinem Stuhl. Die Arme ruhten auf den Lehnen, die Hände hingen schlaff herunter. Katzensteins Augen waren aufgerissen, starrten leblos an die Decke. Er war tot. Aus dem Augenwinkel sah Helga noch die Schubkarre, die vor Katzensteins Schreibtisch stand. Dann wurde ihr plötzlich schwindelig. Ihre Beine knickten ein; sie brach bewusstlos zusammen. Helga Willich tat noch ein paar Atemzüge, fiel ins Koma. Und war kurze Zeit später tot.

*

Nach dem misslungenen Besuch bei meinem Vater fuhr ich nach Hause und legte mich schlafen. Gegen Abend erwachte ich, weil Hans-Günther, mein Kater, auf mein Bett sprang und mir ins Ohr miaute. Ich kraulte sein rotes Fell. Sein Schnurren hob meine Laune. Hans-Günther ist der wichtigste Mann in meinem Leben. Zugegeben, er ist auch der einzige. Eine ganze Weile schon. Er kam vor dreieinhalb Jahren zu mir. Er taumelte orientierungslos und völlig verstört im Kreis auf der Straße vor meinem Haus. Die Autos brausten links und rechts an ihm vorbei. Manche hupten. Ich stürzte auf die Straße, wedelte mit den Armen, hielt den gesamten Verkehr an, hob den völlig verängstigten, zitternden Kater hoch – die Autofahrer warteten brav, nicht einer wagte es, zu hupen. Dann gab ich den Verkehr wieder frei. Im Treppenhaus traf ich Ludger, meinen damaligen Wohnungsnachbarn, seines Zeichens diplomierter Inka-Experte, erfolgloser Autor und Busfahrer. In meiner Wohnung gab ich dem Kater zu trinken, streichelte ihn und fragte – zugegebenermaßen ziemlich dämlich – »Na, mein Kleiner, wie heißt du denn?«

»Was soll er denn jetzt sagen? Hans-Günther oder was?«, brummte Ludger, der aus Neugier mit uns gekommen war. Ich sah ihn verdutzt an – wir beide prusteten los vor Lachen. Und der Kater hatte einen Namen.

Als ich nun aufstand, folgte mir Hans-Günther. In der Küche schüttete ich ein bisschen Trockenfutter in seinen leeren Napf. Dann ging ich ins Badezimmer und duschte. Heiß und lange, als könnte ich die Demütigung vom Vormittag abwaschen. Anschließend rieb ich mich mit dem sündhaft teuren Kokosnussöl ein, das die Haut laut Packungsbeilage in Seide verwandeln sollte.

Der Gedanke, nun auch noch die erste Nacht des Jahres allein verbringen zu müssen, erschien mir unerträglich. Nackt, ohne mich darum zu scheren, dass die Nachbarn mich sehen konnten, weil ich Gardinen von jeher verabscheute, ging ich ins Wohnzimmer und legte *New Year's Day* von U2 in den CD-Player.

Ich ging zurück ins Badezimmer, schminkte mich sorgfältig. Kein Make-up für die Augen. Das erledigten die farbigen Kontaktlinsen. Meine Lippen färbte ich in einem Ton, den die Kosmetikfirma etwas platt Pflaume getauft hatte. Grün die Augen, lila der Mund. Eine Kombination, die man sehen muss, um zu begreifen, worin ihr Zauber liegt.

Vor dem Kleiderschrank entschied ich mich für einen schwarzen Wollmini und einen tief ausgeschnittenen, schwarzen Pullover aus Kaschmir. Ich zog mir halterlose Strümpfe an und schlüpfte in meine hohen, schwarzen Stiefel. Ich begutachtete mich im Spiegel. Nichts, aber auch gar nichts, erinnerte mehr an die pummelige Kleine mit abgeklebter Hornbrille, die ich einst gewesen war.

Ich zog mir den dicken Parka über und verließ die Wohnung. Die Kälte kroch mir die Beine hoch. Es war keine gute Idee gewesen, nur diese dünnen Strümpfe anzuziehen. Aber ich hatte keine Lust, umzukehren, ging stattdessen schneller. Die Straßen waren leer, die Schaufenster dunkel, in den wenigen Kneipen, die geöffnet waren, saßen kaum Leute.

Nur *Bei Carl* flackerten Kerzen auf den Tischen, was ich durch die schmierigen Scheiben sehen konnte. An der Tür hing ein Plakat, das ein Konzert der *Steckbrieflich Gesuchten* ankündigte. Obwohl ich den Namen albern fand, ging ich in den Laden. Eine Nebelwand aus Zigarettenqualm schlug mir entgegen. Den Wirt interessierte offenbar weder das Rauchverbot noch, dass es eigentlich verboten war, an Feiertagen Konzerte zu veranstalten. Ich zahlte fünf Euro Eintritt, zog meinen Parka aus und ließ mich auf dem letzten freien Barhocker nieder. Meinen Mantel klemmte ich zwischen Hocker und Tresen.

Ich war auf eine Deutlich-Ü50-Party vereinsamter Berufsjugendlicher geraten. Ergraute Kerle mit zotteligem Haar und gegerbten Gesichtern, über deren Bäuchen sich alberne Band-T-Shirts spannten. In die Jahre gekommene Weiber in tief sitzenden Jeans, die Augen schwarz umrandet wie in den Sechzigern, Haare, lang und wirr, wie ein Relikt aus ihrer Jugend, von dem sie sich partout nicht trennen wollten.

Hinter dem Tresen stand Carl, der Wirt. Seine langen Haare und der Vollbart, der ihm bis auf die Brust reichte, ließen ihn aussehen wie einen ergrauten Weihnachtsmann.

Er steckte gerade eine Flasche Hefeweizen in ein hohes Glas. Während das Bier ins Glas gluckerte, drehte er die Flasche zwischen Daumen und Finger. »Wie kann ich dich denn glücklich machen?«, grinste er mich an, ohne sich für seine von Kaffee und Nikotin braun gefärbten Zähne zu schämen. Ich bestellte mir einen Bourbon auf Eis. Für Zuckerpüppchen, die Prosecco tranken, hatte ich von jeher nur Verachtung übriggehabt.

Ich drehte mich gelangweilt auf meinem Hocker und ließ meinen Blick schweifen. An den Wänden, die in einem dunklen Grünton gestrichen waren und der Kneipe den Charme einer Höhle verliehen, hing eine Sammlung alter Porträtfotos, von denen vermutlich keines unter hundert Jahre alt war. Die Männer auf den Bildern trugen schwarze Anzüge, die Frauen lange Kleider. Ihre Gesichter waren blass, blickten starr in die Kamera. Nur hier und da war die Andeutung eines Lächelns zu erkennen. Eine Gesellschaft von Gespenstern, die auf das Kneipenpublikum herabsah. »Woher stammen die Fotos?«, fragte ich den Wirt, als er den Whisky vor mich auf den Tresen stellte. »Keine Ahnung«, antwortete er. »Hab die Kneipe so vom Vorbesitzer übernommen. Und der hat die Fotos, glaube ich, vom Sperrmüll.«

Die Steckbrieflich Gesuchten betraten die kleine Bühne neben dem Tresen. Die Bandmitglieder gehörten tatsächlich auf die Fahndungsliste, und zwar auf die der Geschmackspolizei. Alternde Männer, die bis zur Lächerlichkeit auf jung getrimmt waren. Der Sänger, ein Typ, der bestimmt bald seinen sechzigsten Geburtstag feierte, hatte sich ein Piratentuch um den Kopf gewickelt und trug eine Sonnenbrille. Um seinen Hals baumelte eine Kette mit Totenkopfanhänger. Der Drummer, der aussah wie der Zwillingsbruder von Freddy Krueger, setzte sich mit freiem Oberkörper hinters Schlagzeug. Auf die Brust hatte er sich einen Bundesadler stechen lassen, über dem sich sein weißes Haar kräuselte. Seine aufgepumpten Oberarme sahen verdächtig nach Anabolika aus. Der Keyboarder trug eine rote Jeans, wie sie Anfang der Achtzigerjahre modern gewesen war, und natürlich Converse-Chucks, Standardtreter aller Berufsjugendlichen. Die kahle Platte auf seinem Hinterkopf hielt ihn nicht davon ab, den Rest seines spärlichen und ergrauten Haupthaares zu einem dünnen Pferdeschwanz zu binden. »Frohes Neues allerseits. Ich …« Tschiiiiiiiiiii… Ein schrilles Pfeifen, das so laut war, dass ich mir schützend die Hände vor die Ohren hielt, schnitt ihm das Wort ab. Irgendjemand hatte sich mit der Steuerung der Anlage vertan. Als der Fehler einen Moment später behoben war, sagte der Pirat, der eine leicht nasale Stimme hatte, nur noch: »Wir legen jetzt einfach mal los.«

Die Steckbrieflich Gesuchten beschränkten sich auf das Repertoire unerreichbarer Kollegen, wie Deep Purple, Bon Jovi oder der Scorpions. Typische Abkupferer halt, die insgeheim hofften, halbwegs so gut zu sein wie die Originale. Das Publikum schien das Gestümper nicht zu stören. Die Frauen schüttelten ihre Mähnen, als seien sie Teenager. Irgendwo kreiste ein Joint, der Geruch von Cannabis zog durch den Raum. Fürs Kiffen hatte ich noch nie etwas übriggehabt. Ich trank lieber. Whisky oder Rotwein. Manchmal ein bisschen zu viel, zugegeben.

Der Einzige, der wirklich spielen konnte, war der Gitarrist. Er legte sich gerade für ein Solo ins Zeug. Sein Haar, das schwarz und von unzähligen silbernen Fäden durchzogen war, fiel ihm ins Gesicht. Es war, wie bei vielen Gitarristen, lang und zottelig, so als gebe es eine geheime Vorschrift. Er hielt seine Gitarre im Arm wie eine Geliebte. Konzentriert auf das Instrument, versunken im Spiel. Als ich sah, wie er mit seinen Fingern die Gitarre bearbeitete, bekam ich Lust, mit ihm zu schlafen.

Als er den Kopf in den Nacken warf, konnte ich sein Gesicht sehen. Die Akne, die ihm als Jugendlicher fürchterlich zugesetzt haben musste, ließ seine Haut aussehen, als hätte ihm jemand Säure ins Gesicht gespritzt. Wahrscheinlich hatte er lange keine Freundin gefunden und nur deshalb Gitarrespielen gelernt, um nach den Konzerten endlich Weiber abschleppen zu können.

Der Typ war vielleicht Anfang fünfzig, also locker fünfzehn Jahre älter als ich. Enthemmt durch den Whisky, versuchte ich, seinen Blick zu fangen. Zuerst sah er weg, konzentrierte sich auf seine Geliebte im Arm. Doch nachdem ich angefangen hatte, ihn demonstrativ anzulächeln, hielt er meinen Blick, erst kurz, dann immer länger. Alles andere hätte mich auch gewundert. Von all den Weibern in der Kneipe war ich schließlich mit Abstand die Jüngste.

Die Band schepperte sich etwa eine Stunde lang durch die Rockgeschichte der Siebziger. Ram Jam, Uriah Heep, The Who, Thin Lizzy, Golden Earring.

Der Applaus war lang anhaltend und wahrscheinlich ehrlich gemeint. Erst nach drei Zugaben entließ das Publikum die Musiker. Bevor sie von der Bühne verschwanden, eilte ich nach vorne, legte dem Gitarristen meinen Arm um die Schulter. Er sah mich verdattert an. Seine Augen waren im schummrigen Licht der Kneipe so dunkel, dass die Grenze zwischen Pupille und Iris verschwamm. Ehe er begriff, wie ihm geschah, schob ich meine Lippen dicht an sein Ohr, flüsterte: »Ich will mit dir schlafen.« Und hauchte ihm einen Kuss auf die Wange.

Noch bevor er reagieren oder irgendetwas sagen konnte, drehte ich mich um und ging langsamen Schrittes zurück zu meinem Platz. Als ich mich wieder auf meinen Barhocker gesetzt hatte, sah ich ihn geradeheraus an. Der Pockennarbige grinste. Ich lächelte. Wir waren uns offenbar einig. Alles nur noch eine Frage der Zeit.

Doch dann machte dieser Vollidiot keine Anstalten, zu mir zu kommen. Mit einem Mal war er umringt von Gästen. Der Wirt reichte ihm ein Bier und ließ es sich nicht nehmen, ein paar Worte mit ihm zu quatschen. Legte ihm die Hand auf die Schulter und redete auf ihn ein. Wahrscheinlich erzählte er ihm, wie genial sein Spiel gewesen war, besser noch als das von Angus Young. Der Pockennarbige nickte, wirkte abgekämpft, steckte sich eine Zigarette in den Mund. Kaum hatte der Wirt von ihm abgelassen, hakte sich irgendeine langhaarige Blondschnepfe bei ihm unter, flüsterte ihm etwas ins Ohr. Zwei Frauen, ein Gedanke. Der Pockennarbige stierte ihr ungeniert ins welke Dekolleté. Blondinen bevorzugt, dachte ich, rutschte vom Barhocker und ging auf die Toilette, die im hinteren Teil der Kneipe lag. Dann würde ich eben allein nach Hause gehen, während sich der Pockennarbige mit der Blondschnepfe vergnügte. Such is life.

Als ich aus der Toilette kam, stand plötzlich der Pockennarbige auf dem Flur vor mir. Sein Blick trieb mir die Schamesröte ins Gesicht. Hatte ich diesem Typen wirklich ein eindeutiges Angebot gemacht? Mein Herzschlag ging schneller. Und diese Aufregung, Gott, allein dieses Gefühl, dieses Kribbeln, dieses Ziehen im Magen, war eine Sünde wert.

»Na?«, sagte er und drängte sich dicht an mich. Aus der Nähe sahen seine Aknenarben noch fieser aus. Eine hügelige Landschaft kleiner Krater. Er roch streng, war nass geschwitzt. Und dann dieses strähnige Haar. Eine Schönheit war dieser Mann wirklich nicht. Aber er hatte etwas. Etwas, das mich rührte. Jolie-laide, wie die Franzosen sagen. Hübsch-hässlich.

Während ich noch überlegte, ob dieser Ausdruck nur für Frauen galt, legte er seine Hände um meine Hüften, zog mich zu sich heran. Seine Arme waren gebräunt und sehnig. »Ich dachte, du hättest dich für die Blonde entschieden«, sagte ich mehr aus Verlegenheit. Der Pockennarbige schüttelte den Kopf, statt einer Antwort küsste er mich. Das heißt, er schob mir seine Zunge in den Mund und drückte mich fest an sich, sodass ich seine Erregung spüren konnte. Er schmeckte nach Alkohol und Zigarettenrauch. Dann löste er sich wieder von mir und zog einen Schlüssel aus der Hosentasche seiner schwarzen Jeans. Ich lächelte. Wortlos drehte er sich um und ging auf eine Tür zu. Ich blieb stehen, unschlüssig, ob ich diesem Typen wirklich folgen sollte. Von hinten sah er eigentlich ganz passabel aus. Mittelgroß, schlank, muskulöse Arme, ein knackiger Hintern. Der Pockennarbige öffnete die Tür. Das Deckenlicht der Flurlampe fiel durch den Spalt, sodass ich in den Raum sehen konnte. Er hatte keine Fenster, in der Mitte stand ein Billardtisch.

Der Gitarrist drehte sich halb zu mir herum, nahm meine Hand und zog mich sanft in den Raum. Eine Front aus kaltem Rauch und schalem Bier schlug mir entgegen. Die Luft war stickig; hier war ewig nicht gelüftet worden.

Was, verdammt noch mal, machte ich hier?

»Wieso hast du denn einen Schlüssel fürs Billardzimmer?«, fragte ich mit einem leisen Zittern in der Stimme.

»Der Wirt ist mein Bruder«, antwortete der Pockennarbige und schloss die Tür hinter mir. Plötzlich stand ich im Dunkeln, hörte hinter mir das leise Klirren der Schlüssel. Ich war eingeschlossen. Mit einem fremden Mann. Auf was hatte ich mich da eingelassen?

Einen Moment später spürte ich den Atem des Pockennarbigen im Nacken. Dann umarmte er mich von hinten, wühlte sich mit seiner Nase durch meine Haare, atmete mir ins Ohr. »Willst du immer noch?«, flüsterte er mit dunkler, sehr warmer Stimme. Stocksteif stand ich da, wie eine Puppe. Wollte ich … ja, was wollte ich eigentlich? Ich nickte.

»War das ein Ja?«, vergewisserte er sich.

Ich schwieg, nahm seine Hände. Sie waren viel größer als meine, fühlten sich rau an. »Das war ein Ja«, hörte ich mich leise sagen. Der Pockennarbige dirigierte mich sanft in Richtung Billardtisch, fand sich überraschend gut zurecht in der Dunkelheit. Wahrscheinlich war ich nicht die erste Frau, die er in diesen Raum mitgenommen hatte. Egal. Nach diesem demütigenden Neujahrsmorgen musste ich dringend mein Selbstwertgefühl aufpolieren. Ich spürte die Tischkante an meinen Beinen. Dann schoben sich seine Hände unter meinen Pulli und hakten mit einem geübten Griff meinen BH auf. Ich ließ sie gewähren. Er strich über meine Brüste, hielt sie kurz, als würde er sie begutachten. Dann wühlte er sich wieder mit seinen Lippen durch mein Haar zum Hals, wie ein Vampir. Gleich würde er mir seine Zähne in den Hals schlagen. Ich spürte das Kratzen seiner Bartstoppeln, beugte meinen Oberkörper nach vorn, stützte mich auf meine Unterarme. Der Gitarrist schob meinen Rock hoch, zog den Slip runter. Ich stand einfach nur da, stocksteif, kam mir vor wie eine Marionette. Das leise Klimpern der Metallschnalle des Koppelgürtels verriet, dass er seine Hose öffnete.

Seine Stöße waren schnell und hart. Mit beiden Händen hielt er meine Hüften. Der grüne Filz scheuerte an den Unterarmen. Es gefiel mir, dass ich den Pockennarbigen nicht sehen, sondern nur spüren konnte. Er tobte sich richtig in mir aus, scherte sich nicht darum, ob er zu grob war oder zu schnell.

Von nebenan drang Kneipenlärm zu uns rüber. Stimmen, Musik aus der Dose. Der Pockennarbige stöhnte. Er war ganz bei sich. Ich existierte nicht, war Mittel zum Zweck, wie eine Gummipuppe. Ich starrte in die Dunkelheit, während meine Hüften gegen den Tisch stießen. Morgen würde ich sicher ein paar blaue Flecken haben. Selbst jetzt, nachdem sich meine Augen an die Dunkelheit gewöhnt hatten, konnte ich nicht mal schemenhaft die Einrichtung erkennen. Die hohen Fenster mussten von innen mit schwarzer Folie beklebt sein.

Als der Pockennarbige fertig war, richtete ich mich auf, folgsam wie eine Nutte, die gewartet hatte, bis ihr Freier fertig wurde, damit er sie bezahlte. Das metallische Ratschen verriet, dass der Typ den Reißverschluss seiner Jeans wieder schloss. Wortlos richtete ich mich auf, rieb mir die Unterarme, zog meinen Slip an, hakte meinen BH zu, ordnete meine Kleider. Achtete nicht auf den Gitarristen, hörte das Reißen eines Streichholzes. Als ich mich umdrehte, erhaschte ich im Feuerschein einen Blick auf sein Gesicht, auf die Kraterlandschaft, das zottelige Haar. Dann war es wieder dunkel. Wahrscheinlich war er zufrieden. Wie ein Jäger, der ein Reh erlegt hatte. Ich hörte, wie er den Rauch inhalierte. Plötzlich kam er einen Schritt auf mich zu, fuhr mir mit einer Hand ins Haar, erwischte mein Ohrläppchen, rieb es zwischen Daumen und Zeigefinger. »Wie heißt du eigentlich?«, flüsterte er.

Ich schob ihn weg, ging wortlos zur Tür, tastete nach der Klinke. Immerhin war der Pockennarbige so freundlich gewesen und hatte den Schlüssel stecken lassen. Schweigend schloss ich die Tür auf und schlüpfte hinaus auf den Flur, ohne mich noch einmal umzudrehen.

Die Kneipe war inzwischen brechend voll. Der Rauch hatte sich wie eine Nebelwand über den Raum gelegt. Ich bahnte mir den Weg durch die Menge, hatte das Gefühl, als würden mir alle Blicke folgen. Wissend, dass ich mich gerade auf dem Billardtisch hatte vögeln lassen. Hoffentlich erkennt mich niemand und weiß, wo ich arbeite, dachte ich, während ich zur Tür des Billardzimmers schielte. Doch der Pockennarbige folgte mir nicht. Wahrscheinlich war jetzt die Blondschnepfe dran.

Im Vorbeigehen griff ich nach meinem Parka, der zusammengeknüllt auf dem Boden vor dem Tresen lag. Auf meinem Hocker saß die Blondschnepfe, die mir einen bösen Blick zuwarf. Ich machte, dass ich rauskam.

Auf der Straße war es kalt. Ich fror entsetzlich. Zum Glück fuhr gerade die Straßenbahn vor und bis zu meiner Wohnung musste ich nur zwei Stationen fahren.

Zu Hause ging ich sofort unter die Dusche. Wusch den Pockennarbigen ab. Jetzt, wo er nicht mehr in meiner Nähe war, fühlte ich mich gut. Schön, begehrenswert. Mein Vater hatte mich anfällig werden lassen für diese Art der Bestätigung.

Deshalb sitze ich ja hier und erzähle Ihnen das alles so offen. Ich sehe ja ein, dass ich ein Problem habe. Aber ihr Männer nehmt euch alles raus. Je mehr Weiber ihr gepflückt habt, desto größere Helden seid ihr doch. Der Pockennarbige prahlt vor den anderen wahrscheinlich mit seinen Ausflügen ins Billardzimmer. Nun grinsen Sie nicht so.

Klar, es hat etwas Selbstzerstörerisches, mit fremden Männern zu schlafen. Ohne Gummi. Todessehnsucht vielleicht.

In jener Nacht aber schlief ich, das Schnurren von Hans-Günther im Ohr, der sich auf dem Kissen neben mir zusammengerollt hatte, entspannt und zufrieden gegen vier Uhr dreißig ein. Schlief tief und fest, wie lange nicht mehr.

Bis mich das Klingeln der Kripobeamten gegen fünfzehn Uhr aus dem Schlaf riss. Ein Mann und eine Frau, die sich, wenn ich mich recht entsinne, als Cremer und Todt vorstellten. Namen sind Nachrichten, an die erinnert man sich als Journalistin besonders gut. Ob sie hereinkommen dürften. Schlaftrunken ließ ich sie in meine Wohnung.

Und glaubte zu träumen, als sie mir sagten, dass mein Vater tot sei. Dass er Selbstmord begangen hätte. Letzte Nacht. Sie hätten zwar keinen Abschiedsbrief gefunden, doch die Situation sei eindeutig gewesen. Mein Vater hätte eine Schubkarre mit glühender Holzkohle in sein Arbeitszimmer geschoben und sich mit Kohlenmonoxid vergiftet. Das Kohlenmonoxid sei durchs Haus gezogen, sodass sich das tödliche Gas verteilt habe. Seine Haushälterin Frau Willich sei am Morgen in die Falle gelaufen. Sie habe das Kohlenmonoxid eingeatmet, sei bewusstlos geworden, ins Koma gefallen und – weil sie nicht rechtzeitig gefunden worden war – gestorben. Ein bedauerlicher Unfall.

»Fünf Atemzüge reichen zum Sterben«, sagte der Kripobeamte. Das sei eine alte Feuerwehrweisheit.

Mit war sofort klar, dass diese Geschichte so nicht stimmen konnte.

Mein Vater wusste als Naturwissenschaftler um die Gefährlichkeit von Kohlenmonoxid. Zugegeben, auf so elegante Art aus dem Leben zu scheiden, hätte schon zu ihm gepasst. Man schläft ein, verspürt keine Schmerzen, macht, anders als wenn man sich eine Kugel durch den Kopf jagt, keinen Dreck. Bis auf ein bisschen Ruß auf den Möbeln vielleicht.

Doch mein Vater hätte ein Warnschild an die Haustür geklebt, um Frau Willich und die Rettungskräfte vor dem Kohlenmonoxid zu warnen.

Mein Vater war ein Arschloch. Nie hat er eine Gelegenheit ausgelassen, mich und meine Mutter zu demütigen. Er war arrogant. Er war cholerisch, jähzornig. Aber er hätte nie jemanden umgebracht.

Mir wurde schwarz vor Augen. Ich taumelte, musste mich aufs Sofa setzen. Die Kripobeamten fragten, ob sie einen Arzt verständigen sollten. Aber das wollte ich nicht.

Jemand hat meinen Vater ermordet, hämmerte es in meinem Kopf. Egal, was die Polizisten sagten. Ich wusste es einfach besser. Es war Mord. Und der oder die Mörder hatten es aussehen lassen wie Selbstmord.

Für mich gab es nicht den geringsten Zweifel. Ich schämte mich für meine Mordgedanken vom Vortag. Ich habe den Bullen natürlich nichts davon erzählt. Dass erzähle ich nur Ihnen, weil Sie ja als Therapeut zur Verschwiegenheit verpflichtet sind. Und mir helfen wollen.

Ich wusste vom ersten Moment, dass jemand meinen Vater umgebracht hatte. So, als hätte er meine Gedanken gelesen. Nur wer? Und warum? Die Bullen würden nicht länger ermitteln. Für sie handelte es sich um Selbstmord und fahrlässige Tötung. Ich musste den Mörder meines Vaters schon selbst finden.

*

»Das neue Jahr fängt ja gut an«, sagte Herbert Kühlborn, Erster Kriminalhauptkommissar und Leiter der Bremer Mordkommission, während er seinen Stuhl ein Stück über den grauen Nadelfilz im Besprechungszimmer schob, um

Platz für seinen Schmerbauch zu schaffen. »Am Neujahrsmorgen ein Schädel am Weserstrand. Einen Tag später ein Selbstmörder, der seine Haushälterin mit in den Tod reißt. Wenn das so weitergeht, muss ich ein paar Leutchen aus dem Urlaub holen.« Seine Bemerkung wurde vom allgemeinen Gegrummel und Stühlerücken geschluckt.

Kühlborn fingerte sich eine Marlboro aus der Packung, steckte sich die Zigarette zwischen die Lippen. Natürlich war das Rauchen bei Besprechungen streng verboten. Doch im K 31 rauchten so gut wie alle. Und Kühlborn rauchte, wann immer ihm danach war: in Konferenzen, wenn er den Flur entlangwatschelte und sein Körpergewicht mit seinem Gleichgewichtssinn kämpfte. Er wog inzwischen hundertfünfzehn Kilo, bei einer Größe von eins sechsundsiebzig.

»Sie müssen abnehmen«, ermahnte ihn der Polizeiarzt jedes Mal – sein Gewicht näherte sich gefährlich der Dienstunfähigkeitsgrenze.

Doch Kühlborn, der schon lange nicht mehr rausfuhr, um selbst zu ermitteln, sondern nur noch am Schreibtisch saß, die Berichte seiner Leute las und so tat, als wisse er alles besser, dachte nicht daran, abzunehmen. Nicht nur, weil er für sein Leben gern aß. Sein Bauch war sein Schutzschild, den er sich über die Jahre angefuttert hatte.

Unzählige Tote hatte er gesehen: halb verweste Kinderleichen, zerstückelte Frauen und Männer, bis zur Unkenntlichkeit aufgetriebene Wasserleichen, die aufgeplatzt waren wie Bockwürste in zu heißem Wasser. Und stanken, dass man alles gegeben hätte, um nicht in ihrer Nähe sein zu müssen. Der Leichengeruch hielt seine Nase Tag und Nacht besetzt. Er stieg aus den Blättern, wenn Kühlborn in seinem Büro saß und Akten las. Er begleitete ihn in den Schlaf, wenn er stumm neben seiner Frau im Bett lag und im Dunkeln nach ihrer Hand tastete. Selbst wenn das Bett frisch überzogen und die Toten längst begraben waren, wurde er diesen Geruch nicht los. Der Gestank hatte sich ins Hirn gefressen wie ein olfaktorischer Tinnitus.

Nachts suchten ihn die Opfer heim. Kühlborn träumte von dem kleinen Mädchen, das auf dem Schulweg entführt worden war. Er habe die Kleine halt vögeln wollen, hatte der Täter, ein Typ um die vierzig ohne Schulabschluss und Beruf, später zu Protokoll gegeben. Aber sie sei mit ihren sieben Jahren halt noch »zu eng« gewesen. Deshalb habe er das Messer genommen, um sie zu »weiten«.

Kühlborn erzählte niemandem von seinen Albträumen. Nicht seiner Frau. Nicht der Polizeipsychologin, obwohl sie zur Verschwiegenheit verpflichtet war. Er wollte sich nicht eingestehen, dass er ein Problem hatte. Dass er mit den seelischen Belastungen, die sein Beruf ihm all die Jahre aufgebürdet hatte, nicht mehr klarkam. Redete sich ein, dass es normal war, die Leichen zu riechen und von ihnen zu träumen. Ertränkte seine Gefühle nach Feierabend in Cola-Pernod.

Er war Chef der Mordkommission. Ein harter Kerl, staatlich geprüft. Punkt. Natürlich hätte er sich versetzen lassen können, doch das hätte Kühlborn nicht mit seiner Mannesehre vereinbaren können. Deshalb sehnte er den Tag in zwei Jahren herbei, wenn ihm der Polizeipräsident zu seinem sechzigsten Geburtstag endlich die Entlassungsurkunde in die Hand drücken würde. Und er all dem Bösen, diesem Dreck, dem menschlichen Abschaum, endlich den Rücken kehren konnte.

Eigentlich hatte Kühlborn in den letzten Jahren vor der Pension kürzertreten und sich die Dienstzeit mit Schachspielen vertreiben wollen. Sollten seine Mitarbeiter die Fälle doch klären. Allerdings war sein Vertreter dauernd krank, hatte eine mysteriöse, langwierige Magengeschichte, die die Ärzte nicht in den Griff bekamen. Deshalb leitete Kühlborn auch heute Morgen mal wieder die Besprechung. Musste sehen, wie er klarkam mit sechs Leuten, die jetzt am Tisch saßen. Sechs von zwanzig. Fünf Männer, von denen zwei heute ihren ersten Tag nach dem Urlaub wieder arbeiteten, und eine Frau, Daniela Cremer, eine junge Kommissarin, die erst seit ein paar Monaten im Team war. Eine engagierte, aber unerfahrene Kraft, auf die man nicht bauen konnte. Der Rest seiner Truppe befand sich im Urlaub, bummelte Überstunden ab oder war von irgendwelchen Erkältungsviren niedergestreckt worden.

Kühlborn blies den Rauch durch die Nase. »Dann schieß mal los«, sagte er und blickte Stefan Todt an. Der junge Oberkommissar hatte dunkle Ringe unter den Augen. Er hatte zu viel gearbeitet und zu wenig geschlafen, weil er sich gemeinsam mit Daniela Cremer um Totenschädel und Selbstmörder hatte kümmern müssen.

»Tja«, leitete Stefan Todt seinen Vortrag ein. »Inzwischen gibt es keinen Zweifel mehr: Der Schädel, den Kollege Tenge von der Schutzpolizei am Weserstrand freige...« Weiter kam er nicht, wurde vom schallenden Gelächter seiner Kollegen unterbrochen. »Von der Schupo lernen, heißt siegen lernen«, wieherte Kühlborn. Wie immer lachte er am lautesten, versteckte seine Empfindsamkeit hinter derben Sprüchen und machohaftem Gehabe. Es dauerte einen Moment, bis sich die Runde wieder beruhigt hatte und Todt fortfahren konnte: »Es ist der Schädel von Nicole Wollenbeck. Das haben sowohl DNA-Analyse als auch Zahnstatus ergeben. Für alle, die damals noch nicht bei der Polizei waren: Nicole Wollenbeck verschwand am 4. April 1990 in Woltmershausen, also vor fast zwanzig Jahren. Sie war damals einundzwanzig Jahre alt und studierte im dritten Semester an der Universität Bremen Mathematik und Sport auf Lehramt.«

»Ach«, fiel Heiner Blum Todt ins Wort. »Eine angehende Mathelehrerin also. Da hat der Mörder ja bloß Schlimmeres verhindert.«

Blum grinste in die Runde, erwartete, dass seine Kollegen ihn mit schallendem Gelächter belohnen würden. Doch die anderen rollten nur mit den Augen. Blum pflegte einen Zynismus, der selbst für hartgesottene Kripoleute schwer auszuhalten war. Außerdem langweilte er alle mit seinem Mathetrauma. Obwohl Blum nun schon in den Vierzigern war und seine Schulzeit inklusive peinvoller Mathestunden über ein Vierteljahrhundert zurücklag, kokettierte er bei fast jeder Gelegenheit damit, dass er eine Fünf in Mathe gehabt hatte. Immer, wenn er etwas nicht kapierte, wie beispielsweise die Bedienung der neuen Espressomaschine, pflegte er zu sagen: »Was erwartet ihr? Ich hatte eine Fünf in Mathe.«

»Das war ja mal wieder eine sehr qualifizierte Bemerkung«, wies Kühlborn Blum zurecht. Kühlborn, der selbst die dümmsten Sprüche riss, ließ es sich nicht nehmen, andere zusammenzustauchen. Blum grinste hilflos in die Runde, senkte den Blick und fing an, verlegen auf seinem Schreibblock herumzukritzeln.

»Die Studentin wurde damals zuletzt gesehen, als sie um kurz nach neunzehn Uhr die Butjadinger Straße, Höhe Roter Sand, entlangging. Sie war bei einer Freundin gewesen und wollte zur Bushaltestelle am Reedeich, um von dort mit dem 63er in die Neustadt zu fahren, wo sie in einer Wohngemeinschaft mit einer anderen Studentin lebte.« Todt nahm einen Schluck Kaffee aus seinem Becher, registrierte, dass seine Kollegen aus dem Fenster starrten, ungeniert in der

Nase popelten oder, wie Blum, ihre Schreibblöcke verschönerten. »Über die Todesursache kann der Gerichtsmediziner nichts sagen. Der Schädel ist intakt, weist keine Schuss- oder Schlagverletzungen auf«, fuhr Todt fort. »Nach dem Selbstmord von Professor Katzenstein in der Nacht zum 2. Januar waren wir wie elektrisiert. Sein Name steht nämlich in den Akten der Vermisstensache Wollenbeck.«

Eugen Müller, der aus dem Fenster gestarrt hatte, wandte Todt interessiert den Kopf zu. Felix Götze, ein Oberkommissar, der lange bei der Sitte gearbeitet hatte, zog seinen Finger aus der Nase. »Vor ihrem Verschwinden hatte Nicole Wollenbeck regelmäßig die Vorlesungen von Professor Katzenstein besucht. Nach ihrem Verschwinden haben die Kollegen damals natürlich auch mit dem Mathematiker gesprochen. Obwohl er damals ein paar Hundert Studenten zu betreuen hatte, konnte er sich gut an Nicole Wollenbeck erinnern. Sie sei außergewöhnlich begabt gewesen, hatte der Professor zu Protokoll gegeben. Katzenstein war beim Internationalen Mathematikerkongress in Kyoto, als Nicole Wollenbeck verschwand. Er hatte also ein Alibi.«

»Ist das Alibi denn wirklich wasserdicht?«, hakte Heiner Blum nach. Offenbar wollte er seinen Fauxpas von vorhin wettmachen.

»Hundertprozentig«, antwortete Todt. »Der Professor, das ergibt sich aus alten Akten, war damals sehr betroffen vom Verschwinden seiner Studentin. Er zeigte großes Verständnis für die Ermittlungen, legte freiwillig seine Flugtickets vor und konnte belegen, dass er in Kyoto Vorträge gehalten hatte. Davon abgesehen: Als Katzenstein Selbstmord beging, lag der Schädel in der Gerichtsmedizin, um die Identität zu klären. Es wusste also noch niemand, dass es der Schädel von Nicole Wollenbeck war.«

Blum schüttelte nachdenklich den Kopf. »Sorry, Stefan, dass ich noch mal nachfrage«, begann er. »Aber das ist doch ein irrer Zufall: Der Schädel der Studentin wird gefunden. Am Tag darauf bringt sich ihr Professor um. Und da soll es keinen Zusammenhang geben? Mir fällt es schwer, das zu glauben. Was ist, wenn Katzenstein kein Alleintäter war? Wenn er, sagen wir, einen Komplizen hatte, der die Studentin entführt hat, während er sich in Japan aufhielt. Der Professor kehrt aus Kyoto zurück und bringt Nicole Wollenbeck, die bis dahin irgendwo gefangen war, gemeinsam mit seinem Komplizen um, nachdem sich beide an ihr gütlich getan haben ... ihr wisst, was ich meine. Katzenstein und ein oder mehrere Komplizen verscharren die Leiche am Weserstrand. Das würde bedeuten, dass der Professor das Ergebnis der Gerichtsmedizin gar nicht mehr abwarten musste, weil er es kannte.«

Triumphierend blickte Blum in die Runde. Ab und an musste er – Fünf in Mathe hin oder her – zeigen, dass er eben doch logisch denken konnte.

»Heiner, das ist ein guter Gedanke«, antwortete Todt ruhig. »Daran haben wir auch schon gedacht. Es gibt allerdings zwei Gründe, die dagegensprechen: Zum einen haben wir den Schädelfund nicht veröffentlicht. Katzenstein müsste also einen Informanten in der Behörde gehabt haben, der ihm gesteckt hat, was wir am Weserstrand entdeckt haben. Dann wäre der Komplize innerhalb der Polizei zu suchen. Unwahrscheinlich zwar, aber wir haben schon Pferde vor der Apotheke kotzen sehen. Außerdem ist seine Tochter Alexandra Polizeireporterin. Einige von uns kennen sie ja. Viel schwerer wiegt aber, dass die Spurensuche davon ausgeht, dass der Schädel nicht am Weserstrand vergraben, sondern erst dorthin gespült wurde. Das übrige Skelett ist an der Fundstelle des Schädels nicht aufgetaucht. Es war also wirklich Zufall, dass dieser Harry Tenge von der Schupo ihn am Neujahrsmorgen vom Schnee befreit hat. Es gibt nach derzeitigem Ermittlungsstand keinen Zusammenhang zwischen dem Fund und dem Selbstmord.«

Todt machte eine kurze Pause, sah Blum dann direkt an. »Heiner, wenn du in der Schule in Mathe besser aufgepasst hättest, wüsstest du vielleicht, was ein Clusterkoeffizient ist.« In Wirklichkeit hatte Stefan Todt selbst keine Ahnung, was es damit auf sich hatte und ob der Begriff passte. Er war ihm nur gerade so eingefallen. Aber bluffen gehörte eben manchmal zum Handwerk.

Blum schwieg. »Um das jetzt kurz für Ungeduldige einzuschieben: Wir glauben, dass sich Katzenstein umgebracht hat, weil er depressiv war. Das hat uns sein Schachpartner Ernst Willich erzählt. Er war es übrigens auch, der die Leichen gefunden hat, nachdem seine Frau nicht nach Hause gekommen war. Ernst Willich hat mit Katzenstein Schach gespielt, war – abgesehen von so ein paar Stiftungsheinis in Hamburg – sein einziger sozialer Kontakt. Katzenstein saß meistens in seinem Arbeitszimmer und grübelte über irgendwelchen mathematischen Problemen.«

»Da muss man ja auch depressiv werden«, warf Blum trotzig ein. Niemand reagierte.

»Katzenstein hat zwar keinen Abschiedsbrief hinterlassen, aber er ist sehr sorgsam vorgegangen«, referierte Todt weiter. »Wir haben den Kassenbon für die Holzkohle in seinem Papierkorb im Arbeitszimmer gefunden. Also, ich bin offen für jede andere Theorie, aber ich glaube, dieser Fall ist klar. Selbstmord und fahrlässige Tötung, beziehungsweise ein Unfall. Ein Toter kann ja keine fahrlässige Tötung mehr begehen.«

Inzwischen war die Luft vernebelt, weil nun auch die anderen Kollegen rauchten. Todt spürte ein leichtes Ziehen in der Magengegend. Er hätte jetzt auch gern eine durchgezogen, aber er beherrschte die Technik des gleichzeitigen Rauchens und Redens im Gegensatz zu Kühlborn leider nicht.

»Zurück zu Nicole. Interessanter als der Selbstmord ihres Professors ist, dass in Bremen, wie wir ja alle wissen, seit 1985 fünf Frauen spurlos verschwunden sind. Bisher wurde keine Leiche gefunden. Es gibt keine Spuren. Nichts. Wenn alle Frauen Opfer eines Serientäters geworden sind, was wir derzeit nicht wissen, wäre Nicole sein zweites Opfer gewesen. Und wir hätten eine erste heiße Spur.

Die erste Frau hieß Claudia Tiefenbach und verschwand am 4. Mai 1985. Sie wurde zuletzt gesehen in einem Café an der Schlachte, das sie gegen achtzehn Uhr verließ, weil sie nach Hause wollte. Sie wohnte mit ihrem Mann und ihrer kleinen Tochter im Steintorviertel, also nur ungefähr einen Kilometer vom Café entfernt. Zu Hause kam sie nie an. Tiefenbach war Krankengymnastin, siebenunddreißig Jahre alt, glücklich verheiratet und hätte ihre damals siebenjährige Tochter niemals im Stich gelassen. Nach ihr verschwand Nicole Wollenbeck. Und dann, fast auf den Tag genau fünf Jahre später, am 3. Juni 1995, wurde Charlotte Zander als vermisst gemeldet. Sie wurde zuletzt von Zeugen in der Rembertistraße gesehen, als sie vom Einkaufen kam. Zander war achtundzwanzig Jahre alt und von Beruf Erzieherin, nicht verheiratet, hatte keine Kinder, aber seit Jahren einen festen Freund. Sie kam aus Hastedt.

Die vierte Frau war die neunzehnjährige Julia Marx, die noch bei ihren Eltern in Sebaldsbrück wohnte. Sie verschwand im Jahr 2000, und zwar – wie die erste Vermisste, Claudia Tiefenbach – am 4. Mai. Julia wurde zuletzt auf der

Stromer Landstraße an der Ochtum gesehen, wo sie mit ihrem Fahrrad unterwegs gewesen war. Danach verliert sich ihre Spur.

Und die fünfte Bremerin, die wir vermissen, heißt Bianka Specht, damals zweiunddreißig Jahre alt. Sie war Verkäuferin, wohnte in Osterholz und verschwand am 4. April 2005, und zwar ganz in der Nähe der Stromer Straße, wo Julia Marx zuletzt gesehen worden war, nämlich auf der Niedervielander Straße, einem abgelegenen Stichweg im Bremer Westen. Auch sie war mit dem Fahrrad unterwegs gewesen.«

Todt hielt einen Moment inne, nahm einen weiteren Schluck aus seinem Becher. Der Kaffee war inzwischen fast kalt und schmeckte bitter. Aber seine Kehle musste dringend befeuchtet werden, bevor er weitersprechen konnte. »So, und nun eine Rechenaufgabe, die auch du, lieber Heiner, bewältigen könntest: Wir schreiben das Jahr 2010. Die Frauen sind im Abstand von fünf Jahren verschwunden. 1985, 1990, 1995, 2000 und 2005. Immer im ersten Halbjahr des Jahres, im April, Mai oder Juni. Wir wissen zwar nicht, ob die Frauen Opfer ein und desselben Serienmörders geworden sind oder ob da ein Original und eine Kopie ihr Unwesen treiben. Aber wenn die Serie fortgesetzt wird, verschwindet im ersten Halbjahr dieses Jahres die nächste Frau.«

Kühlborn blies den Rauch durch die Nase. Blum starrte auf seinen Block.

»Die letzten beiden Taten weisen ein paar auffällige Parallelen auf. Beide Frauen waren in einem einsamen Bremer Randgebiet mit dem Fahrrad unterwegs. Ihre Fahrräder sind nie irgendwo aufgetaucht. Deshalb glauben wir, dass Julia Marks und Bianka Specht ein und demselben Täter zum Opfer gefallen sind. Die ersten drei Frauen sind mitten in der Stadt verschwunden, der Täter ist ein großes Risiko eingegangen. Die beiden anderen Frauen waren dagegen in einsamen Gegenden unterwegs. Wir haben es also entweder mit zwei Tätern zu tun. Oder aber wir haben einen Täter, der nach den ersten drei Taten weniger risikofreudig war. Wir wissen es schlicht nicht.«

Kühlborn blickte gelangweilt aus dem Fenster. Die Fälle der vermissten Frauen kannte er natürlich. Einige Zeugen hatte er damals sogar selbst vernommen. Aber er wusste auch, dass man sich in Bremen nicht nur Freunde machte, wenn man Altfälle löste. Meistens kamen mit der Lösung jede Menge Ermittlungsfehler ans Tageslicht. Wie im Fall Cordula Krüger, die Ende der Siebzigerjahre vergewaltigt und erwürgt worden war. Für den Mord wurden zwei Brüder verurteilt, die ihre Unschuld beteuerten und später, wegen diverser Verfahrensfehler, wieder freikamen. Der Generalstaatsanwalt höchstpersönlich wurde all die Jahre nicht müde, in Zeitungsinterviews zu betonen, dass damals »schon die Richtigen auf der Anklagebank gesessen« hätten. Die Männer, zwei Handwerker, fassten nie wieder Fuß. Der eine beging Selbstmord, der andere soff sich zu Tode. Als ein junger, engagierter Staatsanwalt sich des Falles noch einmal annahm und den wirklichen Mörder mithilfe neuer DNA-Technik schließlich überführte, wurde er nicht etwa befördert, sondern zum Dank aus der Behörde gemobbt. Denn er hatte ganz nebenbei einen Justizskandal aufgeklärt. Als der wahre Mörder, der inzwischen das Rentenalter erreicht hatte, vor Gericht gestellt wurde, saß neben ihm auch die Bremer Justiz auf der Anklagebank und war bis auf die Knochen blamiert.

»Kannten die verschwundenen Frauen einander eigentlich?«, wollte Blum wissen.

»Nein«, antwortete Todt, »die Frauen kannten sich – nach allem, was wir wissen – nicht. Sie hatten nicht einen gemeinsamen Bekannten, keine gemeinsamen Hobbys. Die ermittelnden Kollegen konnten nicht den Hauch eines Berührungspunktes feststellen. Die Damen wohnten nicht mal im selben Stadtteil. Auch vom Alter her liegen sie weit auseinander. Die Jüngste war neunzehn Jahre alt, die Älteste siebenunddreißig. Als einzige Gemeinsamkeit kann man aufführen, dass sie Bremerinnen waren. Gegen die Version von einem Serientäter spricht, dass die Frauen von Typ her völlig verschieden waren.«

Todt klappte den rosafarbenen Aktendeckel auf und holte die Fotos hervor. Er hielt das Bild von Nicole Wollenbeck in die Höhe. Kühlborn pfiff durch die Zähne. Todt kümmerte sich nicht um seinen Chef, sondern redete einfach weiter. »Nicole Wollenbeck hatte blondes, langes Haar, grüne Augen und war, wie man unschwer erkennen kann, auffallend hübsch.« Todt legte das Bild zurück in die Mappe. »Claudia Tiefenbach war dunkelhaarig, blauäugig und eher unscheinbar.« Kühlborn nickte. »Mittelmaß würde ich sagen.« Todt überging auch diese Bemerkung und widmete sich nacheinander allen Fotos. Zu jedem Bild gab Kühlborn einen Chauvispruch zum Besten. Todt, der selbst zwei Töchter hatte, war genervt von seinem Chef. Doch er hatte beschlossen, sich heute nicht von ihm aus der Reserve locken zu lassen.

»Dass eine der Frauen einfach verschwunden ist, um ein neues Leben zu beginnen, scheint ausgeschlossen. Alle hatten Familie oder Freunde, Hobbys, berufliche Pläne, ein intaktes Privatleben. Wie ich ja schon sagte, wissen wir nicht, ob die Frauen wirklich Opfer ein und desselben Täters geworden sind.«

»Mmmm«, machte Kühlborn und rieb sich seinen weißen Vollbart. Die Crew wusste, was das zu bedeuten hatte. Kühlborn witterte Arbeit und hatte keine Lust. Dabei musste er als Chef ja nicht mal selbst ermitteln. »Irgendjemand eine Idee?«, fragte der Chef und zündete sich seine fünfte Zigarette an.

Blum meldete sich wieder zur Wort: »Du sagtest ja bereits, dass die Frauen alle in den ersten sechs Monaten des Jahres verschwunden sind. Es ist auffällig, dass das immer in den ersten Tagen eines Monats geschah, am dritten oder am vierten. Vielleicht gibt es nur einen Täter. Oder aber ein Nachahmer hat sich seine Opfer bewusst an diesen Tagen gesucht, um den Verdacht auf den ersten Täter zu lenken.«

»Das haben wir auch schon in Betracht gezogen«, sagte Daniela Cremer, die die alten Fälle gemeinsam mit Todt durchgegangen war. »Wir haben uns überlegt, ob es nicht sinnvoll wäre, an die Öffentlichkeit zu gehen. Die Bevölkerung wird gewarnt. Der oder die Täter wissen, dass die Polizei die Fälle noch nicht zu den Akten gelegt hat. Außerdem haben wir ein erstes Beweisstück, nämlich den Schädel. Sollte es sich wirklich um einen Serientäter handeln, hält ihn der öffentliche Druck vielleicht davon ab, in diesem Jahr wieder eine Frau zu entführen. Denn wie gesagt: Die fünf Jahre sind demnächst wieder um.«

Kühlborn schüttelte den Kopf. »Und was ist, wenn gar kein Serienmörder unterwegs ist? Dann wissen die Täter, dass wir auf der falschen Fährte sind. Und die Bevölkerung, vor allem die Frauen, sind in Panik versetzt worden.« Einen Moment lang war es still im Raum. Typisch Kühlborn. Erst sollten seine Leute Vorschläge machen, dann bügelte er sie allesamt ab.

»Aber wenn es einen Serientäter gibt und er tatsächlich

wieder zuschlägt, eine Frau entführt und ermordet, müssen wir uns den Vorwurf gefallen lassen, keine Warnung herausgegeben zu haben«, widersprach Cremer. Blum warf ihr einen anerkennenden Blick zu. Kühlborn fixierte die junge Kollegin wie ein Raubtier seine Beute. Für die anderen Kollegen war das ein sicheres Zeichen, dass der Chef genug hatte. Dass es jetzt besser war, ihn reden zu lassen. Kühlborn hörte sich gerne reden.

Todt kochte innerlich. Natürlich würde der Chef gleich wieder alles besser wissen. Dabei war er schon immer ein lausiger Ermittler gewesen. Doch er besaß das richtige Parteibuch, und das war in Bremen im Zweifel wichtiger, als ein Einserdiplom von der Polizeifachhochschule.

Selbst als Kühlborn vor Jahren mal den Hinweis auf einen Mord verschlampt hatte, war er ungeschoren davongekommen. Damals hatte ein Mann einen Bekannten ganz ungeniert gefragt, ob der nicht seine Ehefrau umbringen könne. Für viel Geld natürlich. Zum Schein war der Mann auf das Angebot eingegangen, hatte sich nach dem Gespräch allerdings sofort an die Mordkommission gewendet. Per Telefax. Doch Kühlborn hatte den Mann als Spinner abgetan, ihn nicht mal zur Vernehmung bestellt und das Fax abgeheftet. Eine Woche später war die Frau tot gewesen. Ermordet vom Ehemann, der die Sache selbst in die Hand genommen hatte.

Selbst als die überregionale Presse den Fall aufgegriffen hatte, war Kühlborn nicht mal versetzt worden. Irgendjemand hielt eine schützende Hand über ihn. Wusste der Teufel, warum. So etwas war nur in Bremen möglich, dachte Todt, den die Liebe nach dem Abitur von der Donau an die Weser gelockt hatte.

»Es könnte doch sein, dass sich neue Zeugen melden, die vielleicht im Ausland waren und jetzt zum ersten Mal von unserer Serie verschwundener Frauen erfahren«, machte Cremer einen erneuten Versuch, ihren Chef zu überzeugen.

Doch Kühlborn ließ sie wieder auflaufen: »Das ist wohl eher unwahrscheinlich. Die Schutzpolizei muss einfach mehr Streife fahren und wachsam sein. Ich halte nichts davon, Panik zu verbreiten, wenn wir gar nicht wissen, ob wir es mit einem Serienmörder zu tun haben oder nicht.« Die Schärfe in Kühlborns Stimme hätte jeden anderen schon längst zum Schweigen gebracht.

Doch Daniela Cremer ließ nicht locker. »Bremen ist etwa dreihundertfünfundzwanzig Quadratkilometer groß, hat fast fünfhundertfünfzigtausend Einwohner. Es ist unmöglich, das Stadtgebiet durch Polizeistreifen zu sichern«, gab sie selbstbewusst zurück. Jeder außer Kühlborn wusste, dass sie recht hatte. Aber Kühlborn, diese Schlaftablette, war nun mal der Chef. »Ich werde die Frage, ob wir an die Öffentlichkeit gehen oder nicht, mit dem Staatsanwalt erörtern. Soll der entscheiden«, sagte Kühlborn. Das klang professionell, doch alle im Raum wussten, dass sich der Chef nur aus der Affäre ziehen wollte. Wenn er überhaupt mit dem Staatsanwalt sprechen würde, würde er ihn schon davon überzeugen, dass es zu früh war, an die Öffentlichkeit zu gehen.

»Wir wissen, dass sich der Täter offenbar sehr gut in Bremen auskennt. Der durchschnittliche, deutsche Serienmörder ist zwanzig bis fünfundvierzig Jahre alt. Wenn man nun alle Männer, die in den vergangenen fünfundzwanzig Jahren in Bremen gelebt haben und die in diesem Alter waren, einfach mal überprüft. Vielleicht stoßen wir auf Sexualtäter …« Weiter kam sie nicht.

»Nun reicht es«, schnitt ihr Kühlborn das Wort ab. »Ihr Engagement in allen Ehren. Das sind bestimmt Zehntausende. Außerdem hat wohl noch niemand hier im Raum daran gedacht, dass sich ganz Deutschland über uns kaputtlacht, wenn herauskommt, dass es ein Schutzpolizist war, der den Schädel gefunden hat, während er am Weserstrand pissen war. Das steht in Tenges Zeugenaussage. Und es war bislang immer nur eine Frage der Zeit, bis solche delikaten Details an die Presse durchsickern. Besser wir machen kein großes Aufsehen und ermitteln still und heimlich, bis wir mehr wissen.« Kühlborn klang jetzt wie ein Diktator. »Todt und Cremer – ihr dreht noch mal jeden Stein in der Vermisstensache Wollenbeck um und guckt euch auch die anderen Frauen an. Wenn wir nicht weiterkommen, können wir immer noch überlegen, an die Öffentlichkeit zu gehen, aber erst Anfang April, also zu der Zeit, in der die Frauen verschwunden sind. Jetzt ist es dafür noch zu früh. Wir wissen zu wenig, um die Pferde scheu zu machen.« Kühlborn stand auf. Die Frühbesprechung war beendet. Er wollte in die Kantine. Es gab Braunkohl mit Pinkel. Und ihm knurrte der Magen.

*

»Kannst du dir erklären, warum der Alte sich so dagegen wehrt, die Medien einzuschalten?«, fragte Daniela Cremer Stefan Todt, als sie wieder allein in ihrem Büro saßen.

Ihr Kollege zuckte mit den Achseln. Und dann war es plötzlich da. Dieses Sirren im rechten Ohr, das lauter wurde und lauter. Vor allem, wenn er unter Stress stand. Wie eine Sirene, die ihn warnen wollte. Todt versuchte, den Ton zu ignorieren. »Ich habe schon vor langer Zeit aufgegeben, Kühlborn verstehen zu wollen«, antwortete er und zündete sich die lang ersehnte Zigarette an.

»Ich meine, was vergeben wir uns denn? Wir können doch nur gewinnen.« Daniela Cremer konnte sich noch immer nicht beruhigen. Sie war jung, engagiert und aus Überzeugung Polizistin geworden. Leute wie Kühlborn machten sie rasend.

»Mich musst du nicht katholisch reden. Ich bin völlig deiner Meinung«, sagte Todt.

Cremer schwieg einen Moment. »Kühlborn …«, murmelte sie dann.

*

In der Kantine im siebten Stock des Amtsgerichts, die nicht nur von Justizbediensteten, sondern auch von Polizisten und Mitarbeitern anderer Behörden genutzt wurde, stand Braunkohl mit Pinkel, eine Art Grützwurst, die Harry Tenge besonders liebte, auf dem Speiseplan. Den ganzen Vormittag hatte er sich darauf gefreut. Und nun konnte der Kollege, der vor ihm in der Schlange stand, den Hals nicht vollkriegen, füllte sich von allem die doppelte Portion auf den Teller: zwei Mal Kassler, zwei Mal Kochwurst, zwei Mal Pinkel. Mein Gott, was für ein verfressener Fettsack, dachte Harry Tenge und stutzte. Mensch, das war doch Kühlborn, der da vor ihm stand, Leiter der Mordkommission.

Stimmt, fiel Harry ein. Im neuen Polizeipräsidium in der Vahr, das weit draußen lag, hatte es ja diesen Wasserschaden gegeben. Irgendwelche Leitungen waren eines Nachts geplatzt. Pfusch am Bau. Ganze Flure waren unter Wasser gesetzt worden. Der Schaden hatte sich als so enorm erwiesen, dass das Polizeipräsidium für die Zeit der Renovierungsarbeiten evakuiert und die einzelnen Abteilungen provisorisch über verschiedene Gebäude im gesamten Stadtgebiet verteilt worden waren. Deshalb saß die Mordkommission vorübergehend wieder am Wall. Und man traf die Kollegen zum Essenfassen im Siebten.

Harry fiel der Totenschädel wieder ein. »Na, Herr Kollege, wohin pinkeln wir denn heute?«, musste er sich seitdem ständig anhören. Fehlte eigentlich bloß noch, dass er zu einem Bußgeld verdonnert worden wäre. Wegen Umweltverschmutzung oder Erregung öffentlichen Ärgernisses. In Bremen musste man mit allem rechnen. Harry hatte in den vergangenen Tagen schon hin und wieder an den Totenschädel gedacht, einmal sogar von ihm geträumt, wie er ihn anstarrte, aus dunklen, leeren Augenhöhlen. Flehentlich? Lag in diesem toten Blick etwas Flehentliches? Unsinn, hatte Harry sich gedacht und den absurden Gedanken verdrängt, sich auf seine Arbeit konzentriert.

Doch plötzlich war er wieder da, während er an der Ausgabetheke der Kantine des Bremer Amtsgerichts stand, bei Kohl und Pinkel, hinter Fettsack Kühlborn. Kühlborn, Mord, Totenschädel.

»Na, schon irgendwelche Erkenntnisse in Sachen Totenschädel, Herr Kühlborn?«, fragte Harry betont beiläufig.

Kühlborn fuhr herum, starrte ihn an. »Was für'n Totenschädel?«, fragte er mit gespielter Ahnungslosigkeit zurück.

Doch Harry merkte sofort, dass Kühlborn genau wusste, wovon er sprach. Trotzdem antwortete er: »Na, der vom Neujahrstag. Ich hab den doch gefunden.«

Kühlborn warf ihm einen abschätzigen Blick zu. »Ach, Sie waren das. Nee, was für Erkenntnisse?«

»Zum Beispiel über die Todesursache. Ob Mann oder Frau, die Identität. Irgendwas haben Ihre Ermittlungen doch bestimmt ergeben.«

»Schon möglich!«, blaffte Kühlborn. Dabei zitterte das

Tablett leicht in seinen Händen. »Aber selbst, wenn es was Neues geben sollte, werde ich das sicherlich nicht mit Ihnen erörtern«, schnauzte der Moko-Chef Harry an und ließ ihn stehen wie einen dummen Schuljungen.

Harry füllte Kohl und Pinkel auf seinen Teller und sah sich nach einem geeigneten Sitzplatz um. Ganz hinten rechts, an einem Tisch neben der Fensterfront, von wo man den besten Blick auf die Dächer der Stadt hatte und den alten Wasserturm, die umgekippte Kommode, sehen konnte, saß Heiner Blum, mit dem Harry auf die Polizeischule gegangen war. »Mensch, Harry, altes Haus, dass man dich mal wieder sieht«, begrüßte Blum ihn und schob die Glasflasche, in der eine Sonnenblume aus Kunststoff steckte, ein wenig zur Seite, um Platz zu schaffen.

Nachdem sie einige Belanglosigkeiten ausgetauscht hatten und Blum ein paar unvermeidliche Witze über Harrys Fund am Neujahrsmorgen gerissen hatte, kam Tenge auf den Punkt. »Sag mal, was ist mit dem Fettsack los?«

»Was für'n Fettsack?«

»Na, euer Fettsack.«

»Ach, der Fettsack. Du meinst meinen disziplinarischen Vorgesetzten.« Blum senkte die Stimme. In der Gerichtskantine war es so hellhörig, dass man den Gesprächen an anderen Tischen mühelos lauschen konnte. Doch Blum und Harry saßen weit weg von Kühlborn, der sich an einem der vorderen Tische im Schatten der Birkenfeige neben ein paar Staatsanwälten niedergelassen hatte. »Mit dem ist nicht mehr viel los. Eigentlich gar nichts mehr«, flüsterte Blum Harry über seinen Teller zu.

»Der hat mich eben ziemlich blöd angemacht.«

»Angemacht? Dich? Haste ihm die letzten Pinkel weggeschnappt?«

»Hähähä, rasend komisch.«

Blum gluckste vor Vergnügen.

Harry schilderte, was sich an der Essensausgabe abgespielt hatte. Blum wurde schlagartig ernst und warf einen Blick Richtung Kühlborns Tisch. Sein Chef war allerdings so mit Kohl und Pinkel beschäftigt, dass er nichts um sich herum wahrnahm. Blum räusperte sich und dämpfte abermals seine Stimme. »Harry, es muss aber wirklich unter uns bleiben. Da läuft zurzeit bei uns einiges sehr merkwürdig. Kühlborn will nicht richtig ran an den Speck. Keine Öffentlichkeit. Strengste Geheimhaltung. Wir sollen alte Spuren noch mal abarbeiten. Aber natürlich nur, wenn Zeit ist. Und natürlich haben wir nie Zeit, weil immer viel zu tun ist. Alles andere hat immer Vorrang. Unglaublich, das Ganze. Eigentlich müsste man der Presse mal stecken, wie der arbeitet ...«

Tenge hörte aufmerksam zu. Er traute seinen Ohren nicht. Wollte ihn Blum verarschen? Was Kühlborn da trieb, grenzte an Strafvereitelung im Amt. Blum war zwar für seinen etwas schrägen Humor bekannt. Auch für missglückte Witze. Oft fehlte ihm das Fingerspitzengefühl. Aber er wusste, wo die Grenze war. Und wenn es drauf ankam, hatte man sich immer auf ihn verlassen können. Es gab keinen Grund, an dem, was er sagte, zu zweifeln. Was die Angelegenheit aber nicht erfreulicher machte. Plötzlich war er wieder da, der Totenschädel. Er sah ihn an.

Flehentlich? Flehentlich.

*

Ich war wie vor den Kopf geschlagen. Betäubt. Simon Schröder, mein Chef, gab mir sofort frei, nachdem ich ins Telefon geschluchzt hatte, dass mein Vater gestorben sei.

»Nimm dir so viel Zeit, wie du brauchst.« Eine Stunde später stand der Redaktionsbote vor meiner Tür, brachte mir einen Strauß weißer Callas und eine Schachtel Katzenzungen von Hachez. *Alexandra, meine Liebe, ich weiß, dass Dich nichts auf der Welt trösten kann. Aber wir wollen, dass Du weißt, dass wir in der Redaktion alle an Dich denken,* hatte Schröder auf eine Beileidskarte geschrieben. Er war der beste Chef, den man sich wünschen konnte.

Wie in Trance machte ich mich daran, die Formalien zu erledigen. *Ich bin unendlich traurig,* schrieb ich in die Todesanzeige. Und das war ernst gemeint. Noch ehrlicher wäre gewesen, wenn ich hinzugefügt hätte: *Ich schäme mich so.*

Natürlich hatte ich meinen Vater nicht umbringen wollen. Diese absurde Idee war aus meiner Wut geboren, weil er mich rausgeschmissen hatte. Wissen Sie, wenn man so lange als Polizeireporterin arbeitet wie ich, fängt man irgendwann an zu spinnen. Als Therapeut haben Sie doch sicher Nietzsche gelesen, nicht? *Und wenn du lange in einen Abgrund blickst, blickt der Abgrund auch in dich hinein.* Da ist echt was dran. Wenn man sich täglich mit menschlichen Abgründen beschäftigt, gewöhnt man sich an das Böse, stumpft ab, reißt Witze drüber. »Den mach ich kalt«, sagt man, wenn man sich über jemanden ärgert. Kommt einem ganz leicht über die Lippen. Der Lieblingsspruch von meinem neuen Kollegen Matze aus Berlin lautet: »Wenn Blut fließt, klingelt die Kasse.« Also, ich habe wirklich nie ernsthaft vorgehabt, meinen Vater umzubringen. Ehrlich. Sie glauben mir doch, dass ich unschuldig bin? Oder?

Mein Vater hatte sich immer eine Seebestattung gewünscht. »Ich will nicht, dass mich die Maden auffressen«, hatte er zu meiner Mutter gesagt, als meine Tante, also seine Schwester, gestorben war und wir sie in unserer Familiengruft auf dem Riensberger Friedhof beisetzten. Schon viele Jahre her.

In Bremerhaven war es noch kälter als in Bremen. Ein rauer Wind fegte über den Hafen. Die Nordsee war aufgewühlt und dunkelgrau wie der Himmel. Das Krächzen der Möwen klang wehmütig, jedenfalls bildete ich mir das ein.

Ich wusste nicht, ob und wie viele Trauergäste kommen würden. Der Termin für die Seebestattung hatte in der Todesanzeige gestanden, dem Bestattungsunternehmer hatte ich die komplette Organisation überlassen. Mir fehlte einfach die Kraft.

Als ich am Hafen ankam, traf ich auf eine kleine Gruppe schwarz gekleideter Leute. Männer Mitte sechzig, wie mein Vater. Ein paar Frauen. Wahrscheinlich allesamt ehemalige Kollegen von der Uni. Etwas abseits stand ein Typ, der deutlich jünger war, vielleicht Anfang vierzig, wahrscheinlich ein ehemaliger Student, den mein Vater zum Mathefolterknecht abgerichtet hatte. Er sah aus wie ein alternder Heavy-Metal-Fan. Schwarzes, halblanges Haar, leicht gewellt. Seine Gesichtshaut war unnatürlich blass, so als hätte er mit Puder nachgeholfen. Er hätte sich nur noch ein Vampirgebiss einsetzen müssen, um als Idealbesetzung für die Hauptrolle in einem Draculafilm durchzugehen. Der Wind blähte seinen langen, schwarzen Ledermantel. Hastig zog er an einer Selbstgedrehten. Wahrscheinlich Schwarzer Krauser.

Ich kannte keinen der Trauergäste und legte auch keinen Wert darauf, ihre Bekanntschaft zu machen. Und sie wussten auch nicht, wer ich war. Erst als der Kapitän mir am Bord des Kutters die Hand schüttelte und mir herzliches Beileid wünschte, schienen sie zu begreifen, dass ich Katzensteins Tochter war. Doch sie kamen nicht auf mich zu. In der Todesanzeige hatte ich ausdrücklich darum gebeten, von Beileidsbekundungen abzusehen. Ich wollte mit niemandem reden. Nichts sagen müssen. Ich bildete mir ein, dass mich die Trauergäste ansahen und tuschelten. »Das ist also seine Tochter. Journalistin. Schreibt über Kriminalfälle. Na ja.«

Unter Deck stand die Urne mit der Asche meines Vaters auf einem weiß gedeckten Stehtisch, was ich irgendwie pietätlos fand. In wenigen Stunden würde wahrscheinlich eine Hochzeitsgesellschaft an diesem Tisch mit Sektgläsern auf das Wohl des Brautpaares anstoßen.

Das Gesteck aus gelben Kunstblumen saß wie eine zu groß geratene Krone auf dem Urnendeckel. Mir war plötzlich ganz flau im Magen, meine Knie fingen an zu zittern. War das zu glauben? Von meinem cholerischen Vater, der mich wenige Stunden vor seinem Tod im Krankenhaus noch zusammengestaucht hatte, war nicht mehr übrig geblieben als ein Häufchen Asche, das in dieses kleine Gefäß passte.

Neben der Urne stand in einem silbernen Rahmen ein Foto von meinem Vater. Keine Ahnung, wo der Bestatter das Bild ausgegraben hatte, vielleicht aus einem alten Vorlesungsverzeichnis. Das Porträt war Jahrzehnte alt, zeigte meinen alten Herrn noch mit vollem, dunklem Haar. Er blickte direkt in die Kamera, lächelte nicht, sah aber auch nicht unfreundlich aus.

Tränen liefen mir über die Wangen. Doch ich trauerte nicht um meinen Vater, so wie ich ihn gekannt hatte. Ich trauerte um das Verhältnis, das wir nie gehabt hatten. Um den Vater, der mir von jeher gefehlt hatte. Und der mir immer fehlen würde.

Die Trauergäste rutschten unter Deck schweigend in die Bänke, hielten ein wenig Abstand zu mir. Nur der Heavy-Metal-Vampir sah ungeniert zu mir herüber. Hässlicher Vogel.

Der Kutter legte ab, schaukelte auf die Nordsee hinaus. Das Röhren des Motors mischte sich mit klassischer Musik, die irgendwo aus einem Lautsprecher klang.

Die Skyline von Bremerhaven zog vorüber. Die Silhouette des *Atlantic Hotels*, die aussah wie ein geblähtes Segel. Am Weserdeich trotzten ein paar wackere Spaziergänger mit übergezogenen Kapuzen dem Wind.

Um niemandem in die Augen sehen zu müssen, starrte ich auf die Tischdecke, studierte das filigrane Blumenmuster, das in die Leinentischdecke gewebt war.

Als kein Land mehr in Sicht war, ergriff der Trauerredner das Wort. Ließ das erfolgreiche Leben meines Vaters Revue passieren. 1945, nur wenige Monate nach dem Krieg, geboren. Sohn eines Metzgers, dem es gelungen war, seine kleine Schlachterei im Wirtschaftswunder binnen weniger Jahre zur Fleischfabrik auszubauen. »Schon als Neunjähriger saß er im Ladengeschäft seines Vaters an der Kasse, rechnete Preise aus und entdeckte seine Liebe zu Zahlen.« Der Trauerredner hatte wirklich recherchiert, wahrscheinlich alle ehemaligen Kollegen ausgequetscht. »Nachdem er die Fleischfabrik seines Vater nach dessen Tod verkauft hatte, hätte er ein sorgenfreies Leben führen können, weil er finanziell unabhängig war«, fuhr der Trauerredner fort und hob die Stimme wie zum Tusch, der etwas Besonderes ankündigen sollte. »Doch er widmete sein Leben der Mathematik. Brachte sie jungen Menschen nahe, bildete als Professor Lehrer aus und arbeitete bis zum Schluss.« Der Trauerredner leierte die Preise herunter, die mein Vater gewonnen hatte. Wieder einmal fühlte ich mich so klein, so dumm. Es war, als würde mein Vater mir ein letzte Mal aus der Urne zurufen: »Du kannst nichts. Du schaffst nichts. Du bist nichts.«

»Doch er war kein nüchterner Zahlenmensch, hat es nie

an Herzenswärme vermissen lassen.« Ich glaubte, nicht richtig zu hören und war froh, als der Redner endlich den Mund hielt, die Urne nahm und wir ihm schweigend aufs Deck folgten.

Draußen empfing uns ein eisiger Wind. Der Kutter schaukelte, sodass wir uns am Geländer festhalten mussten. Ein paar Seevögel ließen sich im Wasser treiben, das aufgewühlt war und schwarz. Der Kapitän, ein bulliger Kerl mit weißem Rauschebart, übernahm die Urne. Die Seeleute bewegten sich im Gegensatz zu uns mit schlafwandlerischer Sicherheit auf dem schunkelnden Kahn. »Sie nehmen heute Abschied von Prof. Dr. Albert Katzenstein«, rief der Kapitän in den Wind, der seine Worte fast verschluckte. Dann beugte er sich über die Reling und ließ die Urne an einer Kette hinab ins Wasser.

Plötzlich schepperte es. Einmal. Zweimal. Dreimal. Die Urne schlug gegen den Schiffsrumpf, so als würde sich mein Vater mit einem letzten Gruß verabschieden, bevor er für immer in der Tiefe des Meeres verschwand. Das Blumengesteck löste sich vom Deckel, trieb mit großer Geschwindigkeit vom Schiff weg, als wolle es fliehen. »Das Leben ist vergänglich. Aber die Liebe kann ewig sein«, rief der Kapitän in den Wind. Tränen liefen mir übers Gesicht. Wieder hatte ich es nicht geschafft, mich zu versöhnen. Das Einzige, was ich mir zugutehalten konnte, war, dass ich es, anders als bei meiner Mutter, wenigstens versucht hatte. Mit dem Handrücken wischte ich mir die Tränen ab. Mein Vorrat an Taschentüchern war längst aufgebraucht. Plötzlich stand der Vampir neben mir, hielt mir wortlos ein Tempo hin. Zeigefinger und Daumen waren gelb vom Tabak. Ich nahm das Tuch, ohne ihn anzusehen oder mich zu bedanken. Die Schiffsglocke läutete acht Mal, der Wind heulte. Das gelbe

Gesteck war nur noch als heller Punkt in der Ferne zu sehen. Bis es verschwand.

*

Ein paar Tage nach der Bestattung fing ich wieder an zu arbeiten. Simon Schröder nahm mich in die Arme, als ich in die Redaktion kam. »Mädel«, sagte er und schmatzte mir einen Kuss auf die Wange. »Schön, dass du wieder da bist. Wir haben dich irre vermisst.« Das war eine nette Umschreibung dafür, dass vieles liegen geblieben war, weil niemand meinen Job machen wollte. Ich hatte sofort alle Hände voll zu tun, was mich ablenkte. Einen Mord in Findorff, wo ein Mann seine Frau umgebracht und ihre Leiche zerstückelt hatte. Für mich bedeutete das ein paar Tage Arbeit. Verwandte abklappern, die Lebensgeschichten von Täter und Opfer recherchieren. Fotos des Ehepaares besorgen. Witwenschütteln halt.

Ach so, Sie können natürlich nicht wissen, was das heißt. Also, wenn Polizeireporter losziehen, um Fotos von Mordopfern zu besorgen, nennt man das Witwenschütteln. Zynisch, nicht? Aber so sind wir halt. Der Job verlangt es. In der Redaktion jedenfalls graust allen vor dem, was ich so mache. Aber ich kann eben nichts anderes.

Bevor ich richtig mit der Arbeit loslegen konnte, hatte ich allerdings um die Mittagszeit diesen Termin beim Nachlassgericht. Testamentseröffnung. Mit flauem Gefühl im Magen stieg ich die Treppen in den ersten Stock hinauf. Ich war spät dran, als ich in den Saal kam, waren schon alle da.

Irgendwie hatte ich geahnt, dass mein Vater mich enterben würde. Aber als der Rechtspfleger das Testament verlas, war mir, als würde mir der Boden unter den Füßen weggezogen. Mein Vater hatte sein gesamtes Vermögen einer Hamburger Stiftung namens *MMW – Mehr Mathematik wagen* vererbt.

Obwohl die Asche meines Vaters sicher längst von Fischen verspeist worden war, schaffte er es immer noch, mich zu demütigen. Mir ein letztes Mal zu demonstrieren, dass ich seiner nicht würdig war.

Die Mathefuzzis hatten sich natürlich nicht blicken lassen, sondern ihren Rechtsanwalt Dr. Christian Dinklage geschickt. Einen dieser Typen, die in einer Gründerzeitvilla am Wall residierten und nur wirklich große Mandate übernahmen.

Der Rechtspfleger, Typ Altachtundsechziger mit grauen Haaren, die sich im Nacken kräuselten, schaute mich durch die Gläser seiner Nickelbrille mitfühlend an und ließ sich dazu hinreißen, mir einen rechtlichen Rat zu erteilen, was sicher nicht erlaubt war. »Ihnen bleibt natürlich der Pflichtteil. Den kann Ihnen niemand streitig machen.« Ich nickte nur und sah zu, dass ich rauskam auf den Flur, um, obwohl das verboten war, eine zu qualmen. Seit dem Tod meines Vater rauchte ich wieder Kette, obwohl es mir nicht mal sonderlich schmeckte.

Als ich, noch immer wie vor den Kopf gestoßen, auf dem Gerichtsflur stand und mir gerade eine Zigarette ansteckte, kam Dinklage in seiner schwarzen Robe herangeweht. »Herzliches Beileid, liebe Frau Katzenstein«, schleimte er. »Vielleicht sind Sie enttäuscht. Aber das sollten Sie nicht. Ihr Vater war Mathematiker durch und durch. Und sein Geld dient nun dazu, vielen Menschen diese wunderbare Wissenschaft näherzubringen.« Ich hätte am liebsten auf den blauen Nadelfilz im Gerichtsflur gekotzt. »Das Vermögen Ihres Vaters hätte nicht besser angelegt werden können.

Gerade in Zeiten, in denen bei der Bildung am falschen Ende gespart wird, werden solche Erbschaften immer wichtiger.« Dinklage redete, als wolle er als Abgeordneter für die Bremische Bürgerschaft kandidieren und mich als Wählerin gewinnen.

Ich sah ihn mit leerem Blick an. Das Geld war mir irgendwie egal. Ich wollte es überhaupt nicht. Seitdem ich achtzehn war, hatte ich auf die Kohle meines Vaters geschissen und mich allein durchgeschlagen. Aber die Demütigung, die mein Vater mir noch nach seinem Tod bescherte, tat weh.

»Die Stiftung wird Ihnen den Pflichtteil natürlich überweisen, das habe ich schon abgesprochen. Und er wird immer noch ganz ordentlich ausfallen«, fuhr Dinklage fort. Ich antwortete nicht. »Sie werden das Testament doch nicht etwa anfechten?«, rückte der Anwalt endlich mit der Sprache raus.

Plötzlich kratzte der Rauch in meiner Lunge, sodass ich husten musste. Auf die Idee war ich noch gar nicht gekommen. Dinklage klopfte mir auf den Rücken. Das Testament anfechten? Was für eine glänzende Idee!

»Ich möchte mir diese Stiftung mal genauer ansehen«, hörte ich mich mit vom Hustenreiz geschwächter Stimme sagen. »Danach werde ich mich mit meiner Rechtsanwältin beraten. Dafür haben Sie doch sicher Verständnis.« Dinklage nickte und nötigte mir zum Abschied seinen Händedruck auf. Ich drückte meine Kippe in der Zigarettenschachtel aus und machte, dass ich rauskam. Bevor irgendein Justizwachtmeister mich erwischte und wegen verbotenen Rauchens festnahm. In Bremen musste man mit allem rechnen.

Im Büro recherchierte ich sofort, was das für eine Stiftung war, der mein Vater sein gesamtes Vermögen hinterlassen hatte.

Wer bringt unser Land weiter? Germanisten und Philosophen? ODER Ingenieure und Naturwissenschaftler? Der Slogan auf der Homepage der Stiftung flimmerte in roter Schrift auf schwarzem Grund. Wie eine Drohung. Klar, dass mein Vater solchen Leuten sein Geld vermacht hatte. Und nicht seiner geistig minderbemittelten Tochter, die glaubte, der Dreisatz sei eine Art Kreuzstich für Fortgeschrittene.

Ich musste unbedingt nach Hamburg fahren, um herauszufinden, was das für Typen waren. Wahrscheinlich ein paar weltfremde Nerds mit Hornbrillen und karierten Hochwasserhosen, deren Kontakt zum weiblichen Geschlecht sich auf den wöchentlichen Anruf bei Mutti beschränkte.

Dem provokanten Spruch zum Trotz, lasen sich die Ziele der Stiftung eigentlich ganz vernünftig, auch wenn ich das natürlich niemals öffentlich zugegeben hätte. Die Stiftung wollte das Image der Mathematik verbessern, Schülern die Angst vor diesem Schreckgespenst von Unterrichtsfach nehmen. Abiturienten sollten sogenannte MINT-Fächer studieren, also Mathematik, Ingenieurwesen, Naturwissenschaften und Technik.

Der provokante Slogan hatte die Stiftung über Nacht bundesweit bekannt gemacht. Ein namhafter Volkswirt und Buchautor hatte sogar noch eins draufgesetzt: Er wollte Frauen, die MINT-Fächer studierten und Kinder bekamen, mit dreißigtausend Euro aus der Staatskasse belohnen. Eine Art Elite-Zuchtprämie also. Der Gesamtdeutsche Verband der Sprach- und Literaturwissenschaftler warf dem Volkswirt »intellektuelles Herrenmenschentum« und der Stiftung »eine unerträgliche Arroganz« vor. Hamburgs Bildungssenator – seines Zeichens Germanist – hatte den Mathefuzzis prompt den Zuschuss gestrichen. Die Gemeinnützigkeit sollte auf den Prüfstand und die Mathematiker sollten aus der Villa im feinen Harvestehude ausziehen, die der Stadt Hamburg gehörte. *MMW kurz vor dem Ruin* hatte das *Hamburger Abendblatt* erst vor zwei Monaten getitelt. Das Erbe meines Vaters war die Rettung für diese ominöse Stiftung.

Na bitte, wenn das kein Mordmotiv war.

*

Die tägliche Polizeiroutine hielt für Harry keine besonderen Vorkommnisse bereit. Besoffene Touristen im Schnoor, die Passanten anpöbelten. Auffahrunfälle am Ostertor und am Osterdeich. Die obligatorischen Am-Steuer-mit-dem-Handy-Telefonierer. Mehr Papierkram als sonst was. Yüksel Yildirim, Tenges Partner, war überrascht, als Tenge sich anbot, die Schreibarbeiten alleine zu erledigen. »Hab heute nichts Besonderes mehr vor«, erklärte er seinen plötzlichen Arbeitseifer, »geh du mal nach Hause, das nächste Mal bist du wieder dran.«

»Danke Harry, das nenne ich Freundschaft«, antworte Yildirim, sichtlich froh darüber, dass er heute mal etwas früher zu seiner Frau und seinem kleinen Sohn gehen konnte. Tenge sah ihm nach. Yüksel, eingefleischter Bremer wie er selbst, war seit knapp fünf Jahren sein Partner. Er mochte ihn und fuhr gern mit ihm auf Streife.

Jetzt ließ sich Harry Zeit. Sehr viel Zeit. Jedes einzelne Protokoll formulierte er so sorgsam, als wollte er sich für den Bremer Literaturpreis bewerben. Er holte sich einen Kaffee aus dem Automaten. Später noch einen. Ging die Protokolle wieder und wieder durch. Feilte daran herum, bis wirklich jeder Satz saß.

»Na, Harry, nachsitzen?«, lästerte Kollege Glintenkamp, als er sich in den Feierabend verabschiedete.

Tenge revanchierte sich mit einem liebevollen: »Leck mich!«

Draußen war es längst dunkel. Langsam leerte sich das Polizeirevier. Das übrige Gebäude, das noch die Stadtbibliothek beherbergte, war ohnehin schon längst menschenleer. Das Polizeirevier Innenstadt war, im Gegensatz zu den anderen Abteilungen, vor gut zehn Jahren nicht in das neue Polizeipräsidium in die Vahr umgezogen, sondern im alten Polizeihaus geblieben.

Die Kollegen, die Schicht hatten, befanden sich allesamt auf Streife. Herzog, der Dienstgruppenleiter, und sein Vertreter Kellermann saßen vor dem Fernseher. Im Olympiastadion in Berlin spielte der SV Werder gegen Hertha BSC. Herzog und Kellermann waren fanatische Werderfans, würden die nächsten hundertfünf Minuten damit beschäftigt sein, sich auf das Spiel und den Polizeifunk gleichzeitig zu konzentrieren. Wenn Kollegen von der Streife zurückkamen, würden sie sich ebenfalls vor dem Fernseher niederlassen. Harry blickte auf seine Armbanduhr. Zwanzig Uhr dreißig, das Spiel hatte gerade angefangen. Der richtige Zeitpunkt war gekommen. Kellermann und Herzog nahmen keine Notiz von ihm, starrten gebannt auf die Mattscheibe, die Mannschaft lief gerade unter großem Getöse ins Stadion. Harry hätte das Spiel auch gerne geguckt. Aber es gab jetzt Wichtigeres.

Kühlborn und seine Truppe waren wegen des Wasserschadens im oberen Stockwerk des ehemaligen Polizeihauses untergekommen. Ideal für Harrys Vorhaben.

Mit einem Schnellhefter unterm Arm, der den Eindruck erwecken sollte, er sei in offizieller Mission unterwegs, betrat er den Aufzug und fuhr hinauf in den fünften Stock.

Oben angekommen, trat Harry aus dem Fahrstuhl in die

Dunkelheit. Er blieb einen Moment auf dem Flur stehen und lauschte. Alles still. Die Kollegen von der Mordkommission saßen wahrscheinlich allesamt zu Hause vor ihren Fernsehern, zischten ihre Bierchen und guckten Werder. Harry tastete nach dem Lichtschalter und legte ihn um. Dann suchte er die Türen ab, bis er auf einem Computerausdruck, der einfach an die Tür geklebt war, las: *Moko Bremen.*

Tenge sah sich vorsichtig um, lauschte. Nichts. Nur das leise Rauschen der Heizungsanlage. Er war allein. Die Tür war nicht, wie sonst üblich, elektronisch gesichert, sondern bloß mit einem einfachen Sicherheitsschloss ausgestattet. Kein Problem für jemanden, der seit achtundzwanzig Jahren im Polizeidienst war. Harry wunderte sich über den Leichtsinn der Mordkollegen. Wahrscheinlich war der Antrag auf eine elektronische Sicherung längst gestellt, aber bis er bearbeitet und genehmigt war, würde die Kühlborn-Bande längst wieder in ihrem angestammten Revier im Polizeipräsidium in der Vahr sein. Harry zog ein paar dünne Latexhandschuhe aus seiner Hosentasche und streifte sie über. Ein paar geübte Handgriffe und er war drinnen. Er schaltete das Licht ein – und hätte am liebsten gleich wieder auf dem Absatz kehrtgemacht. Das Großraumbüro wirkte weniger wie ein Zentrum ernsthafter Ermittlungsarbeit, nicht wie der Arbeitsplatz seriöser Beamter, sondern war eine verqualmte Bude voller überquellender Aschenbecher, halb leerer Kaffeebecher, Essensreste und dreckigem Geschirr. Kühlborn und seine Chaotentruppe schienen sich hier bestens eingerichtet zu haben und sich wie zu Hause zu fühlen. Doch je länger Harry das Chaos studierte, desto mehr glaubte er, doch so etwas wie Strukturen erkennen zu können. Schriftstücke lagen auf den Schreibtischen und über den Boden verteilt – aber alle durchnummeriert. An einer Wand hing eine große Schautafel, auf der die Namen von fünf Frauen standen, jeweils versehen mit einem Datum, daneben ein Foto. Hinter einem Namen – Nicole Wollenbeck – waren zwei Fotos gepinnt. Das Bild einer lebenden Frau und das eines Totenschädels – Harrys Fundstück.

Er holte tief Luft. Der Schädel hatte einen Namen. *Nicole Wollenbeck. Einundzwanzig Jahre, Studentin. Mathematik und Sport auf Lehramt. Verschwunden am 4. April 1990* las er die hingeworfene Schrift auf der Pappe neben dem Foto. Harry trat nahe an das Foto heran.

»Hallo, Nicole«, flüsterte er heiser und kam sich schon ein bisschen blöd vor. Nicole war eine auffallend hübsche, junge Frau gewesen. Voller Übermut und Neugier auf das Leben strahlte sie in die Kamera. Wäre sie ihm zu Lebzeiten begegnet, Harry hätte sich auf der Stelle in sie verknallt. Sein Blick wanderte zu dem Foto daneben, auf dem ihr Totenschädel zu sehen war, dann wieder zu der lebenden Nicole. Wieder zum Schädel. Noch mal zurück.

»Was ist bloß mit dir passiert, Nicole? Was? Wer war das?«

Harry Tenge spürte plötzlich eine tiefe Traurigkeit. Dann Wut. Nicole wäre heute, wenn sie noch leben würde, gerade mal vierzig, überlegte er. Nur ein paar Jahre jünger als er. Lehrerin hatte sie werden wollen. Bestimmt wäre sie eine gute Lehrerin geworden. Keine dieser sadistisch veranlagten Mathepauker, die sich am Leid ihrer Schüler ergötzten. Nein, Nicole Wollenbeck wäre eine beliebte Lehrerin geworden, gesegnet mit einer Engelsgeduld und der sanften Stimme einer Märchenerzählerin. Vielleicht hätte sie inzwischen selbst Kinder gehabt. Nein, ganz sicher sogar. Harry zückte sein iPhone, machte Fotos von der Schautafel und von den Schriftstücken. Sein Blick fiel auf eine Tür im hinteren Teil des Raums. *Erster Kriminalhauptkommissar Kühlborn* stand daran.

Harry zögerte keine Sekunde. Wenn er nun schon mal hier war, durfte er sich das Zimmer des Fettsacks nicht entgehen lassen. Wieder erwies sich das Schloss als Kinderspiel. Doch im Vergleich zu Kühlborns Büro war der erste Raum von geradezu vorbildlicher Ordnung und klinischer Sauberkeit. Kühlborn schien angeschimmelte Pizzareste, leere Coladosen und vor allem Zigarettenkippen als natürliche Lebensgrundlage zu betrachten. Kalter Rauch hing im Raum, sodass es stank wie in einer Eckkneipe. Offenbar war noch keine Reinigungsfirma für die provisorischen Moko-Räume engagiert worden. Oder der Antrag war noch nicht durch.

Harry trat an Kühlborns Schreibtisch. Dort lag, gut getarnt zwischen leeren Zigarettenschachteln, Bonbontüten, zerknüllten Papiertaschentüchern und allerlei Krimskrams, eine Handakte. *Vermisste Frauen in Bremen seit 1985* verriet die Aufschrift. Harry schlug die Akte auf. Darin waren noch mal die Fotos der fünf Frauen in Klarsichtfolie abgeheftet, dazu jeweils detaillierte Personenangaben.

Na warte, Fettsack, na warte, dachte Harry grimmig, zückte sein iPhone und scannte die Handakte, in der Kühlborn nur die wichtigsten Schriftstücke verwahrte, Seite für Seite ab.

Sein Blick fiel auf den Rechner. War der Fettsack überhaupt in der Lage, einen Computer zu bedienen? Falls ja, war der bestimmt passwortgeschützt. Andererseits … Harry schaltete die Kiste an und überlegte einen Moment. Was könnte diese Fettbacke sich als Passwort überlegt haben? Harry dachte daran, wie sich Kühlborn in der Kantine den Teller vollgeschaufelt hatte. War Kühlborn eigentlich Bremer? Harry wusste, dass er nur zwei Versuche hatte. Beim dritten wurde der Computer gesperrt und ein stiller Alarm ausgelöst. Zwei Versuche. Mehr konnte er nicht riskieren. Und selbst das sah Kühlborn morgen, weil ihm der Computer zwei fehlgeschlagene Log-in-Versuche melden würde. Aber bestimmt fiele Kühlborns Verdacht dann auf einen seiner Mitarbeiter, so wie er sich ihnen gegenüber benahm. Harry überlegte. Sollte er wirklich? Seine Neugier siegte. *Pinkel* tippte Harry auf Verdacht in den Computer. Und konnte kaum fassen, dass sich vor ihm ein blaues Meer auftat, das Kühlborn sich als Bildschirmschoner ausgesucht hatte. Er war drin! Damit hatte er nicht gerechnet. Der Fettsack war noch dämlicher, als er gedacht hatte.

Schnell fuhr Harry mit dem Cursor über den Bildschirm, suchte nach dem Ordner mit dem neuesten Datum. Er hieß *Weiber*. Harry öffnete ihn kurz, um sich zu vergewissern, dass er nicht an die private Pornosammlung des Fettsacks geraten war. Doch er hatte Glück – der Ordner enthielt die gesamten Akten über die vermissten Frauen. Wie gut, dass heutzutage alles digitalisiert wurde. Leider waren Dienstrechner grundsätzlich für USB-Sticks gesperrt.

Harry öffnete Kühlborns E-Mail-Programm, das glücklicherweise nicht durch ein zusätzliches Passwort geschützt war. Und bewegte den Ordner in ein Mailformular. Ins Adressfeld tippte er die E-Mail-Adresse, die er sich vor einiger Zeit für alle Fälle in einem Internetcafé bei Gmail eingerichtet hatte. Dann sendete er sich die Datei mit den über dreißig Aktenordnern. Nachher würde er sich die Daten in dem Café in Ruhe auf einen USB-Stick laden. Natürlich hatte Harry bei Gmail nicht seine richtigen Personalien angegeben, sondern sich einen Fantasienamen, eine falsche Adresse und ein geschöntes Geburtsdatum zugelegt. Er ging in den Ordner *gesendete Mails* und löschte die letzte. Dann fuhr er den Rechner wieder runter, machte das Licht aus und verließ den Schweinestall.

Er war schon an der Tür des Großraumbüros, hatte die Hand am Lichtschalter – da hörte er draußen auf dem Gang plötzlich Schritte, die sich eilig näherten. Das geübte Ohr des Polizeibeamten erkannte den Gang einer Frau, die mit hochhackigen Schuhen den Flur entlangstöckelte. Klack, klack, klack, klack. Aber sie war nicht allein, obwohl Harry keine weiteren Schritte hörte. Wahrscheinlich trug der Typ Gummisohlen.

»Guck mal Bärchen, bei euch brennt ja noch Licht«, sagte die Frau mit kieksender Stimme.

»Hat Kühlborn bestimmt vergessen auszumachen, der alte Trottel. Passiert dem öfter. Warte, ich guck mal nach, Hasilein«, brummte ein sonorer Bass. Harry sah sich hektisch um, suchte nach einem Versteck. Wenn er jetzt erwischt würde, wäre Feierabend. Dann hätte er nicht nur ein Disziplinarverfahren am Hals, er würde rausfliegen und wäre erledigt. Sein Herz schlug schneller. Ob er es noch bis zum Aktenschrank schaffen würde, um sich dahinter zu verstecken? Vor einem misstrauischen Kriminalbeamten? Verdammt, solche Aktionen waren einfach nichts für ihn. Oder sollte er versuchen, sich unter einem Schreibtisch zu verkriechen? Noch während die Überlegungen durch sein Hirn schossen, sprach Hasilein die erlösenden Worte: »Ach nö, Bärchen, lass das blöde Licht. Wir haben doch was Besseres vor.«

»Auch wieder wahr«, brummte Bärchen und gab seinem Hasilein einen Klaps auf den Po, was dieses mit einem aufgeregten Kichern quittierte. Die Schritte entfernten sich, nur Sekunden später wurde die Tür zu einem benachbarten Raum aufgeschlossen. Harry wischte sich mit dem Handrücken den Schweiß von der Stirn. Wiederum wenige Augenblicke später drangen eindeutige Geräusche an sein Ohr. Jetzt aber nichts wie weg hier, dachte er und ging auf Zehenspitzen zur Tür. Doch dann hielt er noch mal inne. Drehte sich um.

Nicole sah ihn an. »Ich finde raus, wer dir das angetan hat, Nicole«, flüsterte er. »Ich find's raus. Ich versprech's dir.«

*

Da sieht man's wieder mal, dachte Matze. Normalerweise gucken sie dich mit dem Arsch nicht an. Aber wenn sie was von dir wollen, dann sind sie auf einmal scheißfreundlich, die Tussen. Da war Alexandra Katzenstein keine Ausnahme. Sie hatte ihn doch tatsächlich gefragt, ob er Lust habe, mit ihr nach Hamburg zu fahren. Er. Mit ihr. Nach Hamburg. Rein privat. Zu irgendwelchen Mathefuzzis von so 'ner Stiftung. Weil sie von Mathe null Ahnung habe und sie dort nicht als absolute Vollidiotin auflaufen wolle. Er hatte ihr gegenüber mal unvorsichtigerweise erwähnt, dass Mathe in der Schule sein Lieblingsfach gewesen sei.

»Klar, Alexandra, gerne, wenn ich dir damit helfen kann«, hatte er eine Spur zu hastig geantwortet.

»Lieb von dir, du hast jetzt was bei mir gut«, hatte sie gesäuselt.

Sie hatten sich auf Anhieb verstanden. Matze hatte sie in den ersten Wochen des Jahres vertreten müssen. Ihr Alter war abgenippelt. Selbstmord. Mit Kohlenmonoxid. Obwohl sie, wie er von Kollegen wusste, angeblich überhaupt keinen Kontakt mehr zu ihrem alten Herrn gehabt hatte, sah sie seitdem so traurig aus, dass Matze sie am liebsten in den Arm genommen hätte. Aber so weit waren sie nicht. Noch nicht.

Beruflich waren sie schnell ein eingespieltes Team geworden. Wenngleich ihm manchmal vor den Methoden seiner neuen Kollegin schauderte. Durch die Jahre als Pressefotograf in der Hauptstadt hatte er geglaubt, mit allen Wassern gewaschen zu sein. Alexandra Katzenstein belehrte ihn eines Besseren. Täglich.

Einmal war er mit der Katzenstein bei einem wegen Insolvenzverschleppung angeklagten Kaufhausbesitzer-Ehepaar aufgelaufen. Sie hatten sich als Interessenten für die alte Plattensammlung ausgegeben, die der Mann unvorsichtigerweise ein paar Wochen zuvor im Internet zum Verkauf angeboten hatte. In Wirklichkeit war es ihnen nur darum gegangen, die Villa in Bremen-Oberneuland in Augenschein zu nehmen, um hinterher im *Weserblick* beschreiben zu können, in welchem Luxus die angeblichen Pleitiers lebten. Der Justiziar des Verlages hatte Magenkrämpfe bekommen, die Story dann aber doch zähneknirschend durchgewunken. Schließlich war es nicht verboten, sich für alte Platten zu interessieren.

Simon Schröder hatte ihnen gratuliert und was von »seinen besten Pferden im Stall« gesagt. Matze hatte daraufhin beschlossen, sich fortan nicht mehr allzu viele Gedanken zu machen, die Klappe zu halten, was er ja sowieso meistens tat, und sich im Wesentlichen darauf zu konzentrieren, möglichst gute Fotos zu schießen.

Seit er Alexandra kannte, achtete Matze streng darauf, jeden Tag frisch rasiert im Büro zu erscheinen, ganz entgegen seiner sonstigen Gewohnheit. Er verwendete ein neues, sündhaft teures Aftershave, hatte seine alten Schlabberklamotten ab- und sich drei neue Sakkos zugelegt, dazu zwei schwarze Designerjeans. Nur auf Knobelbecher und Sneaker mochte er nicht verzichten. Er wechselte jetzt sogar zweimal in der Woche seine Unterhose und die Socken. Vor allem aber hatte er sich zum Ziel gesetzt, endlich abzunehmen. Hundert Kilo waren eindeutig zu viel, bei gerade mal eins zweiundsiebzig. Anderthalb Kilo hatte er sogar schon geschafft. Doch Alexandra schien seine Bemühungen gar nicht zu bemerken.

Und dann das: Vor ein paar Tagen war sie noch viel freundlicher zu ihm gewesen als sonst. Hatte ihm morgens einen Becher Kaffee auf den Schreibtisch gestellt. Matze hatte das zunächst auf sein neues, kariertes Sakko zurückgeführt, das er an diesem Tag zum ersten Mal getragen hatte.

Doch dann war sie plötzlich rausgerückt mit der Sprache. Er hatte zuerst gedacht, es habe was mit dem Job zu tun, aber sie hatte ihn gleich aufgeklärt: Es ginge um ihren verstorbenen Vater, ihr Erbe und um Mathematik.

»Um Mathematik ...?«, hatte er ungläubig nachgefragt.

»Um Mathematik, deswegen sollst du ja mitkommen nach Hamburg, weil ich davon absolut nichts verstehe. Außerdem ist doch mein Lappen weg. Deswegen müsstest du meinen BMW Z3 fahren. Danach lade ich dich zum Sushi-Essen ein, als kleines Dankeschön. Einverstanden?«

»Toll«, hatte Matze geantwortet, obwohl er Sushi hasste und ihm eine Currywurst oder ein ordentlicher Cheeseburger lieber gewesen wären. Oder noch besser beides.

Ein paar Mal hatten sie ihren Ausflug verschieben müssen. Einmal war eine Leiche in der Weser dazwischengekommen. Ein anderes Mal hatte Alexandra heftige Migräne gehabt.

Doch nun war es endlich so weit.

Die Autobahn war frei und Matze trat das Gaspedal durch. Zum Glück war der Schnee geschmolzen. Durch die tiefen Sitze hatte man fast das Gefühl, man würde zu ebener Erde über die Straße sausen. Wunderbar.

»Mein Vater hat mich enterbt«, sagte Alexandra unvermittelt.

»Wie bitte?« Durch das Rauschen des Fahrtwindes und das Heulen des Motors konnte er sie nur schwer verstehen.

»Mein Vater hat mich enterbt.« Alexandra schrie nun fast.

Matze nickte zum Zeichen, das er verstanden hatte.

»Alleinerbin ist die Stiftung, zu der wir jetzt fahren.« Alexandra hatte sich zu ihm rübergebeugt.

»Enterbt? Heftig! Okay, aber was willst du dann noch von denen? Wenn's so im Testament steht ...«, antwortete Matze und war fast ein bisschen sauer, dass sie ihn wegen so einer Sache nach Hamburg bemühte.

»So einfach ist das nicht, mein Lieber. Erstens steht mir als Tochter zumindest der Pflichtteil zu. Zweitens könnte ich das Testament auch anfechten. Dafür habe ich jetzt ein Jahr Zeit. Immerhin hat mein Vater nach Meinung der Polizei Selbstmord begangen. Ich könnte also behaupten, dass er seine sieben Sinne nicht beisammen hatte, als er sein Testament schrieb. Und drittens möchte ich einfach wissen, was diese Mathefuzzis für Typen sind. Und was sie so treiben.«

Hatte sie wirklich ›mein Lieber‹ gesagt oder spielten ihm die Fahrtgeräusche einen Streich?

»Hättest du mir vorher gesagt, was das für 'ne Stiftung ist, hätte ich mich ein wenig schlaumachen können.«

»Herzchen, hältst du mich für eine Amateurin?« Alexandra öffnete das Handschuhfach und holte ein paar Blätter Papier heraus.

›Herzchen‹ ... hatte sie gesagt, diesmal hatte er sie genau verstanden. Er fuhr etwas langsamer. Alexandra fing an, einen kleinen Vortrag über die Mathefuzzis zu halten, redete sich richtig in Rage. »›Wer bringt unser Land weiter? Germanisten und Philosophen? Oder Ingenieure und Naturwissenschaftler?‹ Die haben doch einen Knall. Goethe und Schiller waren doch auch keine Naturwissenschaftler, oder? Vollidioten.«

»Na ja, Goethe hat schon naturwissenschaftliche Aufsätze geschrieben. Und Schiller war Arzt«, relativierte Matze und bereute es sofort, weil er merkte, dass er wie ein Oberschullehrer klang. »Trotzdem sind die ja ganz schön heftig drauf, diese Mathefuzzis«, schob er schnell hinterher. »Bestimmt die totalen Nerds. Mit denen werden wir schon irgendwie fertig. Wirst schon sehen.« Alexandras Seitenblick, irritiert und ein bisschen hilflos, rührte seinen Beschützerinstinkt.

Eine Stunde später klingelten sie am schmiedeeisernen Tor einer schneeweißen Villa in Hamburg-Harvestehude. Matze fiel die Kamera über dem Portal auf.

»Geile Hütte«, raunte er Alexandra zu. »Aber wieso muss eine Stiftung in so einem Prachtbau hausen?« Statt einer Antwort stieß sie ihm den Ellbogen in die Seite.

Sie waren für vierzehn Uhr avisiert und sie waren nicht eine Minute zu spät. Bestimmt würden Mathematiker allergrößten Wert auf Pünktlichkeit legen. Matze erwartete, dass entweder ein blasser, bebrillter Jüngling oder ein alter Mann mit Rauschebart die knarrende Tür öffnen würde. Natürlich ebenfalls mit Brille.

»Ja bitte?«, hauchte eine sanfte Frauenstimme durch die Sprechanlage.

»Alexandra Katzenstein und Matthias Grothe aus Bremen. Wir sind mit Ihrem Vorsitzenden Prof. Dr. Ansgar Freitag verabredet«, meldete sich Alexandra.

»Kommen Sie bitte herein. Die Herrschaften erwarten Sie.«

Mit einem dezenten Summen wurde die Tür freigegeben. Drinnen empfing sie eine junge Frau in einem eleganten, schwarzen Kostüm. Die blonden Haare waren zu einem straffen Knoten geschlungen, was ihr fein geschnittenes Gesicht zur Geltung brachte. Dezente Perlen schimmerten an ihren Ohrläppchen. Zum allem Überfluss ging auch noch ein betörender Duft von ihr aus.

»Johanna Ellert von Tissen, Doktorandin«, stellte sie sich vor und schüttelte ihnen die Hand. Matze und Alexandra folgten Miss Mathe über rote Teppichläufer ins Besprechungszimmer. Ein großer Raum mit Blick auf die Alster. Die Einrichtung war gediegen. Alte, dunkle Möbel mit filigranen Schnitzereien, wahrscheinlich Gründerzeit.

Im Besprechungszimmer, das mit dunklem Holz getäfelt war, wurden sie von George Clooney erwartet – jedenfalls sah der Typ, der dynamisch von seinem Stuhl hochfederte und ihnen freundlich lächelnd die Hand entgegenstreckte, aus wie der Zwillingsbruder des Hollywoodstars. Graue, kurze Haare, akkurat gestutzter Bart, sanfte braune Augen. Ein Typ, bei dem die Weiber sofort wuschig wurden, dachte Matze grimmig. Clooney trug einen dunkelgrauen Anzug, einen schwarzen Rollkragenpullover und strahlte eine ungeheure Lässigkeit und Souveränität aus.

»Freitag, willkommen«, stellte er sich vor. »Mein aufrichtiges Beileid, liebe Dame Katzenstein«.

O nein, nicht auch noch das, dachte Matze. Nicht auch noch so 'ne Stimme.

»Ich bin Alexandra Katzenstein, das ist mein Kollege und Freund Matthias Grothe. Danke, dass Sie uns empfangen, Herr Professor«, lächelte Alexandra.

›Mein Freund‹ hatte sie gesagt! Alexandras Gesichtsausdruck verriet, dass sie genauso überrascht war von der Erscheinung des Professors wie Matze.

»Ich bitte Sie, das ist doch selbstverständlich«, gab sich Clooney jovial. »Darf ich Ihnen meine Stellvertreterin, Dame Dr. Dr. Luciana Regadas de Castro vorstellen? Und das ist unser Pressesprecher, Herr Dr. rer. nat. habil. Friedrich Grosse-Neujahr.« Dr. Dr. Sowieso war eine umwerfende Latina-Schönheit mit langen, schwarzen, seidig glänzenden Haaren, die ein blaues, figurbetontes Kostüm mit Goldknöpfen trug. Dazu waffenscheinpflichtige Stöckelschuhe, die sie auch für eine ganz andere Branche prädestiniert hätten. Dr. Dingenskirchen sah aus wie der jüngere Bruder von Claus Kleber und trug einen schwarzen Anzug, ein graues Hemd und eine schwarze Brille. Erleichtert registrierte Matze die Brille. Wenigstens etwas Nerdhaftes, dachte er.

Nachdem Brille und Dame Dr. Dr. Sowieso ihnen ebenfalls artig die Hand gereicht hatten, forderte Clooney sie auf, am Besprechungstisch Platz zu nehmen. »Leider kann unser Vorstandsmitglied Dr. Fabian Mohr heute nicht bei uns sein. Er liegt mit einer Grippe im Bett. Aber Sie haben ihn ja kürzlich bei der Bestattung Ihres Vater kennengelernt«, sagte Clooney.

Alexandra schüttelte den Kopf. »Ich habe in meiner Traueranzeige darum gebeten, von Beileidsbekundungen abzusehen und mit niemanden gesprochen.«

Clooney schien irritiert, nickte aber. »Kaffee, Tee, Wasser, Saft?«, fragte er, ganz perfekter Gastgeber. »Oder darf es etwas anderes sein?«

»Für mich einen Kaffee bitte«, sagte Alexandra.

»Für mich auch«, schloss sich Matze an.

Clooney schenkte seinen Gästen ein, Dame Sowieso und Brille bedienten sich selber. Dame Sowieso Saft, Brille Tee. Clooney selbst nahm mit einem Wasser vorlieb. Außerdem warteten auf dem Tisch Kekse und Gummibärchen darauf, ihrer Bestimmung zugeführt zu werden.

»Bedienen Sie sich«, ermunterte Clooney seine Gäste, als

er Matzes gierigen Blick bemerkte. Dann wandte er sich Alexandra zu. »Dame Katzenstein, ich nehme an, Sie wollen mit uns nicht nur über Ihren Vater reden, sondern auch einen wohlwollenden Artikel über uns schreiben.« Sein Lächeln fing den ironischen Unterton charmant auf.

»Äh, Entschuldigung, Herr Professor. Sie haben gerade ›Dame‹ zu mir gesagt. Kürzlich am Telefon, als ich um einen Termin bat, auch schon.«

»Ja, und?«

»Ich verstehe nicht ... Soll das ein Adelstitel oder so was sein? Dann ist das eine Verwechslung. Ich heiße bloß Katzenstein. Also Alexandra Katzenstein.«

Clooney lächelte milde und warf Dame Sowieso und dem Bebrillten einen überlegenen Blick zu. Dann sah er die Katzenstein an und sprach zu ihr wie mit einem begriffsstutzigen Kind. »Dame Katzenstein. Sie und Ihr Freund halten uns Mathematiker wahrscheinlich, wie die meisten Menschen, für weltfremde Eierköpfe, die keinen Sinn für Sprache haben.«

Stimmt, dachte Matze.

»Das ist natürlich ein Vorurteil. Ist Ihnen noch nie aufgefallen, dass Männer in Deutschland grundsätzlich als ›Herr‹ angesprochen werden, Frauen aber immer nur als ›Frau‹? Das finden wir diskriminierend. Das Pendant zu ›Herr‹ ist nicht ›Frau‹, sondern ›Dame‹. In den meisten anderen zivilisierten Ländern wird das auch so gehandhabt, sowohl im angloamerikanischen als auch im frankofonen und im romanischen Raum.«

Dame Sowieso nickte zustimmend, Brille grinste überheblich vor sich hin.

»Wir bei der MMW sind deshalb schon seit einiger Zeit dazu übergegangen, sowohl in der internen als auch in der externen Kommunikation Frauen grundsätzlich als ›Dame‹ anzureden. Und zwar sowohl mündlich als auch im Schriftverkehr.«

Widerliches Geschleime, dachte Matze.

»Die Idee dazu hatte übrigens unser lieber Herr Dr. Friedrich Grosse-Neujahr. Eine ganz hervorragende Idee, wenn Sie mich fragen.«

Brille lächelte geschmeichelt. »Nun ja, der Impuls stammte eigentlich von Dame Rechenberg, einer Bibliothekarin aus Bad Harzburg, die ihrer Zeit weit voraus war und sich leider nicht durchgesetzt hat.« Brille lächelte, entblößte seine makellosen Zähne. »Natürlich hoffen wir durch das Recycling dieser alten, schönen Idee, dass die Medien das Thema aufgreifen, damit wir wieder in die Schlagzeilen kommen – diesmal allerdings positiv – und auf unser eigentliches Anliegen hinweisen können.«

»Apropos eigentliches Anliegen«, wollte Matze wissen, während Alexandra die ganze Zeit gebannt und ohne ein Wort zu sagen, Clooney anstarrte. »Welche Ziele verfolgt Ihre Stiftung eigentlich?«

»Wie? Ach so, ja, natürlich.« Für einen kurzen Moment schien der Professor aus dem Konzept gebracht und Matze fürchtete schon eine unwirsche Reaktion. Doch der Mathematiker schien regelrecht dankbar zu sein, nicht über den Tod von Prof. Katzenstein reden zu müssen, sondern die Ziele seiner Stiftung erläutern zu dürfen. Offenbar nahm er Matze erst jetzt überhaupt wahr.

»Herr Grotte …«

»Entschuldigung, ich heiße Grothe mit ›th‹.«

»Entschuldigen Sie bitte vielmals: Herr Grothe. Bestimmt standen Sie während Ihrer Schulzeit, wie so viele, mit der Mathematik auf Kriegsfuß …«

Matze empfand einen leisen Triumph. »Sie werden lachen, Herr Professor, da muss ich Sie enttäuschen: Mathe war das einzige Fach, das mich interessiert hat.«

»Tatsächlich?« Clooney schien ehrlich überrascht.

Matze gönnte sich zur Belohnung ein Gummibärchen. »Na ja, ich war zumindest nicht so schlecht wie in den anderen Fächern. Wissen Sie, in der Schule, da …«

»… hatten Sie andere Prioritäten«, mischte sich Brille in das Gespräch und heuchelte eifrig nickend Verständnis.

Eingebildetes Arschloch, dachte Matze.

»Wie dem auch sei«, nahm Clooney den Faden wieder auf. »Wissen Sie, Stieg Larsson hat mit seiner matheverrückten Lisbeth Salander viel für das Image der Mathematik getan. Mathe ist inzwischen einer Forsa-Umfrage zufolge das Lieblingsfach von vierzig Prozent aller Deutschen im Alter von achtzehn bis fünfundsechzig Jahren.«

»Kein Wunder, wenn man fast nur Leute fragt, die die Schule schon verlassen haben«, fiel Alexandra Clooney schnippisch ins Wort.

Der Professor schenkte ihr ein überlegenes Lächeln. Offenbar hatte er Übung im Umgang mit Mathehassern. »Auch bei den Schülern liegt Mathematik auf Platz zwei. Nur Sport ist beliebter, werte Dame Katzenstein.«

»Interessant, dass Sie das sagen, aber mir ist vor wenigen Tagen eine Umfrage in der Zeitung aufgefallen, nach der fünfunddreißig Prozent der Schüler ab der fünften Klasse regelrecht Angst vor Mathe haben«, verteidigte Matze Alexandra.

Doch Clooney tat so, als hätte er Matzes Einwand gar nicht gehört. »Mathe ist Magie. Eine Magie, die überall spürbar ist. Im Alltag genauso wie in der Kunst. Wussten Sie zum Beispiel, dass die Fugen von Bach auf mathematischen Prinzipien beruhen? Da staunen Sie, nicht wahr?«

»Hab ich schon mal gehört«, gab Matze trotzig zurück. Alexandra zeigte keinerlei Reaktion, starrte Clooney nur stumm an wie das Kaninchen die Schlange.

»Jedenfalls geht es uns darum, zu zeigen, wie wichtig Mathematik ist und welchen praktischen Nutzwert sie besitzt.

»Stimmt. Die Gründer und Eigentümer von Google sind studierte Mathematiker. Und waren bereits vor ihrem dreißigsten Geburtstag Milliardäre. Auf der Basis der wirtschaftlichen Anwendung von Algorithmen«, prahlte Matze mit seinem angelesenen Wikipedia-Halbwissen.

»Sehr gutes Beispiel, Herr Grotte, äh, Grothe. Ich sehe, Sie verstehen uns. Wir verstehen uns.« Clooney warf seinen beiden Mitstreitern einen schnellen Blick zu, woraufhin diese wie auf Kommando nickten.

Dame Sowieso lächelte Matze an. Er spürte, wie ihm auf einmal heiß wurde. Sah verdammt scharf aus, das Luder. Und dann noch eines, das was von Mathe verstand.

Clooney schien überglücklich.

Matze fand ihn auf einmal sympathisch und war der Meinung, dass er sich ein weiteres Gummibärchen redlich verdient hatte.

»Wissen Sie, in der Wirtschaft haben wir ja keine Schwierigkeiten, Unterstützer zu finden. Das zeigt sich ja schon an der Liste unserer Sponsoren.« Clooney nannte einen großen Hamburger Zeitschriftenverlag, einen angesehenen, traditionsreichen Buchverlag und ein großes Versandhaus. »Doch auch wenn das Ansehen der Mathematik in den letzten Jahren enorm gestiegen ist, studieren viele Abiturienten lieber so etwas wie … wie Kommunikationswissenschaft oder Germanistik.« Clooneys Stimme verriet, welche Abneigung er gegen diese Fächer hegte.

»Auf jeden Fall ›irgendwas mit Medien‹«, zitierte Matze

einen Spruch, den er in letzter Zeit oft von Jugendlichen gehört hatte.

»Ja, genau. Unfassbar. Das muss sich dringend ändern«, ereiferte sich Clooney. »Das Problem besteht nur darin, dass es einfach nicht jedem gegeben ist, diese wunderbarste aller Wissenschaften zu verstehen.«

Alexandra sah betreten auf die Tischplatte.

»Ich zitiere in diesem Zusammenhang ja gern aus Daniel Kehlmanns wunderbarem Roman *Die Vermessung der Welt.* Sprachwissenschaft, sagt Gauß darin, sei etwas für Leute, welche die Pedanterie zur Mathematik hätten, nicht jedoch die Intelligenz.« Clooney strahlte. Alexandra sah aus, als hätte man ihr beim Franzosen statt Froschschenkel den halb verwesten Kadaver einer Kröte serviert.

»Nun mal halblang, werter Herr Professor«, sagte Matze, der plötzlich Lust bekommen hatte, Freitags Höhenflug zu drosseln. »Sie kennen doch sicherlich die Langzeitstudie der Universität München, die belegt, dass Erfolg in Mathe allein der Motivation von Kindern, nicht aber ihrer Intelligenz geschuldet ist. Oder? Stand auch vor ein paar Tagen in der Zeitung.«

Clooney ließ sich nicht beirren. »Genau da, lieber Herr Grotte, wollen wir ansetzen.« Matze verzichtete darauf, Clooney, der seinen Namen offenbar mit Absicht falsch aussprach, zu korrigieren. »Unser Ziel ist es, so viele Menschen für Mathematik zu begeistern wie möglich und, wie gesagt, ihr ein neues Image zu verpassen. Nehmen wir Sie als Beispiel, liebe Dame Katzenstein. Auf Ihrer Homepage im Internet kokettieren Sie ganz ungeniert mit Ihrer Fünf in Mathe, die ›eigentlich eine Sechs gewesen wäre‹. Ich nehme doch an, dass Sie nur so schlecht in Mathematik waren, um gegen Ihren Vater zu opponieren?«

Alexandra schwieg. Doch auf ihrem Hals und den Wangen blühten hektische, rote Flecken, die mehr verrieten als jede Antwort.

Sieh mal einer an, dachte Matze, ihr wunder Punkt.

Clooney war so gnädig, ihr die Antwort zu erlassen und redete einfach weiter. »Man kann – Forsa hin oder her – noch immer Sympathiepunkte gewinnen, wenn man sich als Mathehasser outet.« Clooney klang jetzt streng wie ein Lehrer. »Wie auch immer: Wir bieten eine Vielzahl von Projekten an, um das Verständnis für Mathematik zu fördern. Nachhilfeunterricht. Fortbildungen für Pädagogen. Wettbewerbe. Und wir sind Ihrem hochverehrten Vater ja so unendlich dankbar, liebe Dame Katzenstein. Wissen Sie, auch der großzügigste Sponsor wird irgendwann ungeduldig, wenn er keine Erfolge sieht. Ich sage es, wie es ist: Seit einiger Zeit steht uns das Wasser bis zum Hals. Diese verunglückte PR-Kampagne ... Dabei wollten wir nur provozieren. Die Leute wachrütteln. Und die Werbeagentur, die den Slogan entwickelt hat, war auch noch so teuer.«

Clooney schüttelte den Kopf. »Wir hätten nicht auf diese Werber hören sollen. Aber wenn wir den Spruch jetzt von unserer Homepage entfernen würden, sähe das ja aus, als würden wir klein beigeben. Daran denken wir natürlich nicht. Umso glücklicher sind wir jetzt über den unverhofften Geldsegen, auch wenn der Anlass uns sehr betrübt, das darf ich Ihnen versichern, liebe Dame Katzenstein. Ihr hochverehrter Vater unterstützte uns schon seit Jahren. Ohne ihn hätten wir hier schon längst dichtmachen können. Er versprach uns, der Stiftung sein gesamtes Vermögen zu vererben. Nachdem das Geld des ursprünglichen Stifters längst verbraucht ist, können wir uns jetzt sogar umbenennen in Professor-Doktor-Albert-Katzenstein-Stiftung. Dass der Erbfall jetzt so schnell und unerwartet eintrat, ist natürlich tragisch …«

»… kommt Ihnen aber sehr gelegen, oder? Nachdem Ihnen jetzt auch noch die Hamburger Schulbehörde die Zuwendungen gestrichen hat …«, rutschte es Matze heraus. Er erschrak sofort über seine Worte.

Betretenes Schweigen. Hektische Blicke. Clooney zu Dame Sowieso und Brille. Clooney zu Matze und zur Katzenstein. Alexandra zu Matze. Dann zu Dame Sowieso und Brille. Dann wieder zu Clooney.

»Äh, ich meine …«, räusperte sich Matze und griff hektisch nach einem weiteren Gummibärchen.

»Also ich muss schon sehr bitten«, sprang Dr. Dr. Luciana Regadas de Castro mit rauchiger Stimme ein. »Nur weil wir nicht alle zur Bestattung kommen konnten, heißt das nicht, dass wir Prof. Katzenstein nicht geschätzt haben. Zugegeben, er war manchmal schwierig, aber gradlinig. Keiner von uns versteht, warum er sich das Leben genommen hat. Er hatte noch so viel vor, arbeitete an einem großartigen Projekt. Sein Tod ist nicht nur für unsere Stiftung ein schmerzlicher Verlust, sondern für das ganze Land.«

Alexandra und Matze sahen irritiert drein.

»Jetzt sagen Sie bloß, Sie wussten nicht, woran Ihr Vater zuletzt arbeitete?«, fragte Clooney ungläubig.

Alexandra schüttelte den Kopf.

»Nun, er war dabei, ein effizientes Stromsparmodell zu entwickeln, mit dem der Energieverbrauch an die Erzeugung angepasst werden sollte.«

Matze und Alexandra verstanden nur Bahnhof.

»Die Energiewende sagt Ihnen doch etwas, oder? Ich versuche es mal so einfach wie möglich. Wenn viel Ökostrom auf dem Markt vorhanden ist, ist er billiger. Also versucht man zunächst, auf Grundlage von Erfahrungswerten Prognosen zu erstellen über die Anzahl der Stunden, in denen die Sonne scheint oder der Wind weht. Aufgrund dieser Prognosen ermittelt man dann den günstigsten Nutzungszeitraum.«

Matze nickte, tat so, als verstünde er den Professor, was allerdings nicht der Fall war. Er war auch sicher, dass es Alexandra ebenso erging. Deshalb kramte er die kleine Kladde, die er immer bei sich trug, aus seiner Fototasche und fing an, sich vorsichtshalber ein paar Notizen zu machen. Hinterher würde er Alexandra sowieso alles noch mal erklären müssen. Das erforderte zunächst unbedingt die Stärkung durch drei weitere Gummibärchen. Dr. Dr. Luciana Nochirgendwas lächelte ihm aufmunternd zu und schnappte sich ebenfalls ein Gummibärchen. Sie steckte es sich nicht in den Mund, sondern begann, lasziv daran lutschen. Und grinste ihn provozierend an.

»Vereinfacht gesagt: Man koppelt die Haushaltsgeräte über sogenannte Strommanager, die genau eruieren, wann wie viel Strom auf dem Strommarkt zur Verfügung steht.«

Sie hatte unverschämt lange Krallen.

»Und man kauft den Strom, wenn viel Strom vorhanden ist, weil er dann gerade besonders günstig ist.« Clooney war in seinem Element. »Um es kurz zu machen: Strom würde billiger werden für alle. Die Energiewende wäre – vorausgesetzt, man begünstigt nicht irgendwelche Firmen – ein Klacks. Wenn das in die Tat umgesetzt worden wäre, das wäre einer Revolution gleichgekommen, das kann ich Ihnen sagen.« Clooney sah begeistert in die Runde, so als erwarte er einen kleinen Applaus für seinen Vortrag.

»Ich dachte immer, mein Vater beschäftigt sich mit der numerischen Analysis partieller Differenzialgleichungen«, sagte Alexandra und merkte nicht, wie hilflos sie klang.

Doch Matze war erleichtert, dass seine Kollegin – trotz Clooney-Überdosis – aus ihrer Lethargie erwacht war.

Prof. Dr. Ansgar Freitag lächelte milde. »Ihr Vater hat sich mit vielen Feldern der Mathematik beschäftigt. Über alle Einzelheiten seines letzten Projekts bin ich natürlich nicht informiert, aber nach Abschluss der Arbeit wollte Prof. Katzenstein unsere Stiftung mit der Öffentlichkeitsarbeit beauftragen. Zuletzt wurde er übrigens von unserer Kollegin Dame Dr. Dr. Luciana Regadas de Castro tatkräftig unterstützt – schließlich ist sie eine der führenden Expertinnen sowohl auf dem Gebiet der Wirtschafts- als auch der Technomathematik in Deutschland ...« Matze verschluckte sich an seinem Gummibärchen und bekam einen Hustenanfall. »Aber wie das in der Wissenschaft immer ist: Ob der Durchbruch morgen kommt oder in zwanzig Jahren, kann niemand sagen.«

»Vielleicht kommt er auch nie«, schnurrte die Doppel-Doktorin und musterte Matze amüsiert.

»Vielleicht auch nie, sehr richtig«, pflichtete ihr Clooney bei.

Die Doppel-Doktorin füllte ein Glas mit Wasser und schob es Matze über den Tisch. »Hier bitte, Herr Grothe.«

»Danke, sehr freundlich, Frau Dr. Dr., äh, Dame Dr. Dr., äh ...«

»Luciana«, schnurrte die Doppel-Doktorin. Matze trank hastig. Puh, war ihm schon wieder heiß. Konnte nicht mal jemand das Fenster aufmachen ...

»Herr Prof. Cloo..., äh, Freitag ...« Alexandra schickte sich an, ihn zu retten. »Ich hätte da noch ein sehr persönliches Anliegen. Und wenn ich ehrlich sein soll, ist das auch der Grund meines Besuches.«

»Ja bitte, immer raus damit, Dame Katzenstein«, ermunterte Clooney sie.

»Zu dem Vermögen meines Vaters gehört ja auch das Haus in Bremen – mit allem, was darin ist – und alle beruflichen und privaten Unterlagen. Mit dem beruflichen Zeug kann ich nichts anfangen, das wissen Sie. Aber es gibt da ein paar private, sehr persönliche Dinge, die hauptsächlich meiner Mutter gehören. Fotos, Schmuck. Könnte ich die vielleicht …«

»Aber ich bitte Sie, das ist doch selbstverständlich. Wissen Sie was? Sie gehen einfach in das Haus und nehmen mit, wonach Ihr Herz verlangt. Haben Sie einen Schlüssel?«

Alexandra schüttelte den Kopf.

»Kein Problem, Dame Katzenstein. Herr Willich, der bedauernswerte Witwer der Haushälterin, hat mir den Schlüssel per Post zugeschickt. Wir lassen Ihnen ein Duplikat machen. Und dann können Sie ins Haus, wann Sie möchten.«

Alexandra schluckte. Tränen schossen ihr in die Augen. »Entschuldigen Sie …«, schniefte sie, »… das war in letzter Zeit alles zu viel …«

Clooney nickte verständnisvoll, zauberte eine Packung Tempos aus der Innentasche seines Sakkos und reichte ihr ein Taschentuch.

»Schon gut, schon gut«, sagte er und tätschelte ihren Arm. Im Zimmer war es plötzlich ganz still. Unangenehm still. »Darf ich mir eine Frage erlauben, werte Dame Katzenstein?«, tastete sich Clooney vor.

Alexandra nickte.

»Verstehen Sie mich nicht falsch. Wir werden das Geld Ihres Vaters natürlich in seinem Sinne verwenden. Aber warum hat er Sie eigentlich enterbt?«

Mit dieser Frage hatte Clooney einen Schalter umgelegt. Alexandra fing hemmungslos an zu weinen. Matze war perplex. Das war doch nicht die toughe Polizeireporterin, die er kannte, die zusammengesunken auf ihrem Stuhl saß. »Meine Mutter …«, schluchzte Alexandra. »Sie hat … Sie hat … Sie hat sich wegen mir umgebracht. Vor fast zwanzig Jahren. Es war meine Schuld. Das hat mir mein Vater nie verziehen.«

Clooneys Gesichtsausdruck versteinerte. Die Doppel-Doktorin und Brille sahen betreten zu Boden. Mistkerl, der hätte sich doch denken können, dass es da einen wunden Punkt in der Familiengeschichte gab, dachte Matze und sah nur eine Möglichkeit, die Situation zu retten: Flucht nach vorn. Der Profi in ihm musste endlich raus.

»Ähm«, verschaffte er sich Gehör. »Ich hätte eine große Bitte: Dürfte ich ein paar Fotos von Ihnen machen? Wie Sie ja wissen, sind wir Journalisten. Zwar sind wir heute privat hier, aber was Sie zu erzählen haben, ist so interessant, dass wir womöglich bald sehr viel von Ihnen hören werden. Und dann hätte ich schon mal Ihre Fotos. Vielleicht eine Gruppenaufnahme und dann noch ein Porträt von jedem?« Clooney ließ sofort von Alexandra ab. Brille und die Doppel-Doktorin schienen dankbar für die Ablenkung.

Kurz darauf posierte das Trio so locker und unkompliziert, als stünde es jeden Tag vor der Kamera. Zwar hatte Matze den Eindruck, dass die Doppel-Doktorin seinen Hosenschlitz fixierte, aber die professionelle Tätigkeit lenkte ihn ab. Wie immer, wenn er mit seiner Kamera arbeitete, war Matze hochkonzentriert. Es machte ihm einen Riesenspaß, die Doppel-Doktorin herumzukommandieren. »Den Kopf etwas höher bitte. Noch höher. Nein, nicht zu sehr. Ja, so, genau so. Und etwas lächeln. Noch mehr. Kann ich die Zähne sehen? Ja, schön, sehr schön. Super. Suuuuper! Sie haben sehr schöne Zähne. Es geht zwar um hohe Mathematik, aber Sie wollen die Mathematik ja populär machen, nicht wahr? Je sympathischer und attraktiver Sie rüberkommen, desto besser ist es für Ihr Anliegen. Und für die Mathematik.« Die Doppel-Doktorin nickte gehorsam.

Alexandra trocknete unterdessen ihre Tränen, zog eine Puderdose aus ihrer Handtasche, wischte sich mit dem Taschentuch die verschmierte Wimperntusche ab und puderte sich das Gesicht. Dann sah sie demonstrativ auf ihre Armbanduhr. »Wir müssen jetzt los, Matze«, drängelte sie und stand auf.

»Gut, ich bin sowieso fertig«, antwortete Matze, drückte noch einmal auf den Auslöser und steckte seine Kamera wieder ein.

Alexandra gab der Doppel-Doktorin und Brille artig die Hand. Sie hatte sich inzwischen wieder beruhigt.

»Ich bringe Sie noch zur Tür«, erbot sich Clooney und führte sie über die roten Läufer wieder zum Ausgang.

»Vielen Dank für alles«, sagte Alexandra, als Clooney ihr in den Mantel half.

»Nichts zu danken. Das war doch selbstverständlich. Und wenn wir etwas für Sie tun können, liebe Dame Katzenstein – Sie sind hier jederzeit willkommen.«

Und dann hauchte Alexandra diesem Typen doch tatsächlich einen Kuss auf die Wange. Mit einem Mal hasste Matze diesen Mann. Zeit zu gehen. Demonstrativ hakte er sich bei Alexandra unter und zog sie, ohne Clooney auch nur noch eines Blickes zu würdigen, nach draußen durch das riesige Portal.

Kaum waren die beiden außer Sichtweite, zog Prof. Dr. Ansgar Freitag sein Handy aus der Innentasche seines Sakkos, drückte eine Taste und flüsterte hektisch ins Telefon.

*

Er ist in ihrer Wohnung. Alles unordentlich. Chaotisch, geradezu. So hat er sich das vorgestellt. Schlampe. Auf dem Boden im Schlafzimmer liegen überall Klamotten. Er geht in ihr Arbeitszimmer. Stapel mit vergilbten Zeitungen, wie man es bei einer Journalistin erwartet. Auf dem Schreibtisch Stifte, Notizen, ein Becher Kaffee, halb leer. Ihren Laptop hat sie mitgenommen. Schade. Ein großes Bücherregal. Viel von T.C. Boyle und Anne Tyler. Wahrscheinlich ihre Lieblingsautoren. Ein bisschen Geschichte, das meiste über die NS-Zeit. Typisch. Rechtsmedizin und Presserecht. Keine Krimis. Er geht ins Wohnzimmer. Plötzlich. Eine Bewegung am Fenster. Eine Katze. Sie hat eine Katze. Mit schreckgeweiteten Augen starrt das Tier ihn an. Egal. Katzen können nicht reden. Die Katze hat ein rotes Fell. Wie sein Frauchen.

Aber als er die Hand nach ihr ausstreckt, um sie zu streicheln, springt sie von der Fensterbank und flitzt unters Bett.

Er geht ins Badezimmer. Überraschend sauber. Klein, aber fein. Grauer Granitstein auf dem Fußboden. Eine Badewanne. Auf dem Wannenrand ein leeres Sektglas. Hier liegt sie also nach Feierabend und entspannt sich. Ob sie es sich manchmal in der Badewanne besorgt? Nachdem sie sich zwischen den Beinen rasiert hat? Rasiert sie sich überhaupt?

Ein schmales Regal aus Metall und Glas. Gott, warum brauchen Frauen immer so viel Zeugs? Er nimmt einen rosafarbenen Flakon aus dem Regal. Ihr Parfüm. Er drückt auf den Zerstäuber. Ein feiner Nebel. Eine süßliche Note. Passt gar nicht zu ihr. Eine grüne Zahnbürste in einem blauen Becher. Daneben Zahnpasta. Er nimmt die Zahnbürste, trägt Zahnpasta auf, putzt sich die Zähne. Gründlich, in aller Ruhe. Er spült seinen Mund mit Wasser aus, gurgelt. Dann stellt er alles ordentlich an seinen Platz zurück. Er geht in die Küche. Dreckiges Geschirr. Er öffnet den Kühlschrank.

Joghurt, Milch, Käse, Tomaten im Gemüsefach. Ist sie etwa Vegetarierin? Dann nimmt er sich das Schlafzimmer vor. Das Bett ist zerwühlt. Bettwäsche aus roter Seide, dazu ein schwarzes Laken. Wie im Puff. Hier treibt sie es also. Na warte, du kleine Schlampe.

Er denkt an sie. Sie hat keine Ahnung, was sie ihm bedeutet. Niemand hat eine Ahnung von ihm, weiß, was in ihm vorgeht. Niemand kennt den tiefen Schmerz, der in ihm tobt, tief in ihm. Diesen Hunger, der nicht zu stillen ist. Er sinkt aufs Bett, öffnet seinen Hosenknopf, zieht den Reißverschluss seiner Jeans herunter, fährt sich mit der Hand in den Schritt. Denkt an sie. Denkt an sie, denkt an sie, denkt an sie.

Die Katze steht an der Schlafzimmertür. Starrt ihn an, vorwurfsvoll. Und flitzt zurück in den Flur. Er wischt seine Hand in ihrer Bettdecke ab, schließt seine Hose, steht auf. In der Ecke hinter der Tür steht ein geflochtener Weidenkorb. Er hebt den Deckel an. Ein Hauch ihres Parfüms steigt aus dem Korb. Typisch Frauenwäsche. Riecht ganz anders als die von Männern, seine riecht immer nach Schweiß. Wahrscheinlich ist die Wäsche nicht mal schmutzig, weil sie ihre Kleider nur einmal trägt.

Er greift hinein. Ein Pullover, schwarz und ganz weich. Er legt ihn an seine Wange. Seufzt. Riecht daran. Erkennt ihren Duft wieder. Am liebsten würde er den Pulli mitnehmen, aber das wäre zu auffällig. Er legt das Teil zurück in den Korb, schließt die Augen und wühlt weiter. Seine Finger streifen den harten Stoff einer Jeans, dann wieder etwas Weiches, Zartes. Er öffnet die Augen, hält einen Hauch von einem Slip zwischen den Fingern. Schwarze Spitze. Auf dem Zwickel ein getrockneter, heller Fleck. Er hält sich den Slip unter die Nase, spürt, wie er hart wird. Schon bald. Sehr bald, wird sie ihm gehören. Ihm ganz allein. Er kann es kaum erwarten.

*

»Du, wir müssen nicht unbedingt Sushi essen gehen. Wenn es dir nicht gut geht und du lieber nach Hause möchtest …«, sagte Matze, als sie Clooney entkommen waren und wieder im Auto saßen.

»Doch, wir müssen. Ich habe Hunger. Außerdem geht es mir zu Hause auch nicht besser«, raunte Alexandra und nannte ihm eine Adresse in Eppendorf.

Während der kurzen Fahrt sprach Alexandra kaum ein Wort, nur eben so viel, wie nötig war, um ihm den Weg zu weisen. Ansonsten brütete sie stumm vor sich hin. Matze konzentrierte sich aufs Fahren.

Kurz darauf saßen sie in einem Sushi-Restaurant an der Eppendorfer Landstraße. Um diese Zeit, es war später Nachmittag, waren sie fast die einzigen Gäste. Sushi, Sashimi & Co. zogen auf einem Laufband an den Gästen vorüber und flüsterten dem, der dafür empfänglich war, kokett zu: ›Nimm mich, nimm mich, nimm mich.‹ Matze hätte ganz gerne ein Bierchen gezischt oder auch zwei. Aber das ging natürlich nicht, weil er noch nach Bremen zurückfahren musste. Sie nahmen am Laufband Platz und Alexandra wählte zielstrebig ein Tellerchen aus, bestellte sich eine Flasche Sake. Matze griff ebenfalls zu. Stumm macht sich über ihre rohen Fisch-, Reis- und sonstigen Häppchen her, trank dazu hastig ihren Wein. Matze wagte sich an ein Röllchen mit dem eigenartigen Namen Uramaki.

»Pappnasen«, sagte Alexandra plötzlich.

»Pappnasen?«, fragte Matze irritiert.

»Na, im Grunde genommen hat unsereiner doch 'ne Pappnase auf und macht den ganzen Tag Faxen. Im Dienste der Volksbelustigung. Das Volk will Brot und Spiele. Sonst muckt es auf. Und wir Journalisten sind eben für die Spiele zuständig. Geschichtenerzähler. Fahrendes Volk sozusagen. Bänkelsänger, Schauspieler und Artisten. Wenn unsere Vorfahren in die Stadt kamen, holten die Leute die Wäsche von der Leine. Zu Recht übrigens.« Alexandra leerte ihr Sake-Becherchen.

»Hä?« Matze verstand nur Bahnhof.

»Ist so«, gab Alexandra zurück.

Matze schaute seine Kollegin ratlos an. Hatte Alexandra jetzt ihren Moralischen oder was? Gott, diese Frau war ihm einfach zu kompliziert. Launisch bis zum Gehtnichtmehr. Mussten eigentlich alle gut aussehenden Weiber so kompliziert sein?

»Wir berichten darüber, was andere Leute so treiben. Toll!«, nahm Alexandra den Faden wieder auf, nachdem sie sich mit einem Schluck Sake gestärkt hatte.

»Find ich schon, irgendwie!«, gab Matze zurück.

»Geschichten aus der Abteilung Blut und Sperma«, erwiderte Alexandra.

»Gibt's was Spannenderes?«, fragte Matze zurück.

»Das sieht dir ähnlich!«

»Was soll'n das nu wieder heißen?«

Sie legte ihre Hand auf seinen Unterarm. Ihre Finger waren eiskalt. Und trotzdem wünschte sich Matze, sie würde sie auf seinem Arm ruhen lassen.

»Ach Matze, mein lieber Freund …« Plötzlich klang ihre Stimme ganz weich. Unberechenbar, diese Frau. ›Freund‹ hatte sie gesagt.

»Also, es gibt Leute, die führen Operationen am Gehirn

durch. Oder am offenen Herzen. Es gibt welche, die erforschen irgendwelche Flüssigkristalle, und hinterher kriegst du einen flachen Fernsehbildschirm. Das ist toll. Und dann gibt es welche, die beschäftigen sich mit Technomathematik und machen mal eben die Energiewende klar. Technomathematik … Bis vor einer Stunde wusste ich nicht mal, dass es das überhaupt gibt.« Alexandra schob sich noch so ein glitschiges Fischteil in den Mund, konnte offenbar nicht genug kriegen von Sushi. Und vom Wein auch nicht. Kaum war ihr Becher leer, schenkte sie nach.

»Siehste!«, gab Matze zurück. »Man lernt als Journalist täglich dazu. Und wenn du jetzt darüber schreiben müsstest, würdest du es auch verstehen.«

Alexandra blähte die Wangen, sah aus, als würde sie gleich losprusten. Doch sie blieb stumm.

»Nee, jetzt mal ganz im Ernst, Alexandra: Es gibt wirklich unangenehmere Möglichkeiten, seinen Lebensunterhalt zu verdienen. Kannste sagen, was du willst. Ich meine, manche schuften im Schlachthof oder putzen das Bahnhofsklo …«

»Tja, hätten sie halt in der Schule besser aufgepasst …«, grinste Alexandra.

»Manche versauern in tristen Büros, haben irgendwelche todlangweiligen Sachbearbeiterjobs, machen tagaus, tagein denselben Scheiß …«

»Augen auf bei der Berufswahl …« Alexandras Becher war schon wieder leer. Sie war eindeutig beschwipst. Konnte halt nichts ab, dieses zarte Pflänzchen.

»Es soll sogar Leute geben, die nach zwei Semestern Theaterwissenschaften in die Politik gehen müssen, weil's für was anderes nicht reicht.«

Alexandra sah Matze an. »Was für ein tragisches Schicksal!«, prustete sie los. Matze fiel ein. Sie lachten so laut, dass eine Frau, so eine Eppendorf-Schickse mit blondem Ballerina-Knoten und Pferdegebiss, böse Blicke in ihre Richtung abfeuerte. Ein Bierchen wär jetzt wirklich nicht schlecht, dachte Matze und freute sich, dass Alexandras Laune sich besserte. Er hatte schon befürchtet, dass sie die ganze Zeit Trübsal blasen würde.

»Trotzdem, irgendwie haben wir doch einen minderwertigen Beruf«, maulte Alexandra weiter.

Matze glaubte, nicht richtig gehört zu haben. »Bitte? Minderwertiger Beruf? Spinnst du jetzt komplett? Es gibt keine minderwertigen Berufe! Praktisch jeder Beruf ist wichtig. Jeder Beruf hat seine Würde. Na ja, außer vielleicht Banker …«

Alexandra legte ihm die Hand auf den Arm. »Beruhige dich, mein Freund …« Dass sie ihn schon wieder als Freund bezeichnet hatte, war ihm nicht entgangen. »Das war relativ gemeint.«

»Wie jetzt, relativ?«, hakte Matze nach.

»Relativitätstheorie«, antwortete Alexandra. »Immerhin bin ich die Tochter eines Mathematikers. Bitte, vergiss das nicht«, kicherte sie albern und zog ihre Hand wieder zurück.

»Nee, jetzt mal im Ernst, Matze. Wenn ich zum Beispiel bedenke, was diese Mathematiker so treiben, kommt mir das, was wir machen, ziemlich armselig vor. Klingeln bei Angehörigen von Mördern, fragen, ob sie nicht mal mit uns über das schwärzeste Schaf in ihrer Familie reden wollen. Also wirklich – geht gar nicht.« Alexandra schüttelte den Kopf.

»Aber irgendwie muss man ja sein Geld verdienen. Für mehr reicht es eben nicht, so what«, gab Matze ungerührt zurück.

»Ich will aber nicht doof sein«, antwortete Alexandra trotzig. »Ich meine, das gibt es doch gar nicht, dass mein

Vater der totale Mathecrack war und ich kapier absolut nichts davon. Ich bin doch seine Tochter. So was müsste sich doch vererben, zumindest ein bisschen.«

»Nun mach aber mal halblang«, sagte Matze. »Du bist doch nicht doof, nur weil du keine Ahnung von Mathe hast. Dafür kannst du schreiben. Mathe ist viel Formelwissen, das man stumpf anwenden muss. Schreiben ist kreativ. Du schaffst mit jedem Artikel – und sei er nur über eine langweilige Pressekonferenz – ein Unikat. Vielleicht kommst du mehr nach deiner Mutter.« Scheiße. Das war ihm rausgerutscht. Ihre Mutter. Ihr wunder Punkt. »Sorry, ich wollte nicht …«

»Schon gut, Matze, schon gut«, winkte Alexandra ab. Matze machte nähere Bekanntschaft mit einem Stück rohem Thunfisch und bestellte sich noch eine Bionade mit Holundergeschmack.

»Also, über die mathematischen Fähigkeiten meiner Mutter ist mir nichts bekannt«, sagte Alexandra nach einer Weile. »Sie war ein richtiger Putzteufel, ging im Haushalt auf. Robbte in Kittelschürze über den Boden, um die Fransen der Perserteppiche zu kämmen. Nie wollte ich so werden wie sie. Richtig gehasst habe ich sie als Teenager …« Traurig fiel ihr Blick ins Glas. Scheiße, gleich fängt sie wieder an zu heulen, dachte Matze. Darauf hatte er absolut keinen Bock. Sie musste sofort aufhören, an ihre Mutter zu denken. Er musste sie irgendwie ablenken.

Matze stärkte sich mit einem Lachshäppchen und räusperte sich. »Sag mal, dein Vater …«

»Mmmmm?«

»Hast du ’ne Ahnung, warum der, … also ich meine …«

»Warum was?«

Matze schnappte sich ein Stück Aal. Sushi war doch gar nicht mal so schlecht.

»Also ich meine, warum der sich umgebracht hat?«

Alexandra sah ihren Kollegen an, sagte erst mal nichts. Dann holte sie tief Luft. »Mein Vater hat sich nicht umgebracht. Das ist völliger Blödsinn. Er wurde ermordet.«

Scheiße, Alexandra war besoffen. Na ja, sie hatte auch eine Menge Sake intus. In dieser kurzen Zeit. Und das als Frau. Hoffentlich kotzte sie nachher nicht ins Auto.

»Alexandra, ich glaube du solltest ...«

»Matze, ich bin nicht so betrunken, wie du denkst. Ich habe schon zig Bullen unter den Tisch gesoffen. Ich kann einen Stiefel vertragen, Trinkfestigkeit ist sozusagen eine Grundvoraussetzung für meinen Beruf.« Sie hielt kurz inne.

»Mein Vater wurde ermordet«, wiederholte Alexandra dann mit fester Stimme.

»Aber die Bullen ...«

»Vergiss die Bullen. Die sind noch dämlicher als unsereins.«

Matze nickte. Nach dem, was er Silvester erlebt hatte, konnte er Alexandra nur zustimmen.

»Und warum glaubst du, dass dein Vater umgebracht worden ist?«, fragte er vorsichtig nach.

»Auch die Haushälterin meines Vaters ist umgekommen. Und mein Vater hätte nie und nimmer einen anderen Menschen mit in den Tod gerissen.«

Aha, daher wehte der Wind, dachte Matze. Alexandra wollte nicht wahrhaben, dass ihr Vater jemanden getötet hatte.

»Vielleicht ein Versehen. Ich meine, dieses Kohlenmonoxid oder was das war ...«

»Die Wirkung war meinem Vater wohlbekannt, das kannst du mir glauben. Er wusste, dass Frau Willich an diesem Tag kommen würde, sie kam schon seit Jahren immer an den gleichen Tagen. Und er hat natürlich auch gewusst, dass wenige Atemzüge von diesem Teufelszeug tödlich sind. Mensch, er war Mathematiiikkkerrr.« Alexandra strapazierte jeden einzelnen Buchstaben des Wortes.

»Ja, aber könnte es nicht auch sein, dass dein Vater – Mathematiker hin oder her – auch ein bisschen weltfremd war?«

»Man kann auf den Internetseiten jeder Dorffeuerwehr nachlesen, dass sich das Gift in den Räumen verteilt und selbst Rettungskräften gefährlich wird.«

Mmmmm. Matze überlegte. »Ehrlich gesagt, hat mich das, was dieser Clooney aus Harvestehude vorhin erzählt hat, schon stutzig gemacht, irgendwie.«

»Was meinst du?«

»Na ja, das scheint 'ne ziemlich große Nummer gewesen zu sein, an der dein Vater da gearbeitet hat. Und jemand, der so 'ne Aufgabe vor sich hat, bringt sich doch nicht um, schon gar nicht kurz vor dem Ziel.«

»Moment, ob er kurz vor dem Ziel war, wissen wir nicht. Clooney hat auch gesagt, als Wissenschaftler wüsste man nie, wann man sein Ziel erreicht.«

»Das hat diese Dr. Dr. Dingenskirchen gesagt …«

»Castro. Die hat's dir wohl angetan, was?« Alexandra grinste.

»Wie kommst du denn darauf?«

»Na, wie du die angestarrt hast …«

»Quatsch! Überhaupt nicht mein Typ. Viel zu ordinär. Kann mir gar nicht vorstellen, dass die Mathematikerin ist. Auch noch mit zwei Doktortiteln. Wer weiß, wie sie zu denen gekommen ist.«

»Typisch Mann: Eine attraktive Frau kann nicht auch noch intelligent sein. Das verkraftet ihr nicht, was?«

»Quatsch! Von mir aus kann die den Nobelpreis bekommen, mir doch egal. Aber was war eigentlich mit dir los?«

»Wieso?«

»Dich hat dieser Clooney-Verschnitt ja wohl in Schockstarre versetzt. Sitzt die ganze Zeit da und sagst keinen Ton. Zum Schluss heulst du und fällst ihm um den Hals. Was war da eigentlich los?«

Wieder überraschte ihn Alexandra. Heute schon zum x-ten Mal. Sie war verlegen, lief rot an.

»Du denkst, ich steh auf den?«, fragte sie leise.

»Hm.«

»Völliger Blödsinn. Selbst wenn: Der Mann ist Mathematiker. Und Mathematiker sind ein absolutes Tabu für mich. Die gehen gar nicht. Da könnte einer aussehen wie, wie … ach, jetzt fällt mir gerade keiner ein. Mathematiker – nein danke.«

»Versteh ich irgendwie nicht. Kommt es nicht auf den Menschen an? Oder hat das was mit deinem Alt…, äh, mit deinem Vater zu tun?

»Ganz genau. An den müsste ich dabei nämlich immer denken. Ich käme mir immer wie ein dummes, kleines Mädchen vor. Eine blöde Göre, die es dem hohen Herrn nie recht machen kann. Die nicht gut genug für ihn ist. Nie.«

»Nicht jeder Mathematiker ist so wie dein Vater.«

»Mathematiker bleibt Mathematiker. Nur dass diese Truppe so ganz anders war, als ich erwartet hatte, hat mich aus dem Konzept gebracht. Ich hatte mich auf so ein paar Nerds eingestellt. Plötzlich stehen da drei Leute, die aussehen, als seien sie *Germanys next Topmodels*. Und dann sagt dieser Freitag auch noch: ›Nehmen Sie sich einfach aus der Villa, was Sie haben möchten.‹ Das war in dem Moment einfach zu viel für mich. Verstehst du das?«

Auf dieses Psychogequatsche hatte Matze keinen Bock. Typisch Weib. Dieses ewige Psychologisieren. Er verlegte sich auf die Taktik des dezenten Ablenkens, bevor die Sache noch völlig aus dem Ruder lief. Da versuchte er sich lieber als Hobby-Kriminalist.

»Jetzt mal ganz im Ernst, Alexandra: Wer könnte denn ein Motiv gehabt haben, deinen Vater umzubringen?«

»Zuerst dachte ich ja an die Mathefuzzis. Die hätten ein Motiv. Das Wasser stand denen bis zum Hals und mein Vater hatte ihnen – wie wir vorhin erfahren haben – sogar frühzeitig verraten, dass sie erben werden ...«

»Apropos erben«, unterbrach Matze seine Kollegin. »Von welchen Summen sprechen wir hier eigentlich?«

»Das verrate ich dir nur, wenn du schwörst, dass du es niemandem weitererzählst.«

Matze hob Zeige- und Mittelfinger, spreizte sie zum Schwur.

»So round about zwölf Millionen Euro.«

»Waaasssss?« Matze verschluckte sich fast an einem Maki. »Verdient 'n Prof so viel?!«

»Nee. Ein Prof verdient nicht schlecht, aber so viel nun auch wieder nicht. Mein Vater hat von meinem Opa eine Fleischfabrik geerbt. Aber weder er noch seine Schwester hatten Interesse daran, das Unternehmen weiterzuführen. Seine Schwester, also meine Tante, hat Architektur und mein Vater eben Mathematik studiert ...«

»... und hatten plötzlich mächtig Knete!«

»Aber hallo.«

»Die hätten nie mehr arbeiten müssen.«

»Haben sie aber. Meine Tante hat, bis sie leider ziemlich früh gestorben ist, das Liegenschaftsamt in Bremen geleitet. Und was aus meinem Vater wurde, weißt du ja.«

»Allerdings.«

»Aber das ist noch nicht alles. Mein Vater hat nicht nur

eine Riesenerbschaft gemacht und auch selber ganz gut verdient, er hat auch noch ein paar Patente angemeldet …«

»… und die haben auch noch mal mächtig Schotter gebracht.«

»Bis zum Abwinken.«

»Mensch Alexandra, du bist ja 'ne richtig gute Partie!«

»Aber den Löwenanteil kriegen die Mathefuzzis. Und ich bekomme nur den Pflichtteil. Vielleicht gründe ich mit dem Geld auch eine Stiftung. *MIF. Mathe ist Folter.*«

»Womit wir wieder beim Thema wären.«

»Wenn ich jetzt so drüber nachdenke … Irgendwie komisch, wie nett und entgegenkommend die waren. Die wollten mich einlullen, damit ich das Testament nicht anfechte.«

Matze dachte angestrengt nach. Vorhin bei den Mathematikern war ihm noch etwas aufgefallen. Es hatte mit der Arbeit des Professors zu tun gehabt. Aber jetzt wollte es ihm partout nicht mehr einfallen. Doch dann machte es klick.

»Alexandra! Es gibt noch jemanden, der ein ganz starkes Motiv hat.«

»Wer denn? Sag jetzt nicht, ein Student, der durch irgendeine Prüfung gerasselt ist. Daran habe ich auch schon gedacht. Es gab sogar mal einen. Bernward Bollwahn. Ist aber schon irre lange her. Bestimmt zwanzig Jahre. Aber an den Namen kann ich mich noch genau erinnern, weil mein Vater damals gesagt hat: ›Der ist wirklich wahnsinnig, macht seinem Namen alle Ehre.‹ Mein Vater hat sonst nie über Studenten gesprochen. Aber der hat sogar versucht, meinen Vater zu verklagen. Ist aber gescheitert. Nur, dass der nach so langer Zeit Rache übt …« Alexandra genehmigte sich einen Schluck Sake, soff das süße Zeugs wie Limonade, die Flasche musste doch langsam leer sein.

»Nee, Quatsch. Obwohl …«

»Komm, jetzt sag schon, was wolltest du gerade …«

»Na, denk doch mal nach. So ’n Stromsparmodell is ’ne tolle Sache.«

»Klar.«

»Für alle?«

»Ich denke schon, ja.«

»Eben nicht! Für die Stromindustrie ist das alles andere als toll. Ich meine, die wollen doch fünfzehn Milliarden Euro Schadenersatz für den Atomausstieg und tun alles dafür, dass die Energiewende gar nicht erst in die Gänge kommt. Warum? Weil erneuerbare Energie nur eine Rendite von vier bis fünf Prozent bringt. Die Stromgiganten sind aber Gewinne von um die zwanzig Prozent gewohnt. Und wenn es jetzt auch noch ein System gibt, mit dem genau berechnet werden kann, wann Ökostrom günstig aufgekauft werden kann und der Strompreis sinkt, verdienen die ja noch weniger Geld.«

Alexandra sah Matze erstaunt an. »Für einen Fotografen weißt du aber eine ganze Menge, ist mir schon bei den Mathefuzzis aufgefallen.«

»Regelmäßiges Lesen bildet angeblich«, grinste Matze und genehmigte sich ein weiteres Röllchen mit irgendwas.

»Wie viele Stromriesen gibt es in Deutschland?«, fragte Alexandra.

»Vier«, antwortete Matze mit vollem Mund. Er steckte gerade im Thema, weil er sich nach seinem Umzug einen neuen Stromanbieter hatte suchen müssen.

Alexandra schüttelte den Kopf. »Das sind Konzerne. Wenn da jemand einen Mordauftrag vergibt, bleibt das doch nicht verborgen. Wie stellst du dir das denn vor? Der Chef sagt: ›Der Katzenstein muss weg‹, schreibt womöglich noch einen Vermerk. Und dann zieht der Auftragskiller los, um meinen Vater um die Ecke zu bringen? Und die Sekretärin weist das Honorar an. Wir leben doch hier nicht in Russland oder China.«

»'tschuldige, meine Liebe, dass ich das so offen sage: Du bist ganz schön naiv.«

Matze konnte nicht an sich halten. Der Oberschullehrer in ihm musste wieder raus. »In diesem Land ist sogar mal jemand von der CIA entführt, ins Ausland verschleppt und gefoltert worden, weil man ihn für einen Terroristen hielt. Oder sagt dir der Name El Masri nichts? Oder vielleicht Ulrich Schmücker? Der ist sozusagen vor den Augen des Verfassungsschutzes erschossen worden. Die Pistole fand man fünfzehn Jahre später bei den Schlapphüten im Tresor. Beweise wurden unterdrückt oder manipuliert, sodass das Gericht den Mord nie aufklären konnte. Vielleicht waren es nicht die Stromkonzerne, die einen Berufskiller auf deinen Vater gehetzt haben. Ein durchgeknallter Lobbyist tut's auch. Vielleicht sollten wir einfach mal das tun, was wir gelernt haben: recherchieren.«

Alexandra sah Matze an. Und sagte nichts. Eine ganze Weile nicht. Trank ihren Sake. Matze sah richtig, wie es in ihrem mathematisch unbegabten Hirn arbeitete.

Plötzlich knallte sie ihren Becher auf den Tresen. So laut, dass die Eppendorf-Schickse ein paar Plätze weiter wieder pikiert zu ihnen sah.

»Wenn du recht hast, sind das Leute, die Macht haben. Die können sich Berufskiller leisten. Und wenn die rausfinden, dass wir ihnen auf der Spur sind, könnte es gefährlich für uns werden. Und weißt du was?« Alexandra legte eine Kunstpause ein.

Matze schüttelte den Kopf. Er hatte wirklich keine Ahnung, worauf seine Kollegin hinauswollte.

»Jetzt will ich die Wahrheit erst recht wissen«, fuhr Alexandra mit fester Stimme fort. »Koste es, was es wolle. Und wenn es mein Leben ist.«

*

In dieser Nacht fand Harry Tenge keinen Schlaf. Er saß vor seinem Rechner und grübelte über den Akten, die er aus Kühlborns Büro geklaut hatte. Die Handakte, in der der Moko-Chef nur die wichtigen Aussagen für den täglichen Gebrauch abgeheftet hatte, war eher dünn. Es würde Wochen dauern, bis Harry die Spurenakten, die er sich an seine geheime E-Mail-Adresse geschickt hatte – sechsunddreißig abgescannte Aktenordner –, durchgeackert hätte.

Merkwürdig, dachte Harry. Obwohl Kühlborn, wie Blum ihm erzählt hatte, seine Mitarbeiter zurückgepfiffen hatte, ging er offenbar felsenfest davon aus, dass die fünf Frauen einem Serienmörder zum Opfer gefallen waren. Fünf Frauen waren seit 1985 in Bremen spurlos verschwunden, immer genau im Abstand von fünf Jahren. Die letzte 2005. *Nächste Fälligkeit dieses Jahr* hatte Kühlborn in seiner Handakte notiert. Ohne Fragezeichen, so als ob er Gewissheit hätte. *Fälligkeit* – ein Wort wie aus der Buchhaltung.

Harry klickte sich durch die Aussagen. Seitenlang hatten sich Nicoles Eltern über ihre Tochter ausgelassen. *Nicole hatte ein weiches Herz, sie war sehr hilfsbereit. Sie liebte Tiere und Kinder über alles.* Die Eltern zeichneten das Bild einer lebenslustigen jungen Frau, die ihr Studium ernsthaft und zügig betrieb. Die beliebt war, kontaktfreudig.

In den Akten hatte Harry noch keinen Hinweis auf einen Mann in Nicoles Leben gefunden. Die Eltern hatten ausgesagt, dass sie zum Zeitpunkt ihres Verschwindens solo gewesen sei. Aber Eltern wissen auch nicht alles. Stand Nicole vielleicht gar nicht auf Männer? Oder war sie vielleicht streng religiös?

Exfreund tippte Harry ins Suchfeld ein. Spurenakte *Wollenbeck_Nicole_Band2* spuckte der Rechner aus. Harry klickte den Ordner an, gab abermals *Exfreund* ins Suchfeld ein. Keine zwei Sekunden später las er die Aussage von Bernward Bollwahn auf dem Bildschirm. Er hatte, wie Nicole, Mathematik auf Lehramt an der Universität Bremen studiert, allerdings war er schon ein paar Semester weiter. Nur drei Monate waren die beiden ein Paar gewesen. Ein halbes Jahr vor ihrem Verschwinden hatte Nicole sich von ihm getrennt.

Die Verletzung über die Trennung sprach aus jeder Zeile seiner Aussage. *Ich bin fest davon überzeugt, dass Nicole mich verlassen hat, weil sie was mit Katzenstein hatte. Und der war eifersüchtig auf mich, hat mich deshalb durch jede mündliche Prüfung rasseln lassen.*

Prof. Katzenstein? Harry stutzte. Den Namen hatte er doch schon mal gehört. Katzenstein, Katzenstein – war das nicht dieser Chemiker, nein, Mathematiker, der Anfang des Jahres Selbstmord begangen hatte? Über den Flurfunk war die Geschichte zu ihm durchgedrungen, aber Harry hatte sich nicht weiter dafür interessiert. Sollte ja ab und zu vorkommen, dass Wissenschaftler durchdrehten, hatte er nur gedacht. Nicole war also Katzensteins Studentin gewesen. Jetzt wird's richtig spannend, dachte Harry, stand auf und holte sich noch ein weiteres Beck's aus dem Kühlschrank, bevor er weiterlas.

Katzensteins Aussage war länger als die von Bollwahn. Der Professor lobte seine Studentin über den grünen Klee, ein sexuelles Verhältnis bestritt er energisch: *Ich bin glück-*

lich verheiratet, was glauben Sie von mir? Als Lehrkraft muss man sich zurückhalten können. Tatsächlich hatte er für den Zeitpunkt von Nicoles Verschwinden ein Alibi. In der Akte befand sich ein abgescannter Zeitungsartikel. *Deutsche Spitzenmathematiker in Kyoto* las Harry. Das Foto zu dem Artikel, das sehr unscharf war, zeigte einen dunkelhaarigen Mann vor einem Mikrofon.

Der Zeitungsausschnitt stammte vom 6. April 1990, einem Freitag. Zwei Tage nachdem Nicole Wollenbeck verschwunden war. *Prof. Dr. Albert Katzenstein hielt in Kyoto einen Vortrag,* stand unter dem Bild. Die Kollegen hatten damals nachgerechnet. Der Zeitunterschied zwischen Deutschland und Japan betrug sieben Stunden. Als Nicole am Abend des 4. April gegen neunzehn Uhr verschwand, war es in Kyoto zwei Uhr morgens gewesen. Sie hatten die Flugpläne gecheckt und mit dem weiteren Verlauf der Veranstaltung abgeglichen. Katzenstein hatte noch zwei Vorträge gehalten. Es wäre unmöglich für ihn gewesen, zwischendurch schnell mal nach Deutschland zu fliegen, um seine Studentin zu entführen. Sein Alibi war wasserdicht.

Trotzdem merkwürdig, dass sich Katzenstein ausgerechnet einen Tag, nachdem er Nicoles Schädel am Weserstrand freigepisst hatte, das Leben genommen hatte. Andererseits hatte der Professor von dem Fund gar nichts wissen können, dafür hatte Kühlborns Geheimhaltetaktik gesorgt. Harry blätterte weiter in der Handakte. *Tochter v. Prof. K. Schmiererin beim Weltblatt* entzifferte Harry mit einiger Mühe Kühlborns Schrift. Schmiererin beim Weltblatt? Harry kam nicht gleich drauf, was Kühlborns Notiz zu bedeuten hatte. Ach ja, fiel ihm plötzlich ein. Katzensteins Tochter Alexandra arbeitete als Journalistin beim *Weserblick* und war dort vor allem für Polizei- und Justizthemen zuständig. In der Stadt und auch in Kollegenkreisen war sie ziemlich bekannt, aber Harry war ihr noch nie persönlich begegnet. Schmiererin beim Weltblatt, dachte Harry, ich möchte nicht wissen, als was sie dich insgeheim nennt. Wahrscheinlich: Fettsack bei den Mord-Bullen oder so.

Auch Martina Lemke, die Freundin, die mit Nicole zusammen in einer WG gelebt hatte, wusste nichts von einem Verhältnis zwischen Katzenstein und Nicole. *Nicole wollte sich auf ihr Studium konzentrieren, nicht auf ihren Professor. Wenn die beiden was miteinander gehabt hätten, hätte Nicole mir das erzählt,* las Harry. Allmählich wurde er müde, es war schon vier Uhr morgens. Harry trank sein Bier in einem Zug aus. Seine Suche glich einem Stochern im Nebel.

Irgendwas hatten die Kollegen damals übersehen. Nur was?

*

Mackenroth kam wie immer als Erster auf den Punkt: »Eines muss man dem ollen Professor ja lassen: Er hat unsere Branche mächtig in Aufruhr versetzt.«

»Jawoll, das hat er, der liebe Herr Prof. Katzenpisse«, pflichtete ihm von Zirzewitz bei.

»Irgendwie schade, dass er nicht mehr da ist«, heuchelte Mahlberg.

»Na ja, meine Herren, nu wollen wir mal die Kirche im Dorf lassen, nich wahr. Hätte der sein Projekt verwirklicht, mein lieber Scholli, dann gäb's jetzt statt Schampus Selters«, gab Schäflein zu bedenken, »wenn überhaupt.«

»Sehr richtig, wenn überhaupt«, pflichtete ihm Mackenroth bei. Mahlberg und von Zirzewitz hielten einen Moment inne – dann prusteten sie los. »Wenn überhaupt … hohohoho!!! hahaha!!! hihihi!!! Wenn überhaupt ...« Mahlbergs feistes Gesicht war krebsrot angelaufen, er schnappte nach Luft. Mit Lachtränen in den Augen lockerte er ächzend seine Krawatte. Unbedarfte Zeugen hätten einen unmittelbar bevorstehenden Herzinfarkt befürchtet. Mackenroth, Schäflein und von Zirzewitz aber blieben gelassen: Schließlich war es nicht das erste Mal, dass sie ihren Kumpanen in bester Laune erlebten – und bisher hatte es der fette Mahlberg noch jedes Mal überlebt.

Die Stimmung der vier Repräsentanten war ausgelassen. Für ihre turnusmäßige Zusammenkunft hatten sie diesmal Suite 207 im *Abaton-Hotel* am Brandenburger Tor gebucht, schließlich gab es wahrhaftig etwas zu feiern. Die Cohibas vernebelten den Raum und auch sonst ließen es sich die Herren gut gehen: Dafür sorgten die Austern, die neben dem Schampus auf Eis drapiert waren, sowie Svetlana 1, Svetlana 2, Natascha und Nadeshda. Die Repräsentanten hatten es sich in Ledersesseln bequem gemacht und waren nicht mehr ganz nüchtern. Natascha knabberte an Mahlbergs Ohr, während die beiden Svetlanas zu cooler Musik von Sade eine laszive Tanzeinlage hinlegten, in deren Verlauf sie sich ihrer ohnehin schon spärlichen Kleidung entledigten, bis sie nur noch Strapse und High Heels trugen. Mackenroth öffnete erst eine Auster und dann seinen Hosenstall. Nadeshda beugte sich hinunter und holte sein Ding raus.

»Man sollte es sich halt vorher überlegen, mit wem man sich anlegt«, sagte Mackenroth und schlürfte geräuschvoll eine Auster. Nadeshda nahm sein Ding in den Mund. »Ich meine, der Mann war so intelligent. Und dann ist er so blöd, sich die falschen Feinde auszusuchen – nämlich uns. Tragisch, tragisch.« Sie begann zu saugen.

»Schließlich haben wir ihm ein gutes Angebot gemacht. Ein Angebot, das er nicht hätte ablehnen sollen.« Zirzewitz nickte: »Fragt sich nur, wer ihn um die Ecke gebracht hat. Oder glaubt hier jemand allen Ernstes an Selbstmord?«

»Nö.« Mahlberg blies den Rauch seiner Zigarre durch die Nase. »Irgendwer wird das schon erledigt haben. Und selbst wenn derjenige jetzt hier unter uns sein sollte, will ich's nicht wissen. Hauptsache Katzenpisse ist verdunstet.«

Svetlana 1 legte sich bäuchlings auf den flachen, marmornen Couchtisch, der vor der Sitzgruppe stand. Svetlana 2 öffnete eine silberne Dose, holte mit einem langen Löffel eine Prise Koks heraus und ließ eine Linie in die Arschfalte ihrer Kollegin rieseln. Darauf schien der dürre Zirzewitz gewartet zu haben. Freudig sprang er auf, kniete sich neben den Couchtisch und versenkte seine lange, schnabelartige Nase in ihrer Arschfalte.

»Sehr richtig, das hätte er nicht tun sollen«, meinte Mahlberg, »was jahrzehntelang richtig war, kann doch nicht auf einmal falsch sein. Ich meine: Wo kommen wir denn da hin, wenn plötzlich alles infrage gestellt wird? Das gibt doch bloß Chaos. Anarchie. Nicht auszudenken.« Allein der Gedanke an die gerade noch abgewendete Katastrophe schien in Mahlberg nachträglich Ekel und Entsetzen auszulösen.

Um ihn etwas abzulenken, rieb sich Natascha ihre Brustwarzen mit Koks ein.

»Ach ja«, seufzte Mahlberg, »man gönnt sich ja sonst nichts.« Dann nahm er einen Nippel in den Mund und saugte daran.

Schäflein hatte sich derweil in eindeutiger Absicht und ohne Hose, allerdings mit tadellos sitzender Krawatte, schneeweißem, sorgfältig gebügeltem Hemd und in Socken, Svetlana 2 genähert, die sogleich vor ihm in die Knie ging. Er schob ihr seinen Schwengel, den er vorher in sein Glas mit Schampus getaucht hatte, in den Mund und dozierte über globale Zusammenhänge. »Das muss man sich mal vorstellen: wenn das Schule gemacht hätte. International. Und die Folgen: Ein Domino-Effekt wäre in Gang gesetzt worden. Ein Staat nach dem anderen wäre gefallen. Und die Chinesen hätten sich kaputtgelacht. Was sie ja sowieso schon tun.«

»Apropos Chinesen: Kriegen die eigentlich noch Entwicklungshilfe von uns?«, erkundigte sich Mahlberg, während sich Natascha auf ihn setzte und mit rhythmischen Reitbewegungen begann.

»Keine Ahnung, zuzutrauen wär's uns ja«, antwortete Mackenroth und genehmigte sich eine Prise des weißen Pulvers, bevor er von hinten in die auf dem Sessel kniende Nadeshda einfuhr.

»Beziehungsweise Mutti und Konsorten«, präzisierte Schäflein, dem Svetlana 2 gerade viel Freude mit ihrer Zunge bereitete, die sie vorher in das Puder getunkt hatte.

Nach einigen weiteren Stellungswechseln und zwei Doppeldeckern mit den beiden Svetlanas hatte die Stimmung ihren Höhepunkt erreicht. »Wie wär's, meine Herren? Gemeinsames Finale? Vielleicht klappt's ja mit dem Timing«, schlug Mackenroth vor und Mahlberg, Schäflein und von Zirzewitz folgten seiner Anregung. Svetlana 1, Svetlana 2, Natascha und Nadeshda knieten sich nebeneinander in eine Reihe. Die Herren nahmen vor ihnen Aufstellung.

Von der kleinen, laufenden Kamera in einer abgedunkelten Ecke des Raumes und von den Mikros, die überall verteilt waren, bemerkte keiner der vier Repräsentanten etwas.

*

Clooney hielt Wort. Ein paar Tage nach unserem Besuch in Hamburg lag ein Umschlag mit dem Zweitschlüssel der Villa meines Vaters in meinem Briefkasten. Der Professor hatte eine Karte beigelegt. Seine geschwungenen Buchstaben erinnerten mich an die Schönschreibfibel aus meiner Schulzeit. Da stand in königsblauer Tinte:

Liebe Dame Katzenstein,

ich möchte Sie um Verzeihung bitten, dass ich Sie so indiskret nach Ihrer Familiengeschichte gefragt habe. Es war nicht meine Absicht, Sie in Verlegenheit zu bringen oder gar alte Wunden aufzureißen. Darf ich Sie zur Wiedergutmachung zum Essen einladen? In Bremen natürlich, damit Sie nicht noch einmal den Weg nach Hamburg auf sich nehmen müssen. Ich würde mich sehr freuen.

Ihr Ansgar Freitag.

Auf der Rückseite der Visitenkarte, die Clooney beigelegt hatte, hatte er seine Handynummer notiert. Dieser Typ hielt sich wohl für unwiderstehlich. Selbstverständlich würde ich mit ihm essen gehen – allerdings nur, um noch mehr Infos zu bekommen.

Mein Auftritt bei den Mathematikern trieb mir noch immer die Schamesröte ins Gesicht. Ich hätte vorher keinen Rotwein trinken sollen. Aber ich hatte das Bedürfnis gehabt, mir Mut anzutrinken. Dabei wäre das gar nicht nötig gewesen, so gut wie Matze sich geschlagen hatte. Seit unserem Ausflug nach Hamburg sah ich in Matze nicht mehr nur einen Kollegen, eher einen Freund.

Ich warf Clooneys Karte auf meinen Schreibtisch. Der Professor konnte warten. Ich musste zuerst etwas erledigen, das ich schon lange vor mir hergeschoben hatte. Ich wollte zu Ernst Willich, dem Mann von Helga, der Haushälterin meines Vaters. Er war mein einziger Anhaltspunkt, da er bis zum Schluss Kontakt zu meinem Vater gehalten hatte. Vielleicht wusste er mehr über ihn und konnte mir helfen, den oder die Mörder zu finden.

Ich schämte mich ein bisschen, weil ich nicht die Kraft aufgebracht hatte, zur Beerdigung seiner Frau zu gehen.

Ernst Willich wohnte etwas außerhalb in Bremen-Arsten. Mit der Straßenbahn war ich eine gute halbe Stunde unterwegs. Es wurde Zeit, dass die Führerscheinstelle meinen Lappen wieder rausrückte. Warum ich meinen Führerschein verloren habe? Herrje, Sie wollen es aber auch immer ganz genau wissen. Zu schnell gefahren. Okay, ein bisschen Alkohol war auch im Spiel.

Ich hatte Ernst Willich vorher nicht angerufen, weil ich mir bis zur letzten Sekunde vorbehalten wollte, umzukehren. Dafür nahm ich das Risiko, dass ich ihn nicht antraf, gern in Kauf.

Doch in den Fenstern des kleinen Reihenhauses brannte Licht. Ich zögerte einen Moment, bevor ich auf den Klingelknopf drückte. Wauwauwau. Willichs Klingel sollte Einbrechern vorgaukeln, dass ein Hund im Haus sei. Dabei hörte man sofort, dass dieses metallische Bellen nicht von einem Hund stammte.

»Alexandra, das ist aber eine schöne Überraschung«, begrüßte Willich mich und quälte seine Mundwinkel zu einem Lächeln in die Höhe. »Entschuldigen Sie bitte meinen Aufzug, aber ich war nicht auf Besuch eingerichtet.« Willich sah an sich herunter; er trug einen ausgebeulten, dunkelblauen Jogginganzug.

»Ich muss mich entschuldigen, dass ich Sie so überfalle«, antwortete ich. »Wenn es nicht passt, komme ich gern ein anderes Mal wieder.«

»Nein, nein«, lehnte Willich ab, trat einen Schritt zur Seite, um mich ins Haus zu lassen. »Uns tut es doch beiden gut, über diese schreckliche Sache zu reden. Wir haben ja beide unsere Liebsten verloren.«

Liebsten – das Wort versetzte mir einen Stich. Willich, ganz Kavalier der alten Schule, half mir aus meinem Daunenmantel und hängte ihn neben sein braun gemustertes Tweed-Sakko an die Garderobe, ein altmodisches Monstrum aus den Siebzigern. Weiß gelackte Streben, deren Design an einen Lattenzaun erinnerte, dazu ein rot glänzender Unterschrank.

Dann führte er mich ins Wohnzimmer. Die Willichs hatten ihre Einrichtung mit an Sicherheit grenzender Wahrscheinlichkeit Ende der Siebzigerjahre komplett bei Neckermann geordert. Die giftgrüne Eckcouch aus samtigem Velours, den verchromten Glastisch, die Schrankwand, braun, mit weißen Hängeschränken. Begehrte Objekte für Retrofans.

»Nehmen Sie doch Platz, Alexandra. Es stört Sie doch nicht, wenn ich Sie beim Vornamen nenne? Aber Ihr Vater hat immer so viel von Ihnen erzählt, dass ich das Gefühl habe, Sie zu kennen.«

Seine Worte durchzuckten mich. »Mein Vater hat mit Ihnen über mich gesprochen?« Ich ließ mich in einen der Sessel fallen.

»Möchten Sie etwas trinken, Alexandra, ein Glas Rotwein vielleicht?«, fragte Willich und drückte sich um eine Antwort.

»Danke, gerne. Aber ich vertrage nur trockenen Rotwein, wegen meiner Migräne.«

Willich nickte. »Da habe ich einen hervorragenden Tropfen für Sie im Keller.«

»Dann gern.« Willich verschwand. Ich sah mich um. In den Regalen der Schrankwand thronten Pokale. Zehn, fünfzehn, vielleicht sogar noch mehr. Einer kitschiger als der andere, bauchige Riesentassen, alle auf Hochglanz poliert, Schachfiguren, Springer und Könige auf Marmorblöcken, Medaillen in Glas gefasst. Auf dem Tisch lag ein Schachbrett; die Figuren, sie waren aus Speckstein und glänzten matt, waren nicht über die Eröffnung hinausgekommen. Offenbar hatte ich Willich bei einer Partie gestört. Der alte Mann spielte gegen sich selbst und die Einsamkeit.

Willich kam zurück, stellte die entkorkte Flasche auf den Glastisch. Er hatte sich umgezogen, trug jetzt einen schwarzen Rollkragenpullover, der ihm ausgezeichnet stand, und eine schwarze Jeans. Für sein Alter, Willich mochte Ende sechzig sein, hatte er sich gut gehalten. Er war schlank, trieb wahrscheinlich regelmäßig Sport. Sein weißes Haar, das ungewöhnlich voll war für einen Mann seines Alters, trug er zurückgekämmt. Die schwarze, viereckige Brille verlieh seinem Gesicht einen markanten Zug. Als junger Mann musste Willich ziemlich gut ausgesehen haben.

»Tja, wir sind wohl so was wie Schicksalsgenossen.« Willich nahm zwei Korkuntersetzer, stellte die Gläser darauf und schenkte ein. Ohne probiert zu haben, wusste ich, dass der Wein mir nicht schmecken würde, weil sein Rot zu durchsichtig war.

»Es tut mir so leid, dass ich nicht zur Beerdigung Ihrer Frau kommen konnte«, entschuldigte ich mich noch einmal. »Aber ich war so durch den Wind. Und wenn ich ehrlich bin: zwei Beerdigungen binnen einer Woche … Ich gehe ja beruflich dauernd auf Beerdigungen, aber es ist doch was anderes, wenn man privat betroffen ist.«

Willich nickte verständnisvoll. »Sie müssen sich nicht entschuldigen, Alexandra. Ich verstehe gut, dass Ihnen die Kraft fehlte. Es ist ja auch …« Seine Stimme brach. Wortlos stellte er das Glas vor mich hin und nahm Platz.

»Es ist sicher sehr schwer für Sie«, sagte ich aus Verlegenheit und hätte mir sofort auf die Zunge beißen können. Klar, war es schwer. Was denn sonst?

»Ich kämpfe jeden Tag. Aber meine Tochter ist mir eine große Stütze. Ich bin viel bei ihr, lenke mich ab, indem ich mich um meine drei Enkel kümmere. Und ich spiele Schach.« Willich schluckte, nahm seine Brille ab, zog ein zerknülltes Taschentuch aus dem Ärmel seines Pullovers. Obwohl ich schon unzähligen Leuten gegenübergesessen hatte, die ihre Angehörigen verloren hatten, konnte ich das Leid dieses alten Mannes kaum ertragen und wäre am liebsten auf der Stelle geflohen. »Wenn ich irgendwas für Sie tun kann ...«, versuchte ich hilflos, »... bitte zögern Sie nicht, mich anzurufen. Tag und Nacht. In der Redaktion. Zu Hause. Ich hatte Ihrer Frau ja alle meine Nummern gegeben, auch die Handynummer.«

»Das ist lieb von Ihnen, Alexandra«, antwortete Willich mit belegter Stimme und setzte seine Brille wieder auf.

»Sie meinten vorhin, mein Vater hätte über mich gesprochen?« Ich gierte regelrecht danach zu erfahren, was er gesagt hatte.

Willich nickte. »Dass Sie den Dickkopf Ihrer Mutter geerbt hätten. Dass Sie mit achtzehn von zu Hause abgehauen wären und sich allein durchgeschlagen hätten. Ohne je einen Cent von ihm zu verlangen.«

»Und das war alles?« Es gelang mir nicht, die Enttäuschung in meiner Stimme zu unterdrücken. Willich nickte wieder. »Aber die Art, wie er es gesagt hat, verriet Anerkennung. Er konnte eben nur nicht aus seiner Haut heraus. Liebe zu zeigen, war nicht seine Stärke.«

»Mein Vater hat mich enterbt«, platzte ich heraus. »Er hat sein gesamtes Vermögen einer Hamburger Stiftung vermacht. Nicht, dass ich scharf wäre auf sein Geld. Aber mir ist, als …« Weiter kam ich nicht. Die Tränen schnürten mir den Hals zu. Ich kramte ein Tempo aus meiner Tasche.

»Alexandra«, sagte Willich sanft, »machen Sie Ihren Frieden mit Ihrem Vater, wenn ich mir diese Bemerkung erlauben darf. Ihr Vater hat wahrscheinlich am meisten unter sich selbst gelitten. Er konnte Ihnen kein Vater sein, weil er selbst keinen gehabt hatte. Ihr Großvater arbeitete von früh bis spät. Wenn seine Kinder aufstanden, war er schon in der Fabrik. Und er kehrte erst zurück, wenn sie schliefen. ›Ich habe meinen Vater nur flüchtig kennengelernt‹, hat Ihr Vater mal zu mir gesagt. Ihr Großvater hielt sich mehr in der Fabrik auf als zu Hause.«

»Und mein Vater beschäftigte sich lieber mit Zahlen als mit Frau und Tochter«, sagte ich mit tränenerstickter Stimme. »Ich dachte …«, schniefte ich, »… Sie hätten eine irre Wut auf meinen Vater«.

Willich blickte mich an. Er hatte blaue Augen, die wirkten, als hätten sie schon viel gesehen. »Wut würde mir nicht weiterhelfen. Ich bin unendlich traurig. Aber Ihr Vater hat das, was passiert ist, nicht gewollt. Natürlich ist der Verlust unvorstellbar schmerz…« Willich neigte den Kopf, sodass ich seine Tränen nicht sehen konnte. Er gehörte noch zu der Generation, der eingebläut worden war, dass Männer nicht weinten. Mehr aus Verlegenheit trank ich einen Schluck Wein; er war so sauer, dass ich mich beherrschen musste, nicht das Gesicht zu verziehen. Billiger Fusel vom Discounter. »Herr Willich«, sagte ich, »ich kann einfach nicht glauben, dass mein Vater Selbstmord begangen hat. Er muss gewusst haben, wie gefährlich Kohlenmonoxid ist. Es gab schon Selbstmörder, die Warnschilder aufgehängt haben. Das hätte mein Vater auch gemacht. Niemals hätte er Ihre Frau …«

Ich stockte, überlegte, ob ich es wirklich sagen sollte, aber es musste raus. »Ich glaube nicht an Selbstmord oder einen Unfall. Mein Vater wurde ermordet.« Der letzte Satz hing schwer zwischen uns im Raum.

Willich sog die Luft scharf ein. »Alexandra«, flüsterte er und schüttelte den Kopf. »Ihrem Vater ging es zum Schluss nicht gut. Er hatte Depressionen, sah keinen Sinn mehr im Leben. Ich wollte Ihnen das eigentlich gar nicht erzählen, aber vielleicht sollten Sie es wissen. Er litt darunter, dass er irgendeinen Preis nicht bekommen hatte, die Kolmogorow-Medaille, wenn ich mich recht entsinne. Und mit diesen Stiftungsleuten in Hamburg hatte er sich auch irgendwie in die Haare gekriegt.«

»Er hatte Streit mit den Stiftungsleuten?«

Willich nickte. »Aber fragen Sie mich nicht, worum es ging. Das war mir zu hoch. Ich meine, er wollte sich sogar aus der Stiftung zurückziehen.«

Also doch, schoss es mir durch den Kopf.

»Es ist schon komisch, dass er ausgerechnet die Stiftung als Alleinerbin eingesetzt hat, das muss ich zugeben. Aber verrennen Sie sich da nicht, Alexandra. Ich glaube eher, dass Ihr Vater Selbstmord begangen hat. Wahrscheinlich hat er nur nicht mehr daran gedacht, sein Testament zu ändern, weil ihm alles egal war. Und deshalb ist ihm auch das mit dem Kohlenmonoxid passiert.«

»Aber warum hat er sich Silvester dann noch in die Klinik einliefern lassen, wenn er doch sterben wollte?«

»Tja«, meinte Willich achselzuckend, »ich glaube, Ihr Vater war jemand, der das Heft des Handelns gern selbst in die Hand nahm. Davon abgesehen, ist es ja auch viel angenehmer, langsam wegzudämmern.«

Ich schüttelte den Kopf. »Lieber Herr Willich ...«

»Ernst, Alexandra, wenn es Ihnen nichts ausmacht, nennen Sie mich ruhig Ernst.« Willich hob sein Glas.

Ich prostete ihm zu und rang mir ein Lächeln ab. »Ernst«, sagte ich. »Den Mathematikern stand das Wasser bis zum Hals. Das Erbe kommt denen wie gerufen. Es rettet sie vor dem Ruin. Man muss sich doch nur fragen, wer am meisten vom Tod meines Vaters profitiert.«

Willich sah mich nicht an, nahm gedankenverloren eine weiße Dame vom Schachbrett und drehte sie zwischen seinen Fingern. »Wahrscheinlich gehört das zur Trauerarbeit, dass du nicht akzeptieren kannst, dass dein Vater sich das Leben genommen hat. Sei vorsichtig Alexandra, mit wem du über deinen Verdacht sprichst. Nicht, dass die Mathematiker dich wegen übler Nachrede drankriegen. Aber halte mich gern auf dem Laufenden. Ich meine, sollte es da doch irgendwelche Anhaltspunkte geben, müssen wir natürlich zur Polizei. Das mit dem Erbe ist in der Tat komisch.«

Ich war gerührt. Dieser Mann hatte gerade seine Frau verloren und versuchte trotzdem, mich zu trösten, bot mir sogar seinen Beistand an.

Wenig später verabschiedete ich mich von Ernst. Er ließ es sich nicht nehmen, mich zur Haltestelle zu begleiten, wartete, bis die Straßenbahn gekommen und ich eingestiegen war. Er winkte mir, als die Bahn anfuhr. Ich war froh, dass ich zu ihm gefahren war. Ernst hatte mit mir geredet wie ein Vater. Einen Moment lang beneidete ich seine Tochter. So einen Vater hätte ich auch gerne gehabt.

*

Margarete Wollenbeck war eine Frau, der man auf den ersten Blick ansah, dass sie viel durchgemacht hatte. Unter ihren Augen lagen dunkle Schatten, gegen die auch der helle Puder, den sie sorgsam aufgelegt hatte, nichts ausrichten konnte. Der Kummer hatte ihr tiefe Furchen ins Gesicht gegraben. Ihr graues Haar trug sie toupiert, wie es in den Sechzigerjahren Mode gewesen war. Sie war klein und mollig, ihre randlose Brille fiel kaum auf. Nicoles Mutter hatte sich fein gemacht für Harrys Besuch, trug eine weiße Bluse, dazu eine schwarze Hose.

Das Einwohnermelderegister, in das sich Harry über den Polizeicomputer einloggen konnte, hatte ihm verraten, dass Margarete Wollenbeck vor zehn Jahren von Bremen zurück in ihre Heimatstadt Oldenburg gezogen war. Sie lebte jetzt allein im Stadtteil Bümmerstede. Am Telefon hatte sich Harry nur als Oberkommissar Tenge von der Polizei Bremen vorgestellt, sich jedoch nicht als Finder des Totenschädels geoutet. Er war bemüht gewesen, in seine Stimme die richtige Mischung aus Autorität und Anteilnahme zu legen. Doch nun bereute Harry, dass er zu Nicoles Mutter gefahren war.

Auf dem weiß gedeckten Tisch zwischen ihm und Margarete Wollenbeck standen ein Kuchen, zwei Tassen Kaffee und zwei Teller, mit je einem Stück Marmorkuchen.

»Gibt es denn neue Erkenntnisse im Falle meiner Tochter?«, wollte Margarete Wollenbeck wissen.

»Ja, wissen Sie ...«, druckste Harry herum. »Ich bin nicht wegen der Ermittlungen hier. Äh, das heißt eigentlich doch. Aber ...«

Margarete Wollenbeck zog die Stirn in Falten, sah Harry irritiert an.

»Also, äh, ich bin, äh, persönlich in den Fall involviert, irgendwie«, stammelte Harry.

»Bitte?«, hakte Frau Wollenbeck nun vollends verwirrt nach.

Harry spürte, wie ihm heiß wurde. Verdammt, wie war er bloß auf die Idee gekommen, hier den Ermittler zu spielen?

»Gewissermaßen, jedenfalls«, schob er hilflos hinterher.

»Wie meinen Sie das?« Margarete Wollenbeck schien ungeduldig zu werden. Jetzt hampel hier nicht so rum, du bist Oberkommissar, sprach eine innere Stimme zu Harry.

»Ich bin nicht bei der Mordkommission.« Endlich war es raus. »Ich bin nicht mal bei der Kripo, ehrlich gesagt.«

»Ich verstehe nicht«, sagte Margarete Wollenbeck fast ein bisschen ärgerlich. »Aber Sie sind doch Polizist. Oder?!«

»Ja, ja«, beeilte sich Harry zu sagen. »Ich bin Schutzpolizist. Schutzpolizist in Bremen. Und am Neujahrstag, da habe ich …« Harry stockte.

»Da haben Sie …«, versuchte Margarete Wollenbeck, ihm zu helfen.

»Da habe ich den … den Schädel Ihrer Tochter gefunden. Zufällig. Im Schnee. Ich hatte in der Silvesternacht Dienst und bin noch mal zum Weserstrand rausgefahren, um mir den Kopf durchpusten zu lassen.« Dass er den Schädel freigepinkelt hatte, verschwieg er lieber. Die Mutter musste nicht jede Einzelheit wissen.

»Ach so, jetzt verstehe ich«, sagte Margarete Wollenbeck. »Sie waren das also.«

»Es war mir ein Bedürfnis, Sie persönlich kennenzulernen. Ich hätte vielleicht gleich am Telefon klarstellen sollen, dass ich zwar der Finder, nicht aber einer der Ermittler bin.«

»Ja, vielleicht«, winkte Margarete Wollenbeck ab. »Aber es spricht für Sie, dass Sie am Schicksal meiner Tochter Anteil nehmen wollen. Wissen Sie, als die beiden Polizisten mir die Nachricht überbrachten, war das irgendwie auch wie eine Erlösung. Endlich Gewissheit. Nach so vielen Jahren konnte ich meine Tochter beerdigen. In aller Ruhe, im engsten Familienkreis. Nun habe ich einen Ort, an dem ich trauern kann.«

Harry räusperte sich verlegen. »Frau Wollenbeck, wenn es Ihnen zu viel wird …«

»Nein, nein, Herr Tenge, es geht schon. Ganz im Gegenteil, es tut mir gut, über Nicole zu reden. Wissen Sie, das ist fast so, als ob sie noch ein bisschen da wäre, unsere Nicole.«

»Ich wollte einfach wissen, was für ein Mensch Nicole war. Deshalb habe ich Sie angerufen.«

Margarete Wollenbeck nickte.

»Sagen Sie, Frau Wollenbeck, äh, lebt eigentlich, äh, Ihr Mann noch?«

Margarete Wollenbeck senkte den Blick, Tränen traten in ihre Augen. »Er ist vor zwölf Jahren gestorben. Über den Verlust unserer Tochter ist er nie hinweggekommen. Dass sie einfach nicht mehr da war, so plötzlich …« Frau Wollenbeck schwieg einen Moment lang.

»Wissen Sie, Herr Tenge, wir waren so stolz auf unser Mädchen. Sie war eine gute Tochter. Hat uns nie Kummer bereitet. Sie war die Erste in unserer Familie, die Abitur gemacht und studiert hat.« Margarete Wollenbeck nahm ihre randlose Brille ab, drückte sich ein Taschentuch auf die Augen.

Harry konzentrierte sich hilflos auf das Blumenmuster der Tapete, hörte die Stimme von Margarete Wollenbeck wie aus weiter Ferne.

»Schon als Zehnjährige wusste sie, dass sie einmal Lehrerin werden wollte. Wir haben das zunächst nicht ernst genommen. Wissen Sie, mein Mann war Maschinenschlosser bei Daimler. Und ich habe als Verkäuferin beim Bäcker gearbeitet …« Margarete Wollenbeck stockte wieder.

Harry schämte sich, dass er alte Wunden aufriss. Was war

nur in ihn gefahren, dass er sich einbildete, er könne diesen alten Fall lösen?

»Wie gesagt, so ganz ernst genommen haben wir ihren Berufswunsch nicht. Wir hätten es lieber gesehen, wenn sie eine Lehre gemacht hätte. Irgendwas Solides, Bodenständiges. Was Kaufmännisches vielleicht. Oder wenn sie in die Verwaltung gegangen wäre. Doch dann, eines Tages ...« Ein Lächeln huschte über das Gesicht der verwaisten Mutter. Gleichzeitig füllten sich ihre Augen erneut mit Tränen. »Eines Tages, sie war in der vierten Klasse, kam ihr Lehrer zu uns nach Hause. Und erklärte uns, Nicole sollte unbedingt auf das Gymnasium gehen. Unsere Nicole. Unser einziges Kind. Aufs Gymnasium. Sie wäre so begabt. So wissbegierig. Alles andere würde sie unterfordern. Wir waren vollkommen überrascht, mein Mann und ich. Gute Noten hatte unsere Nicole ja immer gehabt. Aber Gymnasium? Womöglich sogar ein Studium? Daran hatten wir nie gedacht. Und wir waren im ersten Moment auch ein wenig überfordert. Aber Lehrer Kömpel redete uns gut zu. Er machte uns Mut. Schließlich überließen wir Nicole die Entscheidung. Und die wollte unbedingt. Sie war gar nicht zu bremsen und überglücklich, als es klappte.«

»Und auf dem Gymnasium ...«

»Hatte sie nie Probleme. Ein Lehrer sagte einmal zu uns, Nicole könnte jeden Beruf erlernen. Sie müsse sich bloß entscheiden. Aber sie wollte nur eines: Lehrerin werden. Und dann war sie auch noch so gut in Mathematik ... Und das als Mädchen ... Unser Stolz kannte keine Grenzen.«

Harry hatte sein zweites Stück Marmorkuchen verdrückt und den letzten Schluck Kaffee aus seiner Tasse getrunken.

»Entschuldigen Sie, Herr Tenge, möchten Sie noch?«

»Nein, nein, danke, Frau Wollenbeck. Aber es schmeckt

ausgezeichnet.« Frau Wollenbeck hatte weder Kuchen noch Kaffee angerührt.

»Mich wundert, dass die Presse gar keinen Wind bekommen hat – weder vom Fund noch von der Beerdigung«, wurde Harry die Frage los, die ihn schon die ganze Zeit beschäftigte.

»Das kann ich Ihnen erklären«, antwortete Margarete Wollenbeck. »Die Beamten sagten mir, sie wollten den Fund nicht an die große Glocke hängen. Aus taktischen Gründen. Sie würden jetzt erst mal in aller Ruhe ermitteln. Mir kam das sehr gelegen. Ich wollte keinen Rummel, sondern mein Kind allein beerdigen. Außerdem hat unsere Familie zur Presse sowieso gute Drähte. Simon Schröder, der Lokalchef vom *Weserblick*, ist mein Neffe, also Nicoles Cousin. Die beiden haben sich sehr gut verstanden. Simon hat damals nichts unversucht gelassen, um Nicoles Verschwinden aufzuklären. Natürlich habe ich ihn sofort angerufen, als der Schädel gefunden worden war. Er war wie vor den Kopf geschlagen. Wissen Sie, Simon wollte nie wahrhaben, dass Nicole tot war. Er glaubte bis zum Schluss, sie habe sich nur ins Ausland abgesetzt. Das hatte schon richtig krankhafte Züge. Er weigerte sich einfach zu glauben, dass ihr etwas zugestoßen sein konnte. Natürlich wollte er über ihren Tod berichten, aber nachdem ihm auch ein gewisser Herr Kühlborn, ich meine, das ist sogar der Chef der Mordkommission, eingebläut hatte, dass das aus ermittlungstaktischen Gründen eher kontraproduktiv sei, ließ er es bleiben. Natürlich war er auch auf der Beerdigung von Nicole.« Margarete Wollenbeck schwieg einen Moment, schüttelte den Kopf. »Wenn ich ehrlich bin, mache ich mir um Simon mehr Sorgen als um mich selbst. Er schien völlig gebrochen.«

»Frau Wollenbeck, darf ich Sie um einen Gefallen bitten?«

»Bitte, Herr Tenge.«

»Also, das Schicksal Ihrer Tochter lässt mich, seitdem ich ihren Schädel am Weserstrand gefunden habe, nicht mehr los. Mir ist irgendwie als wenn … Ich weiß nicht recht, wie ich es sagen soll. Aber ich fühle mich irgendwie verpflichtet, das Schicksal Ihrer Tochter zu klären.« Harry kam sich ziemlich bescheuert vor, so wie er daherredete.

Frau Wollenbeck sah ihn verständnislos an. »Sie wollen was?«

»Nun ja, ich möchte zumindest versuchen zu klären, was damals passiert ist.«

»Aber das ist doch der Polizei bisher nicht gelungen. Und die Mordkommission ermittelt doch jetzt aufs Neue.«

»Wissen Sie, ich bin schon sehr lange Polizist und weiß, mit welchem Nachdruck in Bremen Altfälle ermittelt werden. Aktuelle Ermittlungen gehen immer vor. Wahrscheinlich ist es aussichtslos, dass ich mich da jetzt so reinhänge. Aber ich möchte es wenigstens versuchen – als privater Ermittler sozusagen. Ich weiß, das klingt jetzt merkwürdig. Aber seitdem ich Ihrer Tochter gewissermaßen in die Augen gesehen …« Harry brachte den Satz nicht zu Ende, hatte das Gefühl, mit jedem Wort alles nur noch schlimmer zu machen.

Frau Wollenbeck sah Harry lange an. Es arbeitete in ihr. Harry fürchtete schon, dass sie ihn rauswerfen würde, als sie sagte: »Sie sind ein guter Mensch, Herr Tenge, das sagt mir meine Menschenkenntnis. Sie opfern Ihre Freizeit, um herauszufinden, was mit meiner Nicole passiert ist. Sie handeln sich womöglich eine Menge Ärger ein. Mit Ihren Kollegen, mit Ihren Vorgesetzten, mit der Kripo. Aber ich vertraue Ihnen. Immerhin sind Sie Polizist und kein dahergelaufener Privatdetektiv. Fragen Sie mich, was Sie wollen.«

»Danke, Frau Wollenbeck«, antwortete Harry und nahm sich ein weiteres Stück Marmorkuchen. Plötzlich konnte er wieder essen. »Vielleicht finde ich ja nichts raus. Aber versuchen will ich es wenigstens. Dazu muss ich noch mehr über Nicole als Mensch erfahren. Wer waren ihre Freunde? Wie war sie? Zurückhaltend? Oder temperamentvoll?« Harry holte Notizblock und Stift aus der Innentasche seines dunklen Wollsakkos, das er sich extra für den Besuch bei Frau Wollenbeck gekauft hatte.

»Nicole war eher lebhaft. Und freundlich, sehr freundlich. Als kleines Kind grüßte sie alle Menschen, die ihr auf der Straße begegneten. Also, wirklich alle, auch die, die sie nicht kannte.« Frau Wollenbeck schmunzelte.

»Was war mit Jungs, beziehungsweise mit Männern? Ich meine, ’tschuldigen Sie, aber die meisten Tötungsdelikte sind Beziehungstaten.«

Nicoles Mutter nickte. »Ihren ersten Freund hatte sie mit sechzehn. Er hieß Sascha Schweighöfer, eine Schülerliebe. Es hielt bis zum Abitur.« Harry notierte sich den Namen.

»Den Namen brauchen Sie sich nicht aufzuschreiben. Sascha lebt nicht mehr. Verkehrsunfall. Vor drei Jahren. Ein Geisterfahrer ist ihm auf der Autobahn entgegengekommen. Tja, und nach dem Abitur ist Nicole ja ausgezogen. Wissen Sie, wir hatten bloß eine kleine Wohnung in Gröpelingen. Nicole wollte ein wenig selbstständiger werden und ist mit einer anderen Studentin in die Bremer Neustadt gezogen. Und seit sie in der Neustadt wohnte, war der Kontakt nicht mehr ganz so eng. Also, sie kam schon noch zu uns. Aber wie das halt so ist …«

»In ihr Privatleben hatten sie nicht mehr so genau den Einblick …« Frau Wollenbeck nickte. »Einmal hat sie uns einen jungen Mann vorgestellt. Sehr nett, wenn auch ein wenig sonderbar.«

»Sonderbar? Wie meinen Sie das?«

»Nun ja, wie soll ich sagen … Er ließ Nicole nicht aus den Augen, himmelte sie die ganze Zeit verliebt an. Sehr verliebt. Ihr schien das fast ein wenig peinlich zu sein. Und er hatte so eine komische, altmodische Art. Stand immer auf, wenn ich den Tisch verließ. Und dann noch mal, wenn ich wieder zurückkam, so was halt. Hätte bloß noch gefehlt, dass er bei uns um Nicoles Hand angehalten hätte. Mein Mann sagte hinterher: ›Das Gedöns von dem würde mir auf die Nerven gehen. Hoffentlich verpasst sie dem schnell wieder den Laufpass.‹ Aber wir Frauen sind für so was ja empfänglich. Und Sie wissen ja, dass Väter immer eifersüchtig sind.«

»Wie hieß denn der junge Mann?«

»Bernward … An den Nachnamen kann ich mich nicht mehr erinnern. War irgendwas mit -wahn … nichts Alltägliches, jedenfalls.«

Bollwahn, dachte Harry, sagte aber nichts. Er musste Nicoles Mutter ja nicht auf die Nase binden, wie gut er durch sein Aktenstudium bereits im Bilde war. »Bernward studierte auch Mathematik auf Lehramt, allerdings ein paar Semester über Nicole. Die beiden haben sich an der Uni kennengelernt. Ich glaube, er kam aus Bremerhaven. Natürlich ist auch er damals befragt worden. Die Polizei hat uns gesagt, er habe für den Tatzeitpunkt ein Alibi, er war wohl mit mehreren Leuten auf einem Segelschiff in der Südsee. Mein Mann hat das nie geglaubt. Der hatte den Bernward immer im Verdacht. Nicole hatte sich ja von ihm getrennt, weil er ihr, so sagte sie damals, ›die Luft zum Atmen‹ nahm. Und dann hat er ihr eine Weile lang sogar noch aufgelauert, stand vor ihrer Wohnung, hat sie dauernd angerufen. Heute würde man das wohl Stalking nennen. Und dann, nachdem Nicole verschwunden war, hat er das Studium geschmissen und lebte ein paar Jahre lang in Südamerika, soviel ich weiß.«

Harry machte sich eifrig Notizen. Allmählich wurde das Bild, das er von Nicole bekam, immer konkreter. Der Totenschädel verwandelte sich in einen lebenden Menschen. Mit grünen Augen. Und einem netten Lächeln.

»Das hilft mir alles sehr«, sagte Harry. »Ich wäre Ihnen nur sehr dankbar, liebe Frau Wollenbeck, wenn Sie der Mordkommission gegenüber nichts von meinem Besuch und meinem Vorhaben erzählen würden.«

Ein Lächeln huschte über das Gesicht der Mutter. »Versprochen, Herr Tenge. Ich kann dabei ja nur gewinnen. Je mehr Ermittler, ob offiziell oder privat, desto besser. Sie sollten auch unbedingt mit Simon sprechen. Er und Nicole standen sich sehr nahe. Ich werde Sie bei meinem Neffen ankündigen.«

Harry nickte.

Plötzlich legte Margarete Wollenbeck ihre Hand auf Harrys Unterarm. »Wissen Sie was, Herr Tenge? Schade, dass Sie und Nicole sich nie kennengelernt haben. Ich glaube, Sie beide wären ein schönes Paar gewesen.«

Harry schluckte.

*

Simon Schröder saß zu Hause an seinem Schreibtisch. Am Schreibtisch hatte er gelebt. Am Schreibtisch wollte er sterben.

Vor ihm lag eine Walther P99 Q. Die Waffe war einem Bullen Silvester auf der Sielwallkreuzung geklaut worden. Schröder hatte keine Sekunde gezögert, als ein stadtbekannter Zuhälter ihm die Pistole für dreihundertfünfzig Euro angeboten hatte. Er hatte geahnt, dass er sie nun bald brauchen würde.

Schröder trank einen Schluck Bourbon. Die Eiswürfel

klirrten leise im Glas. Seine letzte Flasche *Booker's.* Er ließ seine Fingerkuppen über das raue Papier des Etiketts gleiten. Schade, dass er keine Zeit mehr haben würde, die Flasche auszutrinken. Immerhin hatte der gute Tropfen über fünfzig Euro gekostet. Aber er durfte nicht zu betrunken sein, wenn er sich eine Kugel durch den Kopf jagte. Zwei, drei Gläser mussten reichen, um sich Mut anzutrinken. Aber auf *Booker's* war mit einem Alkoholgehalt von über sechzig Prozent in dieser Hinsicht wirklich Verlass.

Schröder hatte das Licht in seinem Arbeitszimmer gelöscht, saß im Dunkeln. Im Haus gegenüber war es noch hell, er konnte den Deutschlehrer sehen, der zu dieser späten Stunde noch am Schreibtisch saß und Aufsätze korrigierte. Schröder hatte oft mit ihm darüber gestritten, was ein guter Text sei.

Der Schalldämpfer würde verhindern, dass sein Nachbar den Schuss hörte. Und da Schröder im Dunkeln saß, würde der Lehrer die Schweinerei auch nicht mitansehen müssen.

Zweiundfünfzig, eigentlich kein Alter zum Sterben, dachte Schröder. Aber er musste es jetzt tun. Es gab kein Zurück mehr. Es war an der Zeit.

Hatte er eigentlich irgendwas richtig gemacht in seinem Leben? Schon in der Schule hatte er Journalist werden wollen. Na ja, ein bisschen was hatte er auch erreicht, in all den Jahren. Dass er mit Anfang dreißig schon Lokalchef gewesen war und auf diesem Posten über zwei Jahrzehnte in Bremen ausgeharrt hatte – geschenkt. Aber die Skandale, die er aufgedeckt hatte. Den Senator, den er zum Rücktritt gezwungen hatte. Der Politiker hatte Schwarzarbeiter beim Bau seines Hauses beschäftigt. Nur vierzehn Tage nachdem seine Partei in der Bürgerschaft ein strengeres Maßnahmepaket gegen Schwarzarbeit durchgedrückt hatte.

Aber war das wirklich wichtig?

Meistens war er sich in seiner Position ziemlich machtlos vorgekommen. Der Richter, auf dessen Dienstrechner Nacktfotos kleiner Mädchen sichergestellt worden waren, sprach noch heute Recht in Bremen, weil er das richtige Parteibuch besaß. Und auch der Abgeordnete, der seine Ehefrau verprügelte, schämte sich nicht, regelmäßig die Herabsetzung der Strafmündigkeit auf zwölf Jahre zu fordern. Selbst Kühlborn war immer noch Chef der Mordkommission, obwohl er einem konkreten Hinweis auf einen Mord nicht nachgegangen war. Mit tödlichen Folgen. Und der Staatsrat, der, anstatt zu arbeiten, seine Dienstzeit lieber in den Kneipen absaß und sich volllaufen ließ, überlebte Legislaturperiode um Legislaturperiode. Aber so war das in Bremen: Mit der richtigen Parteizugehörigkeit in der Tasche wurde die Stadt selbst für die größten Versager zu einer komfortablen Hängematte, in der sie sich bequem ausruhen konnten.

Schröder hatte sich immer eingebildet, ein kleines Rädchen im großen Getriebe Demokratie zu sein. Und das hatte ihm genügt. Nein, genügt war falsch. Stolz war er gewesen. Unzählige scharfe Kommentare hatte er geschrieben, den Moralapostel gespielt. Dabei war Schröder selbst nicht besser … nein, er war sogar schlimmer als all die Politnasen, denen er jahrelang den Spiegel vorgehalten hatte. Er, Simon Schröder, war der größte Heuchler von allen.

All seine Artikel und Kommentare würden, selbst wenn jedes Wort darin stimmte, bald nicht mehr sein als das Werk eines Heuchlers.

Schröder dachte an sein Exfrau Jutta. Und an Thorsten, seinen Sohn. Immer hatte sein Beruf für ihn an erster Stelle gestanden. Termine, fast jeden Abend, Wochenendarbeit.

Und irgendwann war Jutta halt ausgezogen, hatte wieder geheiratet und noch eine Tochter bekommen. Thorsten war zum Studieren in die USA gegangen und dort geblieben. Schon seit Jahren hatte er keinen Kontakt mehr zu ihm. Er war, das musste er sich eingestehen, ein lausiger Ehemann und Vater gewesen.

Was wohl seine Kollegen denken würden? Alexandra zum Beispiel. Komisch, dass er jetzt ausgerechnet an Ali denken musste. Nie würde er vergessen, wie sie vor ihm gestanden hatte mit ihren achtzehn Jahren: klein, dürr, mit hochgezogenen Schultern und diesem traurigen, flehenden Blick.

Erst viel später hatte er erfahren, dass sie in einer Nacht-und-Nebel-Aktion aus der Villa ihrer Eltern geflohen war. Alexandra ahnte nicht, dass er sogar mal bei ihrem Vater gewesen war und versucht hatte, mit ihm zu reden. Nicht nur über sie, sondern auch über seine Cousine Nicole, die ja Katzensteins Studentin gewesen war. Katzenstein, ein unangenehmer Choleriker, hatte ihn rausgeworfen. Und nun war der Professor tot. Nicole, der Gedanke an seine Cousine war Schröder unerträglich. Seine kleine Nicole …

Es gab keinen anderen Weg. Er würde die Enttäuschung, Empörung und Verachtung seiner Familie, Freunde und Kollegen nicht aushalten. Nie wieder würde er jemandem in die Augen sehen können. Scham war ein furchtbares Gefühl.

Er hatte keinen Abschiedsbrief geschrieben. Alles würde sich von selbst erklären. Er hatte nicht lassen können von dem Übel. Und am Ende hatte er jedes Maß verloren … Nie hätte er für möglich gehalten, dass er mal so enden würde. Egal, keine Sentimentalitäten jetzt.

Vor Montagmorgen würde ihn niemand vermissen. Dann, gegen acht Uhr, würde der Hausmeister kommen, um nach der Gastherme zu sehen. Schröder grinste. Er hatte diesen

Wichtigtuer nie leiden können. Geschah ihm ganz recht, dass er nun seine Leiche finden würde. Er hatte ihm neulich den Zweitschlüssel für seine Wohnung aus purer Berechnung in die Hand gedrückt.

Schröder nahm die Waffe in die Hand. Sie fühlte sich gut an. Fast beruhigend. Er durfte nicht zu lange zögern, sonst würde ihn der Mut verlassen. Schröder füllte seinen Mund mit Whisky, lehnte seinen Kopf leicht zurück, schob sich den Lauf in den Mund. Mit einem Ruck zog Schröder am Abzug. Ein irrer Druck war das Letzte, was er spürte. Das Projektil durchschlug sein Hirn, trat am Hinterkopf mit einer blutigen Fontäne wieder aus und bohrte sich mit einem dumpfen Knall in die Wand. Blut, Hirn, Knochenstücke spritzten. Schröders Körper sackte zusammen. Mit leisem Pfeifen entwich sein letzter Atemzug. Aus dem faustgroßen Loch, das die Walther in Schröders Schädel gerissen hatte, sprudelte Blut und versaute den Teppichboden. Aber den brauchte jetzt ja sowieso niemand mehr.

*

Es dauerte Wochen, bis ich mich traute, in das Haus meines Vaters zu gehen. Mir war mulmig zumute, als ich eines Sonntagnachmittags die Haustür aufschloss. Im Flur blieb ich abrupt stehen. Am Ende des Ganges, vor dem Arbeitszimmer meines Vaters, sah ich den Umriss von Frau Willichs Körper, den die Kripo mit Kreide aufs Parkett gezeichnet hatte. Langsam, mit klopfendem Herzen, kam ich näher, betrachtete die Umrisse. Das linke Bein war angewinkelt, die Zeichnung des Rumpfes verschwand unter dem Türspalt. Frau Willich war mit dem Oberkörper im Arbeitszimmer und mit den Beinen im Flur zu Fall gekommen. Die Striche waren verwischt, Kreidestaub lag über dem dunklen Parkett wie ein zarter Schleier.

Ich schluckte, wäre am liebsten wieder gegangen. Zum Glück war die Tür zum Arbeitszimmer meines Vaters geschlossen. Mir war das ganz recht, ich hatte noch nicht die Kraft, den Ort zu betreten, an dem er gestorben war. Ich ging vorbei ins Erkerzimmer. Es roch nach altem Holz und Bohnerwachs. Der Geruch meiner Kindheit. Nichts hatte sich hier verändert. Nur, dass mir alles viel kleiner vorkam, als ich es in Erinnerung hatte.

Die Perserteppiche, denen sich meine Mutter mit solcher Hingabe gewidmet hatte, ruhten an gleicher Stelle auf dem Eichenparkett. Doch die handgeknüpften Landschaften aus Tausendundeiner Nacht waren von der Sonne verblasst, die Fransen verwuschelt. Frau Willich hatte es offenbar nicht so genau genommen wie meine Mutter. Davon zeugten auch die Kristalltropfen an den Lüstern, die vom Staub matt geworden waren. Das wuchtige Chesterfield-Sofa aus dunkelrotem Leder, das mein Großvater in England hatte anfertigen lassen, stand noch immer an der Wand neben dem Kamin. Das Leder war an einigen Stellen brüchig geworden. Über dem Sofa hing eine Sammlung alter Stahlstiche aus dem neunzehnten Jahrhundert, die ich schon aus Kindertagen kannte. Nur den Fernseher hatte mein Vater gegen ein neueres Modell mit riesigem Flachbildschirm ausgetauscht. Plötzlich war meine Vergangenheit wieder lebendig.

Ich sah meinen Vater. Wie er im Wohnzimmer vor der Glotze saß. Er verzog keine Miene, egal, was auf dem Bildschirm geschah. Manchmal hatte ich mich gefragt, ob er überhaupt mitbekam, welches Programm lief. Oder ob er den Fernseher als Alibi brauchte, um seinen Gedanken nachzuhängen. Meine Mutter, die mit Lockenwicklern im

Haar und in Kittelschürze neben ihm saß, strickte, blätterte in Frauenzeitschriften, schnitt Kochrezepte aus oder löste Kreuzworträtsel. Zwischendurch schickte mein Vater sie in die Küche, um ihm ein Bier aus dem Kühlschrank zu holen. Oder er hatte Appetit auf ein Schinkenbrot, das meine Mutter ihm schmierte. Er behandelte sie wie ein Dienstmädchen. »Ohne mich bist du nichts«, hielt er ihr oft vor. Meine Mutter schwieg. Oder lief ins Schlafzimmer, aus dem ich hinter verschlossener Tür ihr Schluchzen hören konnte. Nie öffnete sie, wenn ich klopfte und sie trösten wollte. Meine Mutter hatte meinem Vater nichts, aber auch gar nichts entgegenzusetzen. Er war älter, gebildeter, hatte sie finanziell in der Hand. Wann immer sich die Gelegenheit dazu bot, ließ er sie spüren, dass sie von ihm abhängig war.

Einmal hatte sich mein Vater zum Abendbrot Spargel mit Kartoffeln, Schinken und zerlassener Butter gewünscht. Doch meine Mutter hatte vergessen, Butter einzukaufen, und zum Spargel Margarine serviert. Mein Vater war ausgeflippt. Sprang vom Tisch auf, pfefferte seinen Teller auf den Steinboden in der Küche. Scherben flogen, Fett spritzte an die Wand. Er rannte raus, ins Arbeitszimmer. Zu seinen Formeln. Mutter weinte. Die Fettflecken waren noch lange zu sehen. Wie ein Mahnmal, das uns an den Jähzorn meines Vaters erinnern und in Schach halten sollte.

Ich schüttelte die Erinnerung ab, ging ans Fenster, sah hinaus in den Garten. Die Zweige der Rhododendren bogen sich unter dem Schnee. Einmal, als ich noch ein Kind gewesen war, hatte ich einen kleinen Vogel unter den Büschen gefunden. Der Kropf des Vogels war aufgebläht zu einer dicken Blase, sodass er nur noch leise fiepen konnte. Meine Mutter setzte den Vogel in einen Karton. Wir versuchten, ihn mit Brotkrumen zu füttern.

Als mein Vater nach Hause kam und den Vogel sah, sagte er nur: »Den hat die Mutter aus dem Nest geworfen. Der ist krank. Der muss sterben. Am besten erledige ich das gleich ...« Meine Mutter schwieg, ging aus dem Zimmer in die Küche.

»Nein, nein!«, schrie ich und packte meinen Vater mit beiden Händen am Arm. Doch er schüttelte mich ab. Der Vogel hüpfte aufgeregt auf und ab, so als würde er sein Schicksal ahnen. Mein Vater nahm den Karton. »Du bleibst hier«, ermahnte er mich und schloss die Kinderzimmertür.

Im Keller lag in einem Safe die alte Pistole meines Großvaters. Einen Moment lang war es ganz still im Haus. Vorsichtig öffnete ich die Tür vom Kinderzimmer und lauschte. Und konnte hören, wie mein Vater die Kellertreppe runterging. Wenig später quietschte die Tür zum Wintergarten leise. Dann war es wieder still.

Plötzlich: ein Schuss. Ich schlug die Tür zu, warf mich auf mein Bett, kniff die Augen zusammen und presste meine Hände auf die Ohren. Trotzdem hörte ich den zweiten Schuss. Und einen dritten. Wahrscheinlich hüpfte das Tier über den Rasen, während mein Vater es verfolgte, zielte, danebenschoss und wieder anlegte.

Es dauerte eine ganze Weile, bis ich mich traute, die Hände von den Ohren zu nehmen. Unten hörte ich Schritte. Mein Vater ging wahrscheinlich wieder in den Keller, um die Waffe wegzubringen. Kurz darauf rauschte das Wasser im Bad. Er wusch sich die Hände. Wenig später saßen wir am Abendbrottisch. Keiner sagte ein Wort. Ich rührte keinen Bissen an, nur mein Vater aß mit großem Appetit, wirkte entspannt, geradezu erlöst.

Wir sprachen nie wieder über die Hinrichtung des Vogels. Aber meine Mutter tat etwas, das ich ihr nie zugetraut hätte.

Sie holte die Pistole aus dem Safe im Keller und steckte sie in eine Plastiktüte. Dann fuhr sie mit mir über die Autobahn zum Grundbergsee und warf die Waffe hinein.

»Wenigstens kann er damit kein Unheil mehr anrichten«, sagte sie.

Ich löste meinen Blick von den Rhododendren. Sollten die Mathematiker eine Dependance ihrer blöden Stiftung in diesem Haus eröffnen. Nie wieder wollte ich hierher zurück. In diesem Räumen wohnten zu viele Geister.

Ich ging die Treppe hoch ins Dachgeschoss, wo mein Zimmer gewesen war. Ob mein alter Schreibtisch noch da war, an dem ich sowieso nie Hausaufgaben gemacht hatte? Mein schmiedeeisernes Bett, der alte Bauernkleiderschrank, meine Bücher? Vorsichtig drückte ich die Klinke herunter. Ich schaltete das Licht an. Die Möbel waren verschwunden. Mein altes Zimmer war nun ein Abstellraum, in dem sich Pappkartons stapelten. Ich zog einen Karton zu mir heran und öffnete ihn. Ein muffiger Geruch schlug mir entgegen. Im Inneren lag, fein säuberlich zusammengelegt, die Garderobe meiner Mutter. Ich holte ein Kleidungsstück heraus. Es war ein Zweiteiler aus Seide, türkis mit gelben Einsprengseln. Meine Mutter hatte sich das Teil selbst genäht. Ich ließ den Stoff durch meine Finger gleiten, befühlte die Nähte. Wie sorgsam meine Mutter gearbeitet hatte, wie eine professionelle Schneiderin. Ich knüllte die Kleidungsstücke zusammen und steckte sie in meine Umhängetasche. Auch der nächste Karton war vollgestopft mit alten Kleidern. Kleider, überall Kleider. Ein paar Briefe. Und nichts mehr von mir, nicht ein T-Shirt, so als hätte ich nie in diesem Zimmer gelebt. Als hätte es mich nie gegeben. Mein Vater musste alles entsorgt haben. Die Möbel auf dem Sperrmüll, meine Klamotten in der Altkleidersammlung.

Es dauerte etwa eine Viertelstunde, bevor ich, versteckt in einem Kissenbezug, die Schmuckschatulle meiner Mutter fand. Die Stücke lagen alle durcheinander, doch so weit ich es überblicken konnte, war alles noch da. Das breite goldene Armband, das mein Vater ihr einmal zu Weihnachten geschenkt hatte. Perlenketten, Ringe. Ich steckte das Kästchen ebenfalls ein. Ich würde ein Umzugsunternehmen beauftragen, das mir die Kisten mit den Klamotten nach Hause schaffte, wo ich sie in Ruhe sichten konnte.

Plötzlich hörte ich im Erdgeschoss ein Poltern. Jemand war im Haus. Wahrscheinlich Clooney oder irgendein anderer Mathematiker, die konnten ja kommen und gehen, wann sie wollten, mussten sich nicht bei mir anmelden, war ja jetzt ihr Haus.

Ich verließ mein altes Zimmer, ging die Treppe hinunter.

»Hallo«, rief ich. Keine Antwort. »Ist da jemand? Professor Freitag?« Stille. Die Stufen knarrten unter meinen Schritten.

Die Tür zum Arbeitszimmer meines Vaters stand sperrangelweit offen.

»Hallo?«, fragte ich noch mal. Nichts. Ich ging den Flur entlang, blieb vor dem Zimmer stehen, sah hinein. Chaos. Bücher waren aus den Regalen gerissen. Der Sessel meines Vaters war umgestoßen. Die Schubladen vom Schreibtisch waren rausgerissen. Der Inhalt auf dem Boden verstreut. Zettel, Stifte, Unterlagen. Auf dem Schreibtisch verriet ein heller Fleck auf dem Holz, dass der Laptop verschwunden war. Jemand war im Arbeitszimmer meines Vaters gewesen und hatte etwas gesucht. Ich rannte aus dem Raum. Die Haustür war geschlossen. Ich lief durchs Wohnzimmer zum Wintergarten. Tatsächlich. Die Tür war nur angelehnt. Der Unbekannte war durch den Wintergarten geflohen. Ich öffnete die Tür, lief die Stufen hinunter in den Garten. Auf dem frischen Schnee waren Fußspuren zu sehen. Große Spuren, die von einem Mann stammen mussten. Die Sohle hatte ein auffälliges gezacktes Muster, wie ein umgekippter Tannenbaum. Es dauerte einen Moment, bis ich begriff, was das bedeutete: Der Mörder meines Vaters war zurückgekehrt. Und er hatte etwas gesucht.

*

Hier war es also passiert. In der Butjadinger Straße, Kreuzung Roter Sand, Stadtteil Woltmershausen. Hier war Nicole Wollenbeck verschwunden. Beziehungsweise: Hier war sie zum letzten Mal gesehen worden. Eine Kreuzung, mäßig befahren. Rundherum Mietsblocks, grau, mit Fenstern und Türen, die weiß gestrichen waren. Eine Schule. Vor der Schule eine Parkbucht. Viel Grün, trotzdem war die Kreuzung gut einsehbar. Unfassbar, dass niemand etwas gemerkt haben sollte.

Nicole Wollenbeck hatte eine Freundin besucht. Um kurz vor neunzehn Uhr hatte sie sich verabschiedet, war in Richtung Bushaltestelle Reedeich gegangen, um von dort nach Hause in die Neustadt zu fahren. Ein umständlicher Weg. Nicole musste etwa fünf Minuten zu Fuß gehen, in der Pappelstraße umsteigen, noch mal zu Fuß in die Rüdesheimer Straße gehen, wo sie wohnte. Doch schon an der Bushaltestelle war Nicole Wollenbeck wahrscheinlich nicht mehr angekommen. Die Fahrgäste der Linie 63, die an diesem Abend mit fünf Minuten Verspätung abgefahren war, konnten sich jedenfalls nicht an die Studentin erinnern. So stand es in den Akten.

Harry Tenge war ratlos. Es war neunzehn Uhr, noch hell,

wie damals. Bereits zweimal war er die Strecke abgegangen, von der Butjadinger Straße zur Haltestelle und wieder zurück. Autos fuhren die Straße entlang, ein paar Leute waren unterwegs, Mieter sahen aus ihren Fenstern, was den Fall nur noch mysteriöser machte.

Plötzlich kam sich Harry irgendwie lächerlich vor. Was er gerade machte, war albern. Die Kollegen von der Kripo hatten vor zwanzig Jahren dasselbe getan. Ohne Ergebnis. Sollte er die Angelegenheit nicht lieber vergessen, bevor er sich endgültig zum Gespött der Kollegen machte? Oder er ein Verfahren wegen Amtsanmaßung am Hals hatte? Schlagartig wurde ihm bewusst, dass es dafür bereits zu spät war. Es gab kein Zurück mehr. Er hatte es Nicole schließlich versprochen. Und ihrer Mutter.

Simon Schröder hatte er noch nicht erreicht. Und auch mit Alexandra Katzenstein musste er unbedingt sprechen. Vielleicht konnten die Journalisten ihm weiterhelfen.

Harry schloss die Augen. Er sah nicht den Totenschädel. Er sah die lebende Nicole. Sie lächelte, sah ihn an, aus ihren grünen Augen. Was ist hier passiert, Nicole, fragte er, wem bist du über den Weg gelaufen? Wieso hat keiner was gemerkt? Nur eines aber war sonnenklar: Der Mörder war ein hohes Risiko eingegangen. Er war raffiniert gewesen. Und dreist. Unglaublich dreist.

*

Der Polizeibeamte, der meine Anzeige wegen des Einbruchs bei meinem Vater aufnahm, sah mich mitleidig an. Er verschwand, telefonierte. Dann kam er zurück. Und sein Blick erschien mir noch ein wenig mitleidiger. »Frau Katzenstein, das mit ihrem Vater tut mir wirklich sehr leid. Aber sein

Rechner ist nicht geklaut worden. Er steht in der Asservatenkammer. Die Mordkommission hat nach dem Abschluss des Todesermittlungsverfahrens nur vergessen, ihn wieder herauszugeben. Es tut den Kollegen unheimlich leid, aber die hatten in der letzten Zeit sehr viel zu tun. Sie können sich den Laptop abholen. Die Kollegen dachten, Ihr Vater hätte vielleicht auf seinem Rechner einen Abschiedsbrief hinterlassen. Aber es ist ihnen nicht gelungen, das Passwort für den Zugang zu knacken, nicht mal mit einer Entschlüsselungssoftware. Wahrscheinlich war das ein ganz gewöhnlicher Einbrecher, der da ins Haus Ihres Vaters eingestiegen ist. Die Villa steht ja auch schon eine ganze Zeit leer. So was entgeht diesen Brüdern nicht. Natürlich fahren wir raus und sichern die Spuren. Aber als Polizeireporterin wissen Sie doch selbst, dass Bremen die Hauptstadt der Einbrecher ist. Und dass wir gerade mal zehn Prozent schnappen. Wenn außer dem Rechner nichts weg ist, seien Sie froh, dass Sie den Einbrecher gestört haben. Und dass er geflohen ist, ohne Sie anzugreifen.«

Was sollte man dazu noch sagen? Die Bullen waren einfach nicht von ihrer Selbstmordtheorie abzubringen.

*

Matze hatte gleich ein ungutes Gefühl. »Vollversammlung im Foyer«, hatte die Sekretärin Montagmorgen vor der Redaktionskonferenz verkündet. Auf Nachfragen hatte sie mit den Achseln gezuckt. »Anweisung der Verlegerin. Mehr weiß ich auch nicht.« Die Kollegen waren aufgeschreckt, standen tuschelnd auf den Fluren und spekulierten. Sparmaßnahmen? Entlassungen? Überraschend wäre das ja nicht. Und auch kein Einzelfall.

Matze kam ein großer Hamburger Zeitschriftenverlag in den Sinn, der kürzlich alle Redakteure vor die Tür gesetzt hatte. Nur Ressortleiter und Chefredakteure durften bleiben. Die Arbeit der Redakteure wurde jetzt von freien Mitarbeitern erledigt. Das Prinzip des freien Mitarbeiters schien sich bei Zeitschriften- und Zeitungsverlegern allmählich zum Geschäftsmodell der Zukunft zu entwickeln.

Den Redakteuren beim *Weserblick* ging der Arsch auf Grundeis. Wie Schafe zur Schlachtbank gingen sie ins Foyer.

Natürlich waren alle da. Bis auf Alexandra Katzenstein. Das Geraune verstummte sofort, als die Verlegerin Dr. Carmen Schreiber das Foyer betrat, dicht gefolgt von ihrem Geschäftsführer und dem Chefredakteur. Die Verlegerin war bleich, ihre starre Miene ließ nur einen Schluss zu: Entlassungen.

Also doch, dachte Matze. Gehaltserhöhungen würde die Verlegerin mit einer solchen Leichenbittermiene wohl kaum verkünden. Matze blickte sich um. Verdammt, Alexandra war noch immer nicht da. Bestimmt hatte sie wieder verschlafen. Kam morgens einfach nicht aus dem Bett. Auch Lokalchef Simon Schröder sah er nirgendwo. Hätte der als leitender Redakteur nicht vorne bei den Chefs sein müssen?

Die Verlegerin rang sichtlich mit sich, wich den Blicken der Kollegen aus, nestelte am Mikro. Klar, wer entlässt schon gerne Leute, dachte Matze.

»Liebe Kolleginnen und Kollegen. Vor einer Stunde hat uns eine furchtbare Nachricht erreicht: Heute Morgen wurde unser langjähriger und geschätzter Kollege Simon Schröder tot in seiner Wohnung aufgefunden. Allem Anschein nach hat er Selbstmord begangen.«

Totenstille. Entsetzte, fassungslose Gesichter. Dann Geraune, das lauter wurde, immer lauter. Die ersten Tränen flossen.

Matze weigerte sich zu begreifen, was er da eben gehört hatte. Schröder tot? Selbstmord? Unmöglich! Am Freitag hatte er doch noch mit ihm gesprochen. Er war wie immer gewesen. Oder? Wenn er sich jetzt zurückerinnerte … Hatte Schröder nicht irgendwie abwesend gewirkt? Traurig, fahrig? Aber Matze hatte gedacht, Schröder sei nur überarbeitet. Schließlich war der Job des Lokalchefs einer Großstadtzeitung sicher kein Job, der vergnügungssteuerpflichtig gewesen wäre. Hubert Riesling, der Politikchef, den die Kollegen wegen seiner unterkühlten, hanseatischen Art ›Eisschrank‹ nannten, hob, wenn auch zaghaft, die Hand. »Auf welche Weise hat er sich denn umgebracht?«

Schlagartig herrschte wieder Totenstille. Typisch Riesling. Niemand – nur ihm konnte es einfallen, so eine taktlose Frage zu stellen. Die Verlegerin warf dem Geschäftsführer und dem Chefredakteur einen Hilfe suchenden Blick zu. Beide sahen betreten zu Boden. Dr. Carmen Schreiber räusperte sich. Schließlich sagte sie mit belegter Stimme: »Er hat sich erschossen.«

Wieder war alles still. Doch Riesling, der jahrelang als Polizeireporter gearbeitet hatte, bevor er in die Politikredaktion gewechselt war, setzte nach: »Und sein Motiv?«

Matze schüttelte den Kopf. War Riesling noch ganz bei Trost? Selbst wenn die Verlegerin das Motiv kannte, würde sie es wohl kaum hier in der Öffentlichkeit breittreten.

Doch die Verlegerin antwortete, offenbar unter Schock. »Ein Abschiedsbrief oder dergleichen wurde nicht gefunden.«

Matze konnte sich nicht erinnern, jemals so viele ratlose, schockierte Gesichter auf einem Haufen gesehen zu haben, seines eingeschlossen. Schröder tot, Selbstmord, erschossen: unfassbar!

Die Verlegerin nestelte am Mikrofon »Simon Schröders

Tod ist für unsere Zeitung und auch für uns ganz persönlich ein sehr schwerer Verlust. Er hat fünfundzwanzig Jahre für unser Haus gearbeitet. Er wird uns sehr fehlen. Es wird sehr schwer sein, ihn zu ersetzen. Unser Mitgefühl gilt vor allem auch seinen Angehörigen. Ohne Simon Schröder würde unsere Zeitung heute nicht so ein Renommee genießen. Simon Schröder war es, der oft schneller war als die Konkurrenz und viele Skandale in dieser Stadt aufgedeckt hat. Natürlich eckte er manchmal an, oft sogar, nicht nur draußen, auch hier im Haus, auch bei mir persönlich. Er hatte beileibe nicht nur Freunde. Aber genau das schätzte ich an ihm, dass er kein weichgespülter, stromlinienförmiger Jasager war, sondern ein aufrechter, unerschrockener Journalist, der dem *Weserblick* …« Ihre Stimme brach. Dr. Carmen Schreiber, die als waschechte Hanseatin nicht gerade für Gefühlsausbrüche bekannt war, kämpfte mit den Tränen. Matze schluckte an dem Kloß in seinem Hals.

Mit tränenerstickter Stimme fuhr die Verlegerin fort: »Sobald ich den Termin für die Beerdigung erfahre, werde ich Sie informieren. Die Ressortleiter bitte ich jetzt gleich zu mir ins Büro. Danke.«

Die Verlegerin eilte davon, der Geschäftsführer und der Chefredakteur hatten Mühe, hinterherzukommen. Nur die Mitarbeiter machten keine Anstalten, an ihre Arbeitsplätze zurückzukehren. Die ganze Versammlung befand sich in Schockstarre.

Plötzlich schwang die Drehtür zum Foyer auf. Alexandra Katzenstein. Abgehetzt und zerzaust. Matze flitzte los, rempelte in der Eile einen Kollegen an, entschuldigte sich, eilte weiter. Alexandra stand da, mit großen Augen, erstaunt über die Szenerie, die sich ihr bot.

Matze fasste sie am Arm.

»Was ist denn hier … Lass mich!«, protestierte sie.

»Komm, Alexandra, komm mal mit!«

»Ey, was ist denn?« Meine Güte, dachte Matze. Musste diese Frau wirklich *immer* rumzicken? Er bugsierte sie unsanft in einen leer stehenden Konferenzraum. Der Kaffee, den sie sich aus dem Automaten gezogen hatte, schwappte gefährlich in ihrem Pappbecher.

»Sag mal, was ist denn da im Foyer los? Ist der Dritte Weltkrieg ausgebrochen oder was?« Endlich stellte Alexandra den Becher auf den Konferenztisch.

»Alexandra, es tut mir leid, aber … Simon … ist tot.«

»Was?« Alexandra sah ihn an, als hätte er sie geohrfeigt.

»Simon Schröder hat sich umgebracht. Erschossen. Sie haben es uns eben mitgeteilt. Verstehst du, Alexandra?«

»Spinnst du?« Alexandra wurde bleich.

»Leider nein. Es ist die Wahrheit.«

»Sag, dass das nicht wahr ist, Matze, sag es, verdammt!« Ihre Unterlippe bebte.

»Es ist aber wahr. Simon Schröder hat sich das Leben genommen.«

Plötzlich trommelte Alexandra mit beiden Händen gegen seine Brust. Das zarte Vögelchen hatte einen verdammt harten Schlag. »SAG, DASS DAS NICHT WAHR IST!!!«, heulte sie.

»Es ist wahr, Alexandra, leider, wir sind alle ziemlich …« Matze packte ihre Handgelenke und hielt sie fest. Alexandra atmete schwer.

Nach einer Weile hauchte sie: »Ist gut Matze, du kannst mich loslassen.«

»Ja? 'tschuldige bitte.«

»Okay.«

Und dann hing sie plötzlich an seinem Hals und schluchzte.

Er zögerte zunächst, dann umarmte er sie, streichelte ihren Rücken. Unter anderen Umständen hätte er es genossen.

Es dauerte eine ganze Weile, bis sich Alexandra wieder beruhigt hatte. Wortlos löste sie sich aus seiner Umarmung und stakste wie in Trance zu dem Wasserspender, der in einer Ecke des Raumes stand, zog einen Pappbecher aus der Halterung, füllte ihn und setzte sich still neben Matze. Ihren Kaffee ließ sie auf dem Tisch stehen. Sie trank einen Schluck Wasser, stierte vor sich hin. Matze holte sich ebenfalls ein Wasser und nahm wieder neben ihr Platz.

»Wusstest du, dass ich Simon seit über zwanzig Jahren kannte? Er hat mir damals eine Chance gegeben, obwohl ich kein Abi hatte. Ihm habe ich mein Volontariat zu verdanken. Ihm habe ich alles zu verdanken. Verstehst du? Alles. Ohne Simon Schröder würde ich heute bei Aldi an der Kasse sitzen. Wenn überhaupt. Vielleicht wäre ich in der Gosse gelandet, auf dem Strich in der Helenenstraße.

Matze schüttelte matt den Kopf. »Nee, das wusste ich gar nich.«

»Wo warst du heute Morgen eigentlich?«, fragte Matze um abzulenken.

Tatsächlich hörte Alexandra auf zu weinen, straffte ihre Haltung ein wenig. »Jemand ist am Wochenende in die Villa meines Vaters eingebrochen. Zuerst wollte ich nicht zur Polizei, hab es mir dann aber heute Morgen anders überlegt.«

»Ach.« Matze schüttelte den Kopf. »Das ist ja 'n Ding.«

»Das kannst du wohl sagen. Aber die Bullen meinen, es wäre ein ganz normaler Einbrecher gewesen. Gerade als ich aus der Wache kam, hat mich auf dem Handy so 'n Bulle angerufen, der meine Nummer von einem Kollegen bekommen hatte. Tat am Telefon sehr geheimnisvoll. Will sich mit mir treffen. Es ginge um meinen Vater. Aber nicht offiziell. Irgendwie eher privat. Andererseits aber auch wieder nicht.«

»Hä?«

»Ja, ich bin da auch nicht richtig schlau draus geworden. Scheint ein komischer Vogel zu sein. Tenge heißt er. Harry Tenge. Er arbeitet nicht für die Kripo, sondern für die Schutzpolizei, hat er gesagt.«

»Du triffst dich natürlich nicht mit dem!«

»Natürlich werde ich das tun! Und nicht nur ich.«

»Wie jetzt?«

»Du glaubst doch nicht, dass ich alleine da hingehe. Du kommst natürlich mit. Wir treffen uns im *Café Engel.* Aber erst nächste Woche. Dieser Tenge war schon auf dem Sprung, wollte nach Rosenheim zu seiner Tante. Hat er jedenfalls gesagt. Wahrscheinlich ein Spinner, der sich nur als Bulle ausgibt. Werd vorher mal checken, ob es den überhaupt gibt.«

Matze nickte.

Alexandra fing wieder an zu weinen. »Wieso gibt es plötzlich so viele Tote in meinem Leben? Erst mein Vater. Jetzt Simon«, schluchzte sie. »Wieso? Warum hat er das gemacht?«

»Über das Motiv ist nichts bekannt. Noch nicht«, sagte Matze hilflos und legte den Arm um sie. Die Gunst der Stunde musste er nutzen, auch wenn er sich ein bisschen schämte.

*

Sie sieht ihn nicht. Hat keine Ahnung, dass er da ist. Aber er sieht sie. Sieht sie genau. Sieht sie, hört sie, riecht sie. Er ist ein Jäger. Und sie seine Beute. Er ist auf der Pirsch. Es wird nicht mehr lange dauern. Ihre Zeit ist gekommen. Er umkreist sie. Bald wird er zuschlagen. Wenn sie nicht damit rechnet. Wenn sie überhaupt nicht daran denkt. Wenn sie sich in Sicherheit wiegt. Wenn sie glücklich ist. Dann ist sie am verletzlichsten. So hat er es immer gemacht. Und so wird er es wieder machen. Es ist seine Aufgabe.

*

Obwohl das *Café Engel* brechend voll war, erkannte Alexandra Harry Tenge sofort. Der Polizist, der sich dadurch verriet, dass er nervös auf seinem Stuhl rumrutschte, saß hinten links vor den hohen Fenstern allein an einem Vierertisch. Aus den Lautsprechern, die in die lindgrüne Decke der ehemaligen Apotheke eingelassen waren, rieselte Loungemusik, Hotel Costes, Volume 9.

Zielstrebig ging Alexandra, dicht gefolgt von Matze, auf den Tisch zu. »Sie müssen Herr Tenge sein«, begrüßte sie den Polizisten und setzte dieses gewinnende Lächeln auf, das Matze leider nur sehr selten an ihr sah, weil es Informanten vorbehalten war, die Ali umgarnen wollte.

Harry Tenge nickte, stand auf. Dabei kippte sein Stuhl um und stieß mit der Lehne gegen die alten Weinkistchen, die hinter ihm auf der Fensterbank ineinandergestapelt waren. Erschrocken fuhr Harry herum, doch die Deko wackelte nur ein wenig, sodass sich der Polizist wieder herumdrehte und Alexandra mit einem unsicheren Lächeln die Hand entgegenstreckte.

»Ich bin schon sehr gespannt, was Sie mir erzählen wollen«, sagte Alexandra aufmunternd und setzte sich neben Matze, der Harry nur kurz zunickte und sich vorstellte.

»Kann sein, dass ich gerade einen Riesenfehler mache«, begann Harry mit einem leisen Zittern in der Stimme, das verriet, wie unsicher er war. »Als Polizeibeamter verstoße ich, wenn ich Ihnen erzähle, was ich weiß, gegen zig Dienstvorschriften. Kann ich mich darauf verlassen, dass das, worüber wir gleich sprechen, nicht morgen in der Zeitung steht?«

»Morgen sowie nicht, die Zeitung wird gleich gedruckt«, witzelte Matze. Doch Harry Tenge, dem nicht zum Scherzen zumute war, verzog keine Miene.

»Natürlich können Sie sich auf uns verlassen«, versicherte ihm Alexandra, während sie verstohlen das Weinregal unter der Putte musterte, der der Laden vermutlich seinen Namen verdankte.

»Also gut«, gab sich Harry einen Ruck. »Im Grunde geht es um Ihren Vater, Frau Katzenstein, und um Nicole Wollenbeck.«

»Nicole Wollenbeck? Wollenbeck?« Alexandra zog die Stirn in Falten. »Der Name sagt mir nichts. Helfen Sie mir?«

»Verschwand vor fast zwanzig Jahren spurlos. In Woltmershausen.«

»Stimmt«, sagte Alexandra, ihre Gesichtszüge entspannten sich. »Jetzt erinnere ich mich dunkel. Da gibt es doch so eine Serie vermisster Frauen in Bremen.«

»Genau. Und Nicole Wollenbeck ist eine dieser fünf Frauen. Am Neujahrstag ist Nicole wieder aufgetaucht. Zumindest ein Teil von ihr …«

»Wie bitte?« Alexandra sah Harry Tenge entgeistert an. »Wieso weiß ich davon nichts? Ich meine, die Pressestelle hat keine Erklärung rausgegeben. Und auch über meine Informanten ist nichts durchgesickert.«

»Sie sagten ›ein Teil von ihr‹. Heißt das, ihre Leiche …«, plapperte Matze dazwischen.

Harry nickte. »Ihr Schädel ist aufgetaucht. Ich hab ihn gefunden. Zufällig, als ich nach dem Dienst am Weserstrand spazieren gegangen bin, um den Kopf auszulüften. Ich musste dringend mal … Sie wissen schon. Da bin ich ins Schilf am Ufer. Da lag er dann. Ich hab ihn gewissermaßen freigepinkelt.«

»Das ist nicht Ihr Ernst«, gab Alexandra ungläubig zurück.

»Doch«, versicherte Harry. »Dass die Medien nicht informiert wurden, hat Kühlborn, der Chef der Mordkommission angeordnet. Und es war auch der Wunsch von Nicoles Mutter. Sie wollte ihre Tochter, das heißt, was von ihr übrig ist, in Ruhe begraben.« Alexandra nickte, doch es war ihr anzusehen, dass sie irritiert war, weil ihre Quellen sie diesmal im Stich gelassen hatten. Sie bildete sich ein, dass sie immer über alles, was in Bremen geschah, auf dem neusten Stand war.

Die Bedienung kam an den Tisch, nahm die Bestellung auf. Alexandra orderte einen Chianti. Harry und Matze bestellten sich jeweils ein Beck's.

»Seit ich den Schädel gefunden habe, bewegt mich das Schicksal von Nicole«, nahm Harry Tenge den Faden wieder auf, als die Serviererin gegangen war.

»Obwohl es auf der Hand liegt, dass Nicole keines natürlichen Todes gestorben ist, will der Leiter der Mordkommission, Hauptkommissar Kühlborn, jetzt nicht an die Öffentlichkeit gehen. Es wird zwar ermittelt, aber, wie ich aus sicherer Quelle weiß, nicht mit Nachdruck. Und das finde ich merkwürdig.«

»Das ist in der Tat ungewöhnlich. Was sagt denn der Staatsanwalt? Ist nicht Tilo von Bargen zuständig?«, wollte Alexandra wissen.

»Ja, ist er. Keine Ahnung, was der dazu sagt. Vielleicht hat

Kühlborn ihn irgendwie um den Finger gewickelt. Es heißt jedenfalls: keine Presse, keine Infos nach draußen.«

»Dabei ist von Bargen doch sonst so 'n scharfer Hund«, steuerte Matze eilig bei, bevor er sich endgültig überflüssig vorkam.

»Stimmt«, nickte Harry Tenge. »Von Strafverteidigern wird von Bargen ›Inquisitor‹ genannt.«

»Im Übrigen muss ich auch dringend mit Ihrem Chef Simon Schröder sprechen. Können Sie vielleicht den Kontakt zu ihm herstellen?«

Matze und Alexandra sahen Tenge betreten an.

»Was schauen Sie denn so? Habe ich was Falsches gesagt?«

Alexandra fixierte das dunkle Holz der Tischkante.

Matze fand als Erster seine Sprache wieder. »Sie können nicht mehr mit Simon Schröder reden. Er ist tot, hat sich umgebracht.«

»Bitte, was?« Nun war Harry perplex. Schröders Selbstmord war komplett an ihm vorbeigegangen. Er war erst heute Morgen aus Rosenheim zurückgekehrt, wo er seiner Tante beim Umzug ins Seniorenheim geholfen hatte. Tagelang hatte er Kartons gepackt, Möbel geschleppt und keine Zeitung gelesen, nicht mal im Internet. Deshalb war ihm auch der rührende Nachruf, den Alexandra geschrieben hatte, entgangen: *Wir verlieren mit Simon Schröder nicht nur unseren Vorgesetzten. Wir verlieren einen Freund.*

»Weshalb wollten Sie Schröder denn sprechen?«, fragte Alexandra vorsichtig.

»Na, er ist doch Nicole Wollenbecks Cousin.«

»Wie bitte? Sind Sie sicher?« Alexandra war sichtlich überrascht.

»Hundertprozentig, ich habe die Info von Nicoles Mutter.« Alexandra schüttelte ihre roten Locken. »Schröder hat nie ein Sterbenswörtchen gesagt! Kein Ton. Nie.« Die Kellnerin kam zurück an den Tisch, stellte die Getränke vor ihnen ab.

Alexandra konnte sich noch immer nicht beruhigen. »Das ist doch merkwürdig. Alle paar Jahre, wenn mal wieder eine Frau verschwunden war, hatten wir die Geschichte im Blatt. Und Schröder hat nie erwähnt, dass Nicole seine Cousine war. Es war auch nie Thema in der Redaktion. Auch in den letzten Tagen nicht ... Schröder wirkte wie immer.«

»Na, er war schon etwas abwesend«, wand Matze ein. »Aber du warst so mit dir selbst beschäftigt, dass du das nicht gemerkt hast. Er hat manchmal gar nicht zugehört, wenn man mit ihm geredet hat. Wirkte irgendwie niedergeschlagen.«

»Sorry, dass ich jetzt so mit der Tür ins Haus falle«, sagte Harry. »Aber halten Sie es für möglich, dass Simon Schröder etwas mit dem Verschwinden seiner Cousine ...«

»Also nun reicht es aber«, schnitt Alexandra ihm das Wort ab. »Simon Schröder war der liebste, netteste Mensch, den man sich vorstellen kann!«

»Tja«, gab Harry ungerührt zurück, »Mörder werden von ihrer Umgebung meistens als besonders nett wahrgenommen. Sie grüßen freundlich, tragen alten Omas die Einkaufstaschen die Treppen hoch, reparieren das Spielzeug der Nachbarskinder. Mörder achten sehr darauf, dass ihre Fassade was hermacht.«

Alexandra schwieg. Sie wusste nur zu gut, dass Harry Tenge recht hatte. War es möglich, dass sie sich so in Simon Schröder getäuscht hatte? Dass ihr heiß geliebter Chef ... Alexandra biss sich nervös auf ihre Unterlippe, merkte nicht, wie ihr Lippenstift rote Schlieren auf ihren Schneidezähnen hinterließ.

»Weiß man schon etwas über das Motiv?«, wollte Harry wissen.

»Nein«, antwortete Matze.

»Ich habe in meinem Nachruf auch nicht erwähnt, dass er Selbstmord begangen hat. Aber eines würde mich jetzt doch noch interessieren: Sie meinten, Sie wollten mich wegen meines Vaters sprechen. Was hat der denn mit der ganzen Sache zu tun?«, wollte Alexandra wissen.

»Ihr Vater und Nicole kannten sich. Sie war Studentin bei ihm. Er wurde damals von der Kripo eingehend befragt. Sehr eingehend. Steht alles in den Akten«, antwortete Harry.

»Was?« Alexandra sah aus, als hätte Harry ihr mit dem Schlagstock einen Stoß in die Magengrube versetzt.

»Allmählich reicht es aber mit den Hiobsbotschaften. Mein Vater hat den Namen Nicole Wollenbeck nie erwähnt. Obwohl er in Ausnahmefällen schon mal über Studenten sprach. Also, er hat zum Beispiel mal erwähnt, dass ihn ein Student, der hieß Bernward Bollwahn ...«

»Bollwahn war der Exfreund von Nicole Wollenbeck ...«

»O Gott. Bollwahn hat meinen Vater mal verklagt, weil er ihn angeblich absichtlich hat durchfallen lassen.«

»Bollwahn hat Ihrem Vater ein Verhältnis mit Nicole Wollenbeck unterstellt ...«

Alexandra schwieg einen Moment lang. Draußen heulte die Straßenbahn. »Und was wollen Sie mir damit sagen? Dass mein Vater seine Studentin umgebracht hat? Vielleicht, weil sie von ihm schwanger war?«

»Nein, nein, verstehen Sie mich nicht falsch. Als Nicole verschwand, war Ihr Vater bei einem Mathematikerkongress in Japan.«

»Na also!«

»Ja, trotzdem ...«

»Zur Abwechslung habe ich jetzt mal eine Neuigkeit für Sie«, fiel Alexandra Tenge ins Wort, »mein Vater hat sich nämlich gar nicht umgebracht.«

»Nicht?«

»Nein.«

»Sondern?«

»Er wurde ermordet.«

»Ach!« Jetzt schaute Harry ungläubig drein.

Matze räusperte sich: »Im Ernst, Herr Tenge. Wir glauben, dass es dafür eine Reihe von Indizien gibt. Sie als Polizeibeamter könnten das bestimmt besser beurteilen als wir.« Er sah Alexandra fragend an.

Die überlegte kurz und nickte.

Matze orderte ein weiteres Bier, während Alexandra anfing zu erzählen. Von Frau Willichs Tod. Von dem Projekt, an dem ihr Vater gearbeitet hatte. Ihrem Verdacht gegen die Stromindustrie. Davon, dass sie enterbt worden war. Und von den Mathefuzzis, die nun den Löwenanteil des Vermögens bekommen sollten, das sie vor dem Ruin retten würde. Und auch von dem Eindringling, der etwas im Haus gesucht hatte und durch den Garten geflohen war.

Harry hörte aufmerksam zu. »Das klingt in der Tat alles sehr, sehr merkwürdig«, stimmte er Alexandra und Matze zu. Er holte Stift und Notizblock aus der Brusttasche seines Hemdes. »Wollenbeck war Studentin bei Ihrem Vater«, sagte Harry, schrieb *Studentin* und *Professor* auf das oberste Blatt und verband beide Wörter durch eine Linie. »Bollwahn war der Exfreund von Nicole.« Harry schrieb den Namen des Studenten über den von Nicole. »Bollwahn war eifersüchtig auf Ihren Vater, glaubte, die beiden hätten ein Verhältnis miteinander gehabt.«

Harry zeichnete mit dem Stift je einen Pfeil von Bollwahns Namen zum Professor und zu Nicole. »Simon Schröder, der Cousin von Nicole Wollenbeck, bringt sich um, redet nie über seine verschwundene Verwandte. Kannte Simon Schröder Ihren Vater eigentlich?«

Alexandra zuckte mit den Achseln. »Nicht, dass ich wüsste. Aber Bremen ist ja ein Dorf mit Straßenbahn. Über fünf Ecken kennt jeder jeden.«

Harry schob den Bierdeckel in die Mitte des Tisches. »Alle Leute, die auf dem Bierdeckel stehen, sind tot. Bis auf Bernward Bollwahn.«

»Wohnt der überhaupt noch in Bremen?«, fragte Matze.

»Keine Ahnung, bin noch nicht dazu gekommen, nach ihm zu suchen«, antwortete Harry.

Matze zückte sein iPhone. »Moment, das haben wir gleich«, sagte er, öffnete den Browser und meldete nur Sekunden später Vollzug. »Hier ist er. *BB – Bernward Bollwahn. IT-Lösungen für kleine und mittelständische Unternehmen. Buntentorsteinweg«*, las er laut vor. »Macht also in Computern.«

»Gar keine schlechte Idee, nachdem er schon nicht Mathepauker werden konnte«, fand Alexandra. »Ich glaube, ihr solltet dem mal einen Besuch abstatten.«

»Wir?«, fragte Matze zurück. »Willst du nicht mit?«

Auch Harry sah irritiert aus.

»Ich habe Urlaub eingereicht. Die Nordsee ruft. Meinen Führerschein habe ich doch zurück. Und es war in der letzten Zeit alles ein bisschen viel. Der Tod meines Vaters, Simons Selbstmord. Außerdem glaube ich, dass es besser ist, wenn ihr da alleine hingeht. Wenn Bollwahn damals wirklich versucht hat, meinen Vater zu verklagen, nimmt er bestimmt die Beine in die Hand, wenn er nur den Namen Katzenstein hört.«

»Klingt einleuchtend.«

Tenge nickte und hob sein Glas. »Ich bin übrigens Harry.«

Matze stieß mit ihm an. »Matthias, aber alle nennen mich nur Matze.« Ihre Gläser klirrten leise.

Ali hob ihr Weinglas. »Alexandra.«

*

Sie hat einen flotten Flitzer. Aber keine Garage. So war es ein Leichtes, einen Peilsender an dem Fahrzeug anzubringen. Jetzt weiß er immer, wo sie ist. Jedenfalls fast immer. Neuerdings fährt sie manchmal mit einem Kollegen mit. Ein kleiner Dicker, der merkwürdige Klamotten trägt, die nie richtig sitzen. Er erinnert ihn an einen Schauspieler. Der im Tatort aus Münster den Kommissar spielt. Der Name fällt ihm nicht ein.

*

»Wie möchtest du heißen?«

»Hä? Matthias Grothe heiß ich. Ich möchte keinen anderen Namen.«

»Denk doch mal nach, Mann: Ich kann dich jetzt unmöglich als Matthias Grothe vorstellen. Dein Name steht oft in der Zeitung, da könnte es doch sein, dass Bernie stutzig wird. Und uns rausschmeißt. Völlig zu Recht übrigens.«

»Ach so. Hab ich jetzt gar nicht dran gedacht.«

»Siehste – aber ich.«

»Falls so 'n Nerd überhaupt Zeitung liest. Und selbst wenn: Ich glaub nich, dass sich die Leser Fotografen-Namen merken.«

»Kann natürlich auch sein. Da sollten wir uns jetzt aber lieber nicht drauf verlassen.« Matze warf dem Mann an seiner Seite verstohlen einen bewundernden Blick zu. Dieser Bulle war schon irgendwie 'n cooler Typ. Und er durfte ihn jetzt bei seinen Ermittlungen begleiten. In all den Jahren als Pressefotograf in Berlin hatte er zwar 'ne Menge erlebt. Aber so was nie. Sebastian Schellenberger, sein damaliger Partner, war zwar gut gewesen. Aber die Katzenstein war besser. Viel besser. Und nun steckte er plötzlich selbst mitten in den Ermittlungen zu einem Mordfall. An der Seite eines echten Bullen: Mann, Mann, Mann! So gesehen war Berlin gegen Bremen echt Provinz.

Harry und Matze hatten das Haus im Buntensteintorweg erreicht. *BB – IT-Lösungen für kleine und mittelständische Unternehmen* stand auf dem Schild, das wie selbst entworfen aussah. Bernward Bollwahn schien auf ein werbewirksames Erscheinungsbild keinen allzu großen Wert zu legen. Oder hatte er das gar nicht nötig?, überlegte Matze. Wahrscheinlich war er im Netz derart präsent, dass ein blank poliertes Messingschild der pure Anachronismus gewesen wäre. Außerdem hätte es nicht mit der graffitiverzierten Fassade des Hauses korrespondiert, in dem noch eine Yogaschule, ein Laden mit indianischer Kunst, ein türkischer Gemüsehändler und ein paar Wohnungen untergebracht waren.

»Halt am besten die Klappe und lass mich reden«, instruierte Harry den Fotografen.

Im Treppenhaus empfing sie ein Duftgemisch aus Essensgerüchen und Bohnerwachs. Matze fühlte sich an Berliner Zeiten erinnert. Mit Wohlbehagen dachte er an sein neues Bremer Domizil und daran, dass es verdammt richtig gewesen war, in die Hansestadt zu ziehen.

Bollwahns Firma residierte im ersten Stock. Über eine knarrende Holztreppe stiegen sie nach oben. Harry klingelte.

»Is offen, einfach reinkommen!«, tönte es von drinnen.

Ein chaotischer, über und über mit Computern vollgestellter Raum empfing sie.

»Was kann ich für Sie tun?«, fragte ein blasser Typ, der aussah wie der Inbegriff eines Nerds. Er hob nicht mal den Blick von dem Rechner, mit dem er gerade beschäftigt war.

Harry wurde gleich förmlich. »Oberkommissar Müller, Polizei Bremen«, stellte er sich vor.

Bollwahn zuckte sichtlich zusammen, kaum dass das Wort ›Polizei‹ Harrys Mund verlassen hatte. Harry hielt ihm seinen Dienstausweis hin, ließ ihn aber so schnell wieder in seiner Jackentasche verschwinden, dass Bollwahn keinen Blick darauf werfen konnte. Riskant, dachte Matze. Abgebrüht. Und schlau. Wenn sich Bollwahn beschweren sollte, würde das Referat für interne Ermittlungen an dem Allerweltsnamen Müller scheitern. »Das ist mein Kollege Menzner«, hörte Matze Harry sagen und verzog keine Miene zu seinem neuen Namen.

»Bernward Bollwahn?«, erkundigte sich Harry mit betont streng klingender Stimme.

»Äh, ja«, stotterte Bollwahn nervös und schaute abwechselnd zu Harry und zu Matze. Wer ist wohl der böse Bulle und wer der gute, schien er zu überlegen. Oder waren beide böse? Matze straffte seine Haltung und bemühte sich um einen möglichst strengen Gesichtsausdruck. Verdammt, das hätte ich zu Hause vor dem Spiegel doch mal üben können, dachte er.

»Wo…, wo…worum geht es?«, stotterte Bollwahn.

Harry gab keine Antwort, sondern sah den Nerd durchdringend an. Missmutig wandte er sich dann von ihm ab, sah sich im Raum um, trat ans Fenster, blickte nach draußen.

Bollwahn fing an zu zittern.

Abrupt drehte sich Harry wieder zu ihm um. »Können Sie

sich das nicht denken, Herr Bollwahn?«, fragte er in schneidendem Ton.

Saucool, dachte Matze. Ob der Bulle seine Knarre dabeihat? Für alle Fälle? Man weiß ja nie, was so 'nem Nerd einfällt. Womöglich fällt der uns an!

Doch Bollwahn war völlig eingeschüchtert auf seinem abgewetzten Sessel zusammengesunken. »Hört das denn nie auf?«, jammerte er. »Ich habe doch alles in dieser Angelegenheit gesagt. Wirklich alles.«

Doch Harry blieb hart. Geradezu sadistisch. Mit eisigem Blick beugte er sich zu Bollwahn hinunter und raunte ihm zu: »Aber uns genügt das nicht, Herr Bollwahn. Verstehen Sie? Es genügt einfach nicht. Außerdem haben Sie uns immer nur das erzählt, was wir sowieso schon wussten. Und wir wissen mehr, viel mehr. Die Kriminaltechnik hat mittlerweile ja enorme Fortschritte gemacht. Geradezu unglaubliche Fortschritte.«

»Was für Fortschritte? Wovon reden Sie eigentlich?«

Harry triumphierte jetzt. »Nun, Herr Bollwahn: Wir können jetzt gewissermaßen in die Vergangenheit schauen. Und raten Sie mal, was wir da gesehen haben, Herr Bollwahn. Naaaaa, was haben wir da wohl gesehen?«

Geht der Bulle jetzt nicht 'n büschn weit?, überlegte Matze. Von wegen Folter und so. Abgesehen davon, dass er bluffte.

Bollwahn schnappte nach Luft. Weichei. »'tschuldigung, ich müsste mal auf die Toilette …«

Harry nickte verständnisvoll und klopfte dem Nerd so heftig auf die Schulter, dass die schwarze Brille auf seiner Nase wackelte. »Alles klar, Mann, alles klar. Geh schon.« Bollwahn wollte aufstehen, doch Harry hielt ihn noch einen Moment zurück und legte ihm seine Hand schwer auf die

Schulter. »Und wenn du wiederkommst, lässt du alles raus. Verstanden? Alles!«, beschwor er ihn.

Bollwahn nickte eifrig. Harry ließ ihn los. Erleichtert und dankbar sprang der Nerd auf und verließ hurtig den Raum. Er schien wirklich ein dringendes Bedürfnis zu haben.

»Hast du …«, wollte Matze Harry fragen, kaum dass Bollwahn verschwunden war.

Harry legte seinen Zeigefinger auf die Lippen. »Pssssst.« Matze schwieg. Kurz darauf hörten sie eine Klospülung. Und noch einen Moment später das Rauschen des Wasserhahns. Dann ein Rumpeln. Doch Bollwahn kam nicht zurück.

Harry und Matze sahen sich an. »Herr Bollwahn!«, rief Harry. Keine Antwort. »Herr Bollwahn!« Wieder nichts. »Das glaub ich jetzt nicht.« Harry flitzte in die Richtung, in der der Nerd verschwunden war. Matze folgte ihm. Hinter der ersten Tür, die Harry aufriss, befand sich eine Abstellkammer, die vollgestopft war mit Kabeln und Computerteilen. Hinter der zweiten Tür hatte er mehr Glück. Aber nicht das Glück, das er sich erhofft hatte. Zwar handelte es sich um die Toilette – aber weit und breit kein Bollwahn. Dafür stand das Fenster sperrangelweit offen. »Ich glaub, ich spinne, verdammte Kacke!«, fluchte Harry. »Was bildet dieser kleine Wichser sich ein!«

»Der kann doch nicht aus dem ersten Stock …«, meinte Matze ungläubig. Beide stürzten zum Fenster und sahen hinab. Statt eines Nerds mit gebrochenen Beinen sahen sie unterhalb des Fensters einen kleinen Vorsprung, der zu einer Feuerleiter führte.

»Alles klar«, meinte Harry, »diese miese, kleine Ratte.«

»Hätt ich so ’nem Nerd nich zugetraut, ganz ehrlich«, sagte Matze.

»Ich auch nicht. Den hab ich unterschätzt. Der hat uns was vorgespielt. Und ich Trottel fall auf den auch noch rein. Wie 'n blutiger Anfänger.« Beide sahen sich an. Dann fingen sie schallend an zu lachen. »Sie sahen: ›Bernie und der Bulle, Teil eins‹«, japste Harry.

»Ich guck nie mehr *CSI*«, wieherte Matze. »›Bernie und der Bulle‹ is viel geiler. Außerdem darf ich da auch noch selber mitmachen. Über die Gage müssten wir allerdings noch mal reden.«

»Sie-es-was?«, fragte Harry und wischte sich die Lachtränen aus den Augen.

»*CSI*. Diese amerikanische Krimiserie. Noch nie geguckt?«

»Witzbold. Ich bin Polizist. Und zwar ein echter. Ich guck doch keine Krimiserien. Ich erleb Krimi jeden Tag live.«

»Auf den Straßen von Bremen.«

»Eben. Da ist einiges los.«

»Die Bu…, äh, Cops bei *CSI* sind jedenfalls genauso hart drauf wie du.«

»Wieso ›hart drauf‹? Was meinst du damit?«

»Na ja, so mit Psychisch-unter-Druck-Setzen und so. Abgesehen davon, dass du ja vollkommen geblufft hast. Du hattest doch gar nichts gegen den in der Hand. Von wegen neue Erkenntnisse …«

»Klappern gehört nun mal zum Handwerk. Zu deinem Handwerk doch wohl auch, oder?

»Aber hättest du ihn nicht auf seine Rechte hinweisen müssen? Das Recht zu schweigen? Das Recht auf einen Anwalt. So was in der Art?«

»Ach was, papperlapapp. Ich glaub, du guckst wirklich zu viele Krimis!«

»Na ja, bei 'nem Verhör ...«

»Verhör? Welches Verhör denn? Ich wollte dem Typen lediglich auf den Zahn fühlen. Du hast wohl noch kein Verhör erlebt. Der ist ja kein Beschuldigter, sondern höchstens Zeuge.«

»Schon gut, schon gut«, nickte Matze und klopfte Harry aufmunternd auf den Oberarm. »'n Beck's?«, schlug er vor.

»'n Beck's«, antwortete Harry.

Wenig später saßen sie bei einem Bierchen im Viertel. Zwar hatte Matze noch scherzhaft zu bedenken gegeben, dass Bollwahn umgehend zur Fahndung ausgeschrieben werden sollte, jetzt, wo seine Täterschaft doch wohl zweifelsfrei feststehe. Oder wo er sich zumindest höchst verdächtig verhalten hatte. Doch Harry hatte abgewunken: Aus einem Toilettenfenster zu springen, sei schließlich nicht verboten. Und jemanden zur Fahndung auszuschreiben, das ginge eben nicht so einfach wie in irgendwelchen doofen Krimiserien. Aber Bernie stehe jetzt ganz weit oben auf seiner persönlichen Fahndungsliste.

Beim Beck's erzählte Matze Harry, wie es ihn wieder nach Bremen verschlagen hatte. »Der Typ war cool, 'n guter Kumpel. Bis er mein Chef wurde. Von da an war er 'n Arschloch und dann ging alles ganz schnell. Schellenberger nervte, meine Oma Lenchen checkte aus, ich erbte ihre Wohnung und der *Weserblick* suchte 'nen Fotografen. Und schon war ich hier.«

»Von einem Tag auf den anderen.«

»So ungefähr.«

»Und? Schon eingelebt? Ich meine, so Knall auf Fall von der Hauptstadt in die Provinz ...«

»Na ja, Bremen ist kein völliges Neuland für mich. Ich komme aus Delmenhorst und Anfang der Neunziger war ich fast jedes Wochenende in Bremen. *Lila Eule, Meisenfrei, Römer, Aladin …«*

Harry und Matze orderten jeder ein weiteres Bier und setzten ihren gegenseitigen Beschnupperkurs fort. Harry erzählte von seiner Arbeit als Polizist.

»Erst war's 'n Traumjob für mich. Als ich anfing, vor fast dreißig Jahren, war man als Polizist auch noch wer. Mit der Zeit war meine Begeisterung ziemlich abgekühlt und zwischenzeitlich hatte ich die Schnauze mal gestrichen voll.«

»Und wie isses jetzt?«

Harry sah Matze nachdenklich an. »Hm, schwer zu sagen. Einerseits kotzen mich solche Typen wie dieser Kühlborn echt an …«

»Und andererseits?«

»Andererseits sag ich mir auch: jetzt erst recht. Den Kühlborns darf man doch nicht das Feld überlassen, oder? Da muss man schon selbst aktiv werden. Sogar dann, wenn der Zweck die Mittel heiligt.«

»Auf jeden Fall!«

»Und diese Sache mit Nicole und jetzt auch mit Alexandras Vater, da kann man nicht nur zuschauen. Ich habe übrigens mit Margarete Wollenbeck telefoniert, Nicoles Mutter. Sie steht immer noch unter Schock, glaubt aber, dass Schröder Selbstmord begangen hat, weil er nicht über den Tod von Nicole hinweggekommen ist. Bei Gelegenheit werde ich mal meinen Kumpel Blum von den Mordjungs fragen, ob die eine Ahnung haben, warum er sich umgebracht hat.«

Matze nickte.

Harry schwieg einen Moment lang, bevor er ansetzte: »Sag mal, läuft da was zwischen dir und Alexandra?«

Matze verschluckte sich an seinem Bier, hustete und lief rot an. »Äh, was? Wie kommst 'n da drauf?«

Harry grinste: »Na ja, sie ist doch ’ne attraktive Frau. Oder biste etwa schwul?«

»Äh, was? Schwul? Ich? Nee! Aber …«

»Dann ist die Frage doch nicht so abwegig. Oder ist Alexandra in festen Händen?«

Der Bulle ist ja ganz schön neugierig. Wahrscheinlich brachte das der Job so mit sich, überlegte er und fasste sich in Gedanken an die eigene Nase. Wahrscheinlich fragte Harry aus rein privatem Interesse, weil er selber was von Alexandra wollte. »Dreimal nein: Ich bin nicht schwul, es läuft nichts zwischen uns und so weit ich weiß, ist Alexandra solo. Zufrieden?«

Harry hob beschwichtigend die Hände: »Ich frag ja nur.«

»Und wenn ich dir ’nen guten Rat geben darf, lässt du auch die Finger von der.«

»Ich hab aber eigentlich gar nicht vor … Ich frage rein aus Neugier.«

Matze begann mit einem längeren Vortrag über die Kompliziertheit des weiblichen Geschlechtes im Allgemeinen und über die Charaktereigenschaften der Alexandra Katzenstein im Besonderen. »Äußerst kompliziert, die Gute. Starken Stimmungsschwankungen unterworfen. Migräne. Nicht ganz normal, wenn du mich fragst. Fall für den Psychiater. Nix für mich jedenfalls«, schloss er.

Die beiden kamen stillschweigend überein, dass ein Themenwechsel angebracht sei, und stellten fest, dass sie beide begeisterte Schachspieler waren – wenn auch ziemlich aus der Übung. Matze war zweimal Jugendmeister von Delmenhorst gewesen. Harry hatte als junger Bulle einmal die Bremer Polizeischachmeisterschaft gewonnen.

»Wir müssen unbedingt mal ’ne Partie spielen«, schlug Matze vor.

Harry nickte. »Aber versprich dir nicht zu viel, wie gesagt, hab lange nicht mehr gespielt. Meistens nur noch im Internet.«

Matze winkte ab: »Ich doch genauso. Also wann?«

»Meinetwegen morgen Abend. Hab nichts Besonderes vor. Oder wir gehen an einem der nächsten Wochenenden zur Bremer Schachliga. Dort gibt es jeden Sonntagnachmittag Schachpartien auf hohem Niveau. Wir könnten vielleicht erst mal zugucken und uns ein paar Anregungen holen.«

»Bremer Schachliga?«

»Einer der Bremer Schachklubs. Die machen viel Nachwuchswerbung.«

»Also dann. Erst morgen bei dir. Und dann am Sonntag auf zur Schachliga.« Matze hob sein Glas. »Auf das Spiel der Könige.«

*

Ich fuhr nach Neuwarden, ein malerisches Nest an der Nordsee. Fachwerk, Kopfsteinpflaster, Strand, kaum Verkehr, das Rauschen des Meeres. Draußen nieselte es, der Himmel war grau wie das Wasser, aber immerhin war der Schnee nach Wochen endlich getaut. Wie ich auf die Idee gekommen war, in dieses Kaff zu fahren? Nun, ich hatte keinen Plan, wohin ich fahren sollte. Und in den Kartons meiner Mutter, die mir ein Umzugsunternehmen nach Hause geliefert hatte, war ich auf eine Postkarte gestoßen, die meine Mutter meinem Vater 1972 geschickt hatte. Und weil ich noch nie von diesem Kaff gehört hatte …

Ich denke an Dich, hatte meine Mutter Vater aus Neuwarden geschrieben, wo sie eine alte Freundin besucht hatte. Lieselotte Klemm. Einen Namen, den ich nie gehört hatte. Aber er stand als Absender auf der Postkarte. Meine Eltern hatten sich ja erst kurz vorher kennengelernt. Mein Vater war mit Blinddarmentzündung ins Krankenhaus eingeliefert worden und meine Mutter hatte ihn nach der Operation gesund gepflegt. *Ich denke an Dich* – einen Satz nur –, hatte sie ihm geschrieben. Nicht: *Ich liebe Dich.* Obwohl sie etwa zu dieser Zeit mit mir schwanger geworden sein musste.

Vom Fenster meines Pensionszimmers blickte ich aufs Wasser, hörte, wie sich die Wellen am Ufer brachen. Der Strand war menschenleer. Schon bald würden die Touristen in Neuwarden einfallen und den Ort in ein sirrendes Wespennest verwandeln. Doch noch hatte die Saison nicht begonnen. Und bis auf den Wind war es still.

Durchgefroren von einem langen Spaziergang am Strand, ging ich in die Wellnessoase. Die Dampfsauna glich einer Grotte. Wände aus dunklem Granit, an der Decke funkelte ein künstlicher Sternenhimmel. Ich legte mein Handtuch auf den warmen Stein und setzte mich. Der Nebel war so dicht, dass ich nur schemenhaft erkennen konnte, dass ich nicht allein war. Jemand hatte sich auf einer gegenüberliegenden Bank niedergelassen.

Ich schloss die Augen, die Wärme entspannte mich. Trotzdem wanderten meine Gedanken sofort zurück zu Schröder. In den letzten Tagen hatte ich über alle meine Kontakte versucht herauszubekommen, warum er sich umgebracht hatte. Doch welchen Bullen ich auch anrief, jeder schwieg oder behauptete, er wüsste nichts, wimmelte mich ab. So auf Granit gebissen hatte ich noch nie. Selbst dieser Harry Tenge, der versprochen hatte, sich umzuhören, kam nicht in die Puschen. Irgendwas war da faul.

Vor meiner Abreise hatte ich mir meine alten Artikel im Archiv auf dem Rechner angesehen. Am Montag, dem 12. Juni 1995, etwas über eine Woche nachdem Charlotte Zander verschwunden war, hatte ich das erste Mal über *Die unheimliche Serie der verschwundenen Frauen* berichtet. Simon Schröders Cousine Nicole war zu dieser Zeit schon fünf Jahre verschwunden. Ich versuchte, mich zu erinnern, ob sich Schröder damals irgendwie anders verhalten hatte. Doch mir fiel nichts, aber auch gar nichts ein. Mein Chef war wie immer gewesen.

Ich hatte dann noch zwei Mal über die vermissten Frauen berichtet. Im Mai 2000, kurz nach dem Verschwinden von Julia Marx. Und im April 2005, nachdem Bianka Specht vermisst gemeldet worden war. Drei Mal hätte Schröder die Gelegenheit gehabt, mir zu sagen, dass seine Cousine zu den verschwundenen Frauen gehörte. Doch er hatte geschwiegen. Kein Wunder, dass Harry Tenge auf die Idee gekommen war, er könne etwas mit der Sache zu tun gehabt haben. Schröder war immer ein netter Chef gewesen. Doch aus seinem Privatleben hatte er so gut wie nie etwas preisgegeben. Klar, alle in der Redaktion wussten, dass er geschieden war und einen Sohn hatte, der in den USA lebte. Aber sonst?

Ich musste unbedingt versuchen, alte Kollegen, die 1990 beim *Weserblick* gearbeitet hatten, ausfindig zu machen. Nach der Wende hatten viele Journalisten Bremen verlassen, waren nach Berlin oder in die neuen Bundesländer gegangen, um dort Karriere zu machen. Niemand von der alten Belegschaft arbeitete noch beim *Weserblick*. Vielleicht konnten sich die Kollegen daran erinnern, wie sich Schröder direkt nach dem Verschwinden seiner Cousine verhalten hatte. Den Zeitungsartikel aus dem Jahr 1990, der unmittelbar nach dem Verschwinden von Nicole Wollenbeck erschienen war, konnte ich mir noch nicht ansehen. Das Archiv des *Weserblicks* war erst 1995 digitalisiert worden. Die Zeitungsbände aus den Jahren davor lagen im Keller des Verlagshauses. Doch meine Kollegin, die das Archiv verwaltete, war krank.

Auch mein Vater hatte Nicole Wollenbeck gekannt. Er hatte sie ebenfalls nie erwähnt. Jedenfalls hatte ich nichts davon mitbekommen. Vielleicht hatte er mit meiner Mutter darüber gesprochen, dass eine seiner Studentinnen verschwunden war. Auch möglich. An mir war der Fall der verschwundenen, jungen Frau als Teenager völlig vorbeigegangen. Ich hatte genug mit mir selbst zu tun gehabt.

Dass Kühlborn nun versuchte, den Ermittlungseifer seiner Leute zu drosseln, war wirklich verdächtig. Warum riskierte ein hoher Polizeibeamter eine Anzeige wegen Strafvereitelung im Amt?

Gab es vielleicht eine heimliche Verbindung zwischen Schröder, meinem Vater und Kühlborn? Ich mochte gar nicht darüber nachdenken. Mein Vater, mein Chef und der Leiter der Bremer Mordkommission – ein Trio von Frauenschändern?! Hatte Schröder seine Cousine entführt, während mein Vater in Kyoto gewesen war und ihm ein Alibi verschafft? Hatte Schröder seine Cousine bis zur Rückkehr meines Vaters irgendwo gefangen gehalten? Und hatten sie dann gemeinsam mit Kühlborn ... Mir wurde übel bei dem Gedanken.

Wenn Schröder etwas mit dem Verschwinden seiner Cousine zu tun gehabt hatte, wollte er logischerweise auch nicht, dass groß darüber berichtet wurde. Und Kühlborn, der Bulle, wusste, wie man Spuren beseitigte. Aber warum sollte Schröder ausgerechnet seine Cousine entführen? Das war doch viel zu riskant. Wenn sie ihm entkommen wäre, hätte sie ihn doch verpfiffen ... Fragen über Fragen.

Natürlich hatte ich versucht, mich in den Rechner meines Vaters einzuloggen, den mir die Polizei inzwischen ausgehändigt hatte. Ohne Erfolg. Über die Formeln, die auf der Anmeldeseite über den Bildschirm flimmerten, war ich nicht hinausgekommen.

Mir war heiß, ich öffnete die Augen. Der Nebel hatte sich verzogen. Mein Gegenüber, ein Mann Mitte dreißig, dunkelhaarig, kräftig gebaut, saß breitbeinig da, grinste mich an. Sein Ding stand auf Halbmast.

Scheiße, dachte ich, tat aber so, als hätte ich nichts geschnallt. Ich stand auf, betont langsam, ging zum Wasserschlauch, der an der Wand hing, drehte den Hahn auf, als wolle ich, wie im Dampfbad üblich, meinen Sitzplatz abspritzen. Das Wasser war eiskalt. Hinter mir hörte ich ein leises Stöhnen. Der Typ hatte offenbar keine Ahnung, was ich vorhatte. Blitzschnell drehte ich mich um und spritzte ihn nass. Der Mann quiekte, das Ding in seiner Hand erschlaffte sekundenschnell. Völlig perplex starrte er mich an. Ich machte, dass ich rauskam. Ohne mich noch mal abzuduschen, eilte ich in die Umkleidekabine und zog mich an, so schnell ich konnte.

Plötzlich flog die Tür auf. Mein Herz raste. Der Typ. Eine Waffe, schnell. Irgendetwas. Der Feuerlöscher. Gerade als ich ihn aus seiner Wandhalterung reißen wollte, sah ich, dass eine Frau zur Tür hereingekommen war. Der Schreck durchzuckte mich schlimmer, als wenn der Typ mir gefolgt wäre. Die Frau war vielleicht ein paar Jahre älter als ich und ein bisschen größer. Ansonsten glichen wir einander fast wie Zwillinge. Sie hatte meine Augen, meine Nase, meine blasse Haut. Nur meine Lippen waren voller. Doch ihre Haare waren gelockt und tief dunkelrot, wie meine. Ich glaubte, mein Spiegelbild zu sehen.

*

Sie ist an der Nordsee. Der Peilsender funkt verlässliche Signale. Ihr Kater schaut vorwurfsvoll, weiß, dass er nicht hier rein darf. Aber es muss sein. Zärtlich streicht er über den Schatz in seiner Hand. Er ist so klein. Kaum größer als eine SIM-Karte. Und so einfach zu bedienen. Er hat eine Prepaid-Karte fürs Handy in die Wanze geschoben. Damit hat das winzige Abhörgerät eine Nummer, die er anrufen kann, so als wäre es ein herkömmliches Telefon. Er kann es kaum erwarten, die Nummer zu wählen, wenn sie wieder da ist. Geräuschlos wird er mit seinem Anruf das Mikrofon einschalten. Und dann kann er endlich mithören, was in ihrer Wohnung geschieht. Ihr nahe sein. Sich vorbereiten auf seinen großen Plan.

Er klebt die Wanze unter ihr Bett, gut versteckt in einer Ecke an der Innenseite des Metallgestells. Bevor er geht, will er noch einen Slip aus ihrem Wäschekorb klauen. Er öffnet den Korb. Leer. Bevor sie weggefahren ist, hat sie ihre dreckige Wäsche gewaschen. Das wäre doch nun wirklich nicht nötig gewesen. Schade.

*

Lokalchef Knut Kossek saß in der Redaktion an seinem Schreibtisch und war verzweifelt. Stilblütenkönig Schwabach hatte wieder zugeschlagen. Kossek scrollte auf seinem Bildschirm über den Artikel, den Schwabach abgeliefert hatte. Es ging um einen anonymen Spender, der in regelmäßigen Abständen ein Behindertenheim bedachte. Der Anonymus steckte braune DIN-A5-Umschläge mit Hunderteuroscheinen in den Briefkasten der Einrichtung oder legte sie unter die Fußmatte. Niemand hatte ihn je dabei beobachtet. *Die Identität des unbekannten Robin Hood ist geheimnisumwölkt,* hatte Schwabach gedichtet. Robin Hood beraubte die Reichen ihres Vermögens, um es den Armen zu geben. Über den *namenlosen Gönner*, wie Schwabach ihn genannt hatte, wusste man nichts. Aber er war aller Wahrscheinlichkeit nach kein Räuber. Außerdem blieb er anonym, war aber nicht namenlos. In Deutschland bekam jedes Kind nach der Geburt einen Namen. *In Osnabrück blühen die Gerüchte, wer der edle Anonymus sein könnte.* Blumen blühen. Gerüchte schießen ins Kraut, dachte Kossek. Und selbst das war eine Floskel, die man vermeiden sollte. Doch Kossek durfte Stilblütenkönig Schwabach, wie er ihn heimlich nannte, nicht redigieren. Torben-Hendrik Schwabach war von Beruf Neffe. Neffe des Verlegers. Eigentlich hätte Schwabach es nicht nötig gehabt, sich im Lokalteil des *Osnabrücker Generalanzeigers* zu verewigen. Doch er hatte einfach Lust zum Schreiben und hielt sich für eine pulitzerpreisverdächtige Edelfeder. Und alle bestärkten ihn in diesem Glauben. Die Honoratioren der Stadt, die Kollegen. Und auch Knut Kossek schwieg. Schließlich wollte er seinen Job nicht riskieren.

Nach seinem Studium – Germanistik und Geschichte – war Kossek aus Bremen weg- und ein paar Jahre lang durchs Land gezogen wie ein Nomade: Köln, Hannover, Kassel, Frankfurt, nach der Wende ein paar Jahre Leipzig. Die Liebe hatte ihn schließlich nach Osnabrück gelockt. Die Liebe war längst gegangen, aber er war in der Stadt geblieben.

In ein paar Jahren würde Torben-Hendrik Schwabach, der gerne karierte Hosen und Fliege trug, sein Chef werden. Der Verleger war kinderlos und Torben-Hendrik sein Lieblingsneffe. Kossek würde dann bis zur Rente ›nur die Rechtschreibfehler‹ korrigieren dürfen, wie der Neffe jedes Mal betonte, wenn er ihm eines seiner neuen Werke schickte.

Vielleicht würde er ihn auch degradieren. Zwar war Torben-Hendrik Schwabach immer höflich, das musste man ihm lassen, doch Kossek und er waren unterschiedlich wie zwei Menschen nur sein konnten.

Mit zweiundfünfzig wäre ein Jobwechsel mehr als schwierig, überlegte Kossek. Obgleich es für Führungskräfte leichter war, eine neue Stelle zu finden, weil der Markt überschaubarer war. Trotz allem hatte er sich auf die Stelle beim Bremer *Weserblick* beworben. Nicht nur, weil er Stilblütenkönig Schwabach entkommen wollte. Sein Nomadenleben hatte ihn einsam werden lassen. Seine Ehe war gescheitert und je älter er wurde, desto schwerer fiel es ihm, neue Freundschaften zu schließen. Zumal er als Lokalchef immer aufpassen musste: Viele Leute suchten seine Nähe, weil sie sich von der Freundschaft mit einem leitenden Journalisten Vorteile erhofften. In seiner Freizeit fuhr er deshalb oft nach Bremen, wo sein Vater, seine Geschwister und ein paar alte Freunde lebten. Gerne wäre er in seine Heimat zurückgekehrt. Doch er war ziemlich sicher, dass ein jüngerer Mitbewerber beim *Weserblick* das Rennen machen würde.

In letzter Zeit hatte er viel getrunken und kürzlich sogar mal wieder gekifft, um seinen Frust zu betäuben. So konnte es nicht weitergehen. Sollte es überhaupt weitergehen? Eigentlich brauchte ihn niemand. Kinder hatte er keine.

Knut Kossek überlegte gerade allen Ernstes, ob er sich einen Strick nehmen sollte, als sein iPhone vibrierte. Eine Bremer Nummer. Kossek tippte auf *annehmen*.

»Guten Abend, Herr Kossek«, meldete sich eine Frauenstimme. »Brigitte Oppolt, Bremer Verlagsanstalt, Büro von Frau Dr. Schreiber. Sie hatten sich doch bei uns beworben.«

»Äh, ja«, antwortete Kossek und ärgerte sich sofort über das »Äh«, das ihm rausgerutscht war.

»Nun, Frau Dr. Schreiber würde Sie gerne kennenlernen. Wann können Sie denn nach Bremen kommen?«

*

»Moin, moin.« Meine Doppelgängerin schien keineswegs so schockiert zu sein wie ich. Sie trug eine Sporttasche über der Schulter, hatte die Umkleidekabine von der Eingangshalle aus betreten, nicht aus dem Saunabereich, von wo aus der schmierige Typ hätte kommen müssen. Aber das war mir im ersten Moment völlig entgangen.

»Na, auch eine Dorn? Wir sind doch bestimmt um ein paar Ecken miteinander verwandt. So wie wir uns ähneln. Aber ich habe dich hier noch nie gesehen.«

»Äh ...« Mehr brachte ich nicht hervor. Wie war es möglich, dass diese Frau so gelassen reagierte? »Nein, ich bin Alexandra Katzenstein aus Bremen«, stammelte ich und reichte der Unbekannten meine Hand.

»Katja Dorn«, stellte sie sich mit festem Händedruck vor. »Katzenstein aus Bremen?«, wiederholte sie. »Der Name taucht nicht in meinem Stammbaum auf. Aber so ähnlich wie wir uns sehen, müssen wir einfach miteinander verwandt sein.«

Katja Dorn drehte sich zur Spiegelwand um. Ich tat es ihr gleich. Wir sahen uns wirklich verdammt ähnlich, wenn auch nicht wie Zwillingsschwestern. Katja hatte eine feinere Nase als ich. Ihre Augen waren braun, meine grün. Ihr Gesicht etwas runder. Aber auch sie war eher zierlich, wenn auch nicht so abgemagert wie ich, und ein Stück größer.

»Wie ist d...d...das mö...möglich«, stotterte ich.

Katja Dorn zuckte mit den Schultern. »Vielleicht haben wir die gleiche mitochondriale DNA. Und eine Ururur-großmutter, von der wir unser Aussehen geerbt haben.«

»Was für eine DNA?«, fragte ich und kam mir mal wieder ziemlich dämlich vor.

»Alle Menschen, die mütterlicherseits miteinander verwandt sind, haben die gleiche MT-DNA«, fachsimpelte Katja Dorn drauflos. »Das geht zurück bis zur mitochondrialen Eva. Jeder Mensch hat eine unverwechselbare DNA aus dem Kern einer Körperzelle. Aber alle Menschen, die in mütterlicher Linie miteinander verwandt sind, haben die gleiche MT-DNA.«

Dunkel erinnerte ich mich, schon mal davon gehört zu haben.

»Wollen wir nicht einen Kaffee trinken gehen? Ich meine, dann könnten wir versuchen rauszufinden, wer die gemeinsame Vorfahrin ist, der wir unsere Ähnlichkeit zu verdanken haben. Ich kann auch später ins Dampfbad gehen.«

Ich nickte stumm, schulterte meinen Rucksack und folgte Katja Dorn, die zielstrebig wieder nach draußen ging.

»Ich würde vorschlagen, wir setzen uns in den *Dorfkrug.*« Wieder brachte ich keinen Ton hervor und nickte nur.

Auch der Kellnerin, die im *Dorfkrug* an unseren Tisch trat, war die Überraschung anzusehen. Bevor sie fragen konnte, sagte Katja Dorn: »Moin, moin, Karin. Das ist Alexandra, eine Verwandte aus Bremen.«

»Willkommen in Neuwarden«, antwortete Karin, notierte die zwei Kännchen Kaffee, die wir bestellten und verschwand.

Katja Dorn holte einen Stift aus ihrer Jackentasche und nahm eine Papierserviette. »So«, sagte sie bestimmt, »dann schieß mal los. Wer sind deine Eltern?«

Eine geschlagene Viertelstunde stand ich meiner Doppelgängerin, die begeisterte Hobby-Ahnenforscherin war, Rede und Antwort. Wir hatten zu Hause ja ein altes Stammbuch gehabt, doch über vier Generationen war es nicht hinausgegangen. Außerdem hatte ich schon seit Jahrzehnten keinen Blick mehr hineingeworfen. Also kramte ich in meinem Gedächtnis nach den Geburtsnamen meiner Großmütter und Urgroßmütter, während Katja Dorn versuchte, meinen Stammbaum auf die Serviette zu malen und dabei mit dem Kugelschreiber kleine Löcher ins Papier riss.

Doch es schien nicht die winzigste Verbindung zwischen meiner Familie und der von Katja Dorn zu geben. Weder die Namen noch die Orte stimmten überein.

»Bestimmt hat die gemeinsame Vorfahrin noch früher gelebt, sodass wir sie nur noch nicht gefunden haben. Mein Stammbaum reicht zehn Generationen zurück, bis ins Jahr 1699«, plapperte Katja Dorn munter drauflos und erzählte aus ihrem Leben. Sie war zwei Jahre älter als ich, nicht verheiratet und arbeitete als Verwaltungsangestellte im Cuxhavener Rathaus. Ich hörte nur mit halbem Ohr zu, überlegte, ob ich meiner neuen Bekannten erzählen sollte, dass meine Mutter 1972 Jahr eine alte Schulfreundin in Neuwarden besucht hatte.

Plötzlich keimte in mir ein furchtbarer Verdacht. War ich ein Kuckuckskind? War meine Mutter in Neuwarden schwanger geworden? Das würde erklären, warum ich rein gar nichts von meinem Vater geerbt hatte. Und warum er mich wie eine Aussätzige behandelt und nicht in seinem Testament bedacht hatte.

Wenn sich meine dunkle Ahnung bewahrheitete, wäre Katja Dorn meine Halbschwester. Ihr Vater wäre auch mein Vater.

Was ich fühlte? Schwer zu sagen. Ich war verwirrt und merkwürdigerweise sträubte sich plötzlich alles in mir gegen die Möglichkeit, gar nicht das leibliche Kind meines Vaters zu sein. Trotz der Verletzungen und Demütigungen, die er mir all die Jahre über zugefügt hatte, wollte ich nun doch keinen anderen Vater. Ein neuer, unbekannter Vater, womöglich einer, der mich nicht gewollt und meine Mutter im Stich gelassen hatte, flößte mir noch mehr Angst ein, als der Vater, der mich über Jahre seelisch misshandelt hatte. Denn diesen Schmerz hatte ich hinter mir. Was mich erwartete, wusste ich nicht. Deshalb scheute ich davor zurück, Katja Dorn nach ihrer Familie zu fragen. Ich wollte gar nicht wissen, wer ihr Vater war, ob er noch lebte, ihn womöglich gar kennenlernen.

Demonstrativ blickte ich auf meine Armbanduhr. »Tut mir leid, Katja. Ich muss los. Sobald ich wieder in Bremen bin, schicke ich dir eine Kopie meines Stammbaumes.«

Katja war sichtlich enttäuscht. »Oh, wie schade. Wie lange bleibst du denn noch in Neuwarden?«

»Ich fahre morgen in aller Frühe zurück«, log ich. Eigentlich hatte ich zwei Wochen für meinen Aufenthalt eingeplant. Wir tauschten unsere Handynummern aus und bezahlten. Vor der Tür des *Dorfkrugs* wollte ich Katja die Hand reichen.

Sie umarmte mich. »Mach's gut«, sagte sie. »Und melde dich. Wir sollten unbedingt in Kontakt bleiben.«

Ich nickte, unfähig auch nur ein Wort des Abschiedes zu erwidern.

In der Pension packte ich sofort meine Sachen und raste über die Autobahn zurück nach Bremen, als wäre ich auf der Flucht. Außer der Frage, ob ich gerade meine Halbschwester getroffen hatte, trieb mich noch etwas anderes um: Wenn ich wirklich ein Kuckuckskind war, lag hier vielleicht das Motiv für den Mord an meinem Vater?

*

Die ehemalige Fabrikantenvilla in Bremen-Oberneuland hätte der Sitz einer Botschaft sein können. Ionische Säulen säumten das Portal. Halbrunde Fenster aus Glasmosaik und Jugendstilornamente schmückten die Fassade. Über dem Eingang hieß Schachgöttin Caissa die Besucher willkommen. Das blank polierte Messingschild am Eingang verriet, dass im Erdgeschoss die Bremer Schachliga ihren Vereinssitz hatte, während im oberen Stockwerk eine Anwaltskanzlei residierte. Anders hätte sich die Schachliga ihren mondänen Vereinssitz auch wohl kaum leisten können.

In dem großzügigen, holzgetäfelten Foyer standen etwa zwanzig Tische, an denen Schach gespielt wurde. Jeweils zwei Kontrahenten saßen sich gegenüber, an einigen Tischen standen interessierte Zuschauer.

»Wow«, raunte Matze Harry zu, als sie den Raum betraten, »hier kann der Denksport wirklich prächtig gedeihen.«

»Hab ich dir ja gesagt, das ist der beste Schachklub in Bremen«, raunte Harry zurück.

»Auf jeden Fall der Älteste«, meinte ein rüstiger Mittsechziger mit weißen Haaren und offenbar guten Ohren leutselig, der hinter Harry und Matze das Foyer betreten hatte.

Harry und Matze fuhren herum. »Tatsächlich?«, fragte Matze nach.

Der Mittsechziger lächelte so selbstbewusst, als habe er zu den Gründervätern gehört. »Das will ich doch wohl meinen«, bestätigte er und drückte sein Kreuz durch. »Der Klub existiert seit 1882. Johann Godefried Grotehuisen hat ihn seinerzeit ins Leben gerufen. Und seitdem existiert er ununterbrochen. Sogar während der beiden Weltkriege wurde hier unverdrossen Schach gespielt. Und ›hier‹ meine ich wortwörtlich. Nämlich immer genau in diesem Raum. Die Villa gehörte nämlich dem Vereinsgründer, er hat sie dem Verein vermacht.«

»Donnerwetter, das nenne ich Liebe zum Schach«, schleimte Matze, »und Sie sind wohl auch schon lange dabei, nehm ich an?«

Genau auf diese Frage schien der Alte gewartet zu haben. »Das kann man so sagen. Und zwar seit fünfundfünfzig Jahren. Gestatten: Willich. Ernst Willich.« Der Schach-Enthusiast gab Harry und Matze die Hand und die beiden stellten sich ebenfalls vor.

»Ernst, schön dass du wieder mal da bist.«

Ein etwa achtzigjähriger Mann kam auf Willich zu und klopfte ihm auf die Schulter. »Und mein Beileid noch mal. Es tut mir so leid.«

»Ich danke dir, Enno, ich danke dir«, antwortete Willich. Die alten Männer drückten einander die Hand. Harry und Matze nickten ihrem neuen Bekannten freundlich zu und gingen diskret weiter.

»Enno gehört bestimmt zu den Gründervätern«, flüsterte Matze, Harry grinste.

Vor ein paar Tagen hatten sie in Harrys Wohnung zum ersten Mal gegeneinander Schach gespielt; nach turbulentem Kampf hatten sie sich auf Remis geeinigt.

Der Bulle hat's faustdick hinter den Ohren, es mit dem aufzunehmen, wird nicht einfach sein, hatte Matze gedacht.

Dieser Knipser ist ein Schlitzohr, den sollte man nicht unterschätzen, war Harry nach der Partie durch den Kopf gegangen. Nun war dringend Weiterbildung angesagt.

Zum Schnuppersonntag der Schachliga war eine bunte Truppe zwischen fünfzehn und fünfundachtzig Jahren in die Villa gekommen. Picklige Teenager, distinguierte, ältere Herren im Jackett. Kaum Frauen und Mädchen. Harry und

Matze gingen zwischen den Tischen hin und her, schauten den Spielern zu und waren sich schnell einig, dass sie es diesmal noch beim Zuschauen belassen sollten, das allgemeine Niveau war einfach zu hoch.

»Na, meine Herren, nicht so schüchtern. Wie wär's mit einer Partie? Wer von Ihnen möchte?«, versuchte Ernst Willich, sie zu ermuntern.

Harry und Matze winkten ab. »Wir spielen beide zwar gerne, aber nicht gut«, meinte Matze entschuldigend.

»Wir haben erst kürzlich wieder angefangen«, fügte Harry hinzu.

Willich ließ nicht locker. »Dann lassen Sie sich wenigstens zu einem Kaffee einladen.« Harry und Matze nahmen das Angebot gerne an und ihr Gastgeber geleitete sie in einen Nebenraum, in dem Getränke und Kuchen serviert wurden. Sie setzten sich an einen Tisch, Willich orderte Kaffee.

»Wissen Sie, es gibt ja nur zwei Sorten von Menschen«, dozierte er, »solche, die Schach spielen, und solche, die nicht Schach spielen. Und Sie sind Schachspieler, alle beide. Das habe ich sofort gesehen.«

»Ach, woran denn?«, erkundigte sich Matze.

»An Ihren Augen. An der Art, wie Sie Ihre Umgebung beobachten.«

»So? Wie denn?«

»Analytisch. Mit hellwachem Verstand. Und wissen Sie was? Sie sind nicht nur Schachspieler, sondern verdammt gute Schachspieler. Das sehe ich Ihnen an. Auch wenn Sie lange Zeit nicht mehr gespielt haben. Aber das kommt wieder, das kommt wieder, da können Sie sicher sein.«

Matze und Harry lächelten geschmeichelt.

»Herr Willich, jetzt mal ganz unter uns: Sie sind nicht zufällig für die Öffentlichkeitsarbeit der Schachliga zuständig?

Und gerade in Sachen Mitgliederwerbung unterwegs?«, grinste Matze.

Willich schmunzelte: »Ertappt. Ich sag's ja: analytisch und hellwach. Und immer auf der Hut. Nicht wahr? Immer auf der Hut, der Herr Grothe, ja, ja. Ich gestehe. Und ich bin nicht nur für die Öffentlichkeitsarbeit zuständig, sondern eigentlich für alles. Ich bin nämlich der Vorsitzende der Bremer Schachliga, seit bald zwanzig Jahren.«

»Moment mal – Herr Willich? Irgendwie dämmert da bei mir gerade was«, meinte Harry, »waren Sie nicht mal Bremer Landesmeister?«

Willich räusperte sich. »Insgesamt fünf Mal. Und einmal Deutscher Meister. Ich habe fünfunddreißig Jahre in der Bundesliga gespielt.«

»Und haben Sie nicht auch ein Buch geschrieben? *King's Gambit und Fischer Defence – aktuelle Analysen von Ernst Willich.«* King's Gambit war eine aggressive, sehr riskante Eröffnung. Der weiße Spieler opferte einen Bauern, um den Weg frei zu machen für einen Angriff auf den schwarzen König.

Willich nickte. Harry und Matze waren beeindruckt. Vor ihnen saß eine Legende. Ernst Willich war so etwas wie der Beckenbauer der Schachszene. Und er schien ein Paradebeispiel dafür zu sein, welche Auswirkungen ständiges Gehirntraining hatte. Auf Geist und Körper. Matze schätzte Willich auf Mitte, Ende sechzig. Doch er sah blendend aus. Dichtes, weißes Haar und eine Figur, wie Matze sie noch nie in seinem Leben gehabt hatte. Dazu eine coole, schwarze Brille, die hervorragend zu seinem markanten Gesicht passte. Unter seinem grauen Tweed-Sakko trug er einen schwarzen Rollkragenpullover, dazu eine schwarze Jeans.

Matze nahm sich vor, unbedingt wieder mit dem Schachspielen anzufangen. Ob mir so eine Brille auch stehen würde?, überlegte er.

»Dann ist Schach so etwas wie ein Lebensinhalt für Sie?«, fragte Matze, obwohl er sich die Antwort denken konnte.

»Richtig. Jedenfalls weit mehr als ein Hobby. Schach ist für mich lebenswichtig. Auch und gerade in schwierigen Lebensphasen. Schach hat mir immer geholfen.«

»Weil es ablenkt?«, vermutete Matze.

»Nicht nur. Es hilft auch, wenn man nicht spielt. Es schärft den Verstand und ermöglicht einem, die Dinge klarer zu sehen. Auch abseits des Schachbretts, in allen Lebenslagen sozusagen. Das habe ich jetzt erst wieder gemerkt. Wissen Sie, ich habe kürzlich meine Frau verloren, ganz plötzlich und unerwartet …« Willichs Stimme stockte. Er senkte den Blick.

»'tschuldigung.« Verlegen sprachen Harry und Matze ihr Beileid aus.

Willich nickte. »Natürlich war ich geschockt und todtraurig, und ich bin es immer noch, gar keine Frage. Aber dann habe ich erkannt, dass es nur zwei Möglichkeiten gibt: Entweder ich blase jetzt Trübsal bis an mein Lebensende. Oder aber ich bin dankbar dafür, dass ich fast vierzig Jahre mit meiner Helga zusammen sein durfte.«

Harry und Matze nickten und waren beeindruckt angesichts der weisen Worte.

»Hatte Ihre Frau einen Unfall? Sie sagten, sie sei plötzlich und unerwartet gestorben«, erkundigte sich Matze.

Willich nickte. »Ein Unfall, ja. Gewissermaßen, jedenfalls. Helga kümmerte sich um den Haushalt eines Professors. Er hat sich mit Kohlenmonoxid vergiftet. Meine Frau betrat die Wohnung und … Na ja, das Zeug ist dermaßen giftig, dass schon wenige Atemzüge genügen …«

Wieder senkte Willich den Blick.

Matze und Harry sahen einander fassungslos an. Die Story kannten sie doch!

Der Polizist fand als Erster wieder Worte. »Der Professor, war das dieser …«

Willich nickte erneut. »Katzenstein, ja. Ein bekannter Mathematiker.«

Harry und Matze warfen sich einen Blick zu. Sie durften jetzt keinen Fehler machen. Harry tastete sich behutsam an das Thema heran: »Schlimme Sache. In den Zeitungen stand, das Motiv sei völlig unklar …« In Wirklichkeit hatten die Zeitungen nur kurz vermeldet, dass Katzenstein verstorben war. Doch Willich bemerkte den Bluff nicht, machte eine wegwerfende Handbewegung. »Was in den Zeitungen steht und was wahr ist, sind oft zwei völlig verschiedene Paar Schuhe.«

»Aber merkwürdig ist das schon«, hakte Matze nach, »ich meine, der Mann war ein erfolgreicher Wissenschaftler. Er hatte keine finanziellen Probleme. Wieso sollte der …«

Willich schüttelte den Kopf. »Erfolgreich war er nur nach außen. In ihm sah es ganz anders aus. Glauben Sie mir, Professor Katzenstein war ein zutiefst unglücklicher Mensch, seit Jahren schon. Seine Frau hat sich vor zwanzig Jahren das Leben genommen. Er gab sich die Schuld daran. Seine Tochter hat sich von ihm abgewandt. So was kann den stärksten Kerl umhauen. Erstaunlich eigentlich, dass er so lange durchgehalten hat. Zuletzt kam auch noch beruflicher Ärger dazu. Er hat irgendeinen Preis, ich glaube, es war die Kolmogorow-Medaille, nicht bekommen, und deswegen war er sehr enttäuscht. Er hatte fest damit gerechnet. Stattdessen ging der Preis an einen Professor aus Aachen, den er nicht leiden konnte. Das hat ihn maßlos geärgert.«

»Na ja, wenn jeder, der einen Preis nicht bekommt, sich gleich umbringen würde …«, hielt Matze dagegen.

»Wie gesagt, das war nicht der einzige Grund, sondern der berühmte Tropfen, der das Fass zum Überlaufen brachte. Der Professor war ein sehr empfindsamer Mensch.« Willich merkte, dass er seine Gesprächspartner verblüfft hatte. »Jetzt fragen Sie sich sicher, woher ich das alles weiß.« Harry und Matze nickten.

»Nun, ich kannte den Professor persönlich. Nicht nur meine Frau hat für ihn gearbeitet, sondern auch ich. Ich habe mich um seinen Garten gekümmert, die ein oder andere Reparatur im Haus durchgeführt, solche Dinge, die einem Akademiker nicht so liegen. Den Professor und mich verband eine gemeinsame Leidenschaft. Sie ahnen es sicher …«

Harry und Matze nickten.

»Genau, das Schachspiel. Katzenstein lernte unglaublich schnell, guckte sich die besten Züge von mir ab. Am Ende war er ein exzellenter Schachspieler, wenngleich er mich auch nie geschlagen hat. Trotzdem hat er die Partien mit mir sehr genossen. Ich will jetzt nicht überheblich wirken, aber ich glaube, nicht zuletzt das hat ihn all die Jahre noch am Leben gehalten. Am Schachbrett blühte er jedenfalls richtig auf. Hätte er das nicht gehabt, hätte er vielleicht schon viel früher … Aber wer weiß das schon.«

Matze und Harry waren nachdenklich geworden. Was Willich sagte, klang plausibel. Sollte Alexandra mit ihrem Verdacht, ihr Vater sei ermordet worden, völlig auf dem Holzweg sein?

Matze wagte einen letzten Vorstoß: »Gut, für sich selber den Freitod zu wählen, ist eine Sache. Aber einen anderen Menschen dabei mit in den Tod zu reißen …«

Willich schüttelte den Kopf: »Ich weiß, worauf Sie hinauswollen. War Prof. Katzenstein denn so gewissenlos?, wollen Sie mich fragen. War ihm denn alles egal?«

Matze nickte.

»Nein, war er nicht. Dass meine Frau durch ihn zu Tode kam, dafür gibt es eine ganz einfache Erklärung: Der Professor war vergesslich. Soll ja gelegentlich vorkommen bei Professoren. Er hatte ganz einfach vergessen, dass meine Frau an diesem Tag zu ihm kommen wollte. Manchmal hat er auch vergessen, ihr den Lohn pünktlich auszuzahlen. Nicht etwa aus Geiz, sondern weil er einfach wirklich nicht dran gedacht hatte. Hinterher war es ihm dann immer äußerst peinlich und er hat noch ordentlich was draufgelegt.«

Die Erinnerungen an seine Frau und den Professor schienen Willich zu berühren. Er war auf einmal gar nicht mehr leutselig, sondern wirkte bedrückt.

Harry und Matze verabschiedeten sich kurz darauf.

»Das mit dem Mord an ihrem Vater müssen wir Alexandra unbedingt ausreden, die verrennt sich da in was«, sagte Matze zu Harry, als sie die Villa verlassen hatten und zu Harrys Auto gingen.

»Sehe ich genauso«, stimmte Harry zu. »Das ist übrigens ein Phänomen, das häufig vorkommt: Hinterbliebene wollen es nicht wahrhaben, dass sich ein Familienangehöriger umgebracht hat und spinnen dann alle möglichen Theorien zusammen. Wir hatten da kürzlich erst so einen Fall. Da hing einer im Park am Baum und seine Eltern und der Rest des Clans schrien Zeter und Mordio. Dabei waren die Ergebnisse der Kriminaltechnik und der Rechtsmedizin eindeutig.«

Sie hatten Harrys klapprigen Kadett erreicht und stiegen ein. Harry startete den Motor und fuhr los. Matze war erleichtert, dass die Zweifel am Selbstmord von Prof. Katzenstein ausgeräumt waren. Ihm reichte es jedenfalls völlig, nur mit einem Mord zu tun zu haben, nämlich dem an Nicole Wollenbeck.

»Jetzt müssen wir bloß noch überlegen, wie wir das Alexandra beibringen«, sagte Harry.

»›Bloß‹ ist gut«, antwortete Matze. »Die Katzenstein ist stur wie Nordkorea und glaubt grundsätzlich nur das, was sie glauben will. Argumenten gegenüber ist sie völlig unzugänglich. Rechthaberisch. Hysterisch. Typisch Frau halt.«

Harry grinste. »Ich weiß genau, was du meinst, Kumpel.«

*

Die Begegnung mit Katja Dorn ließ mir keine Ruhe. Im Telefonbuch suchte ich nach Lieselotte Klemm. Bei meinem Besuch in Neuwarden hatte ich nicht vorgehabt, sie aufzusuchen, war nur neugierig auf den Ort gewesen. Jetzt musste ich die alte Freundin meiner Mutter sprechen. Meine Mutter hatte Lieselotte Klemm zwar nie erwähnt. Aber aus den Briefen meiner Mutter und Frau Klemms wusste ich, dass sie sich seit Kindertagen gekannt hatten und Nachbarinnen gewesen waren. Ansonsten waren die Briefe belanglos. *Wie es geht es Dir? – Mir geht es gut.* Rätselhaft, warum meine Mutter die Briefe aufbewahrt hatte.

Tatsächlich fand ich eine Lieselotte Weinert-Klemm, wie sie inzwischen offenbar hieß, mit Telefonnummer im Internet. Mit klopfendem Herzen wählte ich die Nummer. Es dauerte einen Moment, bis jemand ans Telefon ging. »Ja, bitte?«, antwortete eine Frauenstimme.

»Guten Tag, spreche ich mit Lieselotte Weinert-Klemm?«

»Wer spricht denn da?«

»Entschuldigen Sie die Störung. Mein Name ist Alexandra

Katzenstein. Ich bin auf der Suche nach einer alten Freundin meiner Mutter.«

»Wie heißt denn Ihre Mutter?«

»Siegrid Katzenstein, das heißt, bevor sie geheiratet hat, hieß sie Siegrid Wagner.«

»O Gott«, sagte die Frau am anderen Ende der Leitung. »Das ist aber lange her. Wie geht es Ihrer Mutter denn?«

»Sie ist tot, vor vielen Jahren gestorben.«

»Ach … das tut mir aber leid. Das wusste ich gar nicht.«

»Ich bin erst jetzt an ihren Nachlass gekommen. Und da gibt es etwas, das ich gerne mit Ihnen besprechen würde.«

Am anderen Ende der Leitung war es still. »Also … ich weiß nicht. Ich habe Siegrid das letzte Mal vor bald vierzig Jahren gesehen.«

»Bitte Frau Weinert-Klemm, genau darüber würde ich gerne mit Ihnen sprechen.«

Lieselotte Weinert-Klemm zögerte noch immer. »Sagen Sie mir doch bitte noch mal Ihren Namen.«

»Alexandra Katzenstein. Katzenstein wie die Katzen, die Mäuse fangen. Und wie der Stein, der einem vom Herzen fällt.«

Lieselotte Weinert-Klemm ließ sich meine Telefonnummer geben. »Also gut, Frau Katzenstein. Ich lasse mir das Ganze durch den Kopf gehen und rufe Sie zurück. In Ordnung?«

»In Ordnung«, antwortete ich, obwohl ich gehofft hatte, sofort einen Termin mit der alten Freundin meiner Mutter ausmachen zu können.

»Es ist wirklich sehr wichtig für mich«, betonte ich noch einmal.

»Ich rufe Sie an«, antwortete sie und wünschte mir noch einen schönen Tag. Enttäuscht legte ich auf.

Am nächsten Tag musste ich wieder in die Redaktion. Der Urlaub war vorbei. Ich war froh, wieder arbeiten zu müssen, was mich ablenken würde von dem Gefühlschaos, das in mir tobte.

*

Als ich aufwachte, war es schon halb zehn. Am Abend zuvor hatte ich ein bisschen zu viel Rotwein getrunken und vergessen, mir den Wecker zu stellen. Ich sprang aus dem Bett, ging unter die Dusche, verzichtete darauf, mir das Haar zu waschen, band es zum Zopf. Wahllos zog ich irgendwelche Sachen aus dem Kleiderschrank, Jeans, Pulli. Schlüpfte in meine hohen Stiefel.

Im Stehen trank ich noch einen Kaffee. Hans-Günther sprang auf die Küchenanrichte, maunzte, wollte gestreichelt werden. In der letzten Zeit gefiel er mir gar nicht. Er war noch anhänglicher und verschmuster als sonst, strich, sobald ich nach Hause kam, um meine Beine, miaute, selbst wenn sein Napf voll war. Manchmal hatte ich das Gefühl, dass er mir etwas sagen wollte. Wenn es an der Tür klingelte, weil der Postbote ein Paket brachte, duckte sich Hans-Günther neuerdings. Oft verkroch er sich unters Bett, kratzte am Gestell. Wahrscheinlich war er zu oft alleine. Vielleicht sollte ich eine Katze aus dem Tierheim holen und ihn zwangsverheiraten.

Ich musste los. Wenn ich mich beeilte, würde ich es noch pünktlich zur Zehn-Uhr-Konferenz schaffen. Ich kam ja sowieso schon dauernd zu spät.

Doch dann stand ich auf dem Osterdeich im Stau. Ausgerechnet heute, an meinem ersten Arbeitstag nach dem Urlaub. Und wo wir doch seit ein paar Tagen einen neuen Chef hatten, wie Matze mir gesimst hatte. Knut Irgendwas aus Osnabrück. Sollte ganz nett sein. Mir war im Grunde egal, wer jetzt Lokalchef sein würde. Schröder war unersetzbar. Und auch dieser Knut Irgendwas würde eine Witwenschüttlerin brauchen, die die Drecksarbeit für ihn erledigte. Und wer wollte das schon – außer Matze und mir? Ich würde meinen Job so weitermachen. So gut, wie immer. Was sollte mir schon passieren, dachte ich noch, als ich eine Viertelstunde später mit dem Fahrstuhl in den dritten Stock hochfuhr. Ohne anzuklopfen, öffnete ich leise die Tür zum Konferenzraum. Ich wollte mich reinschleichen und still auf einen Stuhl setzen. Vielleicht würde ich noch eine Entschuldigung murmeln. Irgendwas von einem Termin, auf dem ich gewesen war. Dann würde ich interessiert in die Runde gucken. Und, wenn sich die Gelegenheit bot, die ein oder andere schlaue Bemerkung vom Stapel lassen, um gleich Kompetenz vorzuschützen. Das würde schon werden mit dem neuen Chef.

Als ich die Tür öffnete, dachte ich ohne Übertreibung, mein Herz würde stehen bleiben. Vorne, am Kopf des langen Konferenztisches, saß Knut Irgendwas. Er trug Sakko, Jeans, hatte sein Haar zum Pferdeschwanz gebunden. Trotzdem erkannte ich ihn sofort. Dieses Kratergesicht. Knut Dingsda war der Gitarrist, mit dem ich Neujahr auf dem Billardtisch … Mein Gesicht glühte. Plötzlich wusste ich, dass der Spruch, am liebsten im Boden versinken zu wollen, keine Floskel war. Man konnte sich genau das wirklich wünschen, aus tiefstem Herzen – wie ich jetzt.

Auch er erkannte mich. Ich sah es in seinem Blick. Nur für den Bruchteil einer Sekunde. Dann redete er weiter, als sei nichts geschehen.

*

Ach du Schande, dachte Knut Kossek als er die Rothaarige zur Tür hereinkommen sah. Zum Glück war er ein Meister im Pokerface. Klar, hatte sie ihn erkannt, so knallrot, wie sie angelaufen war. Und wie sie ihn angestarrt hatte. Und nun?

War ja bisher auch fast alles zu glatt gelaufen. Er war sich sofort mit Dr. Carmen Schreiber einig geworden. Sein Verleger hatte sich sehr fair gezeigt und ihn sofort, lange vor Ablauf der Kündigungsfrist, ziehen lassen. Natürlich war ihm zugutegekommen, dass Torben-Hendrik Schwabach darauf brannte, den Platz des Lokalchefs einzunehmen. Zum Abschied hatte der Neffe ihm freundschaftlich auf die Schulter geklopft und sich »herzlich für die wunderbare und lehrreiche Zusammenarbeit« bedankt.

Hals über Kopf hatte Kossek Osnabrück verlassen und war so glücklich gewesen wie lange nicht mehr.

Und nun das. Er hätte sich einfach damals nicht breitschlagen lassen sollen, bei den Steckbrieflich Gesuchten einzuspringen, weil deren Gitarrist krank geworden war. Aber Carl, sein Bruder, mit dem er Silvester gefeiert hatte und dem die Kneipe gehörte, hatte ihn vollgequatscht, dass das Konzert sonst ins Wasser fallen würde. Also hatte er sich mit ihnen auf die Bühne gestellt. Und nach dem Konzert war, wie zur Belohnung, dieses Wesen aufgetaucht und hatte ihm ein eindeutiges Angebot ins Ohr geflüstert. Die schönste Frau in der ganzen Kneipe. Und die Jüngste. Hätte er da ablehnen sollen? Sich so eine Gelegenheit entgehen lassen? Er hatte kurz mit sich gerungen, aber die Entscheidung war schnell gefallen.

Am nächsten Morgen hatte er allerdings schon so etwas wie einen Kater gehabt. Nicht, weil er getrunken und gekifft hatte. Oder mit einer Frau geschlafen hatte, deren Namen er nicht mal kannte. Sondern weil er kein Gummi benutzt hatte. Vielleicht war sie schwanger geworden oder er hatte sich Aids geholt. Doch diese Gedanken hatte er schnell verdrängt und die Kleine vergessen. Und nun saß sie hinten im Konferenzraum mit gesenktem Blick und rutschte auf dem Stuhl hin und her.

Sie musste die Katzenstein sein, die Polizeireporterin. Die Kollegen hatten schon von ihr erzählt. Sie sei eine abgebrühte Witwenschüttlerin, die vor nichts zurückschreckte. Kossek glaubte das sofort. Sie hatte etwas Selbstzerstörerisches an sich, das war ihm schon bei ihrem ersten Treffen aufgefallen.

Er quittierte das Gelaber der Redakteure und Redakteurinnen mit wohlwollendem Nicken, sagte Sätze wie: »Ja, das ist ein interessanter Ansatz«, hörte in Wirklichkeit gar nicht hin. Ein reines Schaulaufen war das hier, alle buhlten um seine Gunst wie Hofnarren, die den König gnädig stimmen wollten. Es war viel leichter, so eine Konferenz zu leiten, als manche glaubten. Journalisten hörten sich alle gern selbst reden, bestritten solche Besprechungen ganz allein, wenn man sie nur ließ. Am Ende musste er nur noch eine Entscheidung fällen. Oder sagen, dass er sich alles noch einmal durch den Kopf gehen lassen würde. Bis zur zweiten Konferenz, um vierzehn Uhr, wenn er das Blatt machen müsste, blieben ja noch ein paar Stunden Zeit. Es konnte noch so viel passieren.

Sie würde ja wohl kaum quatschen, überlegte Kossek. Eine Journalistin, die mit ihrem Chef schlief oder geschlafen hatte, war bei der Belegschaft unten durch. Sie musste, in dieser kleinen, tratschsüchtigen Branche, den Rest ihres Berufslebens damit rechnen, auf das Liebchen vom Boss reduziert zu werden, egal, wie gut sie war.

Er war eindeutig in der besseren Lage. Er war hier der

Chef. Ihr Chef. Kossek grinste. Der Redakteur, der für Umweltthemen zuständig war und gerade, nach einem öden Vortrag, ein noch öderes Thema vorgeschlagen hatte, lächelte geschmeichelt.

Kossek nickte ihm zu. »Gekauft«, sagte er, ohne zu wissen, was er nun morgen im Blatt haben würde.

Er hatte sie in der Hand, konnte ihr das Leben zur Hölle machen, wenn er wollte.

Bei Tageslicht war sie fast noch hübscher als in der schummrigen Kneipe. Nicht so aufgebrezelt und geschminkt. Plötzlich setzte sie sich aufrecht hin, verschränkte die Arme vor der Brust. Sah ihm geradewegs ins Gesicht. Ein Blick wie eine Kampfansage. Na warte, du kleine Schlampe, dachte Kossek.

*

O Mann, die Katzenstein! Was war denn nun schon wieder? »Alexandra, jetzt warte doch mal!« Als ob der Leibhaftige persönlich hinter ihr her wäre, raste sie durch den Redaktionsflur. Matze hatte Mühe, ihr zu folgen. Er war gerade von einem Termin zurückgekehrt, gerade noch rechtzeitig zum Ende der Redaktionskonferenz. Die Tür zum Konferenzraum war aufgeflogen und die Katzenstein war als Erste herausgestürmt. Und er musste dringend mit ihr reden. Zum einen, um Dinge zu sagen wie ›Na, wie war dein Urlaub?‹ und so. Und zum anderen, weil er ihr die These vom Mord an ihrem Vater ausreden wollte.

Und was machte sie? Hatte kein Wort für ihn, würdigte ihn nicht mal eines Blickes, sondern rauschte einfach an ihm vorbei. Wie eine Operndiva nach einem verpatzten Auftritt. Verblüffend schlechte Manieren für eine Professorentochter, dachte er.

Was für ein lächerliches Bild: Der kleine Dicke hechelt hinter der Schönen her und die nimmt ihn überhaupt nicht wahr. Okay, wahrscheinlich hatte sie gerade wirklich keine Zeit. Wahrscheinlich hatte ihr KK, wie der neue Chef Knut Kossek von allen hinter vorgehaltener Hand nur genannt wurde, gerade einen dringenden Termin aufs Auge gedrückt. Aber dann könnte sie ihm das doch sagen! Sie waren doch Kollegen. Und sie hätten sich für später verabreden können.

Letzter Versuch im Guten. »Alexandra, wir müssen reden!« Keine Chance. Okay, dann eben ganz direkt. Direkt und brutal. Manchmal der einzige Weg bei den Weibern, dachte er.

»Alexandra, dein Vater wurde nicht ermordet! Er hat sich umgebracht!«

Abrupt blieb die Katzenstein stehen.

Siehste, dachte er. Geht doch.

Sie drehte sich langsam zu ihm um. »Was sagst du da?«

»Erst mal hallo. Wie war dein ...«

»Ja, ja, schon gut. Was hast du eben über meinen Vater gesagt?«

»Er wurde nicht ermordet. Er hat Selbstmord begangen.«

Sie funkelte ihn böse an. »Sagt wer?«

»Ernst Willich. Harry und ich haben mit ihm ...« Die Worte ›Ernst Willich‹ hatten seinen Mund kaum verlassen, da setzte die Katzenstein ihren Weg unbeirrt fort. Nur noch etwas schneller als vorher.

»Ernst ist wirklich ein netter Mann. Korrekt und zuverlässig. Aber was meinen Vater betrifft, liegt er völlig falsch.«

»Alexandra, dein Vater hatte seit Jahren schwere Depressionen, es war nur eine Frage der Zeit ...«, brachte Matze keuchend hervor. Bei dem scharfen Tempo hatte er allmählich Mühe mitzuhalten.

»Ja, das wollte er mir auch schon einreden. Und nicht nur das: Er wollte mir doch tatsächlich weismachen, dass mein Vater mich in Wirklichkeit geliebt hat.« Die Katzenstein lachte völlig irre. »Geliebt. Mein Vater. Mich. Nee, schon klar. Deswegen hat er mich ja auch enterbt.« Die Katzenstein hielt wieder abrupt an und er wäre fast in sie reingelaufen.

Wieder sah sie ihn misstrauisch an. »Wenn du es genau wissen willst: Mein Vater hat mich nicht nur nicht geliebt, sondern sogar gehasst. Und weißt du was: Ich kann ihn sogar verstehen.«

Verdammte Kacke, was sollte das nun wieder heißen? Kossek, der neue Chef, schlenderte lässig vorbei und lächelte Matze freundlich zu. »Moin, Matze.«

»Moin, moin.«

Die Katzenstein warf KK einen eisigen Blick zu, offenbar verärgert über die Störung. Dann raste sie wieder los. Und erhöhte ihr Tempo ein weiteres Mal. »Geliebt. Mich. Hahaha«, stieß sie noch einmal hervor.

Matze blieb stehen und sah ihr nach. Unglaublich, wo hatte Alexandra bloß diese Kondition her, überlegte er. Oder war sie nun völlig verrückt geworden?

*

Lieselotte Weinert-Klemm hatte sich nicht gemeldet. Am Wochenende fuhr ich nach Neuwarden, um an ihrer Haustür zu klingeln. Als Polizeireporterin war ich ja geübt in solchen Überfällen.

Die Arbeit in der Redaktion war nicht gerade einfach. Gegenüber Knut Kossek versuchte ich, mir nichts anmerken zu lassen, tat, als wäre nichts zwischen uns vorgefallen. Machte meinen Job. Auch wenn ich die Redaktion jeden Morgen mit einem flauen Gefühl im Magen betrat, das mich den ganzen Tag über begleitete. Und das besonders schlimm wurde, wenn ich Kossek meine Artikel mailte. Doch er redigierte behutsam, änderte höchstens mal ein Wort, das dann auch wirklich treffender war.

Binnen weniger Wochen war es dem neuen Lokalchef gelungen, die Kollegen einzulullen. Knut Kossek war, was man ihm auf den ersten Blick nicht zugetraut hätte, ein Menschenfänger. Seine Aknenarben rührten die Leute wahrscheinlich, sodass sie ihm mit besonderer Freundlichkeit begegneten. Und auch Kossek schien herzlich im Umgang zu sein. Er duzte mit jedem Tag mehr Kollegen in der Redaktion. Erst die altgedienten Redakteure, dann die Reporter, schließlich die Sekretärinnen und sogar die Boten. Es war, als hätte er einen geheimen Wettbewerb um seine Gunst ausgeschrieben. Die Kollegen wetteiferten regelrecht darum, in den erlauchten Kreis derjenigen erhoben zu werden, die den Chef duzen durften. Kossek gab gern den Kumpel, legte seinen Untergebenen die Hand auf die Schulter, wenn er mit ihnen sprach.

Außerdem konnte er gut reden, reden wie ein Sektenführer. Knut Kossek sprach, wie es nur ganz wenige Leute können, druckreif, stolperte nie über die Fallstricke deutscher Grammatik. Er konnte begeistern, mitreißen. Die Kollegen folgten ihm bald wie Schafe ihrem Hirten. Niemand dachte mehr an Schröder. Außer mir natürlich. Aber es war mir noch immer nicht gelungen, herauszufinden, warum sich mein alter Chef umgebracht hatte. Niemand redete mit mir, egal, wen ich anrief. Selbstmord sei Privatsache, ließen mich selbst Informanten, die mir sonst ein Ohr abkauten, auflaufen.

Inzwischen hatte ich mir den alten Band mit den Zeitungen von 1990 angesehen. Schröder hatte mehrere Vermisstenaufrufe verfasst, allerdings ohne zu erwähnen, dass es sich bei der verschwundenen Nicole Wollenbeck um seine Cousine handelte. Es war mir auch gelungen, einen alten Kollegen ausfindig zu machen, der jetzt in Dresden arbeitete. Er konnte sich noch gut daran erinnern, dass Schröder nach dem Verschwinden seiner Cousine völlig aufgelöst gewesen war. Dass er sich sogar eine Auszeit genommen hatte, um nach ihr zu suchen. Und dass er sich nach seiner Rückkehr sehr merkwürdig verhalten hatte. Ausflippte, wenn jemand wagte, ihn nach seiner Cousine zu fragen. ›Nicole lebt. Sie ist ausgestiegen. Das ist ihr gutes Recht. Sie ist erwachsen‹, faltete er jeden zusammen, der es wagte, das Thema anzuschneiden. Was der Kollege mir erzählte, klang seltsam. Entweder hatte Schröder auf seiner Suche nach Nicole etwas erfahren, das ihn aus der Bahn geworfen hatte. Oder er verdrängte die Wahrheit mit einer Vehemenz, die pathologische Züge trug. Mir war er jedenfalls ein guter Chef gewesen, der mich nach Kräften gefördert hatte. Diese Zeit war unwiderruflich vorbei.

Kossek verhielt sich mir gegenüber distanziert. Wahrscheinlich war ihm die Erinnerung an jene Nacht peinlich. So wie mir. Außerdem wollte er offenbar verhindern, dass ich mir von unserem kurzen Stelldichein auf dem Billardtisch irgendwelche Vorteile erhoffte. Als wenn ich das nötig gehabt hätte. Wenn ich meine Themen in der Konferenz vorstellte, nickte Kossek bloß, ohne mich anzusehen. Ansonsten ging er mir aus dem Weg. Und ich ihm. Wenn wir uns doch mal im Flur begegneten, nickten wir uns nur kurz zu und gingen aneinander vorbei. Allerdings wartete ich immer, bis Kossek mich zuerst grüßte. Wenn es sich gar nicht vermeiden ließ und er etwas von mir wissen wollte, schrieb er mir eine Mail.

Alexandra, Sie kümmern sich doch um den Mordfall in der Neustadt?

Selbstverständlich, Herr Kossek.

Demonstrativ siezte ich ihn. Er war mein Chef. Nicht mein Freund. Trotzdem konnte ich nicht leugnen, dass mich seine Missachtung traf. Er riss, ohne es zu ahnen, eine alte Wunde auf.

Zu kündigen und mich auf meinen Erbteil zu verlassen, kam für mich nicht infrage. Erstens stand nun doch nicht genau fest, wie viel Geld der Nachlass umfasste. Außerdem hatte ich keine Lust, mich den Rest meines Lebens auf der Kohle meines verhassten Kuckucksvaters auszuruhen. Geld bedeutete mir nicht sonderlich viel. Und ich liebte meinen Job. Ich sah auch nicht ein, das Feld zu räumen, nur weil Knut Kossek die Bühne betreten hatte. Fast hätte ich die Ausfahrt nach Neuwarden verpasst, so vertieft war ich in meine Gedanken.

Lieselotte Weinert-Klemm hatte nur ihre Telefonnummer veröffentlicht, nicht aber die Straße, in der sie wohnte. Ich fuhr zu der Adresse, die auf der Postkarte stand, doch sie stimmte nicht mehr. An einer Tankstelle fragte ich nach. Die Kassiererin kannte nicht nur die neue Adresse, sie wusste sogar zu erzählen, dass Lieselotte Weinert-Klemm inzwischen alleine lebte, weil ihr Mann Hugo Weinert vor einem Jahr gestorben war.

»Sie sind eine Dorn, oder?«, fragte sie mich zum Abschied.

»Ja, ich bin eine Cousine von Katja. Wir sehen beide unserer Urgroßmutter sehr ähnlich«, log ich, ohne groß darüber nachzudenken.

Die Kassiererin nickte und trug mir auf, Lieselotte Weinert-Klemm »schöne Grüße« auszurichten.

Die alte Freundin meiner Mutter wohnte in einem spießigen Rotklinkerbau. Als sie mir die Tür öffnete, konnte ich die Antworten auf all meine Fragen in ihrem Gesicht lesen. Ohne dass ich mich vorgestellt hatte, wusste sie, wer ich war, starrte mich aus wachen, hellblauen Augen an. Lieselotte Weinert-Klemm war Anfang sechzig, ein paar Jahre älter als meine Mutter jetzt gewesen wäre. Sie war füllig, trug ihr Haar zum Pferdeschwanz gebunden. Eine Strähne, die ihr über die Wange fiel, nahm ihrer Frisur die Strenge.

»Komm rein«, sagte sie, als sei ich eine alte Bekannte, und führte mich in die Küche. Dort bedeutete sie mir mit einem Kopfnicken, dass ich an der Essecke Platz nehmen sollte. Ich rutschte in die Küchenbank. Auf dem Tisch lag eine Spitzendecke, an der Wand hingen weiß-blau bemalte Teller. Ohne das Wohnzimmer gesehen zu haben, wusste ich, dass über dem Sofa eine selbst gehäkelte ›Schondecke‹ lag und die Kissen in der Mitte geknickt waren. Lieselotte Weinert-Klemm blieb an der Spüle stehen, ließ keinen Zweifel daran, dass sie dieses Gespräch so schnell wie möglich hinter sich bringen wollte. »Was willst du wissen?«

»Alles.«

»Ich fürchte, dass ich nicht alles weiß.«

Wir umkreisten einander wie zwei Raubkatzen vor dem Kampf, die ahnten, dass sie gleich stark waren. »Aber seit deinem Anruf und nachdem ich dein Foto im Internet gesehen habe, kann ich mir so einiges zusammenreimen.«

Lieselotte Weinert-Klemm fingerte sich eine Zigarette aus der Schachtel und bot mir auch eine an. Ich schüttelte den Kopf, denn ich versuchte gerade mal wieder, mir das Rauchen abzugewöhnen.

»Und was haben Sie sich zusammengereimt?« Ich verspürte wenig Lust, diese fremde Frau zu duzen. Auch wenn es wahrscheinlich taktisch klüger gewesen wäre, um sie zum Reden zu bringen.

Die alte Freundin meiner Mutter inhalierte den Rauch, blies ihn durch die Nase wieder aus. »Deine Mutter und ich haben einen Teil unserer Kindheit und Jugend zusammen verbracht«, fing sie mit leiser Stimme an zu erzählen. »Wir waren Nachbarinnen, unsere Familien teilten sich ein Altbremerhaus. Deine Mutter und Großeltern wohnten im Erdgeschoss, wir im ersten Stock. Obwohl ich drei Jahre älter war, hingen wir dauernd zusammen. Zuerst als Kinder, später als junge Mädchen. Selbst als ich nach Neuwarden zog, wo mein damaliger Freund und späterer Mann lebte, hielten wir Kontakt. Wir telefonierten, schrieben uns. Und im Oktober '72 besuchte deine Mutter mich das erste Mal nach meiner Hochzeit. Es war Schützenfest, das ist bei uns immer etwas später. Tja und dann …«

Lieselotte Weinert-Klemm hielt einen Moment inne, sah aus dem Fenster, spielte mit den Fingern an dem Anhänger ihrer Halskette. Ohne mich anzusehen, sprach sie weiter. »Hermann Dorn, der damalige Bürgermeister von Neuwarden, er wurde später Kreistagsabgeordneter, hatte ein Auge auf deine Mutter geworfen. Wieder und wieder forderte er sie zum Tanzen auf. Schenkte ihr einen Apfelkorn nach dem nächsten ein. Seine Frau war zu Hause geblieben, weil ihre kleine Tochter krank war.« Katja, schoss es mir durch den Kopf. »Hermann Dorn war ein Schürzenjäger. Immer gewesen.« Wieder schwieg Lieselotte Weinert-Klemm einen Moment lang, zog an ihrer Zigarette. »Ich weiß nicht, was in jener Nacht passiert ist. Wir hatten alle viel getrunken. Und wer nachher noch im Schützenzelt tanzte, schon nach Hause gegangen war oder in eine der umliegenden Scheunen verschwunden war und mit wem …« Sie sprach den Satz nicht zu Ende, drückte ihre Zigarette in einen Aschenbecher, der aussah wie selbst getöpfert, und zündete sich sofort die nächste Kippe an. »Wie ich in dieser Nacht in mein Bett gekommen bin, weiß ich nicht mehr. Am nächsten Morgen wachte ich glücklicherweise neben meinem Mann auf. Deine Mutter ist in aller Herrgottsfrühe abgereist, ohne sich von mir zu verabschieden.«

»Sie haben meine Mutter nie gefragt, warum sie einfach weggefahren ist?« Die alte Freundin meiner Mutter schüttelte den Kopf, noch immer wich sie meinem Blick aus. »Wenn ich ehrlich bin, wollte ich es damals nicht so genau wissen«, sagte sie schließlich mit bemerkenswerter Offenheit. »Ich habe den Gedanken daran immer verdrängt, glaubte, dass Hermann vielleicht ein bisschen zudringlich geworden war. Und dass deine Mutter mir daran die Schuld gab, weil ich nicht auf sie achtgegeben hatte. Aber ich habe nicht im Traum daran gedacht, dass Hermann Dorn sie in jener Nacht geschwängert haben könnte.«

Ich biss mir auf die Unterlippe. Hatte ich es doch geahnt. Mein wirklicher Vater war viel schlimmer als der Mann, den ich jahrelang dafür gehalten hatte. Ein Schwerenöter. Ein Typ, der sich an junge Mädchen ranmachte, sie mit Alkohol abfüllte und in eine Scheune lockte. Meine Kehle war so trocken, dass es mir schwerfiel zu schlucken.

»Könnte ich bitte ein Glas Wasser haben?«, fragte ich matt.

»Oh, ich habe dir ja gar nichts zu trinken angeboten«, entschuldigte sich Lieselotte Weinert-Klemm scheinheilig, drehte sich um, nahm ein Glas aus dem Schrank, der über der Spüle hing, und drehte den Wasserhahn auf. Diese Frau bot mir tatsächlich Leitungswasser an.

»Und dann, was ist dann passiert?« Wie eine Masochistin musste ich nun auch noch den Rest erfahren.

»Eigentlich nichts mehr.« Lieselotte Weinert-Klemm reichte mir das Glas. »Deine Mutter hat sich nie wieder bei mir gemeldet. Ich habe später per Zufall erfahren, dass sie geheiratet und eine Tochter bekommen hat. Aber ich hatte wirklich keine Ahnung, dass Hermann Dorn dein Vater war. Siegrid kannte den Mathematiker ja schon, als sie mich besuchen kam. Sie hatte ihn kurz vorher kennengelernt und er machte ihr den Hof. Sie fühlte sich geschmeichelt. Er war ja ein bisschen älter als sie. Wohlhabend. Und so klug, schwärmte sie. Ich dachte deshalb wirklich, der Professor wäre der Vater ihres Kindes. Bis ich dein Foto auf deiner Homepage gesehen habe. Man könnte ja denken, das sei die Homepage von Katja Dorn. Und dann diese roten Haare – Rotfuchs wurde Hermann im Dorf immer genannt.«

Lieselotte Weinert-Klemm schwieg einen Moment, blies den Rauch durch die Nase. »Tja, den Hermann wird man nicht mehr fragen können. Der ist vor fünf Jahren gestorben. Herzinfarkt. Ganz plötzlich. Zusammengebrochen im Kreistag, während er eine Rede hielt. War übrigens Innenpolitiker, der Hermann, ein harter Hund.«

Mein Magen rebellierte. »Könnte ich bitte Ihre Toilette …«

Lieselotte Weinert-Klemm nickte. »Den Flur entlang, hinten rechts.«

Ich stürmte, anders kann man das wirklich nicht beschreiben, aus der Küche. Das Badezimmer war klein und blitzsauber. Klar, hier in Neuwarden war wahrscheinlich jedes Haus, jeder Winkel, blitzsauber. Ich klappte den Klodeckel gerade noch schnell genug hoch.

Mein Magen spie das Wasser, das sich in eine klare, scharfe Brühe verwandelt hatte, aus. Schweiß trat mir auf die Stirn. Meine Augen tränten. Mit zittrigen Fingern drückte ich auf die Klospülung. Im Spiegel über dem Waschbecken sah ich mich an. Ich war völlig aufgelöst, das Haar zerzaust, die Wimperntusche verlaufen. Ich schaufelte mir kaltes Wasser ins Gesicht. Natürlich hatte diese doppelbenamte Dorftrulla den wahren Grund geahnt, warum meine Mutter so plötzlich verschwunden war, und sich nicht mehr gemeldet hatte.

Mit Klopapier tupfte ich die Wimperntusche ab, schlang meine Haare zum Knoten. Für meine Mutter, die aus einem christlichen Elternhaus stammte, war eine Abtreibung nicht infrage gekommen. Sie war achtzehn Jahre alt und schwanger von einem verheirateten Mann. Vom Bürgermeister des Ortes. Niemand hätte ihr geglaubt, wenn sie ihn angezeigt hätte. Wegen Missbrauchs von Widerstandsunfähigen. Oder sogar wegen Vergewaltigung. Und in Bremen gab es diesen wohlhabenden, aufstrebenden Mathematiker, der gerade seinen Doktor gemacht hatte. Einer, der ihr Sicherheit versprach. Einer, der sie sogar heiraten wollte. Später, als ihre Ehe zur Hölle geworden war, harrte meine Mutter aus, weil wir beide versorgt sein mussten. Kein Wunder, dass sie immer so abweisend zu mir gewesen war.

»Wenn ich dir einen Rat geben darf«, sagte Lieselotte Weinert-Klemm, kaum dass ich in die Küche zurückgekehrt war. »Verschwinde einfach von hier und komm nie wieder. Du reißt nur alte Wunden auf. Hermann ist tot. Und Tote soll man ruhen lassen. Seine Tochter Katja lebt noch in Neuwarden. Und sie hing sehr an ihm. Willst du ihr den Glauben an ihren Vater nehmen? Und der Professor hat dich doch sicher auch sehr lieb. Auch dem würdest du mit der Wahrheit nur wehtun.«

Ich schwieg. Natürlich wollte diese ehrenwerte Frau, dass ich mich nie wieder blicken ließ. War ich doch der lebende Beweis dafür, dass der verstorbene Bürgermeister und Kreistagsabgeordnete alles andere als ein anständiger Mensch gewesen war. Sie war bestimmt nicht die Einzige, die geahnt hatte, was damals geschehen war. Aber alle hatten geschwiegen. Waren froh gewesen, dass meine Mutter nie wieder hier aufgetaucht war. Und nun war ich hier – ein böser Geist aus der Vergangenheit, der die Wohlanständigkeit des Ortes befleckte. Ich nahm meine Jacke und verließ die Küche, ohne noch ein Wort zu sagen.

*

Dieses Mistvieh! Er hätte ihm gleich den Hals umdrehen sollen. Dabei hatte alles so schön angefangen. Auch wenn er nur ein paar Wortfetzen, das Quietschen der Schranktür oder das Klacken ihrer Absätze auf dem Parkettboden gehört hatte, hatte ihn das glücklich gemacht wie lange nichts mehr. Er war bei ihr gewesen. Morgens, wenn die quietschenden Bettfedern verrieten, dass sie aufstand. Wenn das Rauschen des Wassers an sein Ohr drang. Und er wusste, dass sie unter der Dusche stand. Mit klopfendem Herzen hatte er zugehört und sie vor sich gesehen. Nackt. Wie sie sich einseifte. Unter den Achseln. Und zwischen Beinen. Tagsüber war sie ja bei der Arbeit. Und dann hatte er plötzlich diese Kratzgeräusche gehört. Wieder und wieder. Krrrrrrrrkrrrrrrrkrrrrrrr. Ein unerträgliches Scharren. Die Verbindung war immer schlechter geworden und schließlich ganz abgebrochen. Und nun war die Leitung tot. Das rote Katervieh hatte die Wanze zerkratzt. Seine Verbindung zu ihr gekappt. Das sollte ihm dieses Mistvieh büßen. Den Hals umdrehen würde er ihm.

*

Lief da was mit dem kleinen Dicken? Das konnte sich Knut Kossek eigentlich kaum vorstellen. Doch neulich hatten sie recht vertraut im Redaktionsflur zusammengestanden. Und die Kleine hatte ihm, Kossek, einen Blick zugeworfen, dass er jetzt, wenn Blicke töten könnten, schon unter der Erde liegen würde. Er wäre dann der zweite tote Lokalchef in Bremen binnen kurzer Zeit gewesen. Eindeutig zu viel für die Stadt an der Weser.

Ansonsten strafte sie ihn ja meistens mit Missachtung. Kühl. Abweisend. Als ob er ihr Wunder was angetan hätte. Dabei war sie es doch gewesen, die ihn an Neujahr angebaggert hatte. Und verdammt, er hatte seinen Mann gestanden, erst auf der Bühne und dann am Billardtisch zwischen ihren Beinen. Das war ja nicht wenig für einen, der die fünfzig bereits vor einiger Zeit überschritten hatte, fand er. Und jetzt zickte sie hier rum und machte einen auf Prinzessin Rührmichnichtan. Oder wollte sie ihn reizen? Er hätte jedenfalls gegen eine weitere Runde Rock 'n' Roll mit ihr nichts einzuwenden gehabt. Die Kleine war nämlich verdammt gut gewesen.

Kossek saß in seiner Wohnung inmitten nicht ausgepackter Umzugskartons. Eine neue Bleibe zu finden, war für ihn ein Klacks gewesen. Eine Anzeige mit dem Wortlaut: *Leitender Redakteur d. Weserblicks, alleinsteh., su. großz. Altbauwhg. im Viertel*, machte halt was her.

Kossek hockte auf dem Parkettboden, eine halb geleerte Pulle Rotwein vor sich, in den Händen seine einzig wahre Geliebte: eine rot lackierte Fender Stratocaster, Baujahr 1965. Angeschlossen an einen Mesa/Boogie. Von dem ehemals roten Lack der Stratocaster war nicht mehr viel übrig, man konnte ihn allenfalls noch erahnen. Unzählige Gigs zwischen Bremen, Oldenburg und Cloppenburg hatten ihre

Spuren hinterlassen. Manches Mal hatte er auf dem verschrammten Teil gezaubert. O ja, das hatte er. Oft sogar. Er, der Ritchie Blackmore von der Unterweser. Der Vergleich stammte nicht von ihm. So vermessen wäre er nicht gewesen, niemals. Eine Regionalzeitung in Nordenham hatte ihn gezogen, vor siebenundzwanzig Jahren. Das hatte ihm geschmeichelt. Obwohl er damals ja eher Gary Moore nachgeeifert hatte.

Damals hätte er den Sprung ins Profilager schaffen können. Wenn er sich getraut hätte. Genau genommen stand er kurz davor. Damals, im Sommer 1985, als er das Angebot bekommen hatte, mit seiner damaligen Band auf Europatournee zu gehen, im Vorprogramm der Scorpions. Hie und da war man auch in Fachkreisen bereits auf ihn aufmerksam geworden. Er hatte zwei Songs für Lindenberg geschrieben, der ihn daraufhin eingeladen hatte, mit ihm im Studio an seinem neuen Album zu arbeiten. Einmal, in der *Fabrik* in Hamburg, war plötzlich Charlie Watts am Bühnenrand aufgetaucht und hatte ihm nach dem Gig mit den Worten auf die Schulter geklopft: »Really great, man!« Aus der Zeit existierte ein Foto, das ihn zusammen mit Brian May von Queen zeigte. Viele Jahre hatte er es in der Brieftasche immer bei sich getragen. Doch er stand damals kurz vor dem Staatsexamen. Er wollte sein Studium unbedingt abschließen. Und er dachte an seine Gesundheit. Die aufreibenden Seiten des Rockmusikerdaseins hatte er bereits kennengelernt. Zu viele Drogen, zu viele Chicks, zu wenig Schlaf. Kossek hatte eine halbwegs bürgerliche Existenz als Journalist schließlich vorgezogen. Eigentlich hatte er ja mal Lehrer werden wollen, war aber dann auf die schiefe Bahn geraten.

Eine Zeit lang hatte er noch versucht, die Musik wenigstens nebenbei als Hobby zu betreiben. Da sich ein Großteil der journalistischen Arbeit jedoch am Abend und an Wochenenden abspielte, ebenso wie das Rockmusikerleben, war es bald schwierig bis unmöglich geworden, beides unter einen Hut zu bekommen, sodass er die Strat schließlich schweren Herzens an den Nagel gehängt hatte.

Von dort hatte er sie im Dezember des vergangenen Jahres wieder heruntergenommen. Louis, mit dem er zu Schulzeiten schon mal zusammen gespielt hatte und der damals ein ganz leidlicher Bassist gewesen war, hatte ihn angerufen und gefragt, ob er nicht bei den Steckbrieflich Gesuchten einspringen könne, weil sich Gitarrist Alessandro die Hand gebrochen hatte und für die nächsten, bereits fest gebuchten Gigs ausfalle. Da sie an Neujahr ausgerechnet in der Kneipe seines Bruders spielen sollten, hatte Kossek unmöglich absagen können, wie ihm auch Carl unmissverständlich klargemacht hatte. Louis arbeitete mittlerweile zwar als Sachbearbeiter im Bremer Liegenschaftsamt, hatte seine glorreichen Mucker-Jahre aber nie vergessen. Vor zwei Jahren hatte er schließlich einige alte Mitstreiter von damals zusammengetrommelt. Seitdem war keine Ü50-Party und kein Oldie-Abend zwischen Bremen, Osterholz-Scharmbeck und Rotenburg/Wümme vor Alessandro, Axel, Rainer, Mats, Klaus-Dieter und Louis sicher. Kossek hatte gezögert – aber nicht lange. Zu sehr hatte es ihn in den Fingern gejuckt. Zwar waren dieselben inzwischen etwas eingerostet, er hatte nur hin und wieder für den Hausgebrauch noch gespielt. Aber irgendwelche Endvierzigerinnen bis Mittfünfzigerinnen in Wallung zu bringen, dafür reichte es noch allemal. Seine Mitspieler waren musikalisch keine großen Leuchten – aber es machte tierisch Spaß, mit den Jungs zu rocken.

Kossek blickte wehmütig auf seine Gitarre. Ein nicht unerheblicher Teil der Schrammen auf der Strat waren gar keine Schrammen, sondern eingeschnitzte Kerben. An Neujahr hatte er eine weitere hinzugefügt – gleich nach seinem ersten Gig seit langer Zeit! Jetzt waren es vierundsiebzig. Verteilt allerdings über fünfunddreißig Jahre.

Kossek schlug einen Akkord an. F-Moll. F-Moll kam immer gut, wenn man gerade den Blues hatte. Dann B-Moll und C-Dur. Und einen weiteren Schluck aus der Pulle. Ein kurzes improvisiertes Intro, das ein wenig an den Mittelteil von *Still got the Blues* von Gary Moore erinnerte. Aber nur ein wenig. Er dachte an die Katzenstein. An ihr flammendes Haar. Eine Textzeile kam ihm in den Sinn:

Cruel chick. Why do you treat me so hard?

Dann: *Readhead, you're drivin' me crazy.*

Und: *Cute chick, we can do it everywhere.*

Kossek erschrak. Verdammt, was passierte hier gerade? Er schrieb einen Song! Zum ersten Mal seit über zwanzig Jahren. Hatte ihn die Kleine inspiriert? Was hatte das zu bedeuten? O shit!

Die Pulle war leer. Er holte sich eine zweite. Kossek schnappte sich Zettel und Stift. Die Worte flogen ihm von selbst zu. Die Töne auch. Die Finger tanzten über die Saiten der Strat, als ob es kein Morgen gäbe. Kossek legte sein ganzes Gefühl in die rechte Hand. Sie entschied über die Qualität eines Gitarrensolos. Alles oder nichts. Hui oder pfui. Der Mesa/Boogie gab sein Bestes. Die Strat sprach zu ihm: ›Hol es aus mir raus.‹ Alles passte. Alles. Kossek war Hendrix. Blackmore. Moore. Alle zusammen. Für ein paar Minuten. Dann war es vorbei. Nach zweieinhalb Stunden war es geschafft. Der Song war fertig. Er hieß *Cruel Chick.* Die zweite Pulle war leer. Kossek auch. Er hatte gerade den besten Song seines Lebens geschrieben. Yeah.

*

Ich hatte eine unbändige Wut auf meine Eltern. Wenn ich wirklich ein Kuckuckskind war, warum hatte meine Mutter meinen ›Vater‹ nicht verlassen, obwohl er uns Tag für Tag gedemütigt hatte? Aber das angenehme Leben in der Villa war ihr offenbar wichtiger als das Wohl ihres Kindes. Und dass die Nachbarn sie mit »Frau Professor« ansprachen, obwohl sie nicht mal Abitur hatte. Der alte Hass aus meiner Teenagerzeit war wieder entflammt. Ich war ein ungewolltes Kind. Eine Last, die es durchzubringen galt. Mein Kuckucksvater musste geahnt haben, dass ich ihm untergeschoben worden war, sonst hätte er mich wohl kaum so behandelt – oder? Und warum hat er uns nicht rausgeschmissen? Wahrscheinlich wäre ich vaterlos in einer Zwei-Zimmer-Hochhaus-Wohnung glücklicher geworden, als im goldenen Käfig mit diesem Sadisten. Ich hatte nicht übel Lust, die Villa in Schwachhausen, dieses weiße Jugendstilmonstrum, anzuzünden.

Außerdem wollte ich jetzt jeden Cent des Erbes. Schmerzensgeld für all die Jahre, die mich Katzenstein so gequält hatte. Ich würde gegen Clooney und seine gelackten Mathematikerfreunde zu Felde ziehen und das Erbe anfechten. Diese Schlacht würde ich gewinnen. Dieses eine Mal würde ich die Mathematiker, deren Wissenschaft mir die peinvollsten Stunden meines Lebens beschert hatte, in die Tasche stecken.

Ich verabredete mich mit Clooney in einem kleinen italienischen Restaurant. Diese fleischgewordene binomische Formel sollte mich kennenlernen.

Natürlich war Prof. Dr. Ansgar Freitag pünktlich. Als er das Restaurant betrat, drehten sich alle Gäste nach ihm um – die Frauen schmachteten ihn an, der Ausdruck auf den Gesichtern der Männer schwankte zwischen Neid und Anerkennung. Clooney trug einen schwarzen Anzug, der wie maßgeschneidert saß, dazu ein weißes Hemd und eine rote Krawatte. »Dame Katzenstein«, lächelte er, nahm meine Hand und deutete einen Handkuss an.

Mir war die Szene peinlich. Meine Güte, musste der immer so ein Theater machen?

»Guten Abend«, sagte ich eine Spur zu frostig und zog meine Hand zurück.

Clooney setzte sich. »Sie sehen bezaubernd aus, liebe Dame Katzenstein«, schleimte er.

Bevor ich etwas erwidern konnte, trat der Kellner an unseren Tisch und ich sagte schnell: »Ich möchte nichts essen, nur ein Glas trockenen Rotwein, bitte.«

Der Kellner nickte.

Clooney war sichtlich irritiert. »Sie wollen nichts essen?«

»Nein«, antwortete ich knapp. »Ich habe keinen Hunger. Aber tun Sie sich keinen Zwang an.«

Clooney bestellte sich eine Tomatensuppe und eine Flasche Wasser. Wahrscheinlich hatte er sich diesen Abend anders vorgestellt. Romantisches Drei-Gänge-Menü bei Kerzenschein. Angenehme Unterhaltung. Eine Flasche Rotwein. Noch eine. Und zum Nachtisch die Tochter des Mannes, der die Stiftung gerettet hatte.

Eigentlich hatte ich auch vorgehabt, mit Clooney zu speisen. Doch seit diesem peinlichen Handkuss wollte ich nur noch eines: die Sache so schnell wie möglich hinter mich bringen.

»Nun, liebe Dame Katzenstein, wie geht es Ihnen?«, erkundigte sich Clooney. Eine Frau am Nebentisch, die einsam ihre Spaghetti aß, sah neidisch zu uns herüber. Meine Güte, der Typ sah ganz gut aus. Und? Dieser Freitag, das war mir inzwischen klar geworden, war ein aalglatter

Schleimer. Ein Lackaffe. Er war neulich nur so freundlich zu mir gewesen, weil er fürchtete, dass ich das Testament anfechten würde.

»Danke der Nachfrage«, wich ich aus.

Der Kellner kam zurück, stellte das Wasser und den Rotwein auf den Tisch. Als er wieder gegangen war, konnte ich nicht mehr an mich halten.

»Lieber Herr Professor Doktor Freitag«, betonte ich jeden Teil seines Titels.

»Ansgar, liebe Alexandra, nenn mich doch einfach Ansgar. Ich finde, wir sollten uns duzen«, unterbrach Clooney mich.

»Ich finde, das sollten wir lassen«, zischte ich. »Wir werden uns nämlich demnächst vor Gericht sehen.« Meine Stimme geriet eine Spur zu schrill. Die anderen Gäste sahen wieder zu uns herüber. Die Damen glaubten wahrscheinlich, wir seien ein zerstrittenes Ehepaar kurz vor der Scheidung und witterten Morgenluft.

Clooney sah mich an, als hätte ich ihm eine geknallt. Ohne ihm zuzuprosten, trank ich einen Schluck Rotwein und holte zum nächsten Schlag aus. »Ich werde das Testament meines Vaters anfechten.« Triumphierend lehnte ich mich zurück.

Der Professor starrte mich an. »Sie wollen was?«, fragte er, als sei er begriffsstutzig.

»Das Testament anfechten«, wiederholte ich.

Langsam schüttelte Clooney den Kopf. »Das ist aussichtslos. Ihnen steht ein Pflichtteil zu, selbstverständlich. Aber der letzte Wille Ihres Vaters war eindeutig. Er sollte Ihnen heilig sein.«

Dass Clooney nun zu mir sprach wie ein Pastor zu einer armen Sünderin im Beichtstuhl machte mich rasend. »Das werden wir ja sehen«, schoss ich zurück. »Mein Vater hat Selbstmord begangen, war depressiv. Vermutlich wusste er gar nicht, was er tat, als er Ihre Stiftung als Alleinerbin einsetzte.«

Der Kellner brachte die Tomatensuppe. Freitag bedankte sich, schob den Teller aber von sich weg. Ihm war der Appetit offenbar vergangen. »Alexandra, seien Sie doch bitte vernünftig …«

»*Sie* sollten besser vernünftig sein, werter Herr Professor. Sie können doch rechnen? Zahlen sind doch Ihre große Leidenschaft, nicht wahr?« Oh, wie gut mir dieser Satz tat. »Das Erbe liegt bei mehreren Millionen Euro. Und die Anwalts- und Gerichtskosten richten sich ja bekanntlich nach der Höhe des Streitwertes, also nach dem, was auf dem Spiel steht.«

Clooney schwieg, starrte mich an. Natürlich hatte er sofort begriffen, worauf ich hinauswollte.

»Wenn ich Ihre feine Stiftung vor den Kadi zerre, müssen Sie sich einen Anwalt nehmen. Vor dem Landgericht, wo wir uns treffen werden, herrscht nämlich Anwaltszwang. Und das wird sehr, sehr teuer. So teuer, dass die Stiftung, die ja sowieso fast pleite ist, nicht mal den Vorschuss für den Anwalt bezahlen kann. Und dann kommen auch noch die Gerichtskosten dazu. Mit anderen Worten: Sie können sich den Rechtsstreit gar nicht leisten.«

Ich schwieg einen Moment lang, um die Wirkung meiner Worte auszukosten. »Mir hingegen kann ziemlich egal sein, ob ich gewinne oder verliere. Geht mein Pflichtteil eben für den Prozess drauf. So what? Ich habe das Geld meines Vaters nie gebraucht.« Mit Genugtuung nahm ich zur Kenntnis, wie Clooney erbleichte. Er schnappte nach Luft wie ein Fisch auf dem Trockenen. Aber ich war noch nicht fertig mit ihm. »Im Übrigen weiß ich inzwischen, dass mein Vater kurz vor seinem Tod Streit mit Ihnen und den anderen Vorstandsmitgliedern hatte. Er wollte sich aus der Stiftung zurückziehen, sie enterben. Und dann ist er plötzlich tot. Merkwürdig nicht wahr, Herr Professor Doktor Freitag? Für den Streit und dafür, dass er Sie enterben wollte, gibt es einen Zeugen«, log ich.

Clooney öffnete den Mund, wollte etwas erwidern, aber ich ließ ihn nicht zu Wort kommen. »Ich könnte mir vorstellen, dass sich auch die Staatsanwaltschaft für all das interessiert, was ich in den vergangenen Wochen so rausgefunden habe.« Ich stand auf.

»Alexandra, äh, liebe Dame Katzen…«

Ohne auf Clooneys Worte zu reagieren, ging ich an die Bar, legte dem Kellner einen Zehner auf den Tresen und verließ das Restaurant. Seit Wochen hatte ich mich nicht mehr so gut gefühlt.

*

Sie schaffte es doch immer wieder.

»Du, Matze, wegen neulich …«

»Hm? Was?«

»Tut mir leid, dass ich keine Zeit für dich hatte.«

»Ich weiß nicht, was du meinst.«

»Komm, jetzt tu doch nicht so. Ich habe dich mies behandelt.«

Matze schluckte und gab sich große Mühe, möglichst versteinert zu gucken. Die Katzenstein hatte ihn auf dem Redaktionsflur abgefangen und gleich Süßholz geraspelt.

»Ich habe dich wie einen dummen Schuljungen behandelt und einfach stehen lassen.«

Matze vermied es, sie anzusehen und fixierte irgendeinen Punkt.

»Aber, weißt du, erstens hatte ich es wirklich sehr eilig. Und zweitens …«

Jetzt sah er sie doch an. »Zweitens?«

»Zweitens hab ich gerade Riesenprobleme. Das eine ist: Ich habe etwas über mich erfahren, das mich total umgehauen hat. Und über das andere kann ich nicht mit dir reden. Sorry, zu privat.«

Die Tussen immer mit ihren Heimlichtuereien, dachte er genervt. »Na, dann will ich mal nicht länger stören«, sagte er und versuchte, weiterzugehen. Die Katzenstein stellte sich ihm in den Weg. »Zur Wiedergutmachung lade ich dich zu mir zum Essen ein. Es gibt Labskaus. Ich bin keine große Köchin. Aber Labskaus kann ich.«

Matze schmollte immer noch. Aber nur ein bisschen. »Sorry, keine Zeit.«

»Mit Rollmops.« Sie knuffte ihn in die Seite.

»Mit Rollmops?«

»Yep. Und 'n Beck's gibt's auch dazu.«

Sie schaffte es wirklich immer wieder.

*

Gegen neun Uhr weckte mich die Tatortmelodie, die ich mir als Klingelton aus dem Internet aufs Handy geladen hatte.

»Guten Morgen, Frau Katzenstein, hier spricht Fabian Mohr, ich war bis vor Kurzem zweiter Vorsitzender der Stiftung MMW. Ich muss Sie unbedingt sprechen.«

»Jetzt?!«, antwortete ich noch halb im Schlaf.

»Nein, nicht am Telefon. Wir müssen uns treffen. Möglichst bald.«

Ich setzte mich im Bett auf. »Hören Sie, ich weiß nicht, was wir besprechen sollten. Meine Anwältin hat das Testament angefochten. Wenn es darum geht, sprechen Sie bitte mit ihr. Sie schickt doch bestimmt dieser Clo…, äh, Freitag.«

»Nein, mit Freitag habe ich mich gestritten, und zwar wegen Ihres Vaters. Frau Katzenstein, bitte. Ich habe Informationen, die für Sie interessant sein dürften. Vertrauen Sie mir.«

»Mathematikern vertraue ich grundsätzlich nicht«, zickte ich.

»Bitte, Frau Katzenstein. Ich glaube, dass es beim Tod Ihres Vaters vielleicht nicht mit rechten Dingen zugegangen ist.« Mit einem Mal war ich hellwach. War das eine Falle? Auf der anderen Seite – was hatte ich schon zu verlieren, wenn ich mir anhörte, was dieser Typ zu sagen hatte?

»Also gut, wann und wo?«

»Passt es Ihnen heute Mittag? Ich bin gerade in Bremen.«

»Das könnte ich einrichten. Zwölf Uhr?

»Okay. Wo?«

»Im *Theatro*. Wie erkenne ich Sie?«

»Ich kenne Sie. Bis heute Mittag, Frau Katzenstein.«

Bevor ich Mohr fragen konnte, woher er mich kannte, hatte er aufgelegt. Ich stand auf, duschte, las Zeitung. Dann machte ich mich fertig, trank einen Kaffee im Stehen und fuhr in die Redaktion.

In der Konferenz beachtete mich Kossek wie gewohnt nicht. Plötzlich rebellierte mein Magen. Der Kaffee von heute Morgen, den ich auf nüchternen Magen getrunken hatte, war mir nicht bekommen. Ich sprang vom Stuhl auf, schlug mir die Hand vor den Mund. Mist, hoffentlich würde ich es noch bis aufs Klo schaffen. Das fehlte noch, dass ich mich hier im Konferenzraum übergab. Vor allen Kollegen. Ruckartig zog sich mein Magen zusammen.

»O Gott, Alexandra. Du bist ja ganz bleich«, rief Matze, der direkt neben mir saß.

Ich drängelte mich an den Kollegen vorbei. »Alexandra, ist dir nicht gut?« Auch Sarah Richter, eine andere Kollegin, war besorgt. Ich schüttelte den Kopf, öffnete die Tür und lief raus auf den Flur, rannte aufs Klo und schloss mich ein.

Sekunden später flog die Tür auf und Sarah rief nach mir. »Alexandra? Ist alles in Ordnung?« Statt einer Antwort beförderte ich den Kaffee, den ich am Morgen getrunken hatte, geräuschvoll in die Kloschüssel. Sofort fühlte ich mich besser.

Nach einer Weile schloss ich die Toilettentür wieder auf, wischte mir den Schweiß von der Stirn. »Danke, Sarah«, flüsterte ich, wankte zum Waschbecken, drehte den Hahn auf und klatschte mir kaltes Wasser ins Gesicht. Sarah legte mir die Hand auf die Schulter, reichte mir ein Taschentuch. »Geh doch nach Hause«, schlug sie vor.

Ich schüttelte den Kopf. »Geht nicht. Zu viel zu tun. Und unser neuer Chef kann mich sowieso nicht leiden.«

»Das bildest du dir bestimmt nur ein«, widersprach meine Kollegin.

Wieder schüttelte ich den Kopf. »Lass mal, geht schon wieder.«

Vor der Damentoilette wartete Matze. »Ali, soll ich dich nach Hause fahren?« Matze war wirklich ein Schatz.

»Nein, nein, ist schon wieder okay. Mir war halt ein bisschen schlecht, hab wohl was Falsches gegessen. Lieb von euch, dass ihr euch Sorgen macht.« Ich ging unsicher den Flur entlang zur Redaktion, setzte mich an meinen Schreibtisch. Matze brachte mir ein Glas Wasser.

»Danke«, hauchte ich. Sarah sah mich voller Sorge an. Demonstrativ blickte ich auf meine Armbanduhr. »Oh, ich muss telefonieren. Danke, ihr zwei.« So lieb die beiden waren, mir war die Sache peinlich, ich wollte so schnell wie möglich zur Tagesordnung übergehen. Außerdem ging es mir wirklich besser, nachdem sich mein Magen geleert hatte. Was würde Kossek von mir denken?

*

Von seinem gläsernen Kommandostand aus hatte Kossek Alexandra im Blick. Er saß in seinem Glaskasten und beobachtete die Szene.

Der kleine Dicke und die lange Richter redeten auf die Kleine ein. Sie schüttelte energisch mit dem Kopf. Was hatte das nun wieder zu bedeuten? Legten sie ihr nahe, nach Hause zu gehen? Und sie wollte nicht? Warum nicht? Pflichtgefühl? Heldin der Arbeit? Oder wartete sie darauf, dass er, Kossek, zu ihr kam?

Plötzlich glaubte er etwas zu sehen, das er lieber nicht gesehen hätte. Wölbte sich da etwas unter ihrem Bauch? Hatte sie etwas zugelegt? Oder …? Nee, nä!

Die Kleine wird doch nicht etwa schwanger sein, dachte Kossek und spürte, wie ihm der Schweiß in den Nacken trat. Und ich bin womöglich der … Verursacher. Das kann aber nicht sein, versuchte er, sich sofort wieder zu beruhigen. Es war ja gerade mal drei Monate her, dass aus der Kleinen Kerbe vierundsiebzig geworden war. Und nach drei Monaten – es war jetzt Ende März – konnte man ja wohl noch nichts sehen. Oder? Und falls doch: Ist ja deswegen lange nicht gesagt, dass ich derjenige … So wie die unterwegs war! Kossek wurde auf einmal verdammt mulmig im Bauch. Wenn das so weitergeht, verzieh ich mich gleich nach Hause, dachte er.

Andererseits: Gab es nicht schlimmere Katastrophen, als Vater zu werden? Hatte er sich das früher nicht sogar manchmal gewünscht? Ja, früher, aber jetzt war er zweiundfünfzig! Na und? Hatte Jagger nicht sieben Kinder gezeugt? Mindestens sieben! Mit vier Frauen! Und das waren nur die offiziell anerkannten!

Ja, aber Jagger war Jagger. Und er war Kossek. Lokalchef beim *Weserblick*. Und Hobbymusiker, bestenfalls. Immerhin, es gab welche, die waren weniger.

Verdammt. Der kleine Dicke bewegte sich in Richtung Kommandostand, kam direkt auf ihn zu. Kossek tat beschäftigt, starrte konzentriert auf seinen Bildschirm und raschelte gleichzeitig wichtig mit irgendwelchen Papieren. Der kleine Dicke klopfte der Form halber an die Tür, betrat, ohne seine Antwort abzuwarten, den Raum. Wenn die Tür aufsteht, einfach eintreten, wenn sie geschlossen ist, bitte anklopfen, hatte er seinen Leuten gleich zu Beginn gesagt. Und jetzt stand sie offen. Und der kleine Dicke mitten im Raum. Direkt vor seinem Schreibtisch.

»Du, Knut, mit Alexandra stimmt was nicht. Der geht's nicht gut. Du solltest mal nach ihr sehen.«

»Hm? Was? Wem geht's nicht gut?« Kossek tat so, als sei er gerade auf einem anderen Planeten unterwegs gewesen.

»Der Alexandra. Der ist todschlecht. Ich glaube, die sollte nach Hause gehen. Sarah meint das auch. Aber auf uns hört sie ja nicht. Ich meine, bevor sie noch anfängt, hier rumzukotzen …«

»Ach, die Katzenstein. Was hat sie denn?«

»Keine Ahnung, ihr ist halt schlecht.«

»Die wird doch wohl nicht etwa schwanger sein …«

»Nee, glaub ich nicht. Ich weiß jedenfalls von nix. Obwohl, so genau kenn ich sie auch wieder nicht …«

Kossek war bei den letzten Worten des kleinen Dicken heiß geworden. Aha, mit dem lief also nichts, immerhin. War das jetzt wichtig? Er hatte wirklich andere Sorgen! »Okay, Matze, ich kümmere mich gleich um die Klei…, äh, um Alexandra. Augenblick, ich muss bloß noch …« Wieder angestrengter Blick auf den Bildschirm und geschäftiges Rascheln mit den Papieren.

»Okay, danke.« Der kleine Dicke verließ den Kommandostand wieder.

Und nun? ›Ich kümmere mich gleich um die Kleine‹, hatte er lässig dahin gesagt. Als ob das so einfach wäre! War es das nicht? Nein! Und warum nicht? Weil sie kalt und abweisend zu ihm war, ihm aus dem Weg ging. Seine Kerbe vierundsiebzig!

Allerdings: Wenn in der Redaktion bekannt würde, dass sie mit ihrem Chef, beziehungsweise, dass er mit einer seiner Mitarbeiterinnen … Obwohl sie sich ja damals noch nicht gekannt hatten. Aber das würde ihnen natürlich niemand glauben. Außerdem: Wenn zwei Leute, die einander noch nie vorher gesehen hatten und sich nicht mal beim Namen kannten, gleich bei ihrer ersten Begegnung … Vielleicht war es das, was ihr Sorgen machte. Vielleicht war sie mit der Situation überfordert. So wie er selber, wenn er ehrlich war. Neidisch dachte er an Casanovas Zeiten: Pimpern hatte damals in etwa denselben Stellenwert wie essen, trinken und kacken, wurde mit einer beeindruckenden Beiläufigkeit als etwas völlig Natürliches gehandhabt. Jeder trieb's mit jedem und alle hatten ihren Spaß. Und heute? Wurde jedes Mal ein Drama draus gemacht und so getan, als würde die Welt stehen bleiben, wenn man mal seinen Schwengel irgendwo reingehalten hatte. Schon einer Frau Komplimente zu machen, war streng verboten und wurde sofort als Sexismus gebrandmarkt. Wobei sich in den seltensten Fällen die Adressatin der Komplimente selber beschwerte; meistens geiferten irgendwelche hässlichen Feministinnen mit unaussprechlichen Doppelnamen und setzten die übliche Empörungsmaschinerie in Gang. In was für intoleranten, spießigen, freudlosen, rückständigen Zeiten leben wir eigentlich?, fragte sich Kossek.

Vielleicht sollten sie ganz offen darüber reden. Kossek hasste Probleme. Vor allem hasste er solche Gespräche. Trotzdem gab er sich einen Ruck und ging zu ihr.

»Alexandra, ist bei Ihnen alles in Ordnung?« Der besorgte Unterton war nicht gespielt.

Verwundert hob sie den Kopf, sah ihn an. Was für schöne Augen sie doch hatte. »Alles klar, danke. Geht schon wieder.«

»Sie können ruhig nach Hause, wenn Ihnen nicht gut ist.«

»Nein, nein, das ist nicht nötig. Trotzdem danke.«

*

Ich merkte, wie ich rot anlief, verdammt, das war mir zuletzt als Teenager passiert. Verlegen zog ich eine Akte aus meinem Schreibtisch, versteckte mich dahinter, tat so, als würde ich lesen und war heilfroh, als mein iPhone um halb zwölf endlich Alarm schlug und mich ins *Theatro* schickte, wo ich mit diesem Mohr verabredet war.

Überpünktlich, um Viertel vor zwölf, war ich dort und verschwand erst mal in den Keller auf die Toilette. Vor dem Spiegel, über den ein roter Samtvorhang drapiert war, der das Licht weichzeichnete, fing ich an, mein Make-up zu erneuern. Mit einem Papiertuch wischte ich mir die Schminke aus dem Gesicht, legte Puder auf, umrandete meine Augen mit dunklem Kajal. Während ich meine Lippen nachzog, überlegte ich, ob ich nicht einfach versuchen sollte, mit Kossek zu reden. Doch was sollte ich ihm sagen? Offensichtlich hielt er mich für eine Schlampe. Wie sollte ich ihm erklären, dass ich, also …? Dass Silvester so eine einsame Veranstaltung gewesen war. Und dass mich dann auch noch mein Vater zusammengestaucht hatte. Na ja und dann … Quatsch, das würde nur noch peinlicher werden. Außerdem war Kossek ja auch nicht anders, hatte sich nicht lang bitten lassen mit mir … Aber süß, wie er mich vorhin angeguckt hatte. Und er hatte sogar besorgt geklungen!

Als ich mich wieder vorzeigbar fühlte, ging ich hoch ins Restaurant, setzte mich in die hinterste Ecke auf die roten Samtpolster neben dem riesigen, goldgerahmten Spiegel und wartete. Fabian Mohr … war das nicht der Typ, der mit Grippe im Bett gelegen hatte, als Matze und ich die Mathematiker besucht hatten?, überlegte ich.

Punkt zwölf kam ein Mann im langen, schwarzen Ledermantel ins Restaurant, sah sich um und steuerte auf meinen Tisch zu. Es war der Vampir, der mich während der Seebestattung meines Vaters ungeniert angeschmachtet und mir mit einem Taschentuch ausgeholfen hatte.

»Moin, Moin, ich bin Fabian Mohr.« Der Vampir streckte mir seine bleiche Hand entgegen. Um sein Handgelenk trug er ein schwarzes Lederarmband mit spitzen Nieten. Nachdem ich seine Hand geschüttelt hatte, zog er seinen Mantel aus, hängte ihn an die Garderobe neben dem Spiegel und ließ sich in den roten Sessel mir gegenüber fallen. Vielleicht lag es am gedämpften Licht, dass Mohr diesmal nicht so furchterregend aussah.

»Nun bin ich aber mal gespannt«, versuchte ich, das Gespräch möglichst schnell in Gang zu bringen. Der Vampir sollte gar nicht erst in die Versuchung geraten, freundliche Belanglosigkeiten mit mir tauschen zu wollen.

»Wie geht es Ihnen denn überhaupt?«, erkundigte sich Fabian Mohr trotzdem.

»Danke. Ich habe wenig Zeit, wir sollten zum Punkt kommen«, gab ich schroff zurück. Der Vampir nickte sichtlich irritiert. Zum Glück kam die Kellnerin an den Tisch, um unsere Bestellung aufzunehmen. Mohr orderte eine Möhren-Ingwer-Suppe mit Hähnchenspieß. Ich bestellte einen Salat mit Wildlachs. Wir teilten uns eine große Flasche Wasser.

»Woher kannten Sie meinen Vater überhaupt?«, fragte ich Mohr, nachdem die Kellnerin gegangen war.

»Er war mein Doktorvater. Ist aber schon etliche Jahre her. Ich habe Anfang der Neunziger angefangen zu studieren.«

Ich stutzte. Anfang der Neunzigerjahre ... Zu der Zeit hatte auch Nicole Wollenbeck an der Uni Bremen Mathematik auf Lehramt studiert. Mohr könnte sie also gekannt haben. Die beiden waren damals ungefähr gleich alt, kombinierte ich, beschloss aber, Nicole erst mal nicht zu erwähnen.

»Sie wissen, woran Ihr Vater gearbeitet hat?«, fragte mich der Vampir.

»An einem Modell zur effizienten Stromnutzung.«

Mohr nickte. »Die Stromindustrie hatte, sagen wir mal, ein gedämpftes Interesse daran, dass sein Sparmodell umgesetzt worden wäre. Dazu passt, dass Ihr Vater kurz vor seinem Tod Besuch bekommen hat, und zwar von Leuten, die ihm Geld geboten haben, damit er seine Forschung nicht veröffentlicht.«

Ich starrte Mohr ungläubig an. »Woher wissen Sie das?«

»Er hat es mir erzählt. Ich muss Ihnen nicht sagen, dass Ihr Vater diese Typen rausgeworfen hat. Nicht nur, weil er genug Geld hatte. Ihr Vater war ein geradliniger Mann.«

Ich biss mir auf die Unterlippe. »Was für Typen meinen Sie?«

»Lobbyisten oder Repräsentanten, wie sie sich selbst nennen. Nachdem diese Leute bei dem Professor auf Granit bissen, gingen sie offenbar zu Ansgar, also zu Freitag, dem Vorsitzenden der Stiftung. Tja, und da hatten sie wohl mehr Glück. Jedenfalls glaubte das Ihr Vater.«

»Das ist mir jetzt zu hoch«, wandte ich ein. »Wie können diese Lobbyisten Freitag kaufen, wenn sie doch meinen Vater stoppen wollten?«

»Papier ist geduldig. Die Forschung allein nützt erst mal gar nichts. Ihr Vater hätte seine Ergebnisse in der Fachpresse veröffentlicht, doch damit wäre sein Modell noch lange nicht umgesetzt worden. Bis dahin wäre es noch ein langer Weg gewesen, den er nicht alleine hätte gehen können. Die Presse muss sich für ein Projekt interessieren, damit öffentlicher Druck entsteht. Bundestagsabgeordnete müssen begeistert werden. Es hätte viele Möglichkeiten gegeben, das Ganze zu torpedieren. Ein renommierter Wissenschaftler äußert öffentlich Zweifel, die Pressearbeit funktioniert nicht. Am Schlimmsten ist allerdings, wenn sich die Bundestagsabgeordneten einlullen lassen von irgendwelchen Lobbyisten, die die Stromindustrie auf sie angesetzt hat. Wissen Sie, wenn man nur ein bisschen in das Thema einsteigt, hat man den Eindruck, dass dieses Land von Lobbyisten regiert wird.«

Die Kellnerin kam, stellte unsere Teller vor uns auf den Marmortisch. Der Vampir wünschte mir einen »guten Appetit« und tauchte seinen Löffel in die Suppe. Von Nahem sah Mohr eigentlich gar nicht so schlecht aus. Er hatte dunkle Knopfaugen, ausdrucksstarke Brauen. Seine Haut war blass, aber feinporig und ungewöhnlich rein. Er war frisch rasiert, allerdings roch sein Aftershave eher wie Insektenvernichtungsmittel. Wahrscheinlich hatte er sich nach dem Rasieren dieses billige Zeugs von Aldi auf die Wangen geklatscht.

»Kurz vor seinem Tod habe ich noch mit Ihrem Vater telefoniert«, fuhr Mohr fort, nachdem er ein paar Löffel von der Suppe gekostet hatte. »Er erzählte mir, dass er sich mit Ansgar Freitag gestritten hätte. Er redete auch davon, sich aus der Stiftung zurückzuziehen, hatte sogar schon einen Termin beim Notar, weil er sein Testament ändern wollte.«

Das waren ja interessante Neuigkeiten. Willich hatte also doch recht gehabt. »Wissen Sie, wie sein Notar heißt?«

Der Vampir schüttelte den Kopf. »Ich muss auch zu meiner Schande gestehen, dass ich das Telefonat mit Ihrem Vater abgewürgt habe. Er war ganz atemlos, stammelte sich ziemlich was zurecht, was sonst gar nicht seine Art war. Aber ich hatte einfach keine Zeit, weil ich in eine Besprechung musste. Wir haben uns dann für den 3. Januar verabredet. Ich wollte ihn in Bremen treffen, damit er mir alles ausführlich erzählen konnte. Tja ...« Mohr hielt einen Moment inne.

»Und dann hörte ich, dass er tot war. Selbstmord. Kurz bevor er mir erzählen konnte, was er auf dem Herzen hatte.«

»Und warum kommen Sie erst jetzt zu mir?« Der Vampir zuckte mit den Schultern. »Zuerst erschien mir der Verdacht ungeheuerlich. Aber wenn man sich überlegt, wem der Tod Ihres Vaters nützt, kommen nur die Stiftung und die Stromindustrie infrage. Freitag plagt nur die Sorge, ob und wann die Stiftung endlich Katzensteins Erbe antreten kann. Er schert sich nicht darum, wer das Projekt Ihres Vaters jetzt zu Ende führt. Und auch eine andere Mathematikerin, Dr. Dr. Luciana Regadas de Castro, die Ihren Vater zuletzt tatkräftig unterstützt hat, rührt sich nicht mehr. Da ist irgendwas faul.«

Das war in der Tat merkwürdig. Schließlich hatten die Mathematiker bei unserem Besuch noch darüber geklagt, was für ein Verlust der Tod meines Vaters wäre, »nicht nur für unsere Stiftung, sondern für das ganze Land«, hatte diese aufgetakelte Tusse geheuchelt.

»Haben Sie mal versucht, mit Ihren Stiftungsfreunden zu reden?«

Der Vampir nickte. »Freitag hat mich abblitzen lassen. Die Forschungen von Prof. Katzenstein seien noch gar nicht so weit gewesen, wie ursprünglich gedacht. Ihr Vater habe ein bisschen dick aufgetragen. Dabei war er ein bescheidener Mensch, bekannt dafür, dass er eher zu tief stapelte. Ich habe sogar mal bei der Mordkommission angerufen und am Telefon geschildert, was ich Ihnen eben erzählt habe. Aber ich wurde nicht mal zur Vernehmung eingeladen.«

Ich nickte, wusste genau, was Mohr meinte.

»Die Stiftungsleute sind übrigens erschüttert, dass Sie jetzt das Testament angefochten haben. Damit haben die nach Ihrem Besuch nicht mehr gerechnet. Freitag dachte, Sie wären eine ›unbedarfte Provinzjournalistin‹, wie er sich ausdrückte. ›Die haben wir im Sack‹, sagte er mir am Telefon gleich nach Ihrem Besuch. Ich lag ja krank im Bett und konnte nicht dabei sein, als Sie bei uns waren.«

Offenbar wusste Mohr nicht, dass ich mich mit Freitag in Bremen getroffen hatte.

»Na ja, und als ich Ansgar auch noch auf dem Kiez mit diesem Mackenroth gesehen habe, war mir alles klar.«

»Mackenroth?« Den Namen hatte ich noch nie gehört.

»Erwin Mackenroth ist ein Lobbyist, der für die Stromindustrie arbeitet. Ein feister Kerl, der manchmal in Talkshows sitzt und gegen die Energiewende pestet. Zu teuer, nicht machbar und so weiter.«

Mir wurde ganz mulmig zumute. Was Mohr da erzählte, schien Hand und Fuß zu haben. »Ich muss das erst mal alles sacken lassen«, sagte ich.

Mohr nickte und schob sich eine Scheibe Baguette in den Mund. Seine Finger waren lang und dünn, erinnerten mich an Spinnenbeine. Auf seinem Mittelfinger steckte ein Ungetüm von Silberring. Der aufgefächerte Flügel einer Fledermaus mit weißen und roten Steinen besetzt.

»Arbeiten Sie auch an der Uni?«, fragte ich Mohr mehr aus Verlegenheit, nachdem er der Kellnerin ein Zeichen gegeben hatte, die Rechnung zu bringen.

Mohr schüttelte den Kopf. »Ich bin bei einer Rückversicherung, also einer Versicherung für Versicherungen. Mein Spezialgebiet sind Katastrophen. Ich rechne aus, mit welcher Wahrscheinlichkeit Erdbeben, Hochwasser, Hurrikane oder Vulkanausbrüche passieren.«

»Und da dürfen Sie so rumlaufen, als feierten Sie schwarze Messen?« Die Frage konnte ich mir einfach nicht verkneifen.

Der Vampir grinste. Wenigstens hatte er keine spitzen Eckzähne. »Klar. Nur für die Außendienstler und Mitarbeiter, die Kundenkontakt haben, herrscht Anzug- und Krawattenzwang. Wir Mathematiker gelten als Paradiesvögel.«

Die Kellnerin kam an den Tisch. »Geht das zusammen?«

»Ja«, antworteten Mohr und ich wie aus einem Munde.

»Ich zahle«, fügte ich in einem Ton hinzu, der keinen Widerspruch duldete. Das fehlte noch, dass ich mich von diesem Katastrophenkalkulator einladen ließ. Der Vampir half mir, ganz Kavalier der alten Schule, in den Mantel. Ich ließ ihn gewähren, obwohl ich es eigentlich hasste, wenn Männer mich behandelten, als wäre ich ein unmündiges Frauchen.

»Woher wussten Sie eigentlich, dass ich Katzensteins Tochter bin?«, fragte ich draußen vor der Tür.

»Wieso? Sie sehen Ihrem Vater doch total ähnlich. Man sieht sofort, dass Sie seine Tochter sind.«

Mohrs Antwort versetzte mir einen Stich. »Ich hoffe, wir bleiben in Kontakt«, sagte Mohr und gab mir seine private Visitenkarte. Ich nickte, steckte die Karte ein. Wir schüttelten uns die Hand. Das Monstrum von Silberring drückte gegen meine Finger. Plötzlich durchzuckte mich die Erkenntnis, dass ich ziemlich in der Klemme steckte: Wenn Mohr recht hatte mit seinem Verdacht, dass dieser Lobbyist und Clooney meinen Vater auf dem Gewissen hatten, gab es jetzt nur noch eine Person, die diese Herren aus dem Weg räumen mussten, um an das wirtschaftliche und wissenschaftliche Vermächtnis meines Vaters zu kommen: mich.

*

Kein Zweifel, Martina Fittkau war eine Frau, die es geschafft hatte: Sie wohnte mit ihrer Familie in einem futuristisch anmutenden Bungalow aus viel Glas und Beton direkt an der Elbe. Vor der Garage stand ein Benz, der Zweitwagen vermutlich. Es hatte Harry einige Mühe gekostet, Martina Fittkau ausfindig zu machen. Sie hatte geheiratet, ihren Geburtsnamen Lemke abgelegt, war zehn Jahre in der Schweiz gewesen und erst vor fünf Jahren nach Hamburg zurückgekehrt. Martina Fittkau schien, wenn man dem Internet Glauben schenken sollte, eine große Nummer in der Immobilienbranche zu sein. Sie besaß eine eigene Firma mit dreißig Mitarbeitern. Ihr Mann arbeitete als selbstständiger Technologieberater.

Die Geschäftsfrau begrüßte Matze und Harry freundlich-distanziert. Obwohl sie zu Hause war, trug sie ein schwarzes Businesskostüm und hohe, schwarze Pumps, die ihre schlanken Beine zur Geltung brachten. Sie hatte blaugraue Augen, feine, ebenmäßige Gesichtszüge, die dunklen Haare zu einem Chignon geschlungen.

Als Matze und Harry das Wohnzimmer betraten, blickten sie durch ein Panoramafenster direkt auf die Elbe. Ein Containerschiff zog gerade vorbei. Durch die Scheiben drang kein Laut, doch wenn die Glastüren geöffnet waren, hörte man sicher das Plätschern des Wassers. Sohn und Tochter, die ihnen vom Flügel, der schräg vor dem Panoramafenster stand, aus silbernen Rahmen zulächelten, wirkten wie Kinder, die gute Noten schrieben, niemals Widerworte gaben, prädestiniert für eine glänzende Karriere in einer Bank oder Behörde.

Die Einrichtung wirkte edel, aber kalt. Die Wände aus nacktem Beton waren braun gestrichen. Ein paar Würfel, die mit grau-weiß marmoriertem Stoff überzogen waren, scharten sich um einen Glastisch. Matze und Harry tauschten verstohlene Blicke.

Martina Fittkau nickte, bedeutete Harry und Matze, sich zu setzen. »Kaffee, Tee?«

Matze entschied sich für Kaffee, Harry für Tee.

»Nun, meine Herren, was kann ich für Sie tun?«, fragte Martina Fittkau, während sie einschenkte.

»Ich sagte Ihnen am Telefon ja bereits, dass wir mit dem Segen von Nicoles Mutter privat ermitteln. Sie müssen uns nichts sagen, aber wir wären Ihnen sehr dankbar …«

Nicoles ehemalige WG-Genossin strich ihren Rock hinten glatt und setzte sich auf einen der Würfel. »Schon gut. Wenn ich helfen kann, tue ich das gerne. Gibt es denn was Neues?«

»Leider ja«, antwortete Harry. »Nicole ist tot. Ihr Schädel ist am Weserstrand gefunden worden. Ich dachte, Sie wären schon informiert worden.«

»Nein, mich hat niemand informiert«, flüsterte Martina Fittkau und schlug sich die Hand vor den Mund. Wortlos stand sie auf, ging zur Fensterfront und blickte hinaus auf die Elbe.

»Sie sind in den letzten Jahren ja auch viel umgezogen. Vielleicht wusste Nicoles Mutter einfach nicht, wo sie Sie erreichen sollte«, gab Harry zu bedenken.

Martina Fittkau nickte. Tränen glänzten auf ihren Wangen. »Weiß man, wie sie, ich meine, also …«

»Wir wissen nicht, wie Nicole zu Tode gekommen ist«, antwortete Harry. »Und auch die Mordkommission tappt im Dunkeln. Nicole ist möglicherweise Opfer eines Serienmörders geworden. Seit 1985 sind mehrere Frauen in Bremen verschwunden.«

Matze staunte. Harry ging nicht gerade zimperlich mit Martina Fittkau um.

Nicoles frühere Freundin löste ihren Blick von der Elbe, wischte sich mit der Handfläche die Tränen aus dem Gesicht und setzte sich wieder. Martina Fittkau war nun nicht mehr die toughe Geschäftsfrau, sondern wirkte sehr verletzlich. »Ich habe von dieser Serie der verschwundenen Frauen gelesen. Man fragt sich natürlich, ob man den Mörder sogar kannte.«

Matze registrierte irritiert, dass Martina Fittkau von sich in der dritten Person sprach.

»Wenn ich ehrlich bin, war das einer der Gründe, weshalb ich nach dem Studium sofort aus Bremen weggegangen bin. Ich wollte nicht mehr an diese Sache erinnert werden.«

»Haben Sie denn einen konkreten Verdacht?«, hakte Harry nach.

Martina Fittkau schüttelte den Kopf. »Wissen Sie, das war damals ein fürchterlicher Schock, als Nicole von einem Tag auf den anderen spurlos verschwand. Wir wollten an diesem

Abend gemeinsam kochen. Rotwein trinken. Ich hatte dafür eingekauft. Und dann kam Nicole einfach nicht nach Hause. Mir war gleich klar, dass etwas passiert sein musste. Es war nicht Nicoles Art, jemanden zu versetzen. Sie hätte angerufen, wenn ihr etwas dazwischengekommen wäre. Die halbe Nacht lang habe ich rumtelefoniert. Doch niemand wusste, wo Nicole steckte. Raissa, die Freundin, die sie in Woltmershausen besucht hatte, sagte mir, dass Nicole um kurz vor neunzehn Uhr bei ihr aufgebrochen sei. Ich habe Nicoles Eltern angerufen, die natürlich besorgt waren. Nur Simon Schröder, ihr Cousin, reagierte ziemlich gelassen. Er scherzte noch, Nicole hätte wahrscheinlich den Mann ihres Lebens getroffen und würde die Nacht mit ihm verbringen. Ich solle bis zum Morgen warten, dann würde Nicole sicher zurück sein. Doch sie kam nicht zurück. Nicht am nächsten Morgen. Nicht am übernächsten oder überübernächsten. Ihre Eltern gaben eine Vermisstenanzeige auf. Auch Simon war das Scherzen vergangen. Er schrieb mehrere Vermisstenaufrufe. Trotzdem glaubte er nie daran, dass Nicole umgekommen war. Nicht mal, als die Polizei anfing, Parallelen zu dieser anderen Frau zu ziehen, die fünf Jahre vor Nicole verschwunden war. Simon war regelrecht besessen von der Idee, dass Nicole noch lebte. Er glaubte, dass sie sich in die Südsee abgesetzt habe.«

»Südsee, wieso Südsee?«, wollte Harry wissen.

»Nicole träumte von der Südsee, hatte einen Druck von Paul Gauguin, *Fatata te Miti,* in ihrem Zimmer aufgehängt. Mit Bernward, das war ihr Freund, wollte sie einen Segeltörn in der Südsee machen. Aber die beiden haben sich vorher gezofft, sodass Bernward alleine fuhr. Nicole hatte für die Reise ewig gespart. Aber ihre Mutter erzählte mir, dass das Geld nach ihrem Verschwinden unangetastet auf ihrem

Konto lag. Simon war trotzdem nicht davon abzubringen, dass Nicole ausgestiegen war. Über einen befreundeten Reiseunternehmer checkte er Passagierlisten von Flugzeugen und Schiffen. Als er Nicoles Namen nicht fand, sagte er nur: ›Dann ist sie eben mit falschem Pass gereist.‹ Er nahm sich drei Monate frei, reiste nach Tahiti, auf die Osterinseln, nach Fiji und Samoa, um sie zu finden. Vergeblich. Er wurde immer niedergeschlagener. Trotzdem gab er die Hoffnung nicht auf. Wenn nicht in der Südsee, dann eben irgendwo in Europa.«

»Das klingt aber merkwürdig«, unterbrach Harry Martina Fittkau. »Warum hätte Nicole aussteigen sollen? Sie wollte Lehrerin werden, stand kurz davor, ihr Ziel zu erreichen.«

»Simon meinte, Nicole sei nicht so glücklich gewesen, wie wir alle geglaubt hatten. Sie hätte sich oft bei ihm ausgeweint. ›Mein Leben ist so vorgezeichnet‹, soll sie geklagt haben. Studium. Unterrichten. Heiraten. Kinder. Ich habe Simon das nie ganz abgenommen. Denn mir gegenüber hat Nicole kein Sterbenswörtchen davon gesagt, dass sie weg wollte. Ich glaube, dass Simon sich etwas vormachte, weil er den Gedanken daran, seiner kleinen Cousine könnte etwas zugestoßen sein, nicht ertragen konnte. Er fühlte sich immer wie ihr Beschützer. Wenn ihr was zugestoßen wäre, hätte er sich definitiv die Schuld gegeben. Nicole machte auf mich jedenfalls einen glücklichen, ausgeglichenen Eindruck. Alles war wie immer. Zwei Studentinnen lebten ihr Leben. Mit den üblichen Höhen und Tiefen. Wir dachten, die Studienzeit wird die tollste Zeit unseres Lebens. Das war sie ja auch. Leider dauerte sie bloß knapp zwei Jahre.«

»Tiefen?«, hakte Matze nach.

»Nichts Dramatisches, ich muss Sie enttäuschen, meine Herren«, winkte Martina Fittkau ab. »Die üblichen Probleme in einer Studentenbude halt. Wir hatten Trouble mit der GEZ und Schimmel im WC.«

»Was war mit Männern?«, hakte Harry nach.

»Was soll gewesen sein?«

»Na ja, gab's vielleicht mal Streit wegen 'nem Typen?«

»Wir waren uns immer einig«, erwiderte Martina Fittkau.

»Sie erwähnten vorhin Bernward Bollwahn.«

»Ja, richtig. Das war Nicoles Freund. War aber nur ein kurzes Techtelmechtel. Komischer Typ, er war völlig fixiert auf Nicole. Nahm ihr die Luft zum Atmen. Sie hat sich dann recht schnell von ihm getrennt. Er hat ihr noch eine Weile nachgestellt, stand vor der Wohnung, wartete auf sie, rief dauernd an. Aber irgendwann gab er Ruhe und Nicole erwähnte ihn nicht mehr.«

»Sagt Ihnen der Name Katzenstein etwas?«

Martina Fittkau schüttelte den Kopf. »Wer soll das sein?«

»Einer von Nicoles Professoren.«

»Ach ja, jetzt erinnere ich mich. Die Kripo hat mich damals gefragt, ob Nicole ein Verhältnis mit ihm gehabt hätte. Aber das glaube ich nicht. Das hätte sie mir sicher erzählt. Nach Bernward hatte sie die Nase voll von Männern, wollte sich auf ihr Studium konzentrieren. Jedenfalls hat sie das gesagt.«

»Frau Fittkau«, tastete sich Harry langsam vor. »Sie haben offenbar nicht gehört, was mit Simon Schröder passiert ist?«

Martina Fittkau schüttelte den Kopf. »Nein, ich habe schon seit Jahren keinen Kontakt mehr zu ihm und auch zu Nicoles Eltern nicht. Ist ihm was zugestoßen?« Ihre Stimme hatte einen flehentlichen Unterton angenommen.

Harry nickte. »Simon Schröder hat vor Kurzem Selbstmord begangen. Nicht lange, nachdem Nicoles Schädel gefunden wurde.«

»O nein … Das ist ja furchtbar.« Martina Fittkau rang sichtlich um Fassung. »Ich meine, halten Sie es für möglich, dass er, also …«

»Wir wissen es nicht.« Harry zuckte mit den Achseln.

»Entschuldigen Sie«, sagte Martina Fittkau mit matter Stimme, »ich muss Sie bitten zu gehen. Das war wirklich alles ein bisschen viel …« Sie begleitete die beiden zur Tür.

Auf der Rückfahrt nach Bremen saßen Harry und Matze eine ganze Weile schweigend nebeneinander im Auto. »Nicht schlecht: vom WG-Zimmer in Bremen-Neustadt zur Villa in Hamburg-Blankenese«, sagte Matze schließlich.

Harry warf ihm einen Seitenblick zu. »Neidisch?«

»Ach wo.«

»Mich beschäftigt eher die Rolle von Simon Schröder«, sagte Harry.

»Stimmt«, gab ihm Matze recht. »Für mich klingt das alles nach großem Theater. Der war nur so ruhig, weil er genau wusste, dass seine Cousine schon tot war. Oder?«

»Möglich«, antwortete Harry. »Es kommt aber auch vor, dass Angehörige den Tod eines Vermissten einfach verdrängen, weil sie den Gedanken daran nicht aushalten. Ich kenne eine Familie, deren Tochter seit Jahren verwunden ist. Sie war damals noch ein Teenager. Doch die Familie glaubt noch heute felsenfest daran, dass sie lebt, und will einfach nicht wahrhaben, dass ihr was zugestoßen ist. Ertragen den Gedanken nicht, deswegen verdrängen sie ihn.«

Matze nickte.

»In den Akten wurde Schröder nie als Verdächtiger geführt. Er war, als seine Cousine verschwand, bei einer Presseveranstaltung, hatte also ein Alibi. Aber das muss ja nichts heißen. Vielleicht hatte er Komplizen, die Nicole in seinem Auftrag entführt haben.«

Matze nickte wieder. »Wir müssen zu dieser Raissa. Vielleicht weiß die noch mehr«, schlug er vor.

Harry schüttelte den Kopf. »Kannst du vergessen. Sie konnte schon damals nicht viel sagen. Sie ist Russland-Deutsche und nach ihrem Lehramtsstudium als Entwicklungshelferin ins Ausland gegangen. Ich versuche gerade über den Deutschen Entwicklungsdienst herauszufinden, wo sie sich zurzeit aufhält. Vielleicht kann man mit ihr telefonieren. Auch wenn ich mir davon nicht viel verspreche. Viel wichtiger ist, dass ich endlich mal meinen Kumpel Blum erreiche, um ihn zu fragen, was eigentlich aus der Todesermittlungssache Simon Schröder geworden ist und warum der sich umgebracht hat.«

*

Harry verwählte sich ein paar Mal. Vierzehn Ziffern waren einfach zu viel für sein mathematisch unterentwickeltes Hirn. Raissa Romanowits lebte seit ein paar Jahren in Conakry, der Hauptstadt von Guinea, arbeitete dort als Lehrerin an einer Schule. Der Deutsche Entwicklungsdienst hatte, nachdem Harry sich in seiner E-Mail-Anfrage als Bremer Polizist geoutet hatte, ohne Umstände ihren Wohnort, ihre E-Mail-Adresse und Telefonnummer rausgerückt.

Am anderen Ende der Leitung tutete es nur zwei Mal, bevor ihm eine weibliche Stimme »Bonjour« wünschte. Harry starrte auf den Zettel, den er sich eigens für dieses Telefonat aus seinem alten Französischbuch abgeschrieben hatte. »Harry Tenge à l' appareil, bonjour. Pourrais-je parler à Madame Romanowits, s'il vous plaît?«, stolperte Harrys Zunge von Wort zu Wort.

»Am Apparat. Sie rufen doch aus Deutschland an?«

»Äh, ja.«

»Das hört man. An Ihrem Akzent«, lachte Raissa Romanowits ins Telefon. Sie hatte eine helle, sehr sympathische Stimme. Harry war erleichtert, nicht weiter in Französisch radebrechen zu müssen. »Frau Romanowits, mein Name ist Harry Tenge. Ich bin Polizist in Bremen. Es geht um Nicole Wollenbeck ...«

»Der DED hat schon angekündigt, dass mich ein Polizist anrufen würde.«

»Sind Sie vielleicht bei Skype?«, wollte Harry wissen.

Ein paar Minuten später saß Harry Nicoles ehemaliger Freundin am Bildschirm seines Laptops gegenüber. Raissa Romanowits war ein eher burschikoser Typ, hatte raspelkurzes, dunkelblondes Haar und trug eine runde Harry-Potter-Brille. Sie musste Anfang vierzig sein. Doch der Bildschirm schummelte alle Fältchen weg, sodass die Lehrerin erstaunlich jung wirkte. An der Wand hinter ihr hingen Kinderbilder, auf denen, so viel konnte Harry erkennen, ausnahmslos die Sonne schien.

»Nun bin ich aber gespannt«, sagte die Lehrerin.

Harry erzählte ihr kurz, dass Nicole tot war. Ein trauriger Zug huschte über das Gesicht von Raissa Romanowits. Harry verschwieg ihr auch nicht, dass er ihren Schädel am Weserstrand gefunden hatte und sich deshalb für den Fall interessierte. Anders als bei Martina Fittkau, die auf ihn einen übersensiblen Eindruck gemacht hatte, traute er Raissa Romanowits zu, dass sie die Wahrheit vertrug. Raissa Romanowits nickte.

»Nicole hat Sie damals besucht?«, begann er seine inoffizielle Vernehmung.

»Ja, sie hat sich so gegen neunzehn Uhr verabschiedet. Sie wollte mit dem Bus in die Neustadt zurück, der Weg war ein bisschen weit. Tja, und dann war sie weg. Martina Lemke hat mich so gegen neun Uhr angerufen. Die beiden waren verabredet gewesen. Wollten zusammen essen, sich aussprechen …«

»Sich aussprechen?«, fragte Harry überrascht.

»Ja, genau. Nicole trug sich mit dem Gedanken, aus der WG auszuziehen.«

»Wirklich?!«

»Ja, es kriselte schon eine Weile zwischen den beiden. Wissen Sie, Nicole hat nur Andeutungen gemacht. Wir waren ja auch nur lose befreundet, haben halt zusammen gelernt. Aber ich wusste, dass es zwischen den beiden nicht zum Besten stand. Nicole war eher ordentlich. Martina legte darauf keinen Wert. Es gab Zoff um den Abwasch. Aber Genaueres weiß ich nicht, weil Nicole, wie gesagt, ein verschlossener Mensch war.«

»Der Polizei haben Sie damals nichts davon erzählt.«

»Ich fand das, ehrlich gesagt, auch nicht so wichtig. Außerdem haben Ihre Kollegen mich gar nicht zum Verhältnis der beiden befragt. Die wollten immer nur wissen, wann genau Nicole meine Wohnung verlassen hatte. Ich sollte den Weg zum Bus mit ihnen abgehen. Der eine Polizist hatte so einen komischen Namen, irgendwas wie Kühlschrank oder so ähnlich.«

Kühlborn, schoss es Harry durch den Kopf. Kühlborn hatte die Frau, die Nicole Wollenbeck als letzte lebend gesehen hatte, damals vernommen. Und nur oberflächliche Fragen gestellt.

»Ist Ihnen denn an diesem Tag irgendwas an Nicole aufgefallen? War sie anders als sonst?«

Raissa Romanowits schüttelte den Kopf. »Das haben mich Ihre Kollegen damals allerdings auch schon gefragt.«

»Sagt Ihnen der Name Katzenstein was?«

»Klar, das war doch einer der Professoren. Später hatte ich den sogar mal.«

»Und was war der für ein Typ?«

»Also, ich mochte ihn nicht besonders. Fand ihn unnahbar und hochmütig. Aber Nicole fuhr ziemlich auf ihn ab, hatte ich so den Eindruck. Nicht, dass sie was gesagt hätte, aber sie lief dauernd in seine Vorlesungen, schon im ersten Semester, obwohl der Stoff, den Katzenstein durchnahm, eigentlich nichts fürs Grundstudium war.«

»Glauben Sie, dass Nicole Wollenbeck ein Verhältnis mit Katzenstein hatte?«, fragte Harry geradeheraus.

Raissa Romanowits schwieg einen Moment lang. »Möglich ist alles«, überlegte sie. »Aber gemerkt habe ich nie was, obwohl sie wirklich ziemlich von ihm geschwärmt hat.«

»Sagt Ihnen der Name Bernward Bollwahn etwas?«

»O ja«, antwortete Raissa Romanowits. »Das war Nicoles Exfreund, der ziemlich nervig war und nicht wahrhaben wollte, dass Schluss war. Ich habe auch immer gedacht, dass er etwas mit ihrem Verschwinden zu tun hatte. Aber er war wohl auf Reisen, als Nicole verschwand.«

»Hatten Sie damals eine Erklärung für ihr Verschwinden?«

»Mir war eigentlich immer klar, dass Nicole einem Verbrechen zum Opfer gefallen sein musste. Deshalb war ich auch nicht sonderlich überrascht, als sie vorhin sagten, dass sie gefunden worden ist. Aber wer für ihren Tod verantwortlich sein könnte, weiß ich natürlich nicht. Wahrscheinlich war sie ein Zufallsopfer. Hatte einfach Pech, die Arme.«

Harry nickte. Sie sprachen noch eine Weile über ihre Arbeit in Westafrika, dann verabschiedete sich Harry. Die Lehrerin nahm ihm das Versprechen ab, sie auf dem Laufenden zu halten. Nach dem Gespräch starrte Harry noch eine Weile auf die Weltraumlandschaft, die als Bildschirmschoner angesprungen war. Martina Fittkau hatte gelogen. Warum? Hatte sie verdrängt, dass es in ihrer WG nicht zum Besten stand? Oder hatte sie gelogen, weil sie etwas zu verbergen hatte?

Harry hatte Frühdienst gehabt, war erst vor einer Stunde nach Hause gekommen. Seine Augen brannten vor Müdigkeit. Am liebsten hätte er sich hingehauen. Doch dann kam ihm plötzlich eine Idee. Im Internet recherchierte er, dass die Unibibliothek bis zweiundzwanzig Uhr geöffnet hatte. Harry setzte sich einen starken Kaffee auf und duschte.

Eine Stunde später saß er im Lesesaal der Unibibliothek und ließ sich von einer Bibliothekarin, einer Frau mit langen, blonden Locken, alte Vorlesungsverzeichnisse aus dem Magazin bringen. Harry blätterte und blätterte. Nach einer Stunde wusste er, dass Prof. Dr. Albert Katzenstein nicht nur am Fachbereich Mathematik Vorlesungen gehalten hatte, sondern auch bei den Wirtschaftswissenschaftlern. Der Fachbereich war nicht besonders groß gewesen. Und es gab bestimmte Pflichtscheine, die die BWLer nur bei Katzenstein schreiben konnten. Martina Fittkau musste den Professor gekannt haben. Auch in diesem Punkt hatte Nicoles Freundin gelogen.

*

Kühlborn war stolz auf sich. Sehr clever, wie er das eingefädelt hatte. Seit ein paar Tagen ließ er Daniela Cremer und zwei andere Polizistinnen durch Bremen radeln. Daniela war im Bremer Westen unterwegs, dort, wo die beiden letzten Frauen verschwunden waren. Es war Anfang April. Das Verschwinden von Nicole Wollenbeck und Bianka Specht jährte sich in den nächsten Tagen. Aber seine Mädels waren verkabelt, sodass ihnen nichts passieren konnte.

Die Operation ›Lockvogel‹ unterlag strengster Geheimhaltung. Auch über die Sache mit dem Schädel war nicht berichtet worden, nachdem die Pressestelle die Journalisten, die doch was mitbekommen hatten, eingenordet hatte, aus taktischen Gründen nichts zu schreiben, weil sich der Täter sicher fühlen sollte. Doch bisher war nichts geschehen. Wenn der Täter nicht wieder zuschlug, hatte er sich zur Ruhe gesetzt oder war tot. Dann würde er seine Truppe sofort von diesem Altfall abziehen, überlegte Kühlborn. Er hatte einfach keine Leute. Todt war im Krankenhaus. Tinnitus. Nun versuchte er in einer Spezialklinik in Bad Arolsen, die Ohrgeräusche wieder loszuwerden. Doch das konnte dauern, drei Monate oder länger. Und wer interessierte sich schon für solche ollen Kamellen? Hähähä, lachte Kühlborn still vor sich hin. Er war ein alter Fuchs, ihm machte so schnell keiner was vor.

*

Alexandra, ich will jetzt nicht viele Worte machen. Obwohl Dir das als Journalistin sicher gefallen würde. Ich möchte Dich wiedersehen. UNBEDINGT. Nicht nur, um mit Dir über Deinen Vater zu reden. Fabian.

Ich musste grinsen. Fabian. So, so. Ich sah den Vampir richtig vor mir, wie er mit seinen langen Spinnenfingern die SMS für mich ins Handy getippt hatte. Der sollte ruhig mal ein bisschen zappeln. Doch ich konnte nicht leugnen, dass dieser Typ mich irgendwie reizte. Drei Tage lang antwortete ich nicht. Dann schrieb ich zurück: *Freitag im Scusi?*

*

Die Versuchung war blond, zweiundzwanzig, hatte dicke Möpse und eine frappierende Ähnlichkeit mit Lady Gaga. Das wandelnde Frischfleischangebot machte seit ein paar Tagen als Volontärin die Lokalredaktion zur nicht jugendfreien Zone und verursachte bei sämtlichen männlichen Kollegen Halsverrenkungen und Stielaugen auf eine Art und Weise, die medizinisch bedenklich war.

Jetzt hatte sich Gaga in waffenscheinpflichtigem Outfit vor Kosseks Schreibtisch in Position gebracht und gab die Nummer ›unbedarftes, junges Ding himmelt seinen Chef an‹. Sie bewundere seine scharfen, pointierten Kommentare, flötete sie und klapperte dabei mit ihren bemalten Augenlidern. Ob sie ihn vielleicht mal zu einem Termin begleiten dürfe? Zum Beispiel morgen zur nächsten Sitzung der Bremischen Bürgerschaft? Um zu sehen, wie ein erfahrener Journalist arbeite. Vielleicht könne man hinterher noch was zusammen trinken … Sie müsse doch noch so viel lernen. Und habe so viele Fragen.

Kossek schmunzelte innerlich. In bald vierundzwanzig Berufsjahren hatte er so ziemlich alles erlebt. Okay, zugegeben: Er hätte gerne wieder mal einen weggesteckt. Seit der Nummer an Neujahr war nämlich nichts mehr gelaufen – außer Handbetrieb. Für einen Rock 'n' Roller seiner Güteklasse eigentlich ein unwürdiger Zustand, fand er. Trotzdem: Kossek hatte seine Prinzipien. ›Nie intim im Team‹ lautete eines davon. Und schon gar nicht mit Untergebenen. Und am allerwenigsten mit einer Volonteuse. So was brachte bloß Verwicklungen, Ärger und Stress. Ganz abgesehen davon, dass es bestimmt verboten war. Sex mit Abhängigen und so. Vor allem aber: So was gehörte sich einfach nicht. Das mit Alexandra war ja passiert, bevor er ihr Chef geworden war.

Also sprach Kossek die weisen Worte: »Im Prinzip gerne, Frau Kruppe. Aber nun habe ich ausgerechnet morgen eine andere Aufgabe für Sie. Just zum selben Zeitpunkt tritt in Vahr ein rappender Osterhase auf. Das ist doch was für Sie. Mit der Politik warten wir noch eine Weile.« Dann gab er der Volontärin noch ein paar Infos zu dem Termin.

Gaga stöckelte schmollend und mit wackelndem Hintern davon.

Ach ja, Jagger hätte sich nicht so angestellt und die Gelegenheit beim Schopf oder sonst wo gepackt, seufzte Kossek. Aber Jagger war halt Jagger. Und er bloß Kossek.

*

Natürlich hatte ich mich aufgebrezelt, als würde ich die Wahl zur Miss Schnappatmung gewinnen wollen. Tief ausgeschnittenes, schwarzes Minikleid, hohe, schwarze Wildlederstiefel, rote Lippen. Fabians Blick verriet, dass er eigentlich gar keinen Appetit mehr hatte auf Bistecca al Funghi, sondern *mich* am liebsten gleich vernascht hätte. Er drückte mich ein bisschen zu fest an sich, atmete mir ins Ohr und schmatzte mir einen Kuss auf die Wange. Zugegeben, diese gezügelte Wildheit, die ich einem drögen Katastrophenkalkulator nicht zugetraut hätte, machte mich an.

Kaum dass wir uns im *Scusi* an einen Tisch in der Ecke gesetzt hatten, stand plötzlich Kossek im Kellergewölbe. Sein Anblick durchzuckte mich wie ein leichter Stromschlag.

»Du glaubst gar nicht, wie ich mich freue! Ich hatte die Hoffnung schon aufgegeben, als du mir nicht sofort auf meine SMS geantwortet hast.« Fabian lächelte so süß, dass es mich rührte. Er hatte, wenn man sich ihn genauer ansah, eigentlich ein wirklich schönes Gesicht. Ein männliches

Schneewittchen mit dunklen Augen. Ein Kellner scharwenzelte um Kossek rum. Demonstrativ strahlte ich Fabian an.

Er hatte sie sofort gesehen. Ihr Rotschopf leuchtete. Glühte geradezu. Wie ein Signalfeuer, an dem sich in Seenot geratene Seefahrer orientieren konnten. Kossek hätte am liebsten auf dem Absatz kehrtgemacht. Aber sie hatte ihn auch schon gesehen. Und dann ganz schnell wieder weggeguckt.

Und noch jemand hatte ihn entdeckt: Franco, der Kellner, kam freudestrahlend auf ihn zu. »Maestro, isse ziemlich volle, aber für Sie naturlich immer eine Platze.« Franco geleitete ihn zu einem Tisch, der zwar in sicherer Entfernung zu der Katzenstein stand, aber dennoch in Sichtweite war. Jetzt kreuzten sich ihre Blicke. Sie nickte ihm kurz zu, war, wie ihm schien, etwas peinlich berührt. Er tat überrascht, erwiderte den Gruß knapp und vertiefte sich sogleich in die Speisekarte.

Das *Scusi* im Schnoor war einer seiner Lieblingsitaliener und er hatte mal wieder die Qual der Wahl an Köstlichkeiten. Die Frage alle Fragen aber war: Wer saß mit Alexandra da drüben am Tisch? Er sah irgendwie merkwürdig aus. Wie einem Historienfilm entsprungen. Nein, wie aus einem Horrorfilm! Fast schulterlanges, schwarzes, leicht gewelltes Haar, kalkweißes Gesicht, schwarze Klamotten. Bestimmt Künstler oder so.

Irgendwie kam er Kossek bekannt vor. Hatte er vielleicht mal mit ihm gemuckt? Nee, daran hätte er sich erinnert. Wo hatte sie den bloß aufgegabelt? Beziehungsweise, er sie? Wäre ich Regisseur, würde ich dem Typen die Rolle eines wahnsinnigen Serienmörders geben, dachte Kossek und vertiefte sich in die Speisekarte.

Aus den Augenwinkeln beobachtete ich Kossek. Er studierte die Speisekarte, als wolle er sie auswendig lernen. Der Kellner kam zu uns an den Tisch. Ich entschied mich für Spaghetti Capitano Nemo mit Meeresfrüchten. Fabian nahm Schweinemedaillons in Sahnesoße. Dazu eine Flasche Rotwein.

»Und? Was hast du in den letzten Tagen so für Katastrophen berechnet?«, fragte ich.

Fabian schien darauf zu brennen, mir von seinem Beruf zu erzählen. »Ich habe mich mit der Berechnung für die Gesamtkapitalanforderung bestimmter Katastrophenrisiken beschäftigt.«

Ich rang mir ein Lächeln ab, heuchelte Interesse.

»Maestro, habbe scho gewählt? Wasse darf isch heute bringe?«

Kossek blickte verdutzt auf. »Sorry Franco, ich brauch noch 'ne Weile.«

»Kann isch empfehle heute Spaghetti mitte Meeresfruchte.«

»Och …«

»Serr gut gehte heute auche Salmone al Zafferano.«

»Ach, ich nehme lieber 'n Rumpsteak mit grünem Pfeffer in Sahnesauce und dazu 'nen Chianti.« Die Wahl war nicht weiter überraschend, denn das war Kosseks Standardessen im *Scusi*.

»Iste gute Wahl«, versicherte Franco grinsend, deutete eine Verbeugung an und eilte davon.

Kossek schielte zur Kleinen. Und zu dem komischen Vogel. Täuschte er sich oder hing sie gerade gebannt an seinen Lippen? Verliebt? Oder bloß rollig?

Natürlich war es ihm scheißegal, mit wem Kerbe vierundsiebzig gerade rummachte. Wirklich, scheißegal. Echt jetzt. Ihre Sache. Heute mit dem. Und morgen mit 'nem anderen.

Kannte man ja. Ging ihn ja nichts an. Aber war sie nicht schwanger?

»Ich finde das brennend interessant, was du da erzählst, aber ich muss zugeben, dass das so gar nicht meine Welt ist«, säuselte ich.

Den Katastrophenkalkulator schien es nicht zu stören, dass er mit einer *mathematischen Analphabetin* am Tisch saß. »Hauptsache ich langweile dich nicht«, schmachtete er mich an. Klar schmeichelte es seiner männlichen Eitelkeit, dass er jetzt den Dicken markieren konnte.

»Aber nein, ganz im Gegenteil, du langweilst mich überhaupt nicht«, log ich.

Fabian strahlte und redete weiter. »Vereinfacht gesagt, unterscheidet man zwischen Naturkatastrophen, Katastrophen, die von Menschen verursacht werden, und anderen Katastrophenrisiken …«

Ich nickte und beobachtete, wie Kossek, der ein paar Tische schräg hinter Fabian saß, mit seinem iPhone rumspielte.

Kossek checkte seine SMS: nichts Besonderes. Er ging ins Internet, rief seine Mails ab: nichts. Er klickte auf *stern-*, *Spiegel-* und *BILD-Online*. Nur schlechte Nachrichten, wie immer. Frustriert steckte er das Ding wieder ein. Franco servierte den Chianti und Kossek bedankte sich, trank. Seine lange Mähne, die ihm ins Gesicht fiel, erlaubte ihm, die Kleine und ihren Begleiter unauffällig zu beobachten. Eines war klar: Gepimpert hatten die noch nicht. Sonst würde der komische Vogel nicht so albern rumbalzen. Eines war aber genauso klar: Die würden heute noch in der Kiste landen. Wenn sich der Vogel nicht vollkommen blöd anstellte. Kossek ärgerte sich, dass er Gaga nicht mitgebracht hatte.

Die wäre bestimmt mitgekommen. Stattdessen saß er hier allein rum. Und die Kleine amüsierte sich königlich. Was konnte dieser Grufti ihr schon zu erzählen haben?

»... also Naturkatastrophen sind Hagel, Sturm, Überschwemmung, Erdbeben und die sogenannte Erdsenkung. Ähnlich wie bei kommerziellen geophysikalischen Modellen werden die Gefahren in bestimmte Zonen eingeteilt ...«

Geophysikalische Modelle ... Gott, wie dröge. Ich legte Fabian die Hand auf den Unterarm. Er sollte endlich den Mund halten. Wie erhofft, verstummte er, sah mich an. Er hatte wirklich schöne Augen.

»Sag mal, kanntest du eigentlich eine Nicole Wollenbeck?«, fragte ich.

Fabian überlegte einen Moment. »Wollenbeck, Wollenbeck. War das nicht die Studentin, die spurlos verschwunden ist?«

»Genau die.«

»War eine Kommilitonin von mir. Ich kannte sie nur flüchtig. Ihr Verschwinden hat damals ziemlichen Wirbel an der Uni ausgelöst. Auch dein Vater war ziemlich fassungslos. Übrigens habe ich dir was mitgebracht.«

Kossek stutzte. IHRE HAND LAG AUF SEINEM UNTERARM. Was sollte das denn? Der Steinzeitmann in ihm wäre jetzt am liebsten rübergegangen und hätte diesem komischen Vogel eine geballert. Jetzt reichte er ihr auch noch etwas über den Tisch. Ein GESCHENK. Schleimer. Sah aus wie ein Buch. Was würde der ihr schon für ein Buch schenken? Rilke vielleicht. Einfaltspinsel. Oder Pralinen? Aßen Frauen nicht erst Pralinen, wenn sie verheiratet waren? Sie bedankte sich überschwänglich, als hätte er ihr den Heiligen

Gral überreicht. Stand auf, wankte auf ihren hohen Stiefeln rüber zu diesem Kauz, als wäre sie betrunken. Und dann gab sie ihm einen Kuss. AUF DEN MUND. Mitten im Restaurant. Also, wirklich ... Albernes Getue. Endlich brachte Franco das Steak.

Das konnte ja wohl nicht wahr sein. Als ich das Geschenkpapier aufriss, fühlte ich mich wie eine Vampirfrau, die versehentlich den Vorhang eines Fensters aufgezogen hatte und vom todbringenden Tageslicht geblendet wurde. *Die Poesie der Mathematik* las ich auf dem Buchtitel. Wäre Kossek nicht gewesen, hätte ich den Schinken, der bestimmt über tausend Seiten dick war, sofort auf den Boden gepfeffert und wäre gegangen. So aber nahm ich all meine Kraft zusammen, stand auf, ging zu Fabian, drückte ihm einen Kuss auf die Lippen und bedankte mich, als hätte er mir gerade einen Einkaufsgutschein von Gucci über fünftausend Euro geschenkt.

Kossek zersäbelte sein Steak, als wolle er das Stück Rind, das tot auf seinem Teller lag, noch einmal niedermetzeln.

»Noch mal zu Nicole Wollenbeck. Du sagtest eben, mein Vater sei fassungslos gewesen?«

»Ja, wenn ich ehrlich sein soll, gab es damals sogar das Gerücht, dass er ein Verhältnis mit ihr hatte. Ich weiß nicht, ob das stimmt. Kann ich mir eigentlich auch nicht vorstellen.«

»War Nicole Wollenbeck hübsch?«

»Also, sie sah schon ganz gut aus, aber mein Typ war sie nicht.«

Fabian Mohr hatte nichts mit dem Verschwinden von Nicole Wollenbeck zu tun. Das sagte mir mein Bauchgefühl.

Die Unschuld, mit der er über sie sprach, war nicht gespielt. Wenn er in ihren Tod verwickelt gewesen wäre, hätte er wohl eher vorgeschützt, sie gar nicht zu kennen oder sich nicht zu erinnern. Irritiert bemerkte ich, wie erleichtert ich war.

Ob das Messer scharf genug war, um diesen schleimigen Typen zu erdolchen?, überlegte Kossek und wunderte sich über sich selbst. Was ging ihn die Kleine an? Er hatte sie doch schon flachgelegt. Was wollte er denn mehr?

Fabian Mohr war überglücklich. Er hatte lange überlegt, ob er es wagen könne, Alexandra so ein Buch zu schenken. Und nun war sein Geschenk ein solcher Volltreffer geworden. SIE hatte IHN geküsst. Und gleich würde er vielleicht noch ganz andere Sachen mit ihr machen. Gut, dass er die farbigen Kondome eingesteckt hatte – mit dem Geschmack von Erdbeere (rot) und Passionsfrucht (lila). Hatte sein Kumpel, der Psychologe, doch recht gehabt. »Ein Partner soll nicht selten eigene Schwäche ausgleichen. Wenn deine Angebetete nichts von Mathematik versteht, ist es durchaus möglich, dass sie dich gerade deshalb besonders attraktiv findet. Wenn du dich für sie interessierst, fühlt sie sich aufgewertet.«

Fabian Mohr glaubte zu schweben, als er wenig später mit Alexandra, die sich bei ihm untergehakt hatte, das *Scusi* verließ. Der Typ, der schräg hinter ihm gesessen hatte, schoss Blicke wie giftige Pfeile in seine Richtung.

Kossek schob seinen Teller weg, kaum dass Alexandra mit dieser männlichen Vogelscheuche verschwunden war. Abgeschleppt hatte er sie, wie eine Trophäe. Franko eilte herbei. »Maestro. Irgendwas nich in Ordnung?«

Kossek schüttelte den Kopf. »Alles bestens, lecker wie immer. Einwandfrei, wirklich. Aber ich habe einfach keinen Hunger. Tut mir leid. Kriege ich 'n Schnaps?«

Mit dem Taxi fuhren wir zu meiner Wohnung. Das Buch, das mir Fabian geschenkt hatte, lag schwer wie ein Ziegelstein auf meinem Schoß. Als der Fahrer losfuhr, rutschte er ganz nahe an mich heran, legte seinen Arm um meine Schulter, seine Lippen wühlten sich durch meine Haare und er küsste mich aufs Ohr. Ich dachte an Kossek. In letzter Zeit ertappte ich mich oft dabei, wie ich an ihn dachte. Eigentlich dauernd. Mir vorstellte, wie ich mit meinen Fingerkuppen über die Kraterlandschaft in seinem Gesicht fuhr … Aber Fabian war auch irgendwie süß.

Kaum war kurz darauf meine Wohnungstür hinter uns ins Schloss gefallen, zog er mich an sich, nahm mein Gesicht in beide Hände, als sei es ein kostbarer Schatz. Und dann küsste er mich. Sehr lange, sehr zärtlich. So, wie mich noch nie jemand geküsst hatte. Kossek verschwand. Fabians Hände nestelten am Reißverschluss meines Kleides.

»Langsam, langsam«, flüsterte ich. »Lass uns erst mal in Ruhe was trinken.«

Fabian ließ seine Hände sinken, drückte mir sanft einen Kuss auf die Stirn. »Du bestimmt das Tempo, Prinzessin.« Prinzessin hatte er mich genannt.

»Möchtest du ein Bier?«, fragte ich. Fabian gab ein zustimmendes Brummen von sich, zog seine Schuhe aus und fläzte sich aufs Sofa, so als wären wir schon Jahre zusammen. Ich holte Bier und die angebrochene Flasche Rotwein aus dem Kühlschrank.

Wir stießen an.

»Auf uns«, flüsterte Fabian.

Auf uns? Tja, warum eigentlich nicht. »Auf uns.«

Fabian stellte sein Glas ab, zog mich wieder an sich, küsste mich. Wenn Fabian nur halb so gut im Bett war, wie er küssen konnte … Scheißegal, dass er den falschen Beruf hatte.

»Weißt du was, Prinzessin«, flüsterte er und strich mir übers Haar. »Ich habe mich damals sofort in dich verliebt, als ich dich auf dem Dampfer sah. Komisch, nicht? Sich bei einem so traurigen Anlass zu verlieben. Aber es ging nicht anders.«

Wir lagen nun auf dem Sofa. Ich antwortete nicht, knöpfte sein schwarzes Hemd auf, kraulte sein nicht vorhandenes Brusthaar. Fabian öffnete meinen Reißverschluss, das Kleid rutschte mir über die Arme. Er hakte meinen BH auf. Ich schloss die Augen für einen Moment. Als ich sie wieder öffnete, fiel mein Blick auf seine Schuhe, die umgekippt neben dem Sofa auf dem Boden lagen. Die Sohle … Dieses Muster … auffällig gezackt … wie ein umgekippter Tannenbaum!

Fabian war in der Villa meines Vaters gewesen, schoss es mir durch den Kopf. Schreiend sprang ich vom Sofa auf, riss mein Kleid hoch.

»Prinzessin, was ist?!«

»Du hast das Arbeitszimmer meines Vaters durchsucht. Deine Schuhe … der Abdruck im Schnee … Du warst das …«, stammelte ich.

Fabian lief rot an. »Ich kann dir das erklären …«

»Raus, raus, raus!«, kreischte ich.

»Schatz, bitte …«

»Ich bin nicht dein Schatz, nicht deine Prinzessin, du hast meinen Vater umgebracht!« Meine Stimme überschlug sich,

Tränen rannen mir übers Gesicht. »Sofort raus oder ich hole die Polizei.«

»Schon gut, schon gut.« Fabian hob die Hände, als würde er sich ergeben. Schweigend zog er seine Schuhe an, nahm seinen Mantel. Ich öffnete die Tür. »Wenn du dich wieder beruhigt hast, sollten wir reden. Ich habe deinen Vater nicht umgebracht«, sagte er beim Rausgehen.

»Halt den Mund!«, schrie ich ihn an und knallte die Tür hinter ihm zu. Dann sah ich das Buch, ich hatte es, als wir in die Wohnung gekommen waren, auf den Boden fallen lassen. Ich nahm den Schinken, riss die Tür auf. Fabian drehte sich auf der Treppe um, sah mich traurig an. Ich pfefferte das Buch in seine Richtung und knallte die Tür wieder zu. Völlig erschöpft ließ ich mich aufs Sofa fallen, zog meine Knie dicht an den Körper. Und heulte.

*

Matze und Harry hatten gerade die Partie eröffnet, als Matzes iPhone vibrierte. Alexandras Nummer blinkte auf dem Display. Matze stöhnte. »Madame wünscht, mich zu sprechen. Bestimmt ist ausgerechnet jetzt irgendwo ein Mord passiert und ich muss mit ihr raus.«

»Nun geh schon ran. Pflicht ist Pflicht«, sagte Harry.

Alexandra weinte hemmungslos ins Telefon. Aus ihrem Gestammel konnte Matze nur entnehmen, dass er bitte, bitte, sofort zu ihr kommen sollte, weil sie glaubte, der Mörder ihres Vaters sei bei ihr in der Wohnung gewesen.

Keine Viertelstunde später saßen Matze und Harry bei Alexandra, die nur ein paar Straßen von Matze entfernt wohnte. Alexandra war völlig aufgelöst, saß zusammengekauert auf ihrem Sofa. Mit beiden Händen hielt sie ihr Glas

Rotwein und stammelte irgendwas davon, dass ein gewisser Fabian Mohr, ehemals zweiter Vorsitzender dieser Mathestiftung, in die Villa ihres Vaters eingebrochen und bestimmt der Mörder ihres Vaters sei. Außerdem glaubte sie, dass ominöse Lobbyisten mit den Mathefuzzis unter einer Decke steckten.

Harry und Matze tauschten verstohlene Blicke und dachten dasselbe: Alexandra gehörte in die Psychiatrie. Der Tod ihres Vaters und der von Simon Schröder war zu viel für sie gewesen. Nun drehte sie durch.

»Alexandra, hör mal zu«, versuchte Harry, sie zu beruhigen. »Selbst wenn dieser Mohr bei deinem Vater in der Villa war, muss er doch nicht sein Mörder sein. Vielleicht hat er dort nur irgendwas gesucht. Forschungsergebnisse, die er sich selbst ans Revers heften wollte.«

»Dein Vater ist nicht umgebracht worden«, sprang ihm Matze bei.

Harry nickte. »Die Mordkommission, wo ich einen alten Kumpel habe, hat nicht die geringsten Zweifel am Selbstmord. Und du weißt doch auch, was Herr Willich gesagt hat.«

»So, so …« Alexandra verdrehte genervt die Augen. »Und was sagt ihr dazu, dass Fabian Mohr ein Kommilitone von Nicole Wollenbeck war? Er kannte meinen Vater, der nun tot ist. Er kannte Nicole, die verschwunden ist. Alles Zufall, oder was?«

Harry und Matze sahen sich verblüfft an. »Das klingt in der Tat interessant«, gab Harry zu. »Okay, wir knöpfen uns diesen Typen mal vor.« Alexandra gab ihm Mohrs Visitenkarte. Gegen vier Uhr morgens verließen sie Alexandras Wohnung.

*

Er ballt die Faust in seiner Tasche. Stunden steht er nun schon hier und beobachtet ihre Wohnung. Sie ist eine solche Schlampe. Kommt erst mit einem Mann nach Hause, schickt ihn, kaum dass sie mit ihm fertig ist, wieder weg. Und dann kommen schon die nächsten beiden. Er stellt sich vor, wie sie es mit ihnen treibt. Ist erregt. Schade, dass er es noch nicht geschafft hat, eine neue Wanze unter ihrem Bett anzubringen. Aber er muss vorsichtig sein. Muss warten, bis alle Nachbarn aus dem Haus sind und ihn niemand sieht. In der letzten Zeit war es wie verhext. Immer, wenn er schon im Treppenhaus war, kam jemand, sodass er sich nicht in Ruhe an ihrer Wohnungstür zu schaffen machen konnte. Gleichzeitig spürt er eine unbändige Wut. Eifersucht. Das sollten diese Kerle ihm büßen. Töten würde er sie. Alle beide. Sie gehörte ihm. Ihm alleine. Ihre Zeit war gekommen.

*

Alexandra, geliebte Prinzessin! Glaube mir, ich habe Deinen Vater nicht umgebracht. Ja, ich war in seinem Haus. Ja, ich habe sein Arbeitszimmer durchsucht. Aber das Zimmer war schon vorher verwüstet. Es muss jemand vor mir in eurem Haus gewesen sein. Bitte glaub mir das!

Als ich hörte, dass jemand die Haustür aufschloss, habe ich mich ruhig verhalten. Das Knarren der Treppenstufen verriet, dass dieser jemand – ich ahnte nicht, dass Du es warst – nach oben ins Dachgeschoss ging. Und als Du oben beschäftigt warst, ich hörte so ein Rumpeln, habe ich gemacht, dass ich raus kam. Mensch, das war ein Einbruch, den ich da begangen hatte. Du kannst diese Mail gerne zur Polizei schicken. Sie ist ein Geständnis. Ich werde dazu stehen, alles zugeben und mich bestrafen lassen. Wenn es sein muss, gehe ich für den Einbruch in den Knast, wenn es nur hilft, Dich davon zu überzeugen, dass ich nichts mit dem Tod Deines Vaters zu tun habe. Ich war auf der Suche nach … Tja, ich weiß auch nicht. Beweisen, Unterlagen … Mir fehlt offensichtlich das Talent zum Privatdetektiv. Ich hätte Dir sofort davon erzählen müssen. Warum ich es nicht getan habe? Weiß ich nicht. Ich weiß nur, dass ich mich ohrfeigen könnte, weil ich mich so dämlich angestellt habe. Ich vermisse Dich. Und bin traurig über dieses Missverständnis. Lass uns reden. BITTE. Fabian.

Ich schob die Mail in den Papierkorb. Wem sollte ich noch trauen?

*

Kossek grinste. Er war auf der Facebook-Seite von Alexandra Katzenstein. Sie besaß, wie viele Journalisten, ein offenes Profil, das für alle Welt einsehbar war. Schließlich wollte sie ja Leser gewinnen. In der letzten Zeit hatte Kossek sie oft auf ihrer Seite besucht, um zu sehen, was sie so trieb. Aber anders als viele Leute, die jeden Furz per Facebook in die Welt hinausblähten, gab Alexandra nichts Persönliches von sich preis. Schrieb niemals, was sie privat unternommen hatte oder wo sie gewesen war. Kossek verstand das gut, fand es aber schade. Er hätte gerne mehr über sie erfahren. Doch Alexandra postete nur die Überschriften ihrer Artikel: *Mord in Neustadt – lest heute im* Weserblick, *warum ein Sohn seine Mutter tötete.* Sie hatte ihren Account so eingestellt, dass ihr jeder Facebook-Nutzer etwas auf die Seite schreiben konnte. Genau das wurde ihr jetzt zum Verhängnis. Ein gewisser Fabian Mohr aus Hamburg hatte eine neue Gruppe gegründet: *Alexandra Katzenstein – ich liebe Dich. Komm zurück zu mir!*

Binnen weniger Tage hatte er über zweihundert neue Mitglieder gewonnen. Alle Achtung. Und seine Anhänger, hauptsächlich Männer, verewigten sich jetzt auf der Facebook-Seite von Alexandra Katzenstein. *Kehre sofort zu Fabian zurück,* schrieben sie. *Wir wollen Freibier auf eurer Hochzeit saufen.* Oder: *Alexandra, wie konntest du Fabian nur verlassen? Werde vernünftig. Eine Frau tut, was ein Mann sagt.*

Unglaublich, wie viele Verrückte es gab, dachte Kossek. Alexandra hatte offenbar noch gar nicht bemerkt, was auf ihrer Seite los war.

Kossek klickte sich auf die Seite von Fabian Mohr. Als er das Foto sah, wurde sein Grinsen noch breiter. Der Typ aus dem *Scusi*. Soso, Alexandra hatte die männliche Vogelscheuche also abgesägt, dachte Kossek schadenfroh. Begierig las er die Infos, die Mohr über sich ins Netz gestellt hatte. Doktor der Mathematik. Beziehungsstatus: *Es ist kompliziert.* Spinner.

Ein paar Frauenrechtlerinnen hatten Mohrs Gruppe allerdings auch schon entdeckt und bitterböse Kommentare gepostet. *Anzeigen sollte man dich, du Schwein,* wetterte eine Frau. *Das ist Cyberstalking, was du da treibst. Hoffentlich erstattet Alexandra Anzeige. Ein NEIN ist ein NEIN.*

Gott, was für ein Kinderkram, dachte Kossek. Aber solange diese Aktion Alexandra bekannter machte und dem *Weserblick* ein paar neue Leser schickte, sollte ihm das nur recht sein.

*

Matze schluckte, als er auf Alexandras Facebook-Seite ging. Kommentare über Kommentare. O Gott, dachte er. Der

Typ, dieser Mohr, ist ja wirklich verrückt. Insgeheim hatte er geglaubt, dass Alexandra übertreiben würde, als sie ihm und Harry von diesem Mathefuzzi erzählt hatte. Nun war er sich nicht mehr so sicher.

»Ali?«

»Mmmmmh.«

Die Katzenstein saß an ihrem Schreibtisch, grübelte über einem Artikel.

»Guck mal bitte auf deine Facebook-Seite. Und erschrick nicht.«

Alexandra hob ihren Blick und sah Matze an. Sie stand auf, kam direkt zu ihm herüber. »O nein, dieser Spinner.« Sie machte ein paar Screenshots auf Matzes Rechner und löschte ihren kompletten Facebook-Account.

»Du musst ihn anzeigen«, riet Matze.

Alexandra schüttelte den Kopf. »Tut mir leid, aber mein Vertrauen in die Polizei ist nachhaltig erschüttert. Für die bin ich doch nur die spinnerte Tochter, die sich nicht damit abfinden will, dass ihr Vater Selbstmord begangen hat. Und Mohrs Aktion auf Facebook ist wahrscheinlich noch nicht mal strafbar. Ich setze jetzt auf private Ermittler.«

»Hä, hast du eine Privatdetektei angeheuert?«

»Ja, die beste der Stadt.«

»Welche ist das?«

»Grothe & Tenge.« Ein Lächeln huschte über ihr Gesicht.

Erst jetzt begriff Matze. »Ach, du meinst, wir sollen uns den vorknöpfen?«

»Genau. Und zwar möglichst schnell, ihr kriegt auch beide Labskaus.«

Matze nickte. Er hatte noch nie Labskaus gegessen. Der Name verhieß nichts Gutes. Trotzdem wollte er sich von Alexandra bekochen lassen. Unbedingt. Hatte er verdient, fand Matze. Seine zickige Kollegin mit umgebundener Schürze in der Küche stehen zu sehen. Also ging er auf den Flur hinaus und rief Harry auf dem Handy an.

Es klingelte ein paar Mal, bevor sich sein Kumpel mit verschlafener Stimme meldete. »Hab ich dich geweckt?«

»Mmmmmmh, hatte Nachtschicht.«

»Ich schicke dir gleich eine Mail mit ein paar Screenshots von Alexandras gelöschtem Facebook-Account. Ich möchte, dass du dir das mal ansiehst.«

»Muss das jetzt sein?«

»Ja, ist wichtig.«

»Okay, ich fahr den Rechner hoch.«

Ein paar Minuten später telefonierten sie wieder miteinander.

»Ach du Schande«, sagte Harry. »Der hat ja richtig ’n Rad ab. Ich dachte, Ali spinnt. Aber so müssen wir dem wohl doch einen Besuch abstatten.«

»So ist es«, antwortete Matze. »Heute Abend?«

»Wird uns wohl nichts anderes übrig bleiben. Außerdem müssen wir Martina Fittkau ja auch noch auf den Zahn fühlen. Wann kommst du aus der Redaktion?«

Matze sah auf die Uhr. »In anderthalb Stunden.«

»Ich springe unter die Dusche. Dann fahren wir nach Hamburg.«

*

Dreieinhalb Stunden später klingelten sie bei einem Nachbarn von Fabian Mohr. Der Versicherungsmathematiker wohnte in einem schmucklosen Mehrfamilienhaus in Hamburg-Ottensen. »Werbung«, antwortete Harry, als sich eine alte Frau mit krächzender Stimme über die Gegensprechanlage danach erkundigte, wer zu so später Stunde noch etwas von ihr wollte.

Matze und Harry schlichen durchs Treppenhaus von Tür zu Tür, lasen die Namen. Endlich, im fünften Stock, unterm Dach, wohnte Fabian Mohr. Harry klingelte. Kurz darauf hörten sie Schritte in der Wohnung. »Wer ist da?«, fragte eine Männerstimme über die Gegensprechanlage. Harry klopfte an die Tür. Ohne nachzufragen, öffnete Mohr. Er war nur mit einem schwarzen T-Shirt und Boxershorts bekleidet, die den Blick auf seine stacheligen Storchenbeine freigaben.

»Wollen Sie zu mir?«, fragte er, als müsse es sich um eine Verwechslung handeln.

Harry hielt ihm seinen Dienstausweis dicht vors Gesicht. »Polizei, dürfen wir reinkommen?« Mohr war sichtlich verdattert. Harry ließ seinen Dienstausweis schnell wieder in seiner Jackentasche verschwinden, sodass Mohr keine Chance hatte, sich das Dokument genauer anzusehen.

»Äh, ja, äh, natürlich. Kommen Sie herein. Es ist nicht besonders aufgeräumt …«

»Das hätten wir auch nicht erwartet«, rutschte es Matze raus.

In Mohrs Wohnung roch es muffig, nach ungewaschener Wäsche, Essensresten und kaltem Rauch. Der Mathematiker ging voraus. »Was, äh, führt Sie zu mir?«

Harry und Matze folgten Mohr durch den langen Flur, in einen Raum, der wohl so etwas wie das Wohnzimmer sein sollte.

»Setzen Sie sich doch«, sagte Mohr und deutete auf das abgeschabte, schwarze Ledersofa, das aussah, als stamme es vom Sperrmüll. Davor stand ein runder Tisch aus hellem Marmor, der übersät war mit Tabakkrümeln. Auf dem Tisch lagen eine angebrochene Packung *Van Nelle halbschwarz* und Blättchen. Eine skelettierte Hand aus Plastik stand bereit, um die Asche aufzunehmen.

»Sie können sich denken, weshalb wir hier sind, Herr Mohr.« Harrys Stimme hatte wieder diesen scharfen Ton, der schon Bollwahn aus der Fassung gebracht hatte.

Doch der Mathematiker zuckte nur mit den Schultern.

Harry wurde lauter. »Herr Mohr, sie sind doch ein heller Kopf. Was könnten wir wohl von Ihnen wollen?«

»Ich weiß es wirklich nicht«, beteuerte Mohr.

Harry sah den Mathematiker durchdringend an. Er hielt seinem Blick stand, guckte ihn arglos an wie ein Kind.

»Und was ist damit?«, fragte Harry und deutete auf Mohrs Rechner, der auf dem Schreibtisch in der Ecke stand. Den Rechner hatte sich der Mathematiker offenbar selbst zusammengebastelt, jedenfalls war kein Markenlogo zu erkennen. Auf dem Bildschirm zogen irgendwelche Formeln von links nach rechts ihre Bahnen.

Mohr schüttelte den Kopf. »Ich lade hier nichts illegal runter, nicht mal Musik.« Er deutete auf seine CDs, die neben dem Sofa auf dem Boden gestapelt waren. Viel Rock und Heavy Metal.

»Ach«, entgegnete Harry verächtlich. »Und Sie waren auch nicht im Haus von Prof. Dr. Albert Katzenstein? Und haben seine Tochter nicht übers Internet belästigt?«

Mohr senkte den Blick und schwieg.

»Was wollten Sie in der Villa des Professors?«

»Ich sag jetzt gar nichts mehr ohne meinen Anwalt«, gab Mohr trotzig zurück.

»Gut«, entgegnete Harry, »das ist ihr gutes Recht. Dies hier ist auch nur eine sogenannte Gefährderansprache. Wissen Sie, was das ist?«

Der Mathematiker schüttelte den Kopf.

»Das, was Sie im Moment auf Facebook veranstalten, nennt man Stalking, Cyberstalking. So etwas ist strafbar.«

»Äh, was, äh, also …«, stammelte Mohr.

»Nun tun Sie bitte nicht so unschuldig. Sie sind ein gebildeter Mensch. Sie verfolgen Alexandra Katzenstein im Netz.« Harry stand vor Mohr, breitbeinig, die Arme vor der Brust verschränkt. Man sah ihm an, dass er in seinem Element war.

Mohr sog die Luft scharf ein, blickte noch immer zu Boden. »Das war mir nicht bewusst … Ich wollte nur … Ich habe Mathe studiert und nicht Jura.«

»Ich hab schon bessere Ausreden gehört«, blaffte Matze ihn an.

»Es geht nicht darum, was Sie wollen«, sagte Harry und zuckte mit dem Kopf. »Also los …«

Mohr hatte verstanden, nickte, ging zum Rechner, loggte sich bei Facebook ein, löschte seinen Account und mit ihm die Gruppe, die ihm helfen sollte, Alexandra zurückzugewinnen.

»So ist's brav«, lobte Harry ihn wie ein Hund, der seinem Herrchen das Stöckchen gebracht hatte. »Und ich warne Sie. Sollten Sie Frau Katzenstein noch einmal, in welcher Form auch immer, belästigen, kriegen Sie eine Anzeige. Und wegen der Sache mit dem Einbruch meldet sich die Kripo noch bei Ihnen.« Harrys Stimme hatte ein gefährliches Timbre angenommen.

Mohr nickte betreten, ohne Harry anzusehen. Dann begleitete er die beiden zur Tür. »Richten Sie Frau Katzenstein aus, dass es mir leid tut«, sagte er zum Abschied.

Harry und Matze reagierten nicht auf seine Bitte, verließen grußlos die Wohnung.

»Was für ein Spinner«, sagte Harry zu Matze, als sie wieder im Auto saßen.

»Das kann man wohl laut sagen«, pflichtete Matze ihm bei.

»Und weißt du was?«, sagte Harry. »Der meint das ernst. Der hat wirklich kein Gefühl dafür, was geht und was nicht. Der glaubt glatt, eine Frau fühlt sich geschmeichelt, wenn man sie bei Facebook um Liebe anbettelt.«

Matze nickte. »Ein Spinner, kaum Erfahrung im Umgang mit Frauen, glücklich, dass sich so ein Volltreffer wie Ali für ihn zu interessieren scheint. Aber mein Bauchgefühl sagt mir noch was …«

Harry sah Matze an. »Und das wäre?«, wollte sein Kumpel wissen.

»Der hat weder was mit dem Tod von Katzenstein noch mit dem Tod von Nicole Wollenbeck zu tun. Wie arglos der uns in die Wohnung gelassen hat … So reagiert niemand, der kein reines Gewissen hat.«

»Habe ich auch schon gedacht«, antwortete Harry.

»Oder der ist besonders gerissen und abgebrüht.«

*

Liebe Alexandra, ich möchte mich in aller Form bei Dir entschuldigen. Zwei Herren von der Polizei waren eben hier. Gefährderansprache – das Wort hat mir einen richtigen Stich versetzt. Ja, das war eine Scheißidee, eine Gruppe auf Facebook zu gründen. Ich wollte Dir imponieren, konnte doch nicht ahnen, dass mir das so aus dem Ruder laufen würde. Herrje, ich bin halt in solchen Dingen ziemlich ungeschickt. Wie auch immer: Ich hoffe, Du kannst mir verzeihen. Ich wollte Dir keinen Schrecken einjagen, wusste nur einfach nicht, wohin mit meinen Gefühlen. Ich schäme mich. Ich bin ein Vollidiot. Aber einer, der Dich liebt. Fabian.

Was sollte ich davon halten? Ich schob auch diese Mail in den Papierkorb. Als ich sah, wer mir noch gemailt hatte, fing mein Herz wie wild an zu klopfen.

Liebe Alexandra, wir müssen uns unbedingt sehen. Es gibt etwas, das ich mit Dir bereden möchte. Bitte melde Dich. Deine Katja.

*

Martina Fittkau weinte. Sie hatte ihre Hände vors Gesicht geschlagen und schluchzte hemmungslos. Matze und Harry sahen sich an. War das ein Trick? Harry machte mit der Hand eine beschwichtigende Bewegung, für Matze ein Zeichen, nichts zu sagen, sondern Nicoles Freundin einfach heulen zu lassen. Abzuwarten, was sie ihnen erzählen würde.

Nach einer Weile zog Martina Fittkau geräuschvoll die Nase hoch, was so gar nicht zu dieser gepflegten Businesstante passte, und nahm die Hände vom Gesicht. Ihre Schminke war verlaufen, die Augen rotgeädert. Matze reichte ihr ein Taschentuch. Martina Fittkau bedankte sich und schnäuzte ins Tempo.

»Ich muss mich bei Ihnen entschuldigen«, schniefte sie. »Ich habe gelogen. Neulich bei unserem Gespräch. Und damals bei der Kripo. Aber Albert hatte mir das eingeschärft.«

»Albert?« Matze verstand nicht gleich.

»Professor Dr. Albert Katzenstein«, half ihm Harry auf die Sprünge. »Sie duzten sich also mit dem Professor?«

Martina Fittkau nickte. »Natürlich nicht an der Uni, sondern nur privat. Wenn Sie verstehen, was ich meine.«

»Nicht so ganz«, quälte Harry sie.

Martina Fittkau senkte ihren Blick. »Bevor Albert sich mit Nicole in der Hochstraße traf, war er einmal pro Woche mit mir dort verabredet.«

»Hochstraße?«, fragte Harry irritiert.

»Da hatte Albert ein Apartment. In so einem schrecklichen Hochhaus in der Bahnhofsgegend, zehnter Stock.«

Harry nickte. Matze konnte sich ein Grinsen nicht verkneifen. »Er machte vom einen auf den anderen Tag Schluss. Ich wurde misstrauisch und folgte ihm. Und dann musste ich feststellen, dass meine Nachfolgerin Nicole war. Ich war außer mir vor Wut, stellte Nicole zur Rede. Doch sie meinte nur, sie würde Albert lieben. Es wäre nur noch eine Frage der Zeit, bis er sich für sie scheiden lassen würde. Na ja, meine große Liebe war Albert zwar nicht, trotzdem war ich sauer. An jenem Abend, an dem sie verschwand, wollten wir uns aussprechen, entscheiden, ob wir auseinanderziehen. Wer wann auszieht oder die Wohnung behalten darf. Als sie nicht kam, hatte ich gleich so ein merkwürdiges Gefühl. Nicole und ich waren fest verabredet, sie hätte mich – Streit hin oder her – angerufen, wenn ihr was dazwischengekommen wäre. Ich telefonierte überall rum. Doch niemand wusste, wo Nicole steckte. Mir war deshalb gleich klar, dass etwas passiert sein musste.

Albert war ja weit weg in Kyoto. Als er zurückkam, war er in heller Aufregung, völlig fertig. Doch er flehte mich an, der Polizei nichts davon zu sagen, dass er und Nicole eine Affäre gehabt hatten. Und auch über unsere Liaison sollte ich schweigen. ›Dann bin ich ruiniert. Und du bist unten durch als eine, die sich mit ihrem Professor eingelassen hat. Willst du das?‹ Natürlich wollte ich das nicht. Also fügte ich mich. Die Polizeibeamten haben mich damals auch nur gefragt, ob Nicole was mit Katzenstein gehabt habe. Auf die Idee, dass auch ich zu seinen Gespielinnen gehört haben könnte, darauf kamen die gar nicht. Ich kann mir beim besten Willen nicht vorstellen, dass Albert irgendetwas mit Nicoles Tod zu tun hatte. Er hing an ihr. Während ich für ihn nur ein Betthäschen war. Simon wusste von dem Verhältnis. Und ich glaube, er war eifersüchtig auf den Professor. Jedenfalls haben die beiden sich mal wegen Nicole gezofft. Da war sie aber schon lange verschwunden. Und nun kommt alles wieder hoch, nach so vielen Jahren. Im wahrsten Sinne des Wortes.«

Kurz darauf verabschiedeten sich Harry und Matze von Martina Fittkau. »Es gibt noch eine Verdächtige, die wir bislang überhaupt nicht auf dem Zettel hatten«, sagte Harry, als sie wieder im Auto saßen.

»Häh, wer soll denn das sein«, wunderte sich Matze.

»Katzensteins Ehefrau, Alexandras Mutter. Wenn sie von dem Verhältnis zwischen ihrem Mann und Nicole Wind bekommen hatte, hätte sie ein starkes Motiv gehabt, die Studentin umzubringen.«

*

Alexandra schlief tief und fest. Hörte nicht, wie der Fremde ihre Wohnungstür öffnete. Nicht, wie er durch den Flur in ihr Schlafzimmer schlich. Und plötzlich, mitten in der Nacht, vor ihrem Bett stand. Er betrachtete die Schlafende kurz. Dann hielt er ihr ein mit Chloroform beträufeltes Tuch auf Mund und Nase. Minutenlang. Bis Alexandra vom Tiefschlaf in die Bewusstlosigkeit glitt.

Er hatte an alles gedacht, fesselte ihre Hände und Füße mit Kabelbindern, verklebte ihr den Mund. Er nahm den großen Sack aus Jute, eine Spezialanfertigung, die er eigens für diesen Anlass hatte nähen lassen. Atmungsaktiv und strapazierfähig. Er zog den Sack über Alexandras Beine, die sich steif und schwer anfühlten. Dann hob er ihren Oberkörper an, rollte den Sack über Rumpf und Kopf. Er stopfte ihr langes Haar hinein, was eine Weile dauerte. Es durfte auf keinen Fall hinausgucken. Dann schnürte er den Sack zu.

Der Kater, den der Mann schon bemerkt hatte, als er in die Wohnung gekommen war, kauerte verängstigt unter dem Bett.

Obwohl er kräftig war, kostete es ihn Mühe, bis er den Sack geschultert hatte. Er verschnaufte noch ein paar Sekunden, dann setzte er sich in Bewegung. An der Wohnungstür verharrte er und lauschte. Nichts war zu hören. Es war drei Uhr nachts und wenn ihm jetzt wider Erwarten jemand im Treppenhaus begegnen sollte, konnte es sich höchstens um einen betrunkenen Nachtschwärmer handeln.

Er nahm die Maske ab, verließ die Wohnung und ging durch das Treppenhaus. Er öffnete die Haustür einen Spalt und spähte hinaus. Alles ruhig. Die Straße war menschenleer.

Kaum hatte er das Haus verlassen, knatterte ein Motorroller um die Ecke. Der Mann ging neben dem Müllcontainer in Deckung. Als der Roller außer Sicht- und Hörweite war, setzte er seinen Weg zügig, aber nicht hastig fort. Seine Bewegungen wirkten ruhig und durchdacht, verrieten eine gewisse Routine.

Nicht weit vom Haus entfernt, hatte er seinen Kastenwagen geparkt. Er verfrachtete den Sack auf die Ladefläche, setzte sich ans Steuer und fuhr los.

*

»Die Katzenstein macht mich wahnsinnig!« Kossek war sauer. Stinksauer, um genau zu sein. Unzuverlässigkeit gehörte zu den Dingen, die er am meisten hasste. Der kleine Dicke hatte ihm soeben auf Nachfrage mitgeteilt, dass Alexandra Katzenstein heute Morgen zu einem wichtigen Termin nicht erschienen war. Der Bremer Innensenator hatte zur Pressekonferenz geladen, um die neueste Kriminalitätsstatistik zu erläutern. Bremen lag auf der Liste der gefährlichsten deutschen Städte mal wieder auf den vorderen Plätzen. Alle waren da gewesen: *taz-Bremen, Nordsee-Zeitung, Bremerhavener Sonntagsjournal, Radio Bremen, BILD-Zeitung, Weserkurier, Weserreport*, die *Kreiszeitung Syke*, die Kollegen von der *Deutschen Presseagentur* – nur Polizeireporterin Katzenstein vom *Weserblick* glänzte durch Abwesenheit.

»Das darf doch wohl nicht wahr sein!«, polterte Kossek.

»Hab mich auch gewundert, Knut. Okay, Ali is nich immer die Pünktlichste, aber dass sie gar nich erscheint, ohne Bescheid zu sagen, das is eigentlich nich ihre Art, ganz ehrlich«, versuchte Matze, seine Kollegin in Schutz zu nehmen.

»So – nicht ihre Art. Und wie ist das dann zu erklären?«

»Keine Ahnung, Knut. Ich hab schon zigmal versucht, sie anzurufen, aber sie geht nicht ran. Wir wollten uns ja vor dem Polizeipräsidium treffen.«

»Toll! Super! Wer schreibt jetzt den Artikel?«

»Also, den Jahresbericht der Innenbehörde hab ich natürlich hier. Mit allen Zahlen und dem ganzen Statistikkram …«

»Wir sind hier nicht die Presseabteilung der Innenbehörde, verdammt noch mal! Die Klei… äh, die Katzenstein hätte kritisch nachgefragt! Das hätte sie doch, oder?«

»Äh, ja sicher. Glaub schon …«

»Also gut, gib schon her. Mal sehen, ob ich da was draus

machen kann.« Unwirsch nahm der Lokalchef dem Fotografen die Pressemappe aus der Hand. »Okay, Matze, du kannst ja nichts dafür«, schlug er versöhnlichere Töne an. »Im Gegenteil, du bist einer meiner besten Leute. Aber ich muss meinem Ärger halt irgendwie Luft machen, verstehst du? Und die eigentliche Adressatin ist ja nicht hier.«

»Schon klar.«

Kossek schlug die Pressemappe auf und warf einen Blick hinein. »Okay, ich werde schon irgendwie klarkommen. Gut, das war's dann erst mal, Matze, danke. Aber für die Katzenstein hat das ein Nachspiel, da kannst du Gift drauf nehmen.«

Matthias Grothe machte keine Anstalten, den Raum zu verlassen.

Irritiert sah ihn Kossek an. »Äh, is noch was?«

Matze druckste herum. »Nun ja, um ehrlich zu sein, Knut, also …«

»Matze!« Kossek tippte mit seinem Zeigefinger energisch auf seine Armbanduhr – die Zeit des Chefs einer zwanzigköpfigen Redaktion war nicht unbegrenzt. »Also, was is?«

»Um ehrlich zu sein: Ich mach mir Sorgen um Ali.«

»Sorgen? Wieso?«

»Da stimmt was nicht. Wie gesagt, das ist nicht ihre Art, einen Termin einfach sausen zu lassen und sich nicht zu melden. Das passt nicht zu ihr. Überhaupt nicht. Vor allem, wenn es ein beruflicher Termin ist. Ich hab ihr weiß Gott wie oft auf die Mailbox gesprochen. Also, entweder hat sie ihr iPhone verloren, oder …«

»Oder was?«

»Oder ihr is was passiert.«

Kossek schluckte. Also doch! Dieser Mathematiker, mit dem er die Kleine im *Scusi* gesehen hatte, war ihm gleich komisch vorgekommen. Wäre ja nicht das erste Mal, dass jemand im Sexrausch … Noch dazu einer, der aussah wie ein Satanist. Dass der Typ pervers war, hatte er ihm aus hundert Metern Entfernung angesehen. Manche Frauen standen ja auf solche Typen. Alexandra bestimmt. Die ließ sich ja sogar mit Rockmusikern ein. Und jetzt, nachdem sie ihn wegen seiner blöden Facebook-Gruppe noch mal getroffen hatte, war sie womöglich … Kossek wagte den Gedanken nicht zu Ende zu denken. Sollte er Matze von seiner Beobachtung erzählen, ihm von seiner Befürchtung berichten? Er beschloss, sich bedeckt zu halten. Zumindest vorerst noch. Er stand auf, ging zur Tür und schloss sie. Dann setzte er sich wieder hinter seinen Schreibtisch und forderte Matze auf, auf einem der beiden Stühle Platz zu nehmen. Er sah Matze durchdringend an. »Also?«

»Also, was?«

»Hast du irgendeine Ahnung, was passiert sein könnte? Nimmt sie vielleicht Drogen?«

»Drogen? Ali? Nie und nimmer! Die hasst Drogen. Ganz ehrlich. Sie hat mir gegenüber mal Frank Zappa zitiert: ›Drogensüchtige sind nur deswegen drogensüchtig, um eine Ausrede dafür zu haben, dass sie Arschlöcher sind.‹ Oder so ähnlich. Nee, ihre einzige Droge ist ’n starker Kaffee und Rotwein, vielleicht. Kifft nicht mal.«

»Sonst eine Idee, was passiert sein könnte?«

»Na ja, vielleicht ein simpler Verkehrsunfall …«

»Glaub ich nicht. Das hätten wir doch schon erfahren, denk ich. Aber ich frag gerne noch mal bei der Polizei oder in den Krankenhäusern.«

»Vielleicht ist ihr irgendwas in der Wohnung passiert. Was weiß ich: auf der Seife ausgerutscht, Hirnschlag, Herzinfarkt, keine Ahnung.«

Kossek sah Matze ernst an. »Du machst dir wirklich Sorgen, oder?«

»Klar.«

»Jetzt mal von häuslichen Unfällen und plötzlichen gesundheitlichen Problemen abgesehen: Hast du sonst vielleicht noch 'ne Idee, was passiert sein könnte?«

»Eigentlich nicht ...«

»Was heißt ›eigentlich‹? Hast du oder hast du nicht? Hat sie vielleicht irgendwelche Probleme?«

Matze zögerte. Dann rückte er damit raus. »Na ja, in der letzten Zeit, da war sie schon 'n büschn merkwürdig. Sie hatte irgendetwas erfahren, das ihr wohl zu schaffen machte.«

»Was denn?«

»Sie machte bloß Andeutungen. Irgendetwas über sich selber, sagte sie. Was, darüber könne sie mit niemandem sprechen. Sie tat furchtbar geheimnisvoll.«

Na also, dachte Kossek. Sie ist schwanger. Scheiße. »Klingt ja reichlich mysteriös.«

»Ja, fand ich auch. Sie hat mich und einen Freund übrigens heute Abend zum Essen eingeladen, wollte Labskaus kochen. Vielleicht wollte sie mir da ja was erzählen.«

Irgendetwas in Matzes Verhalten machte Kossek misstrauisch. Er nahm Witterung auf. »Gibt es irgendetwas, das ich wissen sollte?«

Matze rang sichtbar mit sich.

»Matze!?«

Kossek wirkte plötzlich gar nicht mehr kumpelhaft, sondern richtig chefig.

Matze gab sich einen Ruck. »Okay, Knut. Wir sind da an 'ner Sache dran ...« Und dann erzählte er. Von Alexandras Ärger mit Fabian Mohr, der sie auf Facebook gestalkt hatte. Dass Alexandra glaubte, Mohr könnte was mit dem Tod ihres Vaters zu tun haben. Von Harrys gruseligem Fund am Neujahrstag. Vom tragischen Schicksal Nicole Wollenbecks. Dass Mohr mit ihr zusammen studiert hatte. Und sie außerdem die Studentin von Alexandras Vater gewesen war. Und von der unheimlichen Mordserie in Bremen. Das Wort ›Mordserie‹ hatte Matzes Mund kaum verlassen, da hielt Kossek nichts mehr auf seinem Stuhl.

Entschlossen sprang er auf. »Okay, ich sag dir jetzt, was wir machen: Wir fahren zu Alexandras Wohnung und sehen nach ihr.«

»Und wenn sie nicht da ist?«

»Dann setzten wir Himmel und Hölle in Bewegung.«

*

Der fensterlose Raum war karg möbliert. Eine harte Pritsche, davor ein Hocker, ein Sessel, sonst nichts. Direkt neben der Pritsche stand eine Wasserflasche. Die Wände waren mit Lärmschutzmatten isoliert. Die Glühbirne an der Decke, die der Mann mit Absicht so ausgesucht hatte, dass sie zu schwach war, um den Raum zu erhellen, tauchte das Verlies in schummriges Licht. In der Ecke, neben dem Waschbecken, war eine Nasszelle in den Boden eingelassen. Waschutensilien wie Zahnbürste, Handtücher, Seife und alles, was sonst für die Körperpflege notwendig war, standen ebenso bereit wie Deo, Parfüm, duftendes Öl, Make-up, Creme, Lippenstift und Nagellack. Über dem Sessel lagen, sorgfältig zusammengelegt, ein Negligé, Spitzenunterwäsche, Strapse und Netzstrümpfe. Davor standen waffenscheinpflichtige Stilettos aus Lack.

Alexandra Katzenstein lag auf der Pritsche. Der Mann saß vor ihr auf einem Hocker und betrachtete sie. Er schaute auf seine Armbanduhr. Es konnte nicht mehr lange dauern. Alexandras Atem ging unruhig, sie bewegte den Oberkörper hin und her. Gleich musste es so weit sein. Der Mann stand auf, ging zu dem Waschbereich, warf einen Blick auf die Utensilien, schien zufrieden, er hatte an alles gedacht. Von der Pritsche war ein Stöhnen zu hören. Der Mann nahm wieder auf dem Hocker Platz und zog sich die Skimütze über den Kopf, nahm das Messer in die Hand.

*

Harry Tenge sackte die Kinnlade runter. Vor seiner Wohnungstür stand Ritchie Blackmore. Zumindest der Ritchie Blackmore von der Unterweser. Im Schlepptau Matze.

»Äh, Knut Kossek?«, stammelte er.

Kossek nickte überrascht.

»Ihr kennt euch?«, staunte Matze.

Harry sah ihn verständnislos an. »Machst du Witze? Das ist Knut Kossek! Knut ›Killer‹ Kossek. Einer der besten Rockgitarristen im Elbe-Weser-Dreieck. Man nennt ihn auch den ›Ritchie Blackmore von der Unterweser‹.«

»Ach! Killer also …« Matze sah seinen Chef amüsiert an. Dann erinnerte er sich. Als die Verlegerin Kossek vorgestellt hatte, war sie kurz auf seine musikalische Vergangenheit eingegangen und dass er ›vielen noch als Musiker bekannt sein dürfte‹. Matze hatte aber eher in Richtung Schunkelkapelle und Seemannslieder gedacht. Zumal die Band, mit der Kossek vor hundert Jahren Bremen und Umgebung unsicher gemacht hatte, Die Klabautermänner hieß. Kossek winkte ab. »Das ist erstens ewig her. Und zweitens hat das mit dem ›Blackmore von der Unterweser‹ sowieso nie gestimmt. Also, das mit der Unterweser jedenfalls nicht. Ich komme nämlich aus Bremen, und das liegt bekanntlich an der Weser und nicht an der Unterweser.«

»Eigentlich hast du mich auch immer eher an Gary Moore erinnert«, outete sich Harry als kundiger Rockfan.

»Danke«, erwiderte Kossek, sichtlich erfreut über so viel Sachverstand.

»Aber kommt doch rein«, schlug Harry vor.

»Du, keine Zeit. Wie schon am Telefon gesagt, wir brauchen dringend deine Hilfe. Es geht um Ali. Mit der stimmt was nicht. Wir müssen in ihre Wohnung, jetzt«, drängte Matze.

»Okay, alles klar. Ich hol bloß noch schnell meine Jacke.« Harry verschwand in der Wohnung und war eine Sekunde später wieder da. »Und ab dafür!«

*

Ich glaubte zu träumen, als ich aufwachte. Ich lag auf einer harten Pritsche, meine Hände und Füße schmerzten. Es dauerte einen Moment, bis ich begriff. Ich war gefesselt. Und neben mir saß dieser Mann. Er war schwarz gekleidet, hatte sich eine Skimütze über den Kopf gezogen, starrte mich aus dunklen Augenhöhlen an, hielt ein Messer auf mich gerichtet. Blut pochte in meinen Ohren, ich versuchte zu schreien, doch mehr als ein Krächzen brachte ich nicht hervor. Mein Atem rasselte, meine Zähne schlugen aufeinander. »Hiiiiilllllllffffeeeeee.« Der Typ blieb völlig ruhig, regte sich nicht mal.

Klar, er hätte mich doch geknebelt, wenn meine Schreie zu hören gewesen wären, schoss es mir durch den Kopf. Wahrscheinlich waren die Wände schallisoliert. Hier war ein Profi am Werk. Ich zerrte an den Kabelbindern, mit denen meine Hände gefesselt waren, das Plastik schnitt mir ins Fleisch. Das waren nicht diese billigen Dinger aus dem Baumarkt. Das war die breite Variante, wie sie die Polizei nutzte. Ob mein Entführer Bulle war?

Meine Füße waren mit Fußfesseln fixiert und auch die, das sah ich auf den ersten Blick, stammten aus Polizeibeständen. Die Fesseln hingen an einer Eisenkette, deren Glieder dick waren wie Finger.

»Bitte tun Sie mir nichts«, wimmerte ich und kam mir ziemlich bescheuert vor. So klein, so hilflos, so … Der Typ saß noch immer da wie eine Statue. Ich musste mich jetzt verdammt noch mal zur Ruhe zwingen. Überlegen. Hatte ich nicht irgendwo gelesen, man solle mit dem Täter reden? Reden, reden, reden. Der schwarze Mann musste begreifen, dass ich ein Mensch war. Kein Objekt, sondern ein Mensch mit Gefühlen.

»Ich heiße Alexandra«, sagte ich mit zittriger Stimme.

Der Mann reagierte nicht, drehte das Messer zwischen seinen Fingern.

*

Er betrachtete sie in aller Ruhe. So, als hätte er alle Zeit der Welt. Sie zerrte an den Kabelbindern, mit denen ihre Hände gefesselt waren. Wie niedlich.

»Was wollen Sie von mir?« Ihre Stimme zitterte. Erwartete sie darauf etwa eine Antwort? »Bitte tun Sie mir nichts«, wimmerte sie und nannte ihren Namen.

Er erhob sich. Beugte sich zu ihr herunter.

»Bitte, bitte, bitte …«, flehte sie.

Wunderbar. Wie er dieses Gefühl liebte. Er war hier der Herr. Ihr Herr.

Sie drehte ihr Gesicht weg, wollte nicht sehen, was nun kam. Er setzte sich auf die Pritsche, streichelte ihr Haar. Liebevoll, sanft. Dann setzte er ihr das Messer an die Kehle.

*

Zehn Minuten später standen Harry, Matze und Kossek an Alexandras Wohnungstür. Sie klingelten Sturm. Nichts passierte.

Harry sah sich um. Die Luft war rein. »Okay, Gefahr im Verzug«, sagte er entschuldigend. »Guckt mal weg.« Sekunden später stand die Wohnungstür offen. Alexandra schloss, obwohl sie es besser hätte wissen müssen, ihre Wohnungstür nie ab, sondern ließ sie nur ins Schloss fallen.

»Gut, dass du heute deinen freien Tag hast«, raunte Matze.

»Na ja, dafür muss ich mir diese Woche die Nächte um die Ohren schlagen«, maulte Harry. Kossek hatte ursprünglich vorgeschlagen, beim Hausmeister vorstellig zu werden, aber das war Matze zu unsicher gewesen. Erstens wusste er nicht, wie der Hausmeister hieß. Zweitens war nicht sicher, ob er zu Hause war. Und drittens war überhaupt nicht gesagt, dass es ihnen gelungen wäre, den Hausmeister davon zu überzeugen, sie in Alexandras Wohnung zu lassen. Er setzte lieber auf Harry, vor dem kein Schloss sicher war.

Sie betraten die Wohnung und riefen nach Alexandra. Nichts regte sich. Sie sahen in allen Räumen nach. Ali war nicht da. Nichts Auffälliges. Unordentlich wie immer. Eine halb leere Pulle Rotwein vor dem Bett, ein umgekipptes Glas.

»Alles wie immer«, meldete Matze.

»Jetzt sagt bloß, ihr seid enttäuscht. Hättet ihr lieber Blut und eine verwüstete Wohnung vorgefunden?«, frotzelte Harry, der die Sorgen der beiden anderen etwas übertrieben fand.

Kossek ließ sich nicht beirren. »Denk genau nach: Ist wirklich alles wie immer?«, bedrängte er Matze.

Der zuckte mit den Schultern – dann stutzte er. »Nee, da fehlt was! Wo ist denn Hans-Günther?«

»Hans-Günther?!«, fragte Kossek eine Spur zu hastig und merkte, wie ihm heiß wurde. Hatte Alexandra etwa einen Lebensgefährten?

»Hans-Günther ist Alexandras Kater«, klärte Matze ihn auf.

»Ach so.« Kossek war erleichtert.

»Stromert vielleicht draußen herum«, vermutete Harry.

»Quatsch. Tagsüber ist Hans-Günther immer in der Wohnung«, wusste Matze, »Ali lässt ihn erst abends raus. Und kurz vor Mitternacht kommt er dann zurück.«

»Moment mal, Kater?«, überlegte Kossek.

»In der Küche da ...« Er beendete den Satz nicht und ging schnellen Schrittes zurück in die Küche, die er vorher bereits inspiziert und dabei nichts Auffälliges entdeckt hatte.

Harry folgte ihm, während sich Matze auf die Suche nach dem Kater machte.

»Da!« Kossek deutete auf den Futterplatz. »Ein leerer Fressnapf und eine leere Trinkschale. Alexandra würde doch nie aus dem Haus gehen und ihren Kater unversorgt lassen, oder?«

»Vielleicht hat sie das Vieh mitgenommen, weil sie einen dringenden Termin beim Tierarzt hatte. Wahrscheinlich ist das überhaupt die Erklärung für das Ganze«, mutmaßte Harry. »Womöglich kommt sie jetzt gleich zurück mit Hans-Günther im Korb, der plötzlich krank geworden ist, und macht uns 'ne Riesenszene, weil wir in ihre Wohnung eingebrochen sind.«

»Ausgeschlossen«, widersprach Matze, »Ali hätte mich dann zumindest angerufen und wäre auch jetzt über Handy erreichbar.« Er ging durchs Wohnzimmer und rief: »Hans-Günther, Hans-Günther.«

»Miau«, antwortete es unter dem Sofa. Langsam kroch der Kater aus seinem Versteck hervor und ließ sich von Matze auf den Arm nehmen.

»Wir müssen ihm sofort was zu fressen und zu trinken geben«, bestimmte Kossek, »der hat heute sicher noch nichts gehabt, vielleicht sogar noch länger, und es ist bereits früher Nachmittag.«

»Die Angst vor drei fremden Männern war offenbar noch stärker, als Hunger und Durst«, sagte Matze gerührt, »sonst wäre der Kater doch gleich auf uns zugestürzt. Hans-Günther ist eigentlich zutraulich. Hier ist wirklich was faul.«

Harry schnappte sich den Trinknapf, ließ ihn über der Spüle voll Wasser laufen und stellte ihn wieder an seinen Platz. Matze trug den Kater in die Küche, setzte ihn behutsam auf den Boden. Hans-Günther begann sofort, gierig zu schlecken. »Wenn wir jetzt auch noch irgendwo Katzenfutter finden würden, hätten wir heute zumindest schon mal ein Katzenleben gerettet«, meinte Kossek, während er eine Schranktür nach der anderen öffnete – ohne Erfolg. Der Kater sah ihn an, offenbar verblüfft über so viel Dummheit. Dann erhob er sich und bewegte sich demonstrativ auf die Anrichte unter der Spüle zu. Kossek verstand. Er öffnete die Tür, nahm eine angebrochene Packung Trockenfutter heraus und schüttete etwas in den Fressnapf. Sofort machte sich der Kater darüber her. Zufrieden sahen die drei Männer dem Tier zu.

»Du hast recht, Matze, hier stimmt tatsächlich was nicht. Alexandra muss etwas passiert sein. Entweder war sie die ganze Nacht nicht hier …« Kossek merkte schon wieder, wie ihm heiß wurde. Herrje, was war bloß mit ihm los?

»Tja, vielleicht hat sie bei irgendeinem Typen übernachtet«, stichelte Matze, dem Kosseks Verhalten plötzlich verdächtig vorkam. War der Chef etwa in Ali verknallt?

»Das Bett ist zerwühlt«, meldete Harry aus dem Schlafzimmer. »Vielleicht hatte sie Herrenbesuch.«

»Das will nichts heißen: Nicht überall geht es so ordentlich zu wie zu Hause bei Mutti«, gab Kossek trotzig zurück.

»Vielleicht hat sie ihre Wohnung einfach nur überstürzt verlassen«, mutmaßte Harry.

»Aber warum?«, überlegte Matze laut.

»Eine plötzlich auftretende Gefahr zum Beispiel«, antwortete Kossek.

»Oder ein dringender Telefonanruf. Jemand braucht sofort Hilfe«, war Matzes Idee.

Harry räusperte sich. »Oder ... na ja ... also, wer sagt denn, dass sie freiwillig die Wohnung verlassen hat? Vielleicht hat sie jemand gezwungen.«

Kossek und Matze sahen ihn an. Das war die Möglichkeit, die ihnen am wenigsten gefiel. Matze ging in die Hocke und streichelte den Kater. »Na du, was is hier passiert, hm?«

»Scherzkeks! Erwartest du etwa, dass der Kater antwortet?«, raunzte Harry und wandte sich an Kossek: »Ist Ali vielleicht in letzter Zeit jemandem mit 'ner Geschichte auf die Füße getreten? Ich meine, als Journalistin ...«

Kossek schüttelte den Kopf. »Höchstens euch.«

Harry verzog das Gesicht. »Also, man kann der Bremer Polizei ja manches nachsagen, aber ... nee, so was denn doch nicht.«

»Neulich war ihr doch so schlecht. Ist sie vielleicht schwanger?« Kossek nutzte die Gunst der Stunde, um die Frage, die ihn schon lange beschäftigte, loszuwerden. Matze und Harry schüttelten den Kopf. »Nee, ausgeschlossen. Wir waren ja am letzten Freitag bei ihr. Da hat sie eine halbe Flasche Schampus und noch ein paar Gläser Rotwein getrunken. Außerdem war sie gertenschlank in dem figurbetonten Kleid, das sie anhatte.« Kossek nickte erleichtert. Der Kater miaute, verlangte unmissverständlich Nachschlag. Harry kam seinem Wunsch sofort nach.

»Ich kann mir denken, wer dahintersteckt«, sagte Kossek leise.

»Was? Wer?« Matze sah Kossek überrascht an.

»Also, ich weiß nicht, wie er heißt, aber …«

»Kossek! Butter bei die Fische!«, drängte Matze.

»Ich war neulich im *Scusi* essen. Und da hab ich sie gesehen, ganz zufällig. Sie war mit so 'nem Typen da.«

»Was für 'n Typ?«

»Ein ganz merkwürdiger Vogel. Auf mich machte der jedenfalls 'nen komischen Eindruck, geradezu unheimlich.« Kossek wollte nicht zugeben, dass er Alexandra auf Facebook hinterherspioniert hatte und längst wusste, dass ihr Begleiter im *Scusi* Fabian Mohr hieß.

»Geht's 'n büschn genauer?«

»Der sah aus wie ein, wie ein, ja, irgendwie wirkte der auf mich wie ein Satanist oder so was.«

»Das muss Fabian Mohr sein. Der hat Alexandra auf Facebook gestalkt«, sagte Matze.

»Wir haben ihn danach besucht und uns als Polizeibeamte ausgegeben«, grinste Harry.

»Ihr habt was?«, fragte Kossek entgeistert. Doch er war froh, dass Harry und Matze schon wussten, wie der Typ hieß.

»Der Zweck heiligt manchmal die Mittel. Außerdem war es ja nicht komplett gelogen«, gab Harry zurück.

»Der hatte so eine Gruppe auf Facebook gegründet. Wir haben ihn dazu gebracht, dass er alles löscht und Alexandra in Frieden lässt«, erzählte Matze. »Der müsste schon ziemlich abgebrüht sein, wenn er Alexandra jetzt entführt hätte.«

»Tja, oder verrückt«, sagte Harry.

Kossek merkte, wie ihm flau im Magen wurde. Der Kater schaute zu den drei Männern hoch und maunzte: Er hatte zu fressen, zu trinken und drei neue Freunde. Trotzdem war Hans-Günther nicht zufrieden. Er vermisste sein Frauchen.

»Das mit dem Satanisten scheint mir jetzt auch irgendwie plausibel. Solchen Typen ist doch alles zuzutrauen. Angeblich opfern die sogar kleine Kinder«, sagte Matze.

»Auf jeden Fall müssen wir sofort die Bullen einschalten.« Kossek klang besorgt.

»So schnell geht das nicht, Kill…, äh, Knut. Nur weil jemand mal mit ’nem komischen Vogel essen war, der sie gestalkt hat und hinterher ’nen Termin verschwitzt hat, ich meine … In den ersten achtundvierzig Stunden passiert sowieso nichts. Erst dann setzt sich der Polizeiapparat in Bewegung. Und zuerst auch ziemlich gemächlich, unter uns gesagt. Schließlich ist Ali erwachsen«, gab Harry zu bedenken.

»So? Das wollen wir doch mal sehen«, gab Kossek zurück. Dann zückte er sein Handy und wählte die Nummer des Polizeipräsidenten.

*

Ich wagte kaum zu atmen. Die Klinge drückte gegen meinen Kehlkopf, ritzte mir in die Haut. Ein Stich und ich wäre tot, würde verbluten in diesem Kellerloch. Ich spürte, wie mir der Schweiß über den Nacken kroch. Der Maskierte verstärkte den Druck. Ein Stöhnen löste sich aus meiner Kehle.

Unzählige Male hatte ich über Verbrechen berichtet. Nun lag ich auf dieser Pritsche. In der Gewalt eines Mannes. Wie zur Strafe. Ich schloss die Augen. Hoffentlich geht es schnell, dachte ich noch.

*

»Und was machen wir jetzt?«, fragte Matze, nachdem Kossek den Polizeipräsidenten höchstpersönlich in Marsch gesetzt hatte. Dank Matze und Harry hatte er dem Polizeichef Name, Adresse und sogar die Arbeitsstelle von Fabian Mohr durchgeben können. Nun hieß es warten.

»Also, ich muss zurück in die Redaktion«, sagte Kossek, obwohl er wusste, dass es ihm schwerfallen würde, sich heute noch auf seine Arbeit zu konzentrieren. Die dumpfe Angst, er könnte Alexandra nie wiedersehen, drückte ihm auf die Brust. Wenn sie zurückkehren sollte, was er sich mehr als alles andere auf der Welt wünschte, dann würde er, das schwor er sich, reinen Tisch machen, ihr sagen, was er für sie empfand.

»Ich hab heute keine Termine mehr«, wandte sich Matze an seinen Chef. »Und ehrlich gesagt, ist mir heute auch nicht mehr nach Arbeit.«

Kossek nickte nur. Wie gut er Matze verstehen konnte.

»Dann kannst du mit zu mir kommen«, schlug Harry vor. »Wir können jetzt eh nichts mehr machen. Aber vielleicht fällt uns noch was ein, wenn wir in Ruhe alles durchgehen.«

Wenig später verabschiedeten sich die drei Männer und versprachen, sich gegenseitig auf dem Laufenden zu halten.

*

Das Messer glitt über meinen Hals, runter zur Brust, am Reißverschluss meines Nickianzuges entlang. Es war still. Nur ein leise Ratschen, das entstand, als die Klinge über Metallzähne des Reißverschlusses fuhr, war zu hören. Wenigstens hatte der Typ mich nicht ausgezogen. Ich trug noch immer meinen Nickianzug, in dem ich mich ins Bett gelegt hatte, weil ich nachts oft fror. Das Messer fuhr zwischen meinen Brüsten hindurch, über meinen Bauch, weiter nach unten, langsam, ganz langsam. Schweiß trat mir aus allen Poren; ich zitterte. Um nicht zu schreien, biss ich die Zähne so fest aufeinander, dass die Kiefer schmerzten. Ich durfte nicht schreien, sonst würde mein Entführer die Nerven verlieren. Und würde mich abschlachten wie ein Stück Vieh. Das Messer stoppte in Höhe des Nabels. Pikste mich durch den Stoff. Ich wagte kaum zu atmen. Der Typ weidete sich an meiner Angst.

Das Messer setzte seine Reise fort, erreichte den Venushügel, hielt inne. Meine Angst spottete jeder Beschreibung. Ich versuchte, sie zu bezwingen, indem ich meinen Atem kontrollierte. Einatmen, eins, zwei, drei … Und ausatmen. Wie ich es vor Jahren beim Karate gelernt hatte. Kokoro wa hanatan koto o yôsu – lerne, deinen Geist zu kontrollieren, und befreie ihn dann. Plötzlich hatte ich einen Geistesblitz. »Ich muss pinkeln«, presste ich hervor. In Wirklichkeit war meine Blase leer, sonst wäre hier schon längst ein Malheur passiert. Der Mann hielt einen Moment inne, schien zu überlegen, ob er eine nasse Pritsche riskieren wollte. Ich öffnete die Augen. Der Typ schnitt mir tatsächlich die Fesseln von den Händen. Dann deutete er mit dem Messer in die Ecke des Raumes, wo ich schemenhaft die Umrisse eines Klosetts und einer Dusche erkennen konnte. Meine Handgelenke brannten, als hätte ich mich verbrüht. Die Fußfesseln nahm er mir nicht ab. Aber die Kette war lang genug, um zur Toilette zu gehen.

Ich kroch von der Pritsche. Meine Beine zitterten so stark, dass es mir schwerfiel, einen Fuß vor den anderen zu setzen. In Minischritten trippelte ich zum Klo. Mein Entführer blickte diskret zur Seite. Was sollte das denn? Dieser Typ hielt mich gefangen, hatte mit an Sicherheit grenzender Wahrscheinlichkeit nicht gerade die besten Absichten, ließ mich aber in Ruhe pinkeln?

Nun drehte er mir sogar den Rücken zu, hatte genau kalkuliert, dass ich zu schwach sein würde, um ihn anzufallen. Er machte sich unter der Pritsche zu schaffen. Es kostete mich einige Überwindung, meine Hose runterzuziehen und mich aufs Klo zu setzen. Ich hielt es nur ein paar Sekunden aus. Dann riss ich meine Hose wieder hoch. Der Mann drehte sich zu mir um, winkte mich zu sich heran. Um Zeit zu schinden, ging ich zum Waschbecken, ließ mir kaltes Wasser über die Handgelenke laufen, beobachtete meinen Entführer aus dem Augenwinkel. Er ließ mich gewähren. Interessant. Als ich mich umdrehte und zur Pritsche zurücktrippelte, glaubte ich, meinen Augen nicht zu trauen. Auf der Pritsche stand ein Tablett mit Frühstück. Eine Thermoskanne, Brötchen, Käse, Marmelade. Der Mann schenkte mir ein. Aha, er wollte, dass ich ihn, trotz allem, was er mir hier antat, nett fand. Eine Beziehung aufbauen. Das musste ich ausnutzen. »Ich danke dir.« Ich bemühte mich, möglichst freundlich zu klingen, obwohl es mir schwerfiel. Siegen durch Nachgeben. Wie beim Kampfsport. Ich musste diesen Typen duzen, Nähe schaffen. Ich trank von dem Kaffee. Er war stark und so heiß, dass ich mir die Zungenspitze verbrühte. Doch ich verzog keine Miene, nahm mir eins von den Brötchen, die der Typ in einen Korb gelegt hatte, so als wäre ich seine

Geliebte. Sie waren frisch, aufgeschnitten und schon mit Butter bestrichen. Mit zittrigen Fingern legte ich eine Scheibe Käse auf das Brötchen. Begann langsam zu essen. Es kostete mich unendliche Anstrengung, den Bissen herunterzuwürgen. Der Mann sah mir zu, während er die Klinge des Messers, das er in der rechten Hand hielt, leicht gegen die Handfläche seiner linken schlug, als wolle er sagen: Wenn du nicht spurst …

*

»Willst'n Bier?«, fragte Harry.

»Ehrlich gesagt, wäre mir ein Whisky fast lieber«, antwortete Matze. »Kein Problem. In einer gut sortierten Hausbar …« Harry holte eine Flasche feinen Whiskys aus seiner Minibar.

»Alter Schwede, du lässt dich aber nicht lumpen!«

»Ach was«, winkte Harry ab. »Die Flasche habe ich einem Kollegen abgekauft, der damit gehökert hat. Inzwischen ist es damit allerdings vorbei, der Whisky war Hehlerware, was der Kollege angeblich nicht gewusst haben will. Unverzollter Stoff. Aber egal, schmeckt trotzdem.« Harry schenkte Matze ein, nahm sich selbst ein kühles Bier und setzte sich zu seinem Kumpel an den Esstisch. Er schob das Schachspiel zur Seite. An der Wand über dem Tisch hatte Harry den Stadtplan von Bremen aufgehängt. Bunte Nadelköpfe markierten, wo die Frauen gewohnt hatten und wo sie verschwunden waren.

Sie stießen an. »Hoffen wir, dass Alexandra wohlbehalten zurückkommt. Und dass wir nur Gespenster gesehen haben. Vielleicht brauchte sie Ruhe nach all dem, was passiert ist, hat sich einen Kurzurlaub gegönnt und nicht genug Katzenfutter dagelassen«, sagte Harry, obwohl er selbst nicht dran glaubte.

Matze schwieg, trank einen großen Schluck Whisky.

»Ich weiß übrigens, warum sich Simon Schröder umgebracht hat.«

»Echt?«, Matze war überrascht. Er wusste, dass Alexandra die halbe Polizeibehörde abtelefoniert hatte, um an Infos zu kommen, und kläglich gescheitert war. Niemand, nicht mal ihre treuesten Informanten, hatten ihr auch nur ein Sterbenswörtchen verraten.

»Kollege Blum hat es mir erzählt. Unter dem Siegel strengster Verschwiegenheit.«

»Erzähl schon«, drängelte Matze.

»Also, Schröder hatte ein Ermittlungsverfahren wegen Erpressung am Hals.«

Matze knallte sein Glas auf den Tisch. »Du spinnst!«

»Es stimmt leider. Schröder war spielsüchtig, brauchte dauernd Geld. All seine Konten waren bis zum Anschlag überzogen. Er hatte mehrere Kredite am Laufen. Tja, und dann hat er fünfzigtausend Euro von einem Unternehmer verlangt, über den er brisante Informationen recherchiert hatte. Für das Geld wollte er auf eine Veröffentlichung verzichten.«

»Das glaub ich nicht.« Matze war geschockt.

»Der Unternehmer hat sich aber nicht erpressen lassen und hat stattdessen sich selbst und Schröder bei der Polizei angezeigt.«

»Wer ist der Unternehmer und was hatte Schröder gegen ihn in der Hand?«, wollte Matze wissen.

Harry schüttelte den Kopf. »Kein Kommentar. Das sage ich dir nicht. Blum reißt mir bei lebendigem Leibe die Eingeweide raus, wenn ich das ausplaudere. Aber du kannst dich darauf verlassen, dass ich dir keinen Stuss erzähle. Nachdem der Unternehmer Anzeige erstattet hatte, bat er Schröder zum Schein um ein Gespräch, in dem die Zahlungsmodalitäten geklärt werden sollten. Was Schröder nicht ahnte: Die Kollegen hörten mit. Deinem Chef drohten fünf Jahre Haft. Seine ganze Existenz wäre ruiniert gewesen. Er hätte seinen Job verloren, sicher hätte die bundesdeutsche Presse berichtet. Aber das war nicht der Grund dafür, warum in der Behörde absolutes Stillschweigen vereinbart worden ist. Selbstmord ist Privatsache und wird von der Polizei sowieso nicht kommentiert. Außerdem wollte man Schröders alte Mutter nicht noch mehr belasten. Sie glaubt noch heute, Schröder sei nicht über den Tod seiner Cousine Nicole hinweggekommen. Nicht mal eure Verlegerin erhielt Auskunft. Warum auch? Ich meine, Schröder ist nicht verurteilt worden, hat sich selbst gerichtet …« Harry schwieg einen Moment lang.

Matze leerte sein Glas, hielt es Harry hin. Simon Schröder ein Erpresser … Das wollte ihm nicht in den Kopf.

»Ich Blödmann hätte das mit Schröder auch schon früher rausfinden können«, sagte Harry, während er Matze einschenkte. »Ein Blick in den Polizeicomputer hätte genügt, dann hätte ich zumindest gesehen, dass gegen ihn ein Verfahren wegen Erpressung läuft. Aber ich bin einfach nicht darauf gekommen. Ich war immer noch davon ausgegangen, dass er – obwohl ja nie gegen ihn ermittelt worden war – doch irgendwas mit dem Tod seiner Cousine zu tun hat.«

»Vielleicht hat er das ja auch«, wandte Matze ein. »Wer so abgebrüht ist … am Ende kam vielleicht beides zusammen. Die Angst, er könnte doch noch als Mörder seiner Cousine überführt werden und das bevorstehende Strafverfahren wegen Erpressung.«

»Möglicherweise.« Harry zuckte mit den Achseln. »Aber wir werden es wohl nie erfahren. Es könnte auch so gewesen sein, wie Martina Fittkau es gesagt hat. Dass Schröder einfach nur nicht wahrhaben wollte, dass seine Cousine tot war. Dass er – obwohl alles dagegensprach – hoffte, sie wiederzusehen. Bis ich ihren Schädel am Weserstrand fand. Und er kurz darauf wegen Erpressung aufflog.«

Matze leerte sein Glas in einem Zug.

»Ach ja, noch was: Bernie hat mit dem Verschwinden von seiner Exfreundin Nicole wahrscheinlich ebenfalls nichts zu tun.«

»Und wieso kriegt der dann fast ’nen Herzkasper und hüpft durchs Klofenster?«, fragte Matze skeptisch.

»Ganz einfach: Gegen ihn wurde vor Jahren mal ermittelt, weil er unter Verdacht stand, sich irgendwelche Kinderpornodateien runtergeladen zu haben. Das Verfahren wurde aber eingestellt, weil’s offenbar nicht sein Rechner war, sondern der von ’nem Kunden. Und jetzt dachte er scheinbar, wir hätten doch was gegen ihn in der Hand. Er hat unseren Besuch in den falschen Hals gekriegt.«

»Verstehe, und da machte Bernie lieber die Fliege.«

»So ist es«, nickte Harry.

»Mit anderen Worten: Wir haben nichts. Stochern genauso im Nebel wie die Kollegen damals.«

»Tja«, sagte Harry. »War halt auch ein bisschen vermessen zu glauben, besser zu sein als die Kollegen von der Mordkommission.«

Matze nickte.

*

Während ich aß, blickte ich mich verstohlen um. Über dem Sessel lagen, sorgfältig zusammengelegt, ein Negligé, Spitzenunterwäsche, Strapse und Netzstrümpfe. Auf dem Boden standen Stilettos. Aus rotem Lack. Absätze aus Metall, bestimmt zwölf Zentimeter hoch und dünn wie Bleistifte. Richtige Nuttenklamotten. Klar, was der Typ vorhatte. Dies war mein Verließ, hier wollte er mich halten wie eine Sklavin.

Teki ni yotte tenka seyo – wandle dich abhängig vom Gegner. Welch ein Glück, dass mir der Mann nicht den Mund verbunden hatte, sodass ich mit ihm reden konnte. Als ich das Brötchen hinuntergewürgt hatte, zog ich den Reißverschluss meiner Nickijacke runter.

»Hör mal, mein Süßer«, säuselte ich. »Ich sehe doch, was du möchtest.« Ich ließ die Jacke langsam über meine Schultern gleiten. Mir war kalt, die Härchen auf meinen Armen stellten sich auf wie eine kleine Armee. Ich schämte mich, hatte eine irrsinnige Angst. Aber es war meine einzige Chance. »Möchtest du, dass ich die schönen Sachen da anziehe?«

Der Mann mit der Maske, der mich die ganze Zeit von seinem Hocker aus beobachtet hatte, nickte.

»Ich tue das gerne für dich, denn wenn ich ehrlich bin, stehe ich auf solche Spielchen.« Krampfhaft versuchte ich, das leise Zittern meiner Stimme zu unterdrücken. »Weißt du, eigentlich träumt doch jede Frau davon, von einem bösen Mann entführt zu werden. Ich glaube, wir beide werden sehr viel Spaß zusammen haben.«

Unter der Skimütze grunzte es. Der erste Laut, den der Mann von sich gab. Geiles Schwein.

»Komm, sei so lieb und nimm mir die Fußschellen ab, damit ich in die schönen Schuhe schlüpfen kann, die du für mich ausgesucht hast. Du hast doch bestimmt die Tür abgeschlossen und bist viel stärker als ich. Außerdem hast du ein Messer. Es gibt kein Entkommen für mich.« Ich versuchte mich im Ton einer einfühlsamen Märchenerzählerin. Wieder stöhnte der Typ nur, anstatt mir zu antworten.

Es war zu düster in dem Keller, sodass ich nicht viel sehen konnte. Doch ich ging jede Wette ein, dass seine Hose im Schritt ausgebeult war. Ich setzte mich auf die Pritsche, hielt ihm die Füße hin. Meine Zehennägel hatte ich am Vorabend grünmetallic lackiert.

Der Typ zögerte einen Moment. Doch dann holte er tatsächlich mit der linken Hand den Schlüssel aus seiner Hosentasche, während er in der rechten noch immer das Messer hielt. Ohne seinen Blick von mir zu lassen, schloss er die Fußfesseln mit einer Hand auf. Ich hätte ihm ins Gesicht treten können, aber das wäre unklug gewesen. Ich war barfuß. Und der Typ hatte mir wahrscheinlich sofort das Messer in den Bauch gerammt.

Geschmeidig wie ein Raubkätzchen glitt ich von der Pritsche, ging zwei Schritte zum Sessel, nahm das Negligé und hielt es hoch. Ein billiger Nuttenfummel aus rotem Tüll und Satin.

»Das ist wirklich sehr hübsch, Schatz«, schnurrte ich.

Mein Entführer brummte.

Geile Drecksau. Die Wut, die sich in mir aufbäumte, half mir gegen die Angst.

Ich legte das Negligé zurück auf den Sessel und zog mir langsam die Hose runter, was mich eine enorme Überwindung kostete. Aber hier ging es nicht um Scham, sondern um psychologische Kriegsführung. Ich stand nun nackt vor diesem fremden, maskierten Mann, wagte nicht, ihn anzusehen. Meine Beine fingen wieder an zu zittern. Aufhören, flüsterte ich ihnen im Geiste zu. Sofort aufhören. Gefühle abschalten. Angst, Scham. Aus, alles aus, aus, aus, aus.

»Gefalle ich dir?«, hörte ich mich sagen, während ich mir mit meinen rotlackierten Fingernägeln lasziv über die Brüste strich.

Der schwarze Mann stöhnte, wollte vom Hocker aufstehen. »Einen Moment noch, Liebling.« Panisch hob ich beide Hände. »Ich muss mich noch hübsch für dich machen.« Tatsächlich wich der schwarze Mann zurück, setzte sich wieder. Mit zittrigen Fingern nahm ich den Slip, er war aus roter Spitze, und schlüpfte hinein. Ein Stringtanga, so ein unbequemes Nuttenteil. Dann zog ich den roten Spitzen-BH über, schaffte es, obwohl meine Finger zitterten, ihn hinten alleine zu schließen. In Unterwäsche fühlte ich mich schon viel wohler. Ich sah meinen Entführer an, leckte mir die Lippen, wie eine Nutte, die ihren Freier anmachen wollte. Wie ich diesen Mann hasste. Dann nahm ich einen der Netzstrümpfe, stieg hinein, rollte ihn langsam mein Bein hoch. Dabei warf ich dem Typen einen schmachtenden Blick zu. Ich war Schauspielerin und dies war, im wahrsten Sinne des Wortes, die Rolle meines Lebens.

Wieder grunzte der Typ wie ein Schwein. Meine kleine Show gefiel ihm offenbar.

Und dann die Strapse. Ich hatte so was noch nie angehabt. Ein Gürtel mit langen Schnüren. Gott, wie albern. Was Weiber sich antaten. Eine ziemliche Fummelarbeit, bis das Ding saß und die Strümpfe daran befestigt waren. Selten war ich mir so mies vorgekommen. So lächerlich. Dann schlüpfte ich in diese ordinären Lackdinger. Es war mir schleierhaft, wie Frauen es schafften, darauf zu laufen. Aber diese Schuhe hatten einen positiven Nebeneffekt: Ich war groß. Und fühlte mich auch so. Mit unsicheren Schritten bewegte ich mich auf den schwarzen Mann zu. »Na, Liebling, gefalle ich dir?« Mein Herz schlug mir bis zum Hals. Der Typ antwortete nicht, saß auf seinem Hocker. In der rechten Hand hielt er noch immer das Messer. Sein Atem rasselte durch die schwarze Skimütze. Ich zählte im Geiste bis drei. Es musste jetzt ganz schnell gehen. Ich stand nun direkt vor ihm, sah in seine dunklen Augenhöhlen.

»Autsch, ich bin umgeknickt«, schrie ich, riss mir den Schuh vom Fuß, rammte ihn dem Typen mit einem gezielten Hieb ins Auge. Blut spitzte. Stöhnend sackte das Schwein vom Hocker, schlug mit dem Kopf auf den Betonboden. Dabei glitt ihm das Messer aus der Hand. Es klirrte leise. Der schwarze Mann war bewusstlos. Ich schnappte mir die Waffe, durchwühlte seine Hosentaschen und zog den Schlüsselbund heraus. Ich schleuderte den anderen Schuh vom Fuß, stürzte zur Tür. Mit zittrigen Fingern versuchte ich, einen der Schlüssel ins Schloss zu stecken. Verdammt. Er passte nicht. Nächster Versuch. Das Metall glitt durch meine schweißnassen Finger. Wieder wollte der Schlüssel nicht ins Schloss. Mist, wenn jetzt kein Schlüssel passte … In der Rechten hielt ich noch immer das Messer, mit der Linken versuchte ich, die Tür aufzuschließen. Der dritte Schlüssel glitt ins Schloss. Endlich. Plötzlich. Hinter mir ein Schnaufen. Der schwarze Mann hatte sich aufgerappelt, fuhr mir mit der Hand ins Haar. Ein stechender Schmerz durchzuckte meine Kopfhaut.

»Neeeeiinnnnnnn!«, brüllte ich. Der schwarze Mann riss mich an den Haaren von der Tür weg.

*

Matzes Blick fiel auf den Stadtplan von Bremen, der über ihnen an der Wand hing und stutzte. Die Anordnung der

Nadeln wirkte irgendwie symmetrisch. Die Quadrate, die die Viertel umrissen, in denen die Frauen gewohnt hatten, lagen auf dem Stadtplan auf einer Linie: Osterholz, Sebaldsbrück, Hastedt, Steintor und Neustadt. Genau wie die Orte, an denen die Frauen verschwunden waren. Harry hatte ihm nach und nach alle Details aus den Akten erzählt.

Die Linie, die Quadrate … Matze fühlte sich an irgendwas erinnert … Verdammt. Plötzlich wusste er es. »Nimm mal bitte die Karte von der Wand.«

»Wie jetzt?«

»Hör einfach mal auf deinen Freund und tu, was ich sage.«

Harry schüttelte den Kopf, zog aber die Nadeln aus dem Papier, löste die Tesastreifen, nahm den Stadtplan von der Wand und breitete ihn auf dem Tisch aus.

»Hol mal bitte Papier, ein Maßband, ein Lineal und einen schwarzen Filzstift«, bat Matze.

»Sag mal, bist du jetzt völlig irre geworden?«, fragte Harry.

»Wirst schon sehen, was ich meine.«

Als Harry ihm alle Utensilien gebracht hatte, ging Matze zu Werke. Er rechnete etwas aus, kritzelte Zahlen auf den Notizblock, nahm das Lineal, maß, zog Linien, kreuz und quer, bis er ein Gitternetz auf den Stadtplan gezeichnet hatte. Nach zehn Minuten war er fertig, hängte den Plan wieder an die Wand und steckte die Nadeln zurück an die Orte, an denen die Frauen gewohnt hatten und wo sie verschwunden waren.

»Fällt dir jetzt was auf?«, fragte er.

Harry schüttelte den Kopf. »Keine Ahnung, worauf du hinauswillst.«

»Guck mal genau hin.«

*

Ich fuhr herum, rammte dem Typen das Messer in die Schulter. Er stöhnte, ging zu Boden. Ich trat ihm ins Gesicht. Ein leises Knacken. Sein Nasenbein. Ich spürte etwas Warmes, Nasses. Mein Fuß war besudelt mit Blut. Doch für Ekelgefühle hatte ich jetzt keine Zeit. Adrenalin schoss durch meinen Körper. Der Schlüssel?! Im Eifer des Gefechts hatte ich den Schlüsselbund verloren! Verdammt. Mein Herz raste. In diesem Dämmerlicht konnte ich schlecht sehen, tastete nach dem Schlüssel, schlug mit der flachen Hand auf den nackten Betonboden wie beim Topfschlagen.

*

Harry schüttelte den Kopf. »Du musst mir schon helfen.«

»Schau dir mal die Wohnorte an und stell dir vor, der Stadtplan wäre ein Schachbrett: Der weiße Bauer e2 eröffnet das Spiel und zieht nach e4.«

»Eine Attacke«, nickte Harry, der immer noch nicht begriffen hatte, was Matze ihm zeigen wollte. »Der schwarze e-Bauer geht jetzt nach e5«, fuhr Matze fort, »weißer Bauer nach f4: Königsgambit. Der schwarze Bauer nimmt den Fehdehandschuh an, schlägt den weißen Bauern mit einem Zug nach f4. Jetzt galoppiert der weiße Springer auf Feld f3. Der schwarze Bauer geht in Verteidigungsstellung nach d6. Nun rückt der weiße Bauer nach d4 und dem schwarzen Bauern zu Leibe. Der schwarze g-Bauer verteidigt seinen Kumpel, indem er auf Feld g5 geht. Weißer Bauer h4 greift den Bauern auf g5 an. Schwarzer Bauer g4 attackiert den Springer. Der Springer flieht nach g1. Sonst wird er vom Bauern geschlagen und verschwindet vom Spielfeld. Siehst du, was ich sehe? Die Bauern stehen in einer Linie, die in etwa die Quadrate der Wohnorte der verschwundenen Frauen nachzeichnet.« Es dauerte einen Moment, bevor Harry begriff. »Das ist doch …«

»Du hast es erfasst«, kam Matze ihm zuvor. *King's Gambit, Fischer Defence* – nachzulesen unter anderem in dem Buch: *King's Gambit und Fischer Defence – aktuelle Analysen von Ernst Willich.*

»Ernst Willich«, flüsterte Harry. »Willich kannte Katzenstein, Katzenstein war der Professor von Nicole Wollenbeck … Und Katzensteins Tochter Alexandra ist jetzt verschwunden … Aber Moment mal, das geht nur auf, wenn der Täter seine Opfer gekannt hat, wusste, wo sie wohnen, ihnen aufgelauert hat …«

Matze nickte. »Es ist ja auch nur eine Theorie. Sie muss nicht stimmen. Auffällig ist aber, dass es diese merkwürdige Kette gibt. Und dass meine Schachtheorie auch mit den Orten funktioniert, an denen die Frauen verschwunden sind. Man muss das Schachbrett nur umdrehen. Wieder hätten wir die Quadrate in einer Linie.«

Harry rieb sich mit Daumen und Zeigefinger das Kinn, überlegte. So ganz konnte er Matze nicht folgen. »Also, egal, ob du recht hast oder nicht. Ich ruf jetzt mal meinen Kumpel Blum an und erzähle ihm von unserem Verdacht. Wenn die Kollegen jetzt nach Alexandra suchen, können sie doch zumindest auf Verdacht bei Ernst Willich vorbeischauen.«

*

Scheiße, die Schlüssel … Ich fiel auf die Knie, patschte verzweifelt mit den Händen auf den kalten Betonboden … Verdammt. Nichts. Im Dämmerlicht konnte ich kaum etwas sehen. Plötzlich spürte ich das kalte Metall zwischen meinen Fingern, sprang auf, rannte zur Tür, schloss auf, schlüpfte hinaus, kniff die Augen zusammen, weil es so hell war. Ich drehte mich um, schloss die Tür von außen sofort wieder ab. Dann rannte ich, mein eigenes Keuchen im Ohr, eine Treppe hoch. Sekunden später stand ich in einem Hausflur. Moment mal, diese Garderobe ... ein rot glänzender Unterschrank. Ein dunkles Altherren-Tweed-Sakko am Haken. Das war doch ... O Gott, das war das Haus von Ernst Willich!

Plötzlich krachte es. Holz zersplitterte. Scheiße, Willich schlug die Kellertür ein. Klar, der wusste, wo in seinem Keller das Werkzeug lag. Ich lief zur Haustür, drückte die Klinke runter. Abgeschlossen. Panisch sah ich mich um. Neben der Tür hing ein Schlüsselbrett. Wahllos riss ich einen Schlüsselbund von den Haken, versuchte mit zittrigen Fingern, einen Schlüssel ins Schloss zu kriegen. Vergeblich. Das Krachen im Keller wurde immer lauter. Ruhig, ganz ruhig. Der Schlüssel passte nicht. Der zweite. Fehlanzeige. Der dritte.

Dummdummdummm. Scheiße, der Kerl hatte sich befreit, polterte die Treppe hoch. Gleich wäre er bei mir! Ich musste mich zusammenreißen, um das Schlüsselloch überhaupt zu treffen. Mit einem leisen Ratschen glitt der Schlüssel ins Schloss. Schreiend stürzte ich ins Freie. Und lief den Polizisten in die Arme, die gerade auf das Haus zukamen.

*

King's Gambit. Fischer Defence. Was für ein Blödsinn. Die Bullen waren auf dem Holzweg. Die Linie der Wohnorte ... Oder, wenn man das Schachbrett umdrehte, die Linie der Stadtteile, in denen die Frauen verschwunden waren. Hübsche Idee. Sie hatte nur einen Fehler: Er hatte gar nicht alle fünf Frauen umgebracht.

Ernst Willich lag im Gefängniskrankenhaus. Die Justizvollzugsbeamten hatten ihn mit Fußfesseln ans Bettgestell gekettet. Sein Zimmer sah eigentlich aus wie ein normales Krankenzimmer, nur dass die Fenster vergittert waren.

Sein linkes Auge, das heißt, was davon übrig geblieben war, pochte unter dem Mullverband. Doch der Arzt, der ihn nicht wie einen Mörder, sondern wie einen normalen Patienten behandelte, meinte, er habe noch mal Glück gehabt. Ein paar Zentimeter tiefer und der Absatz wäre ins Gehirn eingedrungen. Das hätte er nicht überlebt. Die Stichwunde an der Schulter, die ihm Alexandra zugefügt hatte, war tief, aber nicht lebensgefährlich. Und auch seine Nase würde heilen. Das Kätzchen hatte ihn ganz schön zugerichtet.

Jetzt würde er lebenslänglich kriegen. Und dann in den Hochsicherheitstrakt nach Celle verlegt werden, wo die richtig schweren Jungs saßen. Na ja, Hauptsache, er würde dort ein paar Knackis finden, mit denen er Schach spielen konnte. Und wenn nicht, würde er eine Schach-AG gründen und seinen Mithäftlingen das Spiel der Könige beibringen.

Er war ein alter Mann, brauchte nicht mehr viel. Und alles, was er je wirklich gewollt hatte, das heißt fast alles, hatte er sich genommen. Mit Gewalt. Bis auf Alexandra hatte er sie alle gekriegt. Dass Katzensteins Tochter ihm entkommen war, bedauerte er allerdings sehr. Die Kleine war ja wirklich hinreißend. Niemals hätte er sie töten können, dazu liebte er sie viel zu sehr. Die anderen Frauen hatte er ja bloß flüchtig gekannt. Aber reingelegt hatte sie ihn, dieses kleine Luder. Es war sein heimlicher Traum gewesen, sie in seinem Keller gefangen zu halten. Als Sexsklavin. Und als sie ihm in Aussicht gestellt hatte, dass sie freiwillig mitmachen würde, war er unvorsichtig geworden. Und für diese Gutmütigkeit musste er jetzt bezahlen.

Er hatte alles gestanden, was die Bullen ihm vorgeworfen hatten. *King's Gambit, Fischer Defence.* Die Morde an fünf Frauen. Als die Bullen ihn voller Stolz mit ihrer Theorie konfrontiert hatten, hatte er nur genickt. Sollte die Mordkommission ruhig glauben, dass er sich seine Opfer anhand von ein paar Schachzügen ausgesucht hatte. Die Boulevardpresse hatte ihn *Schachmonster* getauft. Und wenn er ehrlich war, gefiel ihm dieser Spitzname sehr.

Die beiden Frauen im Bremer Westen, die mit dem Fahrrad unterwegs gewesen waren, hatte er nicht entführt. Viel zu riskant, fremde Frauen ins Auto zu zerren.

Nein, er hatte seine ›Aktionen‹ immer sehr genau geplant. War taktisch vorgegangen, wie beim Schach. Die Sache mit den Wohnorten stimmte allerdings schon, wenigstens insoweit, als dass er die Frauen vorher gekannt hatte. Sein Beruf als Gas- und Wasserinstallateur hatte ihm die Frauen zugeführt. Seine drei Lieblinge, wie er sie nannte, Claudia, Nicole und Charlotte. Sie hatten ihn gerufen. Und er war gekommen. Als Handwerker. Claudia hatte sich ein neues Waschbecken im Gäste-WC einbauen lassen. Keine große Sache. In der Altbauwohnung, in der Nicole mit einer Freundin lebte, war ein Bleirohr durchgerostet gewesen, sodass das Wasser allmählich in die Wand sickerte und sich ein Schimmelfilm über die Feuchtigkeit gelegt hatte. Charlotte hatte auch irgendeine Kleinigkeit gehabt. Was, war ihm entfallen.

Er hatte sich immer nur Frauen ausgesucht, denen er alleine begegnet war. Claudias Mann war bei der Arbeit gewesen, die Tochter im Kindergarten. Nicoles Freundin war noch an der Uni gewesen. Und auch Charlotte hatte ihm die Tür geöffnet, als ihr Freund nicht da gewesen war.

Claudia, seinen ersten Liebling – er mochte das Wort Opfer gar nicht –, hatte er nach seinem Handwerkereinsatz in ihrer Wohnung über ein Jahr lang beschattet. Hatte vor ihrer Haustür gelauert, war ihr unauffällig gefolgt, um ihre Gewohnheiten zu studieren. Geduld war seine Stärke, geschult beim Schach. Niemand würde sich nach über einem Jahr noch erinnern, dass es da mal eine kleine Reparatur gegeben hatte in der Wohnung. Die Telefonverbindungsdaten waren längst gelöscht. Und natürlich hatte er auch nie eine Rechnung ausgestellt, sondern einen lachhaft kleinen Betrag in bar kassiert, das war Teil des Plans. Nicht auszudenken, wenn man bei allen drei Frauen die Rechnungen mit seinem Briefkopf gefunden hätte. Das wäre ja fast einem schriftlichen Geständnis gleichgekommen. Und weil die Frauen immer allein gewesen waren, wusste niemand in ihrem Umfeld, wer die Reparatur durchgeführt hatte. Und selbst wenn die Frauen davon erzählt hatten, würde sich nach so langer Zeit wohl niemand mehr an seinen Namen erinnern.

Nur den Frauen war er natürlich in bester Erinnerung geblieben. Weil er so billig gewesen war. Und so nett.

Er hatte sie abgepasst. Vierundvierzig Jahre alt war er beim ersten Mal gewesen. Hatte im Wonnemonat Mai zugeschlagen. »Hallo, Frau Tiefenbach, erinnern Sie sich noch an mich? Ich war doch mal bei Ihnen wegen des neuen Waschbeckens. Sind Sie zufrieden? Ja? Das freut mich. Empfehlen Sie mich bitte weiter. Dass Handwerk einen goldenen Boden hat, stimmt leider schon lange nicht mehr. Hahahahaha … Wollen Sie nach Hause, ich kann Sie gerne ein Stück mitnehmen.«

Nein, er war nicht schockiert gewesen über sich selbst. Er hatte es genossen. Dieses Gefühl von Macht. Herr zu sein über Leben und Tod. Und ihr Wimmern durch den Knebel, hatte ihn erst recht wild werden lassen.

Nach dem ersten Mal hatte er gewusst, dass er es wieder

tun würde. Er war ein Jäger. Ein Jäger auf der Pirsch. Aber es musste schon die richtige Frau sein. Nicht irgendeine. Das, was er tat, war schließlich etwas Besonderes. Für sie. Und für ihn. Er war der Mann im Leben dieser Frauen. Der wichtigste Mann, auch wenn sie ihn nicht geliebt, sondern gefürchtet hatten.

Nicole Wollenbeck hatte ihm gleich gefallen. Dieses Lachen, ihre offene, freundliche Art. Anfangs war er nicht mal alleine hinter ihr her gewesen. Irgend so ein junger Mann mit Brille lungerte ebenfalls dauernd vor ihrem Wohnhaus rum. Er war ihm gefolgt, um rauszukriegen, wer er war. *Bollwahn* stand auf seinem Klingelschild. Aber dieser Bollwahn war nicht so ausdauernd gewesen wie er. Irgendwann hatte der Typ aufgegeben und er konnte Nicole endlich in Ruhe alleine observieren.

Er folgte ihr heimlich, wenn sie morgens zur Uni unterwegs war. Fuhr am Nachmittag hinter der Straßenbahn her, bis zum Bahnhof, wo sie ausstieg und schräg über den Bahnhofsvorplatz ging, den Rembertiring entlang in die Hochstraße. Beobachtete, wie sie in einem Hochhaus verschwand. Und mit geröteten Wangen und zerzaustem Haar ein paar Stunden später wieder herauskam, mit diesem dunkelhaarigen Mann, der deutlich älter war als sie.

Zuerst wusste er natürlich nicht, wer dieser Mann war. Doch dann entdeckte er ein Foto von ihm in dem Vorlesungsverzeichnis der Uni: Prof. Dr. Albert Katzenstein, Fachbereich Mathematik.

Er war außer sich vor Wut gewesen. Nicole, diese kleine Schlampe, schlief mit ihrem Professor, der vom Alter her ihr Vater hätte sein können. Aber klar, als Uniprof bekam man das Frischfleisch ja frei Haus geliefert. Während die jungen Dinger ihn, einen einfachen Handwerker, nicht mehr mit dem Arsch anguckten, obwohl er sich wirklich gut gehalten hatte. Aber ein Mann musste halt etwas darstellen oder brauchte Geld – am besten beides. So waren Weiber. Miese Schlampen, die nichts Besseres verdienten, als das, was er mit ihnen anstellte.

Katzensteins Liebesnest in dem Hochhaus war natürlich klug gewählt. Ein grässlicher Klotz aus den Siebzigern, zehn Stockwerke hoch, über fünfzig Parteien. Viele ausländische Namen an den Klingelschildern. Eine mehrspurige Straße vor der Tür, über die Tag und Nacht der Verkehr rauschte. Und auch die Gegend um den Bahnhof hatte in dieser Ecke etwas Unwirtliches. Grau, dreckig, laut, anonym. Die Wahrscheinlichkeit, dass die beiden hier jemand entdeckte oder sich an sie erinnern konnte, ging gegen null. Die Uni war Lichtjahre von hier entfernt. Kurz nachdem er rausgefunden hatte, dass Nicole es mit ihrem Professor trieb, hatte er sie abgepasst, an diesem Tag im April in Woltmershausen, wo sie eine Freundin besucht hatte. »Hallo, Nicole, na, was macht das Studium? Erinnern Sie sich noch an mich? Und die feuchte Stelle an der Wand? Der Schimmel ist doch wohl hoffentlich nicht zurückgekehrt, oder? Nein? Das freut mich sehr. Ich habe mir aber auch Mühe gegeben. Schimmelpilzvernichtung ist ja mein Spezialgebiet. Wollen Sie zum Bus? Ich kann Sie gerne mitnehmen. Ich muss sowieso in die Neustadt. Hab da heute noch einen Kunden, der immer erst so spät Feierabend hat. Was tut man nicht alles für seine Kundschaft.«

Ernst Willich grinste. Etwa ein Jahr nachdem er Nicole besessen hatte, suchte Katzenstein per Annonce eine Haushaltskraft. Seine Frau war gestorben. Er hatte Helga auf die Anzeige aufmerksam gemacht und sie dazu gebracht, sich bei dem Professor zu bewerben. Warum er das getan hatte?

Er wollte dem Mann nahe sein, den Nicole geliebt hatte, dem sie sich freiwillig hingegeben hatte. Er genoss diesen leisen Triumph, dem Professor zu begegnen, in sein von Trauer verzehrtes Gesicht zu sehen. Der Mathematiker hatte natürlich nicht geahnt, wen er sich da ins Haus geholt hatte. Willich lachte. Der Polizeibeamte, der vor seinem Bett saß und Wache schob, sah ihn an, als wäre er irre. Aber er war nicht irre. Er war völlig normal, setzte nur um, wovon viele Männer träumten.

Lange hatte er von dem gezehrt, was er mit Nicole angestellt hatte. Wie schön sie gewesen war. Ihre bleiche, makellose Haut. Diese zarten Fesseln. Sie hatte sich rechts einen Drachen tätowieren lassen, der sich um ihren Knöchel wand. Geküsst hatte er den Drachen und es genossen, wie ihr Fuß im Griff des Kabelbinders gezittert hatte.

Fünf Jahre war er ruhig gewesen. Hatte viel Schach gespielt, den Rasen gemäht und den Müll rausgebracht, wenn Helga es ihm auftrug, und mit seinen Enkeln gespielt. So hätte es weitergehen können.

Aber dann war ihm Charlotte begegnet. Mit ihr war es zurückgekehrt, dieses Ziehen in der Magengegend, wenn er an sie dachte. Dieser Kitzel, wenn er sie beschattete und immer mehr Details aus ihrem Leben zusammentrug. Irgendwann hatte er auch sie abgepasst. »Hallo, Frau Zander. Sie sind ja schwer bepackt. Erinnern Sie sich noch? Ich hoffe, Sie waren mit meiner Arbeit zufrieden? Alles in Ordnung? Das freut mich. Darf ich Sie ein Stück mitnehmen? Ihre Taschen sind doch sicherlich schwer. Und gleich soll es regnen.«

Wenn die Frauen in seinem Auto saßen, wartete er, bis ihre Oberarme am Körper anlagen. Wenn sie gestikulierten, während sie mit ihm redeten, hatte es keinen Sinn. Erst, wenn die Frauen ruhig und ahnungslos neben ihm saßen, drückte er unauffällig auf den kleinen Knopf neben dem Lenkrad. Zack. Zwei Metallarme sprangen aus der Verankerung, umschlossen den Körper und hielten die Frauen gefangen. Eine wunderbare kleine Bastelei, die er sich da hatte einfallen lassen. Schade, dass er das nicht zum Patent anmelden konnte.

Natürlich hatten die Frauen aufgeschrien. Willich entschuldigte sich sofort. »Oh, das tut mir leid. Das ist eine Spezialvorrichtung, die das Ordnungsamt vorschreibt, wenn ich schweres Gerät auf dem Beifahrersitz transportieren muss. Das kommt nur sehr selten vor. Aber Vorschrift ist Vorschrift. Sie wissen ja, wie deutsche Behörden sind. Ich befreie Sie sofort. Einen Moment, ich muss nur eine Stelle finden, wo ich rechts ranfahren kann.« Er hielt dann auch wirklich an. Doch während er noch immer beruhigend auf die Frauen einredete, fingerte er das Tuch, das er vorher mit Chloroform getränkt hatte, aus seiner Hosentasche. Blitzschnell drückte er es seinen Lieblingen auf Nase und Mund. Die Frauen strampelten noch ein bisschen mit den Beinen, sackten zusammen, sahen aus, als würden sie schlafen.

Nie war jemandem etwas aufgefallen. Kein Zeuge hatte sich gemeldet, der gesehen hatte, wie eine der Frauen zu ihm in seinen Kastenwagen gestiegen war. Dabei war sein Auto durchaus auffällig: weiß mit roter Schrift. Aber genau darin lag sein Geheimnis. Wer rechnet schon damit, dass ein Entführer einen Wagen hat, auf dem in großen, roten Buchstaben sein Name steht: *Ernst Willich. Gas- und Wasserinstallateurmeister. Freundlich. Kompetent. Preiswert.* Deshalb waren die Frauen arglos zu ihm ins Auto gestiegen.

Dreistigkeit war das Erfolgsrezept vieler Verbrecher. Je dreister ein Täter war, desto weniger Zeugen schien es zu geben. Am helllichten Tag auf belebten Plätzen rechnete niemand mit dem Bösen. Das hatte er in der Zeitung oft gelesen. Einmal hatte ein Mann in Bremerhaven vormittags, auf offener Straße, ein kleines Mädchen in seinen Wagen gezerrt. Passanten hatten die Szene beobachtet, aber angenommen, dass ein Vater seine Tochter zur Räson bringen wolle. Nachdem die Kleine tot aufgefunden worden war, hatte die Kripo dreizehn Jahre lang nach dem Mörder gesucht und ihn nur durch Zufall überführt.

Problemlos war es ihm jedes Mal gelungen, seine Opfer unbemerkt in diesen leer stehenden Bunker zwischen Bremen und Bremerhaven zu schaffen, wo er die schönsten Stunden seines Lebens mit ihnen verbracht hatte. Sich an ihrer Schönheit geweidet, wenn sie nackt und mit Kabelbindern gefesselt vor ihm lagen. Sie genossen. Wieder und wieder. Er liebte sie. Wirklich. Deshalb hatte er ihnen zum Schluss das Genick gebrochen. Sodass ihre Schönheit erhalten blieb. Und so, dass sie nicht leiden mussten. Die humanste Art, jemanden zu töten. Sauber, sicher und schnell.

Die Leichen von Claudia und Charlotte hatte er in der Müllverbrennungsanlage in Bremerhaven entsorgt, wo einer seiner Vereinsfreunde arbeitete. Er hatte ihn nachts oft besucht, um mit ihm Schach zu spielen. Der Kumpel war immer sehr erfreut gewesen, dass ›der Ernstl‹, wie er ihn nannte, den weiten Weg von Bremen nach Bremerhaven auf sich nahm, nur um ihm die Nachtschicht zu versüßen. »Für eine gute Partie ist mir kein Weg zu weit«, hatte er stets geantwortet. Und natürlich durfte er auch seinen Sperrmüll mitbringen. Er tat das regelmäßig und zwei Mal hatte er halt eine Art Sondermüll dabei gehabt.

Sein Kumpel hatte keine Ahnung gehabt, was er da verschwinden ließ. Er hatte die alten Seemannskoffer aufs Band gehievt, das den Müll direkt in den Hochofen beförderte.

Das erste Mal, als er sich von Claudia trennen musste, war alles glattgegangen. Sein Schachfreund hatte ihn alleine gelassen. Doch dann, zehn Jahre später, als er Charlotte loswerden wollte, hatte sein Kumpel plötzlich hinter ihm gestanden. »Das ist aber ein schöner Koffer, Ernstl. Kann ich den nicht haben?«

Er war ganz ruhig geblieben. »Dieser Koffer gehörte einem Verwandten, der vor Kurzem gestorben ist. Würde ihn dir gerne schenken, aber der stand im Keller, war Farbe und Klebstoff drin. Alles ausgelaufen, kann man nix mehr reinlegen. Stinkt wie Hölle.« Der Kumpel hatte genickt. Gemeinsam hatten sie zugesehen, wie der Hochofen den Koffer verschlang. Dann waren sie Schach spielen gegangen.

Nur die Leiche von Nicole hatte er, in einem mit Steinen beschwerten Koffer, in der Weser versenkt, ein Fehler, wie er sich eingestehen musste. Aber sein Kumpel war überraschend krank geworden. Und Nicole musste weg. Immerhin hatte der Fluss sein Geheimnis fast zwanzig Jahre für sich behalten. Doch dann musste sich der Koffer geöffnet haben und die Teile von Nicoles Skelett waren herausgespült worden. In nächster Zeit würde man sicher noch mehr Leichenteile von ihr finden. Da hatte er wirklich gepfuscht, das musste er zugeben.

Nach drei Lieblingen, die er sich geholt hatte, war er ruhiger geworden. Er war inzwischen fast sechzig Jahre alt gewesen, seine Potenz schwand und mit ihr der Hunger nach Frischfleisch. Viagra war für den deutschen Markt noch nicht zugelassen.

Doch dann, im Jahr 2000, war plötzlich wieder eine Frau verschwunden, und zwar am 4. Mai – also genau an dem Tag, an dem er mit Claudia seine Premiere gefeiert hatte. Das konnte doch kein Zufall sein! Da war ein neuer Kollege am

Werk, der ihm ein Zeichen schicken wollte. *Ich sah ein anderes Tier aus der Erde aufsteigen: Und es hatte zwei Hörner gleich einem Lamm, und es redete wie ein Drache.*

Süße neunzehn Jahre alt war Julia Marx gewesen. Einen beneidenswerten Fang hatte der Kollege da gemacht. Alle Achtung. *Es übte alle Macht des ersten Tieres vor seinen Augen aus und brachte die Erde und deren Bewohner dazu, das erste Tier anzubeten, dessen Todeswunde geheilt war.*

Die Zeitungen schrieben die verschwundene Frau ihm zu. *Es verwirrte die Bewohner der Erde durch die Zeichen, die es im Auftrag des ersten Tieres tat …* Und dann, weitere fünf Jahre später, am 4. April 2005, wurde wieder eine Frau vermisst. Bianka Specht, zweiunddreißig Jahre alt. Sein neuer Kollege mauserte sich. Schön, dass jemand sein Werk fortführte und es diesen Schlampen zeigte.

Er hatte wirklich nie wieder eine Frau entführen wollen. Bis er Alexandra Katzenstein gesehen hatte. Die Tochter des Professors. Eines Tages stand sie bei ihrem Vater plötzlich vor der Tür, wollte ihn zum Geburtstag besuchen. Und der alte Stiesel hatte sie rausgeworfen. Unglaublich, dieser Katzenstein. Nachgelaufen war er ihr, um sie zu trösten. Und sie war so dankbar gewesen, hatte es zugelassen, dass er den Arm um sie gelegt und ein paar tröstende Worte gesprochen hatte. Und dann, als sie ihn besucht hatte, nach dem Tod ihres Vaters … Seine Begierde war immer größer geworden. Diese Frau … er musste sie besitzen. Und inzwischen gab es in Deutschland ja auch Viagra.

Doch dann war ihm diese dumme Sache mit Katzenstein passiert.

Katzenstein selbst hatte ihm eines Tages während einer Schachpartie davon erzählt, dass eine seiner Studentinnen 1990 verschwunden war. Natürlich hatte Katzenstein ihm nicht verraten, dass Nicole Wollenbeck seine Geliebte gewesen war. Hatte nur erzählt, wie sehr er sie geschätzt habe. »Wegen ihrer Intelligenz.« Er hatte sich beherrschen müssen, nicht laut loszuprusten. Doch er hatte sich zusammengerissen, einen mitfühlenden Gesichtsausdruck aufgesetzt und genickt. Das Apartment in der Hochstraße besaß Katzenstein noch immer. Er habe es schon vor zig Jahren für seine Tochter gekauft, log der Professor. Wieder hatte er seine Mundwinkel in Schach halten müssen, damit sie nicht ausbrachen zu einem breiten, hämischen Grinsen. Er wusste, dass Katzenstein von Zeit zu Zeit in das Apartment fuhr, ein paar Stunden dort verbrachte, vielleicht, um Nicole nahe zu sein. Der Professor brauchte ja kein heimliches Liebesnest mehr, seitdem seine Frau gegen den Baum gefahren war. Sie hatte wahrscheinlich erfahren, dass ihr Mann sie betrog. Vielleicht war sie ihm nachgefahren, so wie er.

Immer mal wieder hatte er mit dem Professor beim Schach über Nicole und die Serie der verschwundenen Frauen gesprochen. Er hatte Betroffenheit geheuchelt und innerlich gefeixt. Schön, dass der schlaue Professor keine Ahnung hatte, dass der Mörder seiner Studentin ihm am Schachbrett gegenübersaß. Aber dann, ein paar Tage vor Silvester, hatte er sich doch noch verraten. Nach fast zwanzig Jahren. Mit einem Satz.

Der *Weserblick* hatte ein paar Tage zuvor über eine junge Frau berichtet, die mit einem allergischen Schock in die Klinik eingeliefert worden war, nachdem sie sich ein Tattoo hatte stechen lassen. Tattoofarben enthielten Schwermetalle und krebserregende Substanzen, hatte das Blatt gewarnt. Irgendwie waren sie auf diesen Fall zu sprechen gekommen. Und dann war es ihm rausgerutscht. »Nicole hatte ja auch ein Tattoo, diesen schönen Drachen.« Er hätte sich auf die

Zunge beißen können – zu spät. Katzensteins Blick verriet, was er dachte. Gesagt hatte der Professor allerdings nichts. »Ich meine jedenfalls irgendwo gelesen zu haben, dass Nicole tätowiert war«, schob er hinterher und merkte, wie unglaubwürdig er klang. Katzenstein kannte doch jeden einzelnen Zeitungsbericht, der über Nicole erschienen war. Genau wie er. In keinem war von einem Tattoo die Rede gewesen. Er hatte gegenüber Katzenstein Täterwissen offenbart. »Ich meine, da gibt es so eine Seite im Internet. Von Nicoles Freunden. Kennen Sie die nicht?« Katzenstein hatte mit dem Kopf geschüttelt und ihn so merkwürdig angesehen. »Vielleicht ist die Seite schon wieder gelöscht. Ich sehe gerne mal für Sie nach«, hatte er weiter versucht, das Misstrauen des Professors zu zerstreuen. Doch er wusste, dass er nun auch Katzenstein töten musste.

Er hatte sich noch gewundert, dass der Professor ihm nicht sofort die Haustürschlüssel abnahm. Doch damit hätte sich Katzenstein ja seinerseits verraten. Außerdem wollte der Mathematiker vermutlich erst noch recherchieren, ob die Sache mit dem Tattoo nicht doch irgendwo veröffentlicht worden war. Und er scheute wohl auch den Gedanken, dass Nicoles Mörder jahrelang bei ihm ein- und ausgegangen war. Doch es war nur noch eine Frage von Tagen, wenn überhaupt, bis der Professor Gewissheit haben würde.

Ausgerechnet Silvester hatte Katzenstein dann diesen Schwächeanfall erlitten und war ins Krankenhaus eingeliefert worden. Gleich nach dem Anruf der neugierigen Nachbarin hatte er die Gunst der Stunde genutzt, war in die Villa gefahren und hatte K.-o.-Tropfen in die Karaffe mit dem Whisky geträufelt, aus der Katzenstein Abend für Abend zu trinken pflegte.

Schon Neujahr war Katzenstein wieder zu Hause gewesen. Das wusste er, weil die Nachbarin, diese entsetzliche Plaudertasche, Helga wieder angerufen hatte. Gegen Abend hatte er sich von Helga mit nur einem Wort verabschiedet: »Schach«. Und seine Olle hatte ihn ziehen lassen. Wie immer.

Zuerst war er tatsächlich in eine Kneipe gegangen, hatte mit ein paar Anfängern Schach gespielt. Gegen Mitternacht war er dann zu Katzensteins Villa gefahren. Er war absolut sicher gewesen, dass sich der Professor trotz seines Schwächeanfalls einen Whisky gegönnt hatte. Ohne Whisky konnte Katzenstein nicht einschlafen.

Er war ums Haus geschlichen, hatte durch das Fenster im Arbeitszimmer gespäht. Sein Plan war tatsächlich aufgegangen. Der Professor hing in seinem Sessel wie ein nasser Sack. Das war schemenhaft im Dunkeln zu erkennen.

Da er den Schlüssel hatte, war er ins Haus gegangen. Katzenstein war bewusstlos, atmete schwer. Nun musste er sich beeilen, bevor der Professor wieder erwachte. Er holte die Schubkarre aus der Garage, schüttete die Holzkohle hinein, die er zwischen den Jahren im Supermarkt gekauft hatte.

Den Kassenbon warf er im Arbeitszimmer in den Papierkorb. Dann ging er wieder nach draußen, zündete die Kohlen an und blies mit dem Blasebalg Luft hinein, bis sie anfingen zu glühen. Zum Glück war das Grundstück so zugewachsen, dass ihn niemand sehen konnte. Auch die Nachbarin bekam nur mit, was sich vor dem Grundstück abspielte, also wenn Rettungswagen oder Taxi vorfuhren. Das Schietwetter – es schneite und regnete abwechselnd – kam ihm zugute. Der Schnee, der schon seit Tagen in dicken Flocken vom Himmel fiel, würde seine Spuren binnen weniger Stunden wieder zudecken und der Regen auch den letzten Hinweis wegspülen.

Er legte ein Brett auf die Stufen zum Wintergarten, schob die Karre hoch, den Flur entlang zu Katzensteins Arbeitszimmer. Am liebsten hätte er den Laptop des Professors mitgenommen. Aber das ging natürlich nicht. Dann wäre die Mordkommission sofort misstrauisch geworden. Vielleicht hatte Katzenstein einen Hinweis auf seinem Rechner hinterlegt. Aber das Risiko musste er jetzt eingehen. Das war ein bisschen so wie beim Schach. Wer zu viel wollte, verlor manchmal.

Dann machte er, dass er raus kam. Kohlenmonoxid war verdammt gefährlich. Draußen lauerte er noch eine Weile, um sicherzugehen, dass die Kohle nicht aufhörte zu glühen. Katzenstein musste sterben. Es wäre nur eine Frage der Zeit gewesen, bis der Professor herausgefunden hätte, dass die Sache mit dem Tattoo nirgendwo veröffentlicht worden war. Und wenn Katzenstein zur Polizei ging, wäre er fällig gewesen. Die Mordkommission hätte einen neuen Ansatzpunkt gehabt, hätte gezielt ermitteln können, ob es einen Zusammenhang zwischen ihm und Nicole gab. Und dann hätte die Kripo unweigerlich herausgefunden, dass es da diesen kleinen Wasserschaden gegeben hatte. Und sie wäre natürlich auch darauf gekommen, dass die anderen Frauen ähnliche Reparaturen in Auftrag gegeben hatten. Denn auch wenn ihn nie jemand gesehen hatte, würden sich Ehemann, Freund und WG-Genossin vielleicht an die Reparaturen erinnern, wenn sie direkt danach gefragt würden.

Das mit Helga war natürlich auch kein Unfall gewesen. Er hatte zwei Fliegen mit einer Klappe schlagen wollen. Seine Alte nervte ihn schon lange. Gut, sie bekochte ihn, wusch seine Wäsche, hielt das Haus in Ordnung. Aber er war ihrer schon lange überdrüssig. Dieses alte Weib mit seiner welken Haut erinnerte ihn jeden Tag daran, wie alt er selbst geworden war. Sie musste weg. Und er wollte Alexandra. Wenn Helga nicht mehr lebte, könnte er sich den Keller endlich ausbauen. Als Verlies. Für Alexandra, die dann bei ihm leben würde. So hatte er sich das vorgestellt.

Als Helga sich an jenem Morgen nicht über Handy meldete, war er guten Mutes gewesen, dass sie das Gift eingeatmet hatte und bewusstlos zusammengebrochen war. Er hatte sich ans Schachbrett gesetzt und eine Partei gegen sich selbst gespielt. *King's Gambit. Fischer Verteidigung.* Es gab so viele Varianten, dieses Spiel zu Ende zu bringen.

Gegen halb zwölf war er zur Villa gefahren. Natürlich war er nicht so blöd gewesen und hatte die Tür geöffnet. Wieder hatte er durch das Fenster zum Arbeitszimmer gespäht und zufrieden festgestellt, dass Katzenstein leblos im Sessel hing, den Kopf leicht nach hinten geneigt, den Mund geöffnet. Die Arme lagen auf den Lehnen, die Hände hingen schlaff herunter. Katzensteins Augen starrten leblos an die Decke. Selbst durch die Scheibe konnte man erkennen, dass er tot war. Er alarmierte die Feuerwehr, die wenig später kam und den Professor und seine Frau fand. Er hatte einen Heulkrampf simuliert. Ziemlich gekonnt sogar. Den Polizisten erzählte er, dass er sich Sorgen um seine Frau gemacht habe. Da Helga den Schlüssel gehabt und niemand geöffnet habe, sei er ums Haus gegangen, um durchs Fenster zu gucken. Die Bullen hatten ihm alles geglaubt und nicht weiter ermittelt. Selbstmord und ein tödlicher Unfall. Der Fall war für sie erledigt.

Nur einmal hatte er in all den Monaten die Nerven verloren und war zur Villa gefahren. Das Haus war nicht mal versiegelt gewesen, weil die Kripo ja von Selbstmord ausging. Er hatte Katzensteins Arbeitszimmer durchsucht, Bücher und Ordner aus den Regalen gerissen, Schubladen geleert und alles auf den Boden gekippt. Er wollte sichergehen, dass der Professor nicht doch irgendwo einen Hinweis auf ihn hinterlassen hatte. Gefunden hatte er nichts. Und den Rechner hatte die Polizei mitgenommen. Doch dann hatte ein Schachkumpel, dessen Sohn bei der Kripo war, erzählt, dass die Bullen von Selbstmord ausgingen und keine weiteren Ermittlungen anstellten.

Nur Alexandra hatte Verdacht geschöpft, ließ nicht locker. Ein weiterer Grund, sie in seine Gewalt zu bringen. Schade, dass das nicht geklappt hatte. Er hätte bestimmt viel Spaß mit ihr gehabt. Nur dass er diesmal einen entscheidenden Fehler begangen hatte. Anders als die anderen Frauen hatte er Alexandra nicht beschattet. Sie kannte ihn ja. Er wollte nicht riskieren, erwischt zu werden und ihr Misstrauen zu erregen, wo sie doch sowieso schon glaubte, dass ihr Vater ermordet worden sei. Nur kurz vor der Entführung hatte er vor ihrer Wohnung gelauert, um sicherzugehen, dass sie in jener Nacht alleine war.

Es wäre ihm ein Leichtes gewesen, auch Alexandra im Wagen mitzunehmen. Oder damals, als sie ihn besucht hatte, hätte er sie natürlich … zu großes Risiko. Sicher hatte jemand gesehen, wie sie an seiner Haustür geklingelt hatte. Oder sie hatte jemandem erzählt, dass sie vorhatte, zu ihm zu gehen. Außerdem wollte er nicht, dass Alexandra ihn erkannte. Erst wenn sie sich im Keller an ihn gewöhnt und ein ausgeprägtes Stockholm-Syndrom entwickelt hatte, wollte er seine Maske abnehmen. Vielleicht aber auch nie. Deshalb war er auch so sanft gewesen am Anfang. Hatte sie, was ihm schwergefallen war, nicht ausgezogen und ihr sogar noch Frühstück gemacht. Undankbares Luder.

Er hatte sie einfach unterschätzt. Und nun war das Spiel vorbei. Obwohl er nur drei Frauenmorde begangen hatte, hatte er fünf gestanden. Und auch den Mord an Katzenstein. Nur den Mord an Helga hatte er abgestritten. Das sei ein

Unfall gewesen, hatte er hartnäckig wiederholt. Er habe halt nicht gewusst, dass das Kohlenmonoxid auch für andere gefährlich werden könne. Seiner Tochter zuliebe hatte er in diesem Punkt gelogen. Sie hatte es ohnehin schwer genug, musste jetzt damit leben, dass ihr geliebter Papa ein Frauenmörder war. Sie sollte nicht auch noch glauben, dass ihr Vater ihre Mutter auf dem Gewissen hatte. So viel Rücksicht konnte man von ihm als Vater ja wohl erwarten.

Ob der Kollege, der die beiden anderen Weiber auf dem Gewissen hatte, zu schätzen wissen würde, dass er ihn gedeckt hatte? Lebte der überhaupt noch? Hatte er sich zur Ruhe gesetzt? Obwohl die fünf Jahre um waren, hatte er in diesem Jahr noch nicht zugeschlagen. Wenn der Kollege schlau war, würde er jetzt aufhören, keine Frau mehr anrühren. Aber er wusste ja selbst, wie schwer das war, wenn man einmal damit angefangen hatte. Der Gefängnisbibliothekar hatte ihm, weil er darum gebeten hatte, das Neue Testament gebracht. Nicht, weil er sich bekehren wollte. Er wollte nur ein bisschen Stimmung für sich machen, vor dem Prozess, so tun, als suche er Trost bei Gott. Doch dann hatte er angefangen, darin zu lesen. Und war auf die Offenbarung des Johannes gestoßen. Darin erkannte er sich und seinen Nachfolger wieder. Das Böse war mächtig, wollte raus. *Hier ist die Weisheit. Wer Verständnis hat, berechne die Zahl des Tieres; denn es ist eines Menschen Zahl; und seine Zahl ist sechshundertsechsundsechzig.*

*

Die Ärzte in der Klinik hatten mir starke Beruhigungsmittel gespritzt. Ich schlief und schlief und schlief. Fast achtundvierzig Stunden lang. Als ich aufwachte, saß Kossek auf einem Stuhl vor meinem Bett. Ich war noch immer völlig erschöpft, aber glücklich ihn zu sehen.

Er lächelte, stand wortlos auf, setzte sich zu mir aufs Bett und nahm meine Hände. »Alexandra, du glaubst nicht, wie froh ich bin«, flüsterte er.

Ein Kloß schwoll in meinem Hals. »Schön, dass du hier bist«, flüsterte ich. Kossek beugte sich zu mir herab. Wir küssten uns.

»Wie fühlst du dich? Kann ich irgendwas für dich tun?« Kossek streichelte mir über die Wange.

»Ach, ich bin ja nicht aus Zucker. Geht schon wieder«, antwortete ich, obwohl das nicht ganz stimmte. Ich fühlte mich wie in Watte, schwach, müde, erschöpft, verwirrt, hilflos, ängstlich, orientierungslos. In diesem Jahr war meine Welt so oft zusammengebrochen. Doch darüber wollte ich jetzt nicht reden.

»Wie bist du überhaupt hier reingekommen?«, wechselte ich schnell das Thema.

»Ich habe den Ärzten erzählt, dass ich dein Lebensgefährte bin.« Kossek grinste. »Die sind hier ganz streng. Niemand darf zu dir. Journalisten schon gar nicht. Die Kollegen lauern übrigens alle draußen vor dem Krankenhaus. Schließlich bist du einem Serienmörder entkommen.«

»Einem Serienmörder?«

Kossek nickte. »Willich hat die Morde an den verschwundenen Frauen gestanden. Auch den an Nicole Wollenbeck.«

Ich schlug mir die Hand vor den Mund.

»Und er hat noch jemanden umgebracht«, sagte Kossek und nahm mich in den Arm. »Deinen Vater.«

»Meinen Vater?«

Kossek nickte. »Willich glaubte, er sei ihm auf die Schliche gekommen.«

»O Gott.« Tränen schossen mir in die Augen. Kossek drückte mich fester an sich. Es dauerte einen Moment, bis ich mich wieder einigermaßen gefasst hatte.

»Steht irgendwas in der Zeitung?«, fragte ich. Was Kossek erzählte, klang so irreal, dass ich schwarz auf weiß nachlesen wollte, was passiert war.

»Klar, die Zeitungen und das Internet sind voll davon. Ich hab die Pressekonferenz der Bremer Polizei aufgenommen. Willst du sie sehen?«

Ich nickte.

»Fühlst du dich nicht zu schwach dafür?«

Ich schüttelte den Kopf. »Schalt mal an. Ich bin neugierig. Berufskrankheit, weißt du.«

Kossek holte seinen Laptop aus der Tasche, klappte ihn auf und öffnete die Datei. Wenig später saßen wir auf meinem Krankenbett und guckten uns die Pressekonferenz an. Ich kuschelte mich in Kosseks Arme. Er hielt mich fest. Ganz fest.

»Der Bremer Polizei ist heute ein Coup gelungen«, sagte der fette Kühlborn in die Kameras. »Nach jahrelanger, intensiver Ermittlungsarbeit konnten wir heute einen lang gesuchten Serienmörder überführen, der gerade die sechste Frau entführt hatte. Nur dem beherzten Eingreifen der Kollegen ist es zu verdanken, dass diese Frau, es handelt sich um die Journalistin Alexandra K., gerettet werden konnte.«

»Bitte? Ich habe mich immer noch selbst befreit«, regte ich mich auf.

Kossek drückte mir einen Kuss auf die Stirn. »Und den entscheidenden Tipp hatten die Bullen von Harry und Matze«, sagte er.

»Von Harry und Matze?!«

Kossek nickte. »Aber das darf nicht bekannt werden, weil

sonst vielleicht rauskommen würde, dass Harry bei der Mordkommission eingebrochen ist, die Akten kannte und monatelang mit Matze auf eigene Faust ermittelt hat.«

»Harry Tenge ist bei der Mordkommission eingebrochen?«

Kossek nickte. »Die Bullen selbst haben all die Monate so gut wie nichts gemacht. Nachdem der zuständige Sachbearbeiter sich wegen Tinnitus monatelang in einer Spezialklinik behandeln lassen musste und seine Kollegin einen Sportunfall hatte, lag die Sache faktisch auf Eis. Hat uns Heiner Blum, selbst Beamter der Mordkommission, gesteckt. Werden wir morgen groß im Blatt haben.«

»Na, dann kann Kühlborn einpacken«, sagte ich.

Kossek nickte. »Schatz, ich zeig dir auch gerne den Text, den ich für morgen geschrieben habe. Aber ich habe da noch eine kleine Bitte, wenn es dir jetzt schon wieder so gut geht …«

»Und die wäre?«

»Äh, nun ja … kennst ja das Geschäft … Alle Journalisten im Land hoffen jetzt auf das Interview mit dir, der Frau, die dem Serienmörder entkommen ist. Und ich meine, wir könnten ja jetzt … Wir müssen doch an die Auflage des *Weserblicks* denken. Und die großen Magazine haben auch schon angefragt. Am Hartnäckigsten sind die Kollegen vom *stern* …«

Ich nahm ein Kissen und warf es Kossek an den Kopf. »Du Schuft …«

Kossek grinste, hob schützend die Hände vors Gesicht. »Ich weiß, dass ich ein Schuft bin, Schatz. Krieg ich jetzt trotzdem das Interview? Neugier. Berufskrankheit, weißt du.«

*

Ein halbes Jahr später, Silvester 2010

Kossek war nervös. Gleich hatte er seinen großen Auftritt. Okay, allzu groß war er nicht. Es waren nur etwas mehr als hundert Leute bei der Silvesterparty der Mathematiker. Würde auch nicht lange dauern, nur dreieinhalb Minuten, so lange wie *Cruel Chick*, sein Song. Es sei denn, es ging mit ihm durch. Der Song enthielt im Mittelteil ein Gitarrensolo, das viel Raum für Improvisationen ließ. Mal sehen, wenn er gut drauf war, wenn die Leute mitgingen, wenn von ihnen was zurückkam, wenn sie ihn trugen, dann konnte es deutlich länger gehen. Gary Moore hatte *Still got the Blues* bei Liveauftritten manchmal auf über zehn Minuten ausgedehnt.

Die Steckbrieflich Gesuchten waren von den Mathematikern als Silvester-Combo engagiert worden. Er hatte ewig nicht mehr mit ihnen gespielt. Der Gitarrist, der damals krank gewesen war, war wieder auf dem Damm.

Kossek wollte Alexandra überraschen. Seit gut einem halben Jahr waren sie jetzt zusammen. Seit der Sache damals. Sie nannte ihn Kossek, nicht Knut. Kossek klänge irgendwie cooler, hatte sie gesagt. Das verstand er. Es gefiel ihm. Ihre schmale, kleine Hand lag in seiner Pranke. Ein kleiner Vogel, der Schutz suchte. Sie hatte keine Ahnung, was ihr gleich bevorstand. Die Stratocaster und den Mesa/Boogie hatten die Jungs von der Band heimlich mitgebracht.

»Wir haben jetzt eine Überraschung für euch. Einen Special Guest, der eine Weltpremiere zum Besten geben wird«, kündigte Axel, der Sänger, ihn an. Dann bat er Kossek auf die Bühne.

»Du entschuldigst mich kurz«, sagt er zu Alexandra, die ihn verdutzt ansah.

»Mackenroth, alter Fresssack, war ja klar, dass ich dich hier am Büfett treffe!« Clooney klopfte seinem alten Schulfreund auf die Schulter. Mackenroth hatte sich den Teller mit Lachs und Shrimps und Hackfleischbällchen und Kartoffelsalat vollgeschaufelt.

»Ansgar, danke für die Einladung«, antwortete Mackenroth, stellte seinen Teller auf einen der Stehtische und umarmte den Mathematiker. Die beiden hatten zusammen Abitur gemacht. Doch während Ansgar Freitag »was anständiges aus seinem Leben gemacht hatte«, wie Mackenroth zu sagen pflegte, war er »auf die schiefe Bahn geraten«. Immerhin verdiente er als Lobbyist für die Stromindustrie deutlich mehr als sein Schulfreund, der es zum Professor gebracht hatte.

»Darf ich dir Massimo, meinen Ehemann, vorstellen? Wir haben uns vor drei Monaten getraut.« Clooney strahlte. Mackenroth und Massimo nickten einander zu. Massimo hatte seine gegelten Haare zum Pferdeschwanz zurückgebunden, trug einen schwarzen Anzug und auf Hochglanz polierte Schuhe. »Massimo, bist du so lieb? Unser Gast verdurstet …«, bat Clooney seinen Ehemann. Massimo nickte, trollte sich in Richtung Getränkeausschank.

»Mensch, Ansgar, bei uns ist die Kacke am dampfen«, raunte Mackenroth Ansgar Freitag zu.

»Was denn, was denn, etwa immer noch …?«

»Natürlich immer noch dieselbe Sache. Was denn sonst? Reicht doch wohl, oder? Die wollen immer mehr, verdammte Scheiße. Drohen, den Film ins Internet zu stellen. Nicht auszudenken …«

»Tja, mein lieber Macki, was macht ihr auch solche Sachen, ihr bösen Buben.« Clooney hob scherzhaft den Zeigefinger. »Mir könnte so was ja nicht passieren.«

»Ja, weil du nicht auf Frauen stehst. Aber mich bringt das nicht wirklich weiter«, jammerte Mackenroth.

»Wisst ihr denn jetzt wenigstens, wer dahintersteckt, Macki?«, fragte Clooney.

»Also, das können ja nur die Russen sein! Wer sonst brächte so etwas fertig? Ich meine, diese Ost-Nutten waren doch von der Russenmafia auf uns angesetzt, oder?«

»Sicher, sicher.« Clooney legte seine Stirn in Falten.

»Und mit diesen Herrschaften ist nicht zu spaßen.«

Clooney nickte. »Darf ich dir übrigens Alexandra Katzenstein vorstellen? Die Tochter des renommierten Mathematikers Prof. Dr. Albert Katzenstein, der vor knapp einem Jahr leider verstorben ist.«

»Freut mich außerordentlich, Ihre Bekanntschaft machen zu dürfen. Außerordentlich, wirklich«, überschlug sich Mackenroth förmlich und reichte Alexandra seine schwitzige Hand.

»Herr Mackenroth arbeitet als Repräsentant für die Stromindustrie«, stellte Clooney seinen alten Schulfreund vor.

»Äh, ja, äh. Ihren Vater haben wir sehr geschätzt. Ich meine, ich und meine Kollegen. Er hat unserer Branche, auch wenn wir nicht immer einer Meinung waren, viele Anregungen gegeben. Wir waren sehr bestürzt über seinen Tod. Und dass es nun auch noch, äh, also …«, weiter kam Mackenroth nicht.

Alexandra nickte. »Vielen Dank für Ihre Anteilnahme.«

Kossek räusperte sich, trat ans Mikro. Bis eben hatte er noch weiche Knie gehabt, hätte kotzen können vor Lampenfieber. Doch just in der Sekunde, als er die Bühne betrat, fiel die Anspannung schlagartig von ihm ab. So war es bisher immer gewesen, in all den Jahren, in denen er über die Bühnen und durch die Tanzschuppen des Elbe-Weser-Dreiecks gerockt war. Bühnenboden unter den Füßen machte cool. Trotzdem war es diesmal anders. Ganz anders. Er wollte nicht nur Gitarre spielen, sondern auch singen. Das hatte er früher nur ganz selten gemacht. Seine Stimme war nicht so besonders, fand er. Ein bisschen heiser, nicht so sauber. Aber manchen gefiel genau das. Und diesmal musste es sein, unbedingt. Hoffentlich klappte alles, hoffentlich war er gut genug.

»Diesen Song habe ich für einen ganz besonderen Menschen geschrieben«, sagte er etwas verlegen ins Mikro. »Ich spiele ihn heute zum ersten Mal live.« Er drehte sich um, schaute zu Louis am Bass und zu Klaus-Dieter an den Drums. Beide nickten ihm kurz zu. Und ab dafür.

Massimo kam zurück zum Büfett und trug ein Tablett mit drei Sektgläsern in der Hand.

»Dank dir, Schatz«, sagte Clooney und nahm sich ein Glas. Mackenroth bediente sich ebenfalls und nickte Massimo wortlos zu.

Clooney nahm Mackenroth beiseite. »Macki, ihr braucht Hilfe. Und zwar schnell.«

»Kennst du denn jemanden, der es mit denen aufnehmen kann?«

»Na sicher. Kostet halt was.«

»Das ist klar.«

Clooney muss sich schwer beherrschen, nicht zu grinsen. Macki war ja noch dümmer, als er gedacht hatte. Glaubte, die Russenmafia sei hinter ihm her. Lächerlich. Er selbst hatte die Mädels instruiert, sie gut bezahlt und seinem alten Schulfreund mithilfe von Svetlana 1, Svetlana 2, Natascha und Nadeshda ein hübsches Sümmchen abgepresst. Und nun würde er Macki noch mal ein paar Zehntausend abnehmen, damit endlich Ruhe war. Traf ja keinen Armen. Und er brauchte das Geld. Nein, nicht für sich. Für die Stiftung. Für die Nachhilfeförderung. Mit Alexandra Katzenstein hatten sie sich inzwischen außergerichtlich geeinigt. Aber das Vermögen war leider viel kleiner gewesen, als zunächst angenommen. Und nun kriegte diese Journalisten-Schlampe auch noch die Hälfte davon ab. Und alle Immobilien. Aber Alexandra, diese naive Tante, die seine Einladung zur Silvesterparty freudestrahlend angenommen hatte, würde ihn auch noch kennenlernen. Seine Stiftung brauchte, wenn sie in den nächsten Jahren überleben wollte, jeden Cent. Der Zweck heilige manchmal eben doch die Mittel, dachte Clooney und prostete Mackenroth scheinheilig zu. »Wird schon, Macki«, sagte er. »Kannst dich auf mich verlassen. Ich kümmere mich darum.« Mackenroth nickte dankbar. »Danke, du bist ein echter Freund.«

Kurzes Gitarrenintro. Dann Gesang. Und Refrain.

Mackenroth und Clooney schauten zu Bühne.

C'mon, c'mon, c'mon, c'mon, baby …

Cruel Chick, why do you treat me so hard?

I wanna give you my heart.

Axel fiel in den Refrain ein, zum Glück. Das war nicht abgesprochen, passierte ganz spontan, kam aber unheimlich gut. Kossek schaute ins Publikum. Die Leute zeigten keinerlei Reaktion, standen völlig regungslos da.

Machte er sich gerade öffentlich zum Deppen? Egal, wichtig war sowieso nur ein einziger Mensch da unten. Er legte sich mächtig ins Zeug, schonte seine Stimme nicht. Refrain, wieder mit Axel: »C'mon, c'mon, c'mon …«

Gitarrensolo. Kossek schloss die Augen. Hob ab. Jetzt galt es. Die rechte Hand. Jetzt sprach die Strat. Sie wimmerte, schrie, klagte. Kossek gab alles. Holte alles aus seiner Strat heraus. Die Band trug ihn. Er flog davon. Er vergaß alles um sich herum. Er war in einer anderen Welt, einer anderen Dimension. Dann kam Alessandro. Alessandro mit seiner Gibson Les Paul. Er spielte ein improvisiertes Solo. Guitar-Battle. Strat gegen Paula. Kossek und Alessandro pushten sich gegenseitig hoch. Die Welt stand still.

Achteinhalb Minuten lang. Dann war es vorbei.

Totenstille. Sekunden lang.

Dann tosender Applaus. Der Saal tobte.

Alexandra. Wo war Alexandra? Kossek suchte sie mit den Augen in der Menge. Da sah er sie. Sein Schatz stand am Rand, hatte die Hände vors Gesicht geschlagen. Kossek verbeugte sich artig, war sichtlich überwältigt, gerührt. Ja, gerührt. Er umarmte Axel und Alessandro, gab den anderen Musikern die Hand. Er war erschöpft, ausgelaugt, klitschnass geschwitzt. Aber er fühlte sich gut. Verdammt gut. Legte die rechte Hand auf sein Herz. Dann reckte er beide Arme in die Luft, winkte. Wie Jagger. Wie Moore. Besser. Er sprang lässig von der Bühne. Hände streckten sich ihm entgegen. Leute klopften ihm auf die Schulter, sprachen ihn an, machten ihm Komplimente. Doch er hatte es eilig, wollte zu Alexandra, bahnte sich den Weg durch die Menge.

»Und? Ging's einigermaßen?«, fragte er, nahm ihr sanft die Hände vom Gesicht, küsste sie.

Sie fiel ihm um den Hals, weinte hemmungslos. »Noch nie hat jemand ein Lied für mich geschrieben, noch nie, noch nie, noch nie.«

—

»Hätt ich jetzt gar nicht gedacht, dass der Alte gitarrenmäßig so gut drauf ist«, staunte Matze. »Alle Achtung. Und das in seinem Alter ...«

»Ich auch nicht«, stimmte ihm Gaga zu, die sich eng an ihn schmiegte. Seit drei Monaten waren sie ein Paar. Nach einem gemeinsamen Termin hatte Gaga Matze noch auf ein Bier zu sich nach Hause eingeladen. Tja und dann …

»Ich schon«, widersprach Harry, »ihr hättet ihn damals in den Achtzigern erleben sollen, das war seine Glanzzeit. Und so was verlernt man halt nicht.«

»Witzbold, da war ich noch nicht mal geboren«, echauffierte sich Gaga.

»Wie dunkel muss die Welt damals gewesen sein«, säuselte Matze halb im Scherz und gab ihr einen Kuss. »Aber was is denn schon wieder mit der Katzenstein los?«, wunderte er sich. »Die heult ja wie ’n Schlosshund.«

»Keine Ahnung. Irgendwas ist bei der doch immer«, brummte Harry.

»Ist das die, die …?«, fragte Josefa Landsberg, genannt Josie. Die Bibliothekarin, die Harry in der Unibibliothek mit alten Vorlesungsverzeichnissen versorgt hatte, und Harry waren ebenfalls seit Kurzem unzertrennlich. Josie hatte sich, was eigentlich gegen ihre Berufsehre verstieß, aus dem Computer Harrys Daten besorgt, ihn angerufen, sich mit ihm verabredet. Tja und dann …

»Ja, genau die«, bestätigte Harry und tastete nach ihrer Hand.

»Redaktionszicke, Witwenschüttlerin und neuerdings Matratze vom Chef«, lästerte Gaga.

»Also, so würd ich das jetzt nich formulieren, vor allem das Letztere nich«, protestierte Matze zaghaft.

»Musste ja auch nicht, Dickerchen, aber ich sag es so«, beharrte Gaga trotzig.

»Hat die denn die Sache damals einigermaßen gut überstanden?«, wollte Josie wissen.

»Einigermaßen schon, denke ich. Sie war längere Zeit krankgeschrieben. Und als sie wieder zurückkommen sollte, hat sie gekündigt«, erzählte Matze.

»Das muss ihr ziemlich zugesetzt haben«, vermutete die Bibliothekarin mitfühlend, »kann man ja auch verstehen.«

»Eben«, warf Harry ein, »immerhin hat ihr ein mehrfacher Mörder und Vergewaltiger ein Messer an die Kehle gesetzt. Und hatte schon alles vorbereitet und eingerichtet, um sie jahrelang als Sexsklavin zu halten. Wenn die dem Arschloch nicht den Absatz ihres Pumps ins Auge gedonnert hätte … Um Mord und Verbrechen und diesen ganzen Dreck will sie jetzt jedenfalls einen großen Bogen machen.«

»Schrecklich, schrecklich!« Josie schüttelte den Kopf. »Und was hat sie jetzt vor?«

»Sie hat ein bisschen was geerbt und will sich nur noch mit schönen Dingen beschäftigen. Kunst, Literatur, Musik. Sie hat angefangen zu malen. Sie will das Abitur nachholen, vielleicht noch studieren. Oder einen Roman schreiben«, erzählte Matze.

»Einen Krimi?«, erkundigte sich Josie.

Matze musste sie enttäuschen. »Sicher nicht. Wohl eher einen Liebesroman oder so was in der Art.«

»Hähähä, Liebesroman! Was auch sonst, so wie die seit 'nem halben Jahr rumturtelt«, ätzte Gaga.

»Das wollen wir ihr aber gönnen, wir turteln schließlich auch«, ermahnte sie Matze.

Gaga kicherte und tätschelte seinen Bauch.

»Wie gesagt: Alexandra hat sich sehr verändert. Ist viel ruhiger, viel nachdenklicher geworden. Trinkt kaum noch Alkohol, hat zugenommen. Sie sagt, Kossek koche halt so gut. Und von gewissen Dingen, die früher ihr Lebensinhalt waren, will sie überhaupt nichts mehr wissen«, erzählte Harry.

»Jedenfalls vorerst«, schränkte Matze ein.

Gaga stutzte. »Wie meinst du das, Dickerchen?«, fragte sie misstrauisch.

Matze guckte Harry an. Harry guckte zu Josie. Matze guckte zu Gaga. Josie und Gaga guckten sich gegenseitig an. Dann guckten beide zu Matze.

»Dickerchen, hast du mir was zu sagen?«, wollte Gaga wissen.

»Harry?«, bohrte Josie und sah ihren Harry an.

Matze räusperte sich. »Ja, also. Harry und ich …«

»Es ist noch nichts entschieden«, beeilte sich Harry zu ergänzen, »bislang gibt es nur diese Idee.« Die beiden Frauen schauten ihre Freunde erwartungsvoll an. »Ja, wie gesagt, Harry und ich hatten da kürzlich so 'ne Idee, weil's bei der Zeitung doch immer schlechter läuft …«

»… und bei den Bullen ist sowieso nicht alles super …«

»… da hatten wir die Idee …«

»… dass wir uns vielleicht selbstständig machen könnten.«

»Mit 'ner Detektei.«

»Grothe & Tenge.«

»Private Ermittlungen.«

»Weil, jeder von uns is für sich genommen …«

»… ja höchstens Durchschnitt …«

»… wenn überhaupt …«

»… aber zusammen …«

»… sind wir 'n verdammt gutes Team …«

»… 'n verdammt gutes Team, jawohl!«

»Das haben wir bei der Sache damals ja wohl bewiesen.«

»Und wir haben die leise Hoffnung, dass Alexandra vielleicht doch noch mit einsteigt.«

»In unsere Detektei.«

»Zumindest als stille Teilhaberin.«

Clooney federte auf die Bühne. »Meine verehrten Damen und Herren. Schön, dass Sie alle gekommen sind, um mit uns im Namen der Mathematik ins neue Jahr hineinzufeiern.« Er ging kurz auf die Zukunft der Stiftung ein, die gesichert sei, nachdem der Streit mit Alexandra Katzenstein, über den ja auch die Zeitungen berichtet hätten, außergerichtlich beigelegt worden sei.

»Dame Katzenstein ist so großzügig, unserer Stiftung über den Erbteil hinaus noch eine sechsstellige Summe zu spenden«, strahlte Clooney.

Alexandras Augen weiteten sich. Das hörte sie jetzt zum ersten Mal.

»Es freut mich daher besonders, dass der Vorstand einstimmig beschlossen hat, Dame Katzenstein zum Dank als Ehrenmitglied unserer wunderbaren Stiftung auszuzeichnen.«

Applaus. Alexandra ließ das Blitzlichtgewitter mit versteinerter Miene über sich ergehen. Sie. Die *mathematische Analaphabetin.* Ehrenmitglied dieser Stiftung. »Eine sechsstellige Summe, das ist ja großartig, werte Frau Katzenstein. Darf ich mich Ihnen vorstellen? Holzapfel, Jan-Philipp, Staatsrat im Bildungsressort. Freut mich sehr, Ihre Bekanntschaft zu machen.«

Alexandra nickte, sagte noch immer kein Wort, schüttelte dem Staatsrat die Hand.

»Die Nachricht über Ihre Spende habe ich soeben getwittert«, strahlte Holzapfel.

»Sehr nett von Ihnen«, presste Alexandra hervor und glaubte zu sehen, wie Clooney Holzapfel zuzwinkerte. Getwittert. Mit anderen Worten: Die Nachricht war in der Welt. Sie musste das Geld überweisen. Ob sie wollte oder nicht. Clooney, dieses Schlitzohr, hatte sie gelinkt.

»Verraten Sie mir bitte eines: Wo haben Sie sich bisher versteckt?« Kossek verstand nicht, was der feiste Kerl, der ihn von der Seite anquatschte, von ihm wollte.

»Versteckt? Wieso versteckt?«

»Bei wem stehen Sie unter Vertrag? Doch nicht etwa bei Bohlen!«

»Nee, beim *Weserblick.«*

»Beim We… Was ist das denn?«

»Eine Zeitung in Bremen.«

»Zeitung? Das ist nicht Ihr Ernst!«

»Doch.«

Der Feiste kramte aus seiner Sakkotasche hektisch eine Visitenkarte hervor und drängte sie Kossek auf. *Cornelius M. Deissenhofer, Musikproduzent* las Kossek.

»Ich bring Sie groß raus, Mann!«, prahlte er.

»Schon klar«, erwiderte Kossek amüsiert und klopfte ihm grinsend auf die Schulter.

Kurz darauf drängten sich alle nach draußen. Das neue Jahr war im Anmarsch. Nur noch wenige Sekunden. Böller knallten. Raketen zischten, explodierten und verwandelten den Himmel in ein funkelndes Meer. Matze, Harry, Gaga, Josie, Kossek und Alexandra stießen an.

»Wenn ich an Silvester vor einem Jahr denke …«, sagte Harry und schüttelte den Kopf.

»Das kannste laut sagen«, pflichtete ihm Matze bei.

»Da war ich an der Sielwallkreuzung. Musste mit meinen Kollegen randalierende Chaoten in Schach halten …«

Matze starrte Harry an. »Ich war auch an der Sielwallkreuzung. Wurde zusammen mit ’n paar anderen Leuten, die ich gar nicht kannte, von ’nem durchgeknallten Bullentrupp völlig grundlos auf das Übelste aufgemischt.«

»Ach nee!«

»Ach ja!«

Die beiden standen einander plötzlich gegenüber wie die Revolverhelden Wyatt Earp und Wild Bill Hickok. Wer zog schneller seinen Colt?

»Grundlos? Sachbeschädigung, Körperverletzung, Gefährdung des Straßenverkehrs, Widerstand gegen Vollstreckungsbeamte …«, zählte Harry auf.

»Ich hab nichts davon gemacht! Ich stand da bloß blöd rum und plötzlich war ich gefesselt. Die Nacht hab ich dann in 'ner Zelle verbracht! Vielen Dank übrigens noch nachträglich.«

»Keine Ursache!«

Alexandra und Kossek gesellten sich zu ihnen, eng umschlungen. Kossek hatte ein süffisantes Grinsen im Gesicht.

»Sagt mal, Jungs, das ist jetzt nicht euer Ernst, dass ihr das Jahr mit 'nem Streit anfangt, oder? Wegen einer Sache, die ewig zurückliegt«, wunderte sich Alexandra.

»Gerade mal ein Jahr«, schmollte Matze.

»Ein Jahr geht schnell vorbei«, pflichtete ihm Harry bei und klang beleidigt.

»Und? Habt ihr schon vergessen, was wir in diesem Jahr zusammen durchgemacht haben?«

Harry und Matze guckten betreten.

»Also entweder gebt ihr euch jetzt die Hand und sagt ›Schwamm drüber‹ oder ich rede kein Wort mehr mit euch«, drohte Alexandra.

»Das ist Erpressung!«, protestierte Matze.

»Ja, natürlich!«, gab Ali ungerührt zurück.

»Arschloch«, sagte Matze.

»Selber«, revanchierte sich Harry. Dann grinsten beide.

»Von der Anzeige, die mir die Bullen damals angedroht haben, hab ich übrigens bis heute nichts gehört«, sagte Matze.

Harry winkte ab. »Da wirste auch nichts mehr von hören. Es gibt nämlich keine Anzeige. Die Anwältin hat damals einen derartigen Terz gemacht, dass wir froh sein mussten, nicht selbst angezeigt zu werden. Wegen Freiheitsberaubung und so. Waren wohl alles Söhnchen und Töchterchen aus höheren Kreisen, die wir da hopsgenommen hatten. Kids von Parteibonzen.«

»So sahen die auch aus.«

»Na dann.« Harry hob sein Glas. Matze auch. Die beiden stießen an. Erst miteinander. »Auf den Rechtsstaat.«

»Auf den Rechtsstaat.«

Dann noch mal mit Alexandra und Kossek. »Frohes Neues.«

»Prost Neujahr.«

Plötzlich vibrierte Matzes iPhone. Er zog das Telefon aus der Tasche. Eine SMS. Gaga drängte sich noch dichter an ihn heran, versuchte, einen Blick aufs Display zu erhaschen. »Welches Weib wagt es …«

»Kein Weib«, beruhigte Matze sie. »Sebastian Schellenberger, mein Kumpel aus Berlin, vor dem ich geflohen bin, als er mein Chef wurde. *Alter, frohes Neues. Ich vermisse dich! Hab mich Scheiße dir gegenüber benommen. Ich weiß. War mit meiner neuen Rolle überfordert. 'tschuldigung. Das Jahr ohne dich war einfach nur Mist. Diese jungen Dinger haben keine Ahnung. Bitte komm zurück! Wir zahlen dir auch den Umzug. Und erhöhen deine Pauschale. Berlin's calling. Dein Freund Basti.*

Matze tippte nur zwei Worte ins Handy: *Vergiss es.* Dann drückte er auf *Senden.*

*

Dr. Christian Fürchtenicht stand am Fenster seiner Praxis und sah Alexandra Katzenstein nach. Der Wind spielte mit ihrem Haar. Sie ging schnellen Schrittes zu ihrem Auto, stieg ein und brauste davon. Weg war sie. Meine Herren, was für eine Patientin. Und was für eine Geschichte.

Heute Morgen war sie noch einmal zu ihm gekommen und hatte sich artig bedankt, dass er ihr all die Monate so geduldig zugehört habe.

»War mir ein Vergnügen«, hatte er geantwortet, nicht ganz passend, zugegeben, aber es war nicht gelogen. Obwohl sie natürlich völlig neurotisch war. Suchte Bestätigung in irgendwelchen Sexabenteuern, weil ihr Vater sie abgelehnt hatte. Kleine Schlampe. Aber jetzt hatte sie einen Freund. Diesen Journalisten. Fünfzehn Jahre älter als sie. Arschloch. Und ob er eifersüchtig war. Aber über die ganze Sache war noch nicht das letzte Wort gesprochen. Warum war dieser Willich ihm bloß zuvorgekommen und hatte ihm einen Strich durch die Rechnung gemacht? Zwei Männer, ein Gedanke. Wenn Willich sich Alexandra nicht gegriffen hätte, hätte er es getan.

Der Psychiater blickte auf sein Handy. Die Signale vom Peilsender, den er unter Alexandras Wagen geklemmt hatte, verrieten, dass sie nach Hamburg fuhr. Vielleicht wieder zu diesen Mathematikern, mit denen sie sich gerade über das Erbe ihres Vaters geeinigt hatte. Und mit denen sie sogar Silvester gefeiert hatte, so als wäre nichts geschehen. Er hatte ihr sogar zugeraten. »Schaffen Sie Frieden in Ihrem Leben, das wird Ihnen guttun.«

Fürchtenicht schüttelte den Kopf, zog seine Schreibtischschublade auf, holte den braunen Umschlag heraus. Er öffnete das Kuvert und zog den Slip hervor. Wenigstens ein kleiner Trost, ein Hauch in schwarzer Spitze, war ihm geblieben. Mmmmh. Und dann dieser getrocknete, helle Fleck auf dem Zwickel. Er spürte, wie er hart wurde.

Nachdem Kollege Willich Alexandra entführt hatte, musste er sich erst mal eine ganze Weile gedulden. Ein Jahr lang, vielleicht sogar zwei. Bis Gras über die Sache gewachsen war. Dann aber würde er sich die kleine Katzenstein holen. So wie er sich die beiden anderen Frauen geholt hatte: Julia und Bianka.

Sie waren Zufallsopfer gewesen. Mit einem VW-Transporter, den er geleast hatte, war er ziellos durch Bremen gefahren, hatte es nicht mehr ausgehalten im Mai 2000. Seine Fantasien waren übermächtig geworden. Er hatte die Stadt verlassen, war rausgefahren, die Stormer Landstraße entlang. Und dann, hinter der Ochtumbrücke, dort, wo Bremen zu Ende ist und man auf weite Felder blickt, hatte er diese junge Frau auf dem Fahrrad gesehen. Chloroform hatte er auch verwendet, wie Willich, dessen Namen er damals natürlich noch nicht gekannt hatte. Es war das beste Mittel. Schnell und wirkungsvoll. Aber dass er sich – wie Kollege Willich – ausgerechnet am 4. Mai sein erstes Opfer geholt hatte, war Zufall gewesen.

Fünf Jahre hatte er gezehrt von den schönen Stunden, die er mit der kleinen Julia verbracht hatte. Doch dann, Anfang 2005, war er wieder unruhig geworden. Es hatte ihn wieder hinausgezogen vor die Tore der Stadt. Die Fahrradsaison hatte begonnen. Und er war in den Bremer Westen gefahren. In der Niedervieländer Straße, in der nur ein paar Firmen ansässig waren, hatte er sie erblickt, diese Frau, die auf ihrem Fahrrad gegen den Wind anstrampelte. Was machten die Weiber auch in so einsamen Gegenden, da hatten sie es sich selbst zuzuschreiben, wenn ihnen etwas zustieß. Gleich am Tag der Entführung hatte er die Frauen ordentlich durchgenommen und erwürgt. Danach war er ins Teufelsmoor gefahren, wo er ihre Leichen versenkt hatte. Dort lagen sie heute noch.

Eigentlich hatte er aufhören wollen. Obwohl es kribbelte, wenn er daran dachte, was er getan hatte. Und wie schön es gewesen war. Das Morden war – das würden seine dämlichen Psychiaterkollegen, die gerne in den Biografien von Tätern nach Motiven suchten, wohl nie begreifen – eine exquisite Erfahrung. Wer sich einmal aufgespielt hatte zum Herrn über Leben und Tod, wollte dieses erhabene Gefühl nicht mehr missen. Es machte süchtig. Obwohl es auch anstrengend war, zugegeben. Nach jedem Mord war er völlig fertig gewesen, konnte ein paar Tage nicht in die Praxis fahren, war zu Hause geblieben und hatte nur geschlafen.

Zum Jahreswechsel 2009/2010 hatte er sich eigentlich vorgenommen, keine Frau zu entführen, obwohl die fünf Jahre um waren. Und es ihn schon wieder drängte. Doch er wollte sich beherrschen. Aber dann war Alexandra Katzenstein in seine Praxis gekommen, völlig aufgelöst nach dem Tod ihres Vaters. Sie hatte ihn ausgewählt, weil er neben seiner Praxis auch als Gerichtspsychiater tätig war. Er genoss den Ruf eines Gutachters, der sich besonders gut in die Seelen von Mördern einfühlen konnte. Die Richterinnen und Richter des Landgerichtes schätzten seine Meinung, gaben ihm immer mehr Aufträge.

Nachdem Alexandra also zu ihm gekommen war, hatte er es sich anders überlegt. Außerdem hatte die Technik in der Zwischenzeit ja auch einen riesigen Sprung gemacht. Was konnte man heute nicht alles per Mausklick im Internet bestellen: Elektropicks, mit denen das Öffnen von Haustüren zum Kinderspiel wurde; GPS-Tracker für die Verfolgung von Autos; Minisender, also Wanzen, zum Abhören von

Wohnungen. Und mit seiner schwarzen Brillenkamera für 129,90 Euro, die aussah wie ein teures Designermodell vom Optiker, hatte er heimlich unzählige Bilder von Alexandra geschossen, während sie ihm ahnungslos gegenübersaß. Seine beiden ersten Morde waren ihm mit einem Mal vorgekommen wie das Werk eines Steinzeitmörders. Frauen vom Fahrrad reißen, sie betäuben … also wirklich.

Diesmal sollte alles anders werden. Das Wundervolle war, dass er sein Opfer kennenlernen durfte, was den Kitzel enorm erhöhte. Wahrscheinlich weil Alexandra ihm vertraute, alles erzählte. Dass sie ihren Vater hatte umbringen wollen. Mordgedanken seien ganz normal, hatte er sie beruhigt. Ödipus habe nach dem Mord an seinem Vater sogar die Mutter geheiratet. Vom Sex auf dem Billardtisch. Bei den Achtundsechzigern geradezu eine Pflichtübung, hatte er abgewunken. Doch danach war er das erste Mal in ihre Wohnung eingebrochen. Hatte den Slip mitgehen lassen wie eine Trophäe. Ein paar Wochen später hatte er ihr den Peilsender unters Auto geklebt. Und schließlich die Wanze unter ihrem Bett deponiert. Schade, dass ihr Kater, dieses Mistvieh, ihm sein teures Spielzeug zerkratzt hatte. Er hatte daran gedacht, eine Minikamera in ihre Wohnung zu schmuggeln, den Gedanken allerdings wieder verworfen. Zu auffällig.

Deshalb hatte er bald zur Tat schreiten wollen. Vor allem als er gesehen hatte, wie sie an einem Abend drei Männer hintereinander empfangen hatte. Was das für ein verunglückter Abend gewesen war, hatte sie ihm ja erst später erzählt. Er hatte keine Ahnung gehabt, dass er es nicht alleine auf Alexandra abgesehen hatte.

Und dann war ihm dieser Willich doch tatsächlich zuvorgekommen, obwohl er nicht halb so professionell vorgegangen war wie er. Willich hatte Alexandra – abgesehen von der Nacht, in der er sie entführt hatte – nicht beobachtet. Er wollte, so hatte er es den Bullen erzählt, kein Risiko eingehen, gesehen zu werden und ihr Misstrauen zu erwecken. Nur ein Mal hatte Willich vor Alexandras Haus gelauert, um sicherzugehen, dass sie alleine war. Wenige Stunden bevor er in ihre Wohnung eingedrungen war, um sie zu entführen.

Fürchtenicht wusste all das, weil es in der Gerichtsakte stand, die in Kopie auf seinem Schreibtisch lag. Schließlich sollte er Willich nun für den bevorstehenden Prozess begutachten. Entscheiden, ob er vermindert schuldfähig war oder nicht. Nachdem Willich so freundlich gewesen war, auch die Morde an Julia und Bianka auf sich zu nehmen, die er ja gar nicht begangen hatte, würde er sich natürlich revanchieren und dafür sorgen, dass es seinem Kollegen gut ging. Bald würde er ihn im Knast besuchen, die ersten Gespräche mit ihm führen. Darauf freute er sich schon. Sie würden sich gegenübersitzen. Willich würde natürlich nicht ahnen, dass er seinen Nachfolger vor sich hatte. Aber sie würden sich auf Anhieb verstehen – klar. Wahrscheinlich würde er dafür sorgen, dass Willich in die Psychiatrie eingewiesen wurde. Der Knast war für diesen alten Mann sicher zu hart. Außerdem könnte er ihn in der Forensik jederzeit besuchen, ein Auge auf ihn haben. Und ihn, wenn sich die Gelegenheit bot, mit einem raffinierten Gift um die Ecke bringen. Damit Willich sich nicht doch noch verplapperte. Oder sein Geständnis in zwei Fällen widerrief.

Dr. Christian Fürchtenicht grinste und blickte auf die Rolex an seinem Handgelenk.

Es war schon spät, er musste nach Hause. Schließlich wollte er heute mit seiner Frau essen gehen. Hochzeitstag feiern. Nachdem er die kleine Julia entführt und ermordet hatte, hatte er geheiratet. Ein Doppelleben brauchte Fassade. Seine Frau ahnte natürlich nichts von seinem kleinen Hobby. Und das sollte auch so bleiben.

Dr. Christian Fürchtenicht schob Alexandras Slip wieder in den Umschlag und legte ihn zurück in die Schublade. Alexandra, Schätzchen, na warte, dachte er. Eines Tages bist du fällig. Alles eine Frage der Zeit. Nur noch ein, zwei Jahre. Und du wirst mir gehören.

Fürchtenicht schnappte sich seine Aktentasche, verließ sein Büro, lief nach draußen auf die Straße. Er hatte noch keinen Blumenstrauß für seine Frau, wollte auch schnell noch zum Juwelier, um seiner Frau eine Kleinigkeit zu besorgen. Ohrringe vielleicht oder ein Armband. Die Verkäuferin sollte ihm irgendwas aussuchen und einpacken.

Fürchtenicht hörte das leise Surren des Tesla Roadster nicht, der mit hoher Geschwindigkeit auf ihn zuschoss. Der kleine Sportwagen, ein Elektroauto, war leise. Und der Fahrer betrunken. Als Fürchtenicht aufsah, durchzuckte ihn der Schreck wie ein Blitz. Für den Bruchteil einer Sekunde blickte er in die aufgerissenen Augen des Fahrers. Dann wurde er in hohem Bogen über die Kühlerhaube geschleudert. Mit dem Hinterkopf schlug er auf den Asphalt. Blieb, die Arme und Beine eigenartig verdreht, liegen. Blut sickerte aus seinem Schädel.

Epilog

Nach meiner Entführung habe ich drei Monate in einer Spezialklinik für Traumapatientinnen verbracht. Kossek kümmerte sich um Hans-Günther und besuchte mich an den Wochenenden. Als er Urlaub hatte, mietete er sich eine Ferienwohnung in der Nähe der Klinik, sodass wir sooft wie möglich zusammen sein konnten. Ich habe angefangen, Tagebuch zu schreiben, sitze jetzt hier, lasse alles noch mal Revue passieren. Es tut mir gut, alles aufzuschreiben. Vor allem das, was im Keller passiert ist. Mit jedem Mal rückt es ein Stück von mir ab. Mein Therapeut Dr. Fürchtenicht hat mir dazu geraten. Das letzte Jahr war wie ein böser Fluch.

Ich habe noch nicht die Kraft gefunden, mich bei Katja Dorn zu melden. Wahrscheinlich ahnt sie inzwischen auch, dass wir Halbschwestern sind. Was sollte sie mir sonst so Dringendes zu erzählen haben? Mal sehen, ob wir einen DNA-Test machen oder einfach die Vergangenheit ruhen lassen. Rechtlich gesehen bleibe ich sowieso Katzensteins Tochter, weil ich ehelich geboren wurde und er die Vaterschaft nie angefochten hat. Das hat meine Anwältin mir erklärt. Wahrscheinlich wusste Katzenstein nach meiner Geburt gar nicht, dass ich ihm untergeschoben worden war. Später hat er sicherlich etwas geahnt: »Wenigstens weiß ich, dass sie diese Dummheit nicht von mir geerbt haben kann« – seine Worte höre ich heute noch.

Im Nachlass meiner Mutter habe ich auf viele meiner Fragen keine Antwort gefunden. Vielleicht hat sie sich umgebracht, weil sie erfahren hatte, dass mein Vater sie betrog. Möglicherweise hatte sie Angst vor der Scheidung, sah keinen Sinn mehr im Leben, ohne Beruf, ohne Tochter. Bestimmt war sie deshalb zu mir in die Redaktion gekommen, wollte mit mir reden. Und ich habe sie weggeschickt.

Mit den Mathematikern habe ich mich außergerichtlich geeinigt. Das Erbe war viel kleiner als angenommen. Wie eine böse Ironie des Schicksals hatte sich mein Kuckucksvater, der große Mathematiker, an der Börse verspekuliert. Mit einer Formel, die er selbst entwickelt hatte. Am Ende war sein Vermögen von rund zwölf Millionen Euro auf anderthalb geschrumpft, die ich mir mit der Stiftung teilen sollte. Siebenhundertfünfzigtausend Euro für jeden. Nun werde ich Clooney und seinen Leuten wohl oder übel doch noch mal hunderttausend Euro überweisen müssen. Clooney, dieses Schlitzohr. Er habe mich so verstanden, sagte er ganz unschuldig, als ich nach Silvester versuchte, ihn zur Rede zu stellen. Tja, ich bin diesen Leuten eben einfach doch nicht gewachsen. Dafür darf ich die Immobilien, also die Wohnung in der Hochstraße und mein Elternhaus in Schwachhausen, behalten. Ich habe es nicht über mich gebracht, mir die Wohnung in der Hochstraße mal anzusehen. Aber Kossek war dagewesen. Überall stünden Fotos von Nicole Wollenbeck, hat er erzählt. Eine richtige Gedenkstätte sei das. Unheimlich. Ich werde das Apartment auf jeden Fall verkaufen.

Kossek ist ganz verliebt in die Villa, will unbedingt, dass wir da einziehen. Ich habe mich zuerst heftig gesträubt. Aber es stimmt schon. Es ist ein wunderschönes Haus. Und wenn ich es verkaufen würde, würde ich so schnell nichts Vergleichbares finden. Und was soll ich mit all dem Geld auf dem Konto? Betongeld ist immer noch die sicherste Geldanlage. Kossek und ich verbringen jede freie Minute mit dem Renovieren, reißen Tapeten von den Wänden, schleifen

Parkettböden ab, versiegeln, streichen. Mir kommt es ein bisschen vor, als würden wir gemeinsam die Geister der Vergangenheit vertreiben. Das Turmzimmer ist wie gemacht für ein Kinderzimmer. Wir überlegen, ob wir es wagen sollen. Oder ob wir schon zu alt sind. Vielleicht lassen wir es einfach drauf ankommen und das Schicksal entscheiden.

Kossek ist für seine Enthüllung über die Untätigkeit der Mordkommission mit dem Journalistenpreis des Presseklubs Bremerhaven-Unterweser ausgezeichnet worden. Der Innensenator musste zurücktreten, Kühlborn wurde in den Ruhestand versetzt.

Ich habe meinen Job beim *Weserblick* gekündigt. Die Zeitung baut ohnehin Stellen ab. Und nachdem ich selbst Opfer einer Entführung geworden bin, will ich keine verlogene Zeile mehr über Verbrechen schreiben. Ich habe mich beim Kolleg angemeldet, um das Abitur nachzuholen. Wenn ich Nachhilfe in Mathe brauchen sollte: Clooney und seine Gefolgschaft sind sicher für mich da. Schließlich können die ja wohl nicht riskieren, dass ihre Ehrenvorsitzende in Mathe durchs Abi rauscht.

Tja, und als wenn dieses verfluchte Jahr nicht schon schlimm genug gewesen wäre, gibt es auch schon im neuen Jahr die erste Hiobsbotschaft. Aus der Zeitung habe ich erfahren, dass mein Therapeut Dr. Christian Fürchtenicht kurz nach unserer Therapiesitzung von einem Auto überfahren worden ist. Ausgerechnet Fürchtenicht. Alles, alles habe ich ihm im vergangenen Jahr anvertraut: meine Mordpläne, mein erstes Stelldichein mit Kossek auf dem Billardtisch. Fürchtenicht war mir eine so große Stütze. Sein Name war für mich Programm. Er hat mir stundenlag zugehört, die Zeit mehr als ein Mal überzogen, obwohl sein Wartezimmer voll war und die anderen Patienten auf ihn warteten. Und nun liegt er auf der Intensivstation, hat schwerste Kopfverletzungen. Die Ärzte kämpfen um sein Leben.

Wenn ich mir etwas wünschen darf fürs neue Jahr, nachdem ich im alten schon so viel durchmachen musste: Ich wünsche mir von Herzen, dass Fürchtenicht durchkommt und wieder ganz gesund wird. Er würde mir fehlen. Und vielen anderen sicher auch. Er ist doch so ein guter Mensch.

Nachwort

Die Handlung dieses Buches ist frei erfunden und Ausgeburt unserer überspannten Fantasie. Eventuelle Ähnlichkeiten mit lebenden oder toten Personen und Namensgleichheiten sind rein zufällig und nicht beabsichtigt. Einen Wasserschaden im neuen Bremer Polizeipräsidium hat es unseres Wissens nie gegeben. Allerdings tüfteln Wissenschaftler am Fraunhofer-Institut für Techno- und Wirtschaftsmathematik in Kaiserslautern tatsächlich an intelligenten Steuerungssystemen, die Energieverbrauch und -erzeugung aneinander anpassen sollen (www.mysmartgrid.de) – ähnlich wie Professor Katzenstein, dem wir dieses Projekt angedichtet haben. Den Internationalen Mathematikerkongress in Kyoto im Jahr 1990 haben wir eigenmächtig vier Monate vorverlegt, um Katzenstein ein wasserdichtes Alibi zu verschaffen. Bestimmt ist noch nie ein Bewerber bei der Polizei gefragt worden, wie oft er Hand an sich legt. Aber eine Anwärterin für den höheren Dienst wurde mal gefragt, wie es denn »um ihre Orgasmusfähigkeit bestellt« sei. Allerdings nicht in Bremen, sondern in einem anderen Bundesland.

Der Wirt vom *Scusi* möge uns nachsehen, dass wir in seine Personalpolitik eingegriffen und einen Kollegen eingestellt haben, der nicht akzentfrei deutsch spricht.

Klar, dass unser Harry übers Ziel hinausschießt. Sicher sind Dienstrechner nicht so leicht zu knacken. In einigen Bundesländern ist es allerdings bei der Polizei tatsächlich möglich, sich vom Dienstrechner Akten zuzumailen.

Wer allerdings glaubt, wir hätten mit Kühlborn einen gar zu dusseligen Mordermittler geschaffen, dem sei die Lektüre zweier Artikel ans Herz gelegt: *Irgendwann bringt er mich um* (Gisela Friedrichsen im *Spiegel* vom 17.10.2005). Dort ist nachzulesen, dass Beamte der Bremer Mordkommission einen *Hinweis über geplantes Tötungsdelikt* einfach abgeheftet haben. Mit tödlichen Folgen. Lesenswert auch der Artikel von Klaus Wolschner *Mord unter Polizeiaufsicht* (*taz Bremen* vom 30.1.2013). Er beschreibt, wie ein Mann in Bremen erschlagen wurde. Während sechzig Polizisten vor dem Haus standen ohne einzugreifen. Einer hörte sogar die Schreie. So etwas kann man gar nicht erfinden.

Danke, danke, danke an

Martin Herrnkind, Hauptkommissar, Diplomkriminologe und Ehemann; Anne Schulte, die unseren Krimi zum Gegenstand ihrer Masterarbeit gemacht und ihn damit gewissermaßen in den Adelsstand eines wissenschaftlichen Forschungsobjektes erhoben hat. Andreas Richter, Schriftsteller und Schachspieler; Wolfgang Klösel, Musiker und Kabarettist; Ella Theiss und Frank Ochmann, Autoren; Dagmar Calais, Malerin und Freundin; Chris Steinbrecher, Galerist; Zuzanna Rath, Nachbarin. H. Y., M. B., die uns inspiriert haben, ohne es zu ahnen. Genau wie U. N., S. E., R. E. M., A. T., H. E., L. E., H. R. E., R. S., C. H., Ö. N., E. G., R. Ü., S. S., E. M., A. T., H. E., I. S., T. F., O. L., T. E. und R.

Wir bedanken uns bei unserer Lektorin Jana Puppala und natürlich bei unserer Verlegerin Ulrike Rodi, die unseren Roman zur Veröffentlichung angenommen hat, obwohl sie im Mathe-Leistungskurs saß. Hätten wir von diesem dunklen Fleck in ihrer Vergangenheit gewusst, hätten wir uns sicher nicht getraut, ihr das Manuskript anzubieten.